Best Time

白 马 时 光

不离

大结局

西子绪 著

Never Abandon

百花洲文艺出版社
BAIHUAZHOU LITERATURE AND ART PRESS

Breakfast

Lunch

Dinner

美好的一天，离不开一日三餐。

目 录
contents

目　录
contents

第一章

枇杷行

那些黑影离陆清酒越来越近，他不得不背身缓缓后退，直到脚被草丛中的什么东西绊了一下，踉跄着险些摔倒才停下。

陆清酒低下头，看到了绊他的物件，那是一座用石头砌成的神龛，乍看像一个小小的亭子，亭子中央摆放着一座人形雕像，如果仔细观察，就会发现这座雕像的模样和尹寻有几分相似。

陆清酒的目光落在神龛上，不知是不是他的错觉，他总觉得神龛上面的石头小人虽然雕刻得非常粗糙，但却活灵活现，好似下一刻就要变成真人，从神龛上走下来似的。

陆清酒听到自己的身后传来了脚踩在杂草上的轻微声响，他回过头，看见敖闰站在离他不远的地方，脸上神情平静，闭着的眼睛却好似在凝视着陆清酒。那些原本将陆清酒逼到这里的黑影消失了，只有微风拂过杂草丛时带出的簌簌声响。

"你想告诉我什么，"陆清酒说，"还是想从我这里得到什么？"他并不害怕敖闰，或许是因为身体里流着他的血脉，在看到被惩罚得面目全非的囚龙时，陆清酒的内心并无恐惧，有的只是怜悯和疑惑。

敖闰张了张嘴，陆清酒以为他要说话，但他只发出了嘶哑的声音，他面露无奈，走到陆清酒的面前，像之前那样示意陆清酒将手递给他。

陆清酒照做了。

刚才在看到尹寻家中牌位倒下的时候，陆清酒想起了之前自己遗忘掉的一个小小的细节——那次遇到玄玉，尹寻不幸被变成了稻草人，还是白月狐匆匆赶来，帮尹寻续了香火，看他熟练的样子，显然早就知道那香火该怎么续下去，再联想白月狐的寿命，他甚至有可能认识陆清酒的姥姥，但他却从未提到过自己母亲的牌位也在其中……还有敖闰曾经避开白月狐，在他手心里写下的那一个"走"字。

敖闰为什么要让他走呢？他到底在担心什么？是担心水府村，还是担心白月狐？

陆清酒并不想怀疑他家那只可爱的狐狸精，可他总觉得白月狐瞒了他太多的事。

或许不知道真相对他而言是好事，因为他只是一个普通的、手无缚鸡之力的人类，但他回到水府村，本就是为了真相而来。他现在已经知道了父母并非死于泥石流，可是却找不到更多线索去探究他们死亡的真正原因。

敖闰在陆清酒手上缓缓写道："我什么也不想要，只想让你离开这里。"

陆清酒："因为白月狐？"

敖闰稍作迟疑，最后点了点头。

陆清酒心底一片冰凉，他舔了舔嘴唇，哑声道："他……做过什么吗？"

敖闰沉默着。

陆清酒见他不答，只能自己猜，他脑子转得飞快，甚至想到了一个让他觉得既合理又荒诞的猜测："白月狐，是我姥姥的新房客吗？"他问这个问题的时候将语速放得很慢，同时观察着敖闰脸上的表情。

敖闰脸上的肌肉果然慢慢绷紧了起来，他的嘴角微微动了动，最后抬起食指，一笔一画地在陆清酒的手心里写出了一个字："是。"

陆清酒闭了闭眼，消化了一下这个事实，他道："所以他是见过我母亲的？"

敖闰继续写："是。"

陆清酒道："他也知道当年发生了什么？"

敖闰这次迟疑了："不，他只知道一部分，还有一部分，他并不清楚……"

陆清酒道："哪一部分？"

敖闰写道："你母亲和父亲真正的死因。"

提到这关键的一点，陆清酒的心脏狂跳了起来，他第一次感觉到自己离真相如此之近，他迫切地想要知道，这座平日里温和但偶尔会露出狰狞面目的村庄到底隐藏着怎样的故事，他急忙问道："我爸爸妈妈到底是怎么死的？"

敖闰写道："我吃掉了你的母亲。"

陆清酒呆住了。

敖闰道："这是真的。"

之前敖闰就曾经承认过这件事，可陆清酒依旧不肯相信，他不相信自己看起来如此温和的姥爷会做出这样的事，况且白月狐说过，被污染的龙，只会控制不住地吃下自己的最爱之物，他道："你这么做，是被逼的吗？"

敖闰不再写字，他轻轻地摸了摸陆清酒的脑袋，神情悲哀又慈爱，接着，在陆清酒期待的眼神里摇了摇头。

陆清酒哑然……这和他想的完全不一样！

敖闰写道："不过，我虽然吃了她，她却并没有彻底死去，被污染的龙是永远不会死去的，他们的灵魂只会继续飘荡，继续污染其他的东西。"他道，"所以只能将他们的灵魂镇压，你看到那些牌位了吗？那些牌位就是曾经被污染过的龙的灵魂。"

陆清酒："那你熄灭香烛，是想将这些灵魂放出来？"

敖闰淡淡地笑了起来，他看不到陆清酒，只能用手指感受他脸颊的轮廓，感受着这个世界上自己唯一剩下的亲人："你知道吗，在被污染后，我才意识到他们错了。"

"错了？"陆清酒愣住。

敖闰写道："守护者死去，龙并不会被污染。"

陆清酒呆了呆，他记得之前白月狐提过这件事，他说守护者死后龙族有很大的概率会被污染，可为什么敖闰如此笃定守护者的死亡和龙族被污染没有关系？

"这是个美妙的误会。"敖闰写道，"大家都以为守护者死了，龙就会被污染，其实根本就不是。"

陆清酒呆呆地听着。

敖闰写："其实所有被污染的龙族，都有另外一个特点。"

陆清酒愕然发问："你什么意思？"

敖闰本来要说话，却忽地感觉到了什么，他微微侧过头，发丝开始变红，接着他将唇贴到陆清酒的耳边，说出了只有他们俩才能听到的低语："你和白月狐的关系不错吧？"

陆清酒："……"

敖闰道："你是怎么想的，我可爱的外孙——陆清酒？"

陆清酒再看敖闰，他的发丝已经完全变红了，和黑发的他相比，此时的他完全没有了那温润如玉的气质，整个人看起来邪恶又张狂，他能说话了，只是说出的话却让陆清酒遍体生寒。

敖闰说："他会有一天抵不住食欲，把你吃掉吗？"说完这话，他猛地起身跳开，下一刻，便有利器刺向他所在的位置。

"离他远一点！"不知何时，白月狐出现在了山道上，似乎是因为使用了力量，他又长出了那一头黑色的长发，此时他的头发正随风扬起，像展开的羽翼。他看向陆清酒，目光里有些担忧，他对着陆清酒招了招手，道，"清酒，过来。"

陆清酒竟从白月狐的语气里听出了心虚的味道，白月狐居然在担心，担心陆清酒不肯过去！他肯定猜到自己从敖闰口中知道了更多过去的事，知道了他曾经也是姥姥的房客。

"别去，你会被他害死的。"敖闰声音嘶哑地对陆清酒说道。

陆清酒看了敖闰一眼，没有迟疑地抬步，朝着白月狐走了过去。

敖闰咬牙切齿地盯着陆清酒的背影："陆清酒，你会后悔的！"

陆清酒没回头，他从来都是个清楚地知道自己想要什么的人，不然也不会因为一个含糊不清的卦象就辞掉工作回到偏僻的山村。每个人都有自己要走的路，陆清酒并不介意这条路上有其他人陪着他。

白月狐看到陆清酒重新回到自己的身边，明显松了好大一口气，他想要对陆清酒说点什么，可话到了嘴边，却又不知道该怎么说出来。

敖闰表情冰冷，被污染的他显然对白月狐充满了敌意，但似乎是因为陆清酒在场，他最终什么也没有说，就这么转身离开了。

陆清酒看着敖闰的背影，问白月狐："你不追吗？"

白月狐摇摇头："这不是我的工作。"

陆清酒："可是……"

白月狐打断了陆清酒："要不是尹寻给我打了电话，你就被他带走了。你要来这里为什么不告诉我？"

陆清酒道："因为我觉得弄灭烛火的人不想杀我。"

白月狐："你又怎么知道？"

陆清酒笑道："我和尹寻都是手无缚鸡之力之人，要动手还需要等到我离开吗？况且熄灭烛火就行了，何必弄乱牌位？那个人只是想让我看到我母亲的名字而已。"

白月狐蹙眉："这只是你的猜测，如果猜错了怎么办？"

陆清酒眨眨眼："猜错了这不还有你嘛。"

白月狐："……"

陆清酒道："好了，别生气啦，我只是有些着急。"他见白月狐还想说什么，便道，"我们边回家边说吧。"

白月狐点点头。

夜已经深了，却并不可怖。大约是夏天快到了的缘故，路旁的草丛里竟能看到星星点点的萤火虫，陆清酒伸手抓了一只，看着它在自己的手心里爬动，后半段身体散发出淡淡的光芒。

白月狐跟在陆清酒的后面，看见他的动作道："你就没什么想问我的？"

陆清酒扭头看了他一眼，然后抬手把萤火虫放到了白月狐坚挺的鼻梁上，白月狐被陆清酒弄得一愣，眼睛不由得看向萤火虫："做什么……"

陆清酒道："不准放下来，这是对你的惩罚。"

白月狐："……"

陆清酒转身："你早就认识我了吧？"

白月狐含糊地"嗯"了一声："见过小时候的你。"

陆清酒想了想，问了个无关紧要的问题："为什么会觉得我喜欢狐狸？"关于白月狐非要捂着马甲这件事，陆清酒实在是想不明白，不过在敖闰的提醒下，他倒是冒出了一个不可思议的念头——或许他小时候就和白月狐见过面，并且在那时深深地伤害了白月狐的玻璃心，导致白月狐死活不肯脱下他的狐狸马甲。

白月狐沉默了，陆清酒回头的时候看见了他生闷气的模样，但他鼻子上那只吓得不敢动弹的萤火虫却让他生气的样子一点也不可怕，反而格外可爱。

"你小时候抓周，"白月狐说，"我变成了条小龙让你抓。"

陆清酒本来在故作严肃，结果听到白月狐委屈的声音，忍不住露出了笑容。

白月狐道："一起被抓的还有只小狐狸，结果你非要抓狐狸精，我 碰你你就哭。"

陆清酒："……这个……小孩子都是不懂事的吧？"他居然有点心虚。

白月狐继续说："后来你三岁的时候，我偷偷跑来看你，想送你一个龙形布偶。"

陆清酒："……"

白月狐像是一个被抛弃的妻子，在诉说自己的丈夫是如何的混蛋："你随手就扔了。"

陆清酒小声道："可能是因为，我不喜欢布偶？"

白月狐冷冷道："你每天晚上都抱着个狐狸娃娃睡觉。"

陆清酒尴尬地咳嗽了起来。

白月狐："足足抱了好几年！"

陆清酒假装没听见。

那布偶是他爸妈从市里面给他买回来的，非常可爱，毛茸茸的，是小时候的陆清酒喜欢了很久的一个玩具。不过后来不知怎么的就给弄丢了，陆清酒还为此哭了鼻子。

"我问你姥姥，你为什么不喜欢我。"白月狐继续说着自己的委屈，"你姥姥说你可能不喜欢光秃秃的爬行类动物，喜欢毛茸茸的。"

陆清酒辩解："其实我也没那么肤浅……"

白月狐无情地揭穿了陆清酒："我的尾巴好摸吗？"

陆清酒："……"

白月狐道："不管，反正我就是狐狸精，谁说我不是狐狸精我就吃了谁。"

陆清酒马上怂了，本来一开始还理直气壮的他这会儿怂得像只乌龟，恨不得把全身都缩进龟壳里，以免继续被白月狐质问。

陆清酒道："好吧好吧。"他停下，把白月狐鼻子上的萤火虫取下来，放在了自己的鼻子上，"我对不起你，我道歉。"

白月狐："哼。"

"但是你也不该瞒我那么多事吧。"陆清酒道，"我姥姥是病死的吗？"

白月狐缓声道："嗯。"

陆清酒道："还有我妈妈……我妈妈。"他想起了自己母亲被镇压的牌位，有些迷茫起来，"我妈妈被污染了？"

白月狐道："对。"

陆清酒："可是她不是离开水府村了吗？为什么还会被污染？"

白月狐叹息："那是一个意外。"在他的缓声叙述下，陆清酒大概明白了当年到底发生了什么。

当年，水府村出了一点意外，两界交界的地方被烛龙破坏了，制造了一个缝隙出来，异界的气息从中流出。当时陆清酒的父母正好回到水府村，他的母亲不幸被污染，之后就离开了水府村，没了音信。虽然不知道当时发生了什么，但白月狐猜测可能是芳虞体内那一半龙族血统导致了芳虞被异界气息污染，再之后就遇到了敖闰。

之后的事陆清酒都知道了，敖闰承认自己吃掉了芳虞和芳虞的丈夫，遭受了龙族独有的残酷刑罚。

陆清酒听完白月狐的叙述，思考片刻，道："所以，你之前和我说我母亲不是我姥爷吃的，是骗我的？"

白月狐摇了摇头："不，我只是从龙族的本性上分析，觉得这是有违常理的，况且当时的确没有人看见他吃掉你的母亲，所有的证词都是他的一面之词。"

陆清酒道："可是他为什么要撒这样的谎？"他无法想象姥姥在知道自己的女儿被丈夫吃掉后的心情，那该是怎样的悲恸欲绝。

陆清酒继续说："刚刚他也当着我的面承认他吃了我的母亲。"他抬头看着白月狐，神色间带了点脆弱，"他亲口说的。"

白月狐："他一定有自己的苦衷。"

陆清酒不再说话，只是轻轻地点了点头。

"不过就算他有苦衷，半夜把你往山上引也不是什么好事。"聊完了父母的事，白月狐却生起气来，"要是你出了什么事该怎么办？"

陆清酒道："这不是没事儿吗？对了，尹寻的香烛怎么样了？"

"没事。"白月狐道，"那香烛没那么容易灭。"

陆清酒鼻尖上的萤火虫离开了白月狐，总算是缓过劲来了，挥挥翅膀朝着其他地方飞了过去，陆清酒也没伸手拦。

"困了，回去睡觉吧，其他的事明天再说。"陆清酒嘟囔起来，"而且今天枇杷也忘记摘了，还说要做枇杷膏呢……"

白月狐道："明天我去帮你摘。"

陆清酒"嗯"了一声，没有推辞。

回到家后，陆清酒莫名盯着白月狐看了好久。白月狐不知道陆清酒盯着自己做什么，以为脸上有什么东西，便疑惑地伸手在自己的脸上摸了一下："你看着我做什么？"

陆清酒道："喂，你以前谈过恋爱没有啊？"

白月狐微微一愣，以为自己听错了："什么？"

"我说你谈过恋爱没有？"陆清酒道，"你是成年龙了吧？多少岁了？"

白月狐："我……"他想说没有谈过，但又觉得有点丢脸，毕竟这么多年了，他居然连个恋人都没有，就这么单了几百年，要换了他爹可能孩子都几百岁了，于是道，"那是我不想谈！"

陆清酒说："那就是没有了？"

白月狐："……"

陆清酒："嗯？"

白月狐闷闷地"嗯"了一声，他要是真有狐狸耳朵，那耳朵肯定是悲伤地耷拉下来的。

陆清酒笑着伸手搂住了他的颈项，拍了拍他的肩膀："既然如此，那这辈子我和尹寻陪你过吧。"

和白月狐分别后，陆清酒在自己的床上好好地睡了一晚，直到清晨的阳光从窗户投射到他的脸颊上才醒来。

起床、洗漱、做饭，和以前无数个平淡的早晨一样，今天的生活也没有什么特别的变化。

尹寻来得很早，见到陆清酒没事儿大大地松了口气，道："酒儿，你昨天没遇到什么事儿吧？你走后我马上给白月狐打了通电话……"

陆清酒道："没什么事，白月狐来得很及时。"

尹寻点点头："我来帮你切洋葱吧。"

早饭陆清酒打算做煎蛋。和平时煎的荷包蛋不一样，这种煎蛋是将蛋液搅匀之后放入洋葱、青椒以及调味料，然后在油里过一下，这样煎出来的蛋没有一般煎蛋的油腻感，里面夹杂了清爽的洋葱和青椒颗粒，吃起来更加鲜美。蛋煎得很嫩，也没什么腥味，陆清酒之前做过一次，尹寻和白月狐都很喜欢。

除了煎蛋，陆清酒还把冰箱里的饺子拿出来做了煎饺，冻过的饺子容易破，不过因为保存得很好，所以一大盘里面只破了两三个。白菜和肉做成的馅儿从薄薄的皮里漏出来，带着浓郁的汁水，尹寻用筷子把破掉的全夹出来，悄咪咪地吃了。陆清酒看着他小心的样子只想笑，道："吃完了去院子里挤点牛奶回来。"

尹寻道："家里还有巧克力吗？"

陆清酒无奈道："有倒是有，不过都喝了几天巧克力味的奶了，换个口味好不好？"

尹寻想了想："那我给他喂点香蕉？"前几天陆清酒买的香蕉还没吃完，正好可以喂牛。

"行吧。"陆清酒同意了。香蕉味的牛奶应该挺好喝的，他们家的牛牛实在是太万能了，要不是他拦着，尹寻这货甚至想喂点辣椒试验一下。

陆清酒开始做其他食物，他从泡菜坛子里抓了点姜，切成丝后放了香油和调味料，作为咸菜，然后又把绿豆粥从锅里舀了出来。和一般做菜时用的老姜不同，这种生姜是很嫩的，也不辣，在泡菜坛子里泡上一两个月，吸附了坛水的酸味，变得酸脆可口，加上一点香油，嚼在嘴里咔嚓咔嚓的，不比别的小菜差。

陆清酒把东西端上了桌，看见白月狐提着菜篮子从院子外面走进来，菜篮子里面放着许多新鲜的蔬菜，油麦菜、小白菜、红红的辣椒，底下还装着几个圆滚滚的土豆。

"回来了。"陆清酒笑着同他打招呼。

白月狐看了他一眼，"嗯"了一声。

陆清酒道："过来吃饭啦。"

白月狐把篮子放到了厨房，慢吞吞地走到桌子面前坐下。

陆清酒看着他这模样倒是有点疑惑起来，可以说吃饭是白月狐平日里最积极的事了，可他今天却好像变了个人似的，磨磨蹭蹭，好一会儿才拿起筷子。

"怎么了？"陆清酒以为他遇到什么事了。

白月狐犹豫片刻，从自己的口袋里掏出了个东西，递给陆清酒："给你的。"

陆清酒低头一看，发现那是一个小小的、用藤蔓编制成的圆球，当然，重点并不是圆球，而是圆球里面缩成一团瑟瑟发抖的小动物，那动物看起来只有拇指大小，浑身皮毛雪白，眼睛又大又圆，看起来有点像只小版的猫咪，非常可爱。

陆清酒见到这东西，眼睛一下子就亮了起来："这是什么啊？"

白月狐："装饰品。"

陆清酒："装饰品？"

白月狐有点不自然地解释："你们人类不都喜欢送花嘛，一般的花太容易凋谢了，我不喜欢。"

陆清酒把球拿起来，伸出手指头摸了摸那只看起来可怜兮兮的小动物："这是什么动物？这么装在球里面也太可怜了吧。"

白月狐道："可怜？就这么一只，能吃十个尹寻。"

刚打完牛奶无辜躺枪的尹寻站在门口表情有些扭曲，心想：关我啥事啊，怎么又要吃我了？

陆清酒笑道："是挺可爱的。"

白月狐道："毛这么多，很喜欢吧？"

陆清酒刚想说喜欢，却感觉白月狐的表情有些微妙，仔细一想就明白了，他家狐狸精明显是又吃醋了。是啊，现在狐狸的马甲已经掉了，真身是没有一根毛的黑龙，再也无法讨陆清酒这个口是心非的绒毛控的喜欢……

陆清酒干咳一声，把球放回了桌子上："其实我也不是那么喜欢。"

白月狐："哦？"

陆清酒："真的。"

白月狐："那我把尾巴还回去了。"

陆清酒立马道："哎，等等……"

白月狐挑眉看着陆清酒，陆清酒被他看得有点心虚，讪笑道："就……不能留一根吗？"这不是有九条尾巴嘛，都没了那得多可惜啊，冬天都不能抱着睡觉了。

白月狐："一根够吗？"

陆清酒："当然是越多越好了。"

"哐当"一声，奶桶落在了地上，站在门口的尹寻呆若木鸡，道："清酒，你……你是不是知道了什么？"

白月狐冲着尹寻龇牙："知道什么？"

尹寻"嗷"了一声，满脸惊恐："没什么！我什么都不知道！"

陆清酒看见这两人的互动，忍不住大笑起来，道："好啦好啦，闹完了就消停吧，中午想吃什么？再杀一只兔子吃吧？今天月狐不是带了新鲜的小尖椒回来嘛，我给你们做尖椒兔，尹寻你去洗碗，月狐你去把兔子杀了。"他伸出手，把那只小动物揣进了自己的口袋，"我再去打点牛奶，给你们做双皮奶吃。"

听到吃的，尹寻和白月狐都偃旗息鼓，打算来日再战。

他们家的兔子已经被吃掉好几只了，做法各不相同，有凉拌的，有水煮的，还有爆炒的，今天陆清酒打算试试尖椒兔。尖椒兔的做法和尖椒鸡差不多，但是如果是用兔子肉做的话，骨头会少很多，肉质也可以控制得很嫩，而且兔子的肉是没有脂肪的，把皮稍微处理一下的话，皮很糯，肉很软，各有各的优点。

白月狐杀兔子的时候很利索，陆清酒看得有点害怕，更不用说可怜、弱小又无助的尹寻了。尹寻小声地问陆清酒，说："白月狐不是那种背地里对人下手的人吧？"

陆清酒想了想："应该不是……吧？"

尹寻："……"你为什么那么没有底气啊？！

趁着白月狐杀兔子的工夫，陆清酒又去接了牛奶，然后做了个双皮奶。双皮奶的原材料里还有蛋清，需要混合在一起放在锅里加热再进行冷藏，陆清酒第一次做，火候有点没控制好，稍微煮老了点，不过在上面铺上一层甜蜜蜜的红豆酱，吃起来倒也很不错。

因为午饭是特别辣的尖椒兔，陆清酒就备了双皮奶作为甜品解辣。

三人酒足饭饱后，坐在院子里休息，白月狐照例在他的摇摇椅上眯着。

陆清酒说："这天气到处走走肯定很舒服。"

尹寻说："咱们昨天不是说了要去摘枇杷嘛，要么待会儿就去？"

陆清酒说："行啊。"

他们都以为白月狐睡着了，谁知在尹寻说了这么一句后，白月狐道了声："我也去。"

"那就一家人一起去吧。"陆清酒道，"把小狐狸和小花、小黑都带上……就当出去踏青了。"

然后他们在温暖的阳光下又小憩了二十多分钟，便背上包去山上摘枇杷了。

初夏的天气还不算太热，但已经可以完全脱下厚重的冬装、穿着单薄的 T 恤了。小狐狸崽子和两只小猪全都在撒丫子乱跑，陆清酒还得招呼着，怕它们跑得太远不见了。

走了几段山路，他们到达了尹寻口中说的野枇杷树下，看见了一树黄澄澄的枇杷。果实太重，压得树枝都低垂下来，陆清酒甚至踮踮脚就能摘到最下面的枇杷。他伸手摘了一颗，剥开皮尝了尝，点头道："好甜。"虽然没有什么果肉，但这味道实在是太正了。

尹寻道："是吧，这棵枇杷树长出的枇杷味道可好了。"

陆清酒道："多摘点吧，反正我们不摘别人也摘不到。"这棵枇杷树长得位置很偏，一般村民都不会来这里，而且树林里吃果子的动物是很多的，还包括大量昆虫，要不是尹寻这个山神护着，估计枇杷还没成熟，果子就已经看不见了。

这么一看，从致富方面来说，尹寻确实比白月狐强那么一点，还没有沦落到翻垃圾桶的地步。

这时候陆清酒是这么想的，但很久之后，当他把自己的想法和尹寻说了以后，尹寻听完沉默了三秒，然后很不甘心地说："可是水府村也没有垃圾桶给我翻啊。"

陆清酒："……"对不起，他居然忘记了如此重要的条件。

装了满满一袋枇杷，众人心满意足地下了山，下山前还在尹寻的带领下摘了一袋半熟的桃子，虽然没有熟透，但陆清酒还挺喜欢桃子脆脆的口感的，他是个实在的脆桃爱好者。

枇杷去核、剥皮，和阿胶一起放进锅里慢慢熬，汤汁渐渐变得浓稠，最后凝固成深色的半液体状。这样的枇杷膏在秋天的时候吃最合适，消痰润肺，很是养生。

晚饭陆清酒做得比较简单，就做了个东北那边经常吃的冷面。和一般的面条不一样，这种冷面的面条更像是米粉，更有弹性，面汤里面加了辣白菜、番茄、黄瓜，还有其他各种配料，面汤呈现出诱人的橘红色，上面点缀着绿色的蔬菜。虽然还没吃，但是光看着就让人心生满足。陆清酒还煮了几个溏心的白煮蛋，对半切开之后摆在面上面。面的味道偏酸甜一点，很开胃。陆清酒一共做了三碗，尹寻和白月狐的碗都是最大的那种，就他自己用的是个正常的面碗。

尹寻勉强吃完了面就吃不下了，白月狐则是把汤也喝了个干净。陆清酒吃饱之后想起了什么，问家里要不要种点花生。花生一般是四月份下种的，这都快五月中旬了，种下去是晚了点，不过家里有白月狐，也不用担心这些，迟个一两个月应该也能种出来。

"种啊。"尹寻对花生这种坚果很有好感，很赞同陆清酒的提议，"花生不是产量很高嘛，多种点，到时候油炸了撒点糖……"他说着咽了咽口水。

陆清酒道："那行吧，明天去镇上一趟，买点花生种子。"

"那我先走了，你自己在家注意安全。"尹寻见天色不早了，起身打算离开，说完这话，他看了白月狐一眼，才扶着自己吃得圆滚滚的肚子走了，白月狐盯着他的背影眯了眯眼睛，看起来有些不大高兴。

陆清酒见他这个表情，开玩笑道："喂，你不会真的想吃了尹寻吧？"

白月狐道："哼，我才不吃他。"

陆清酒道："不吃就好……对了，我之前忘了问你，我姥姥去世之后，老宅废弃了一段时间，那段时间你是生活在镇子上？"

白月狐点点头。

陆清酒说："唔……那住哪儿啊？"

白月狐说："晚上回家里住。"

陆清酒想起他刚来水府村的时候，就在半路上遇到了白月狐，也不知道这大半夜的他是要去哪儿，不过要不是白月狐，他可能当晚就被那只巨大的壁虎给吃了，哪还有现在这些事。

两人又聊了一会儿，陆清酒便去洗漱打算回房睡觉了。

洗完澡，穿着睡衣的陆清酒刚要坐在床上玩手机，却听到门口传来了敲门声，陆清酒道："月狐？"

白月狐推开门，怀里抱着九条毛茸茸的尾巴，静静地看着陆清酒。

陆清酒本来想认真和白月狐对视的，谁知道对视了十几秒，他的眼神就不由自主地移到了那九条尾巴上面，甚至还没出息地咽了一下口水。

白月狐道："有些失眠，我想和你一起睡。"

陆清酒无法拒绝，任凭白月狐抱着尾巴过来，把他堆了白色的毛茸茸里。这尾巴一点也不像吃剩下的，不但有温度，而且很丝滑柔顺，躺在上面仿佛躺在一团柔软的云朵里面，陆清酒控制不住地露出了幸福的笑容。

白月狐瞅着美得意识模糊的陆清酒，问道："就那么喜欢尾巴？"

被白月狐这么一问，陆清酒马上清醒了，小心道："也不是特别……喜欢，就一般，一般。"

白月狐："那想要更多毛茸茸吗？"

陆清酒慎重地回答着白月狐的问题："比如？"

白月狐没说话，伸手撩了撩自己黑色的长发，露出长发之下一对毛茸茸的耳朵，他扬了扬下巴，高傲地赐予了陆清酒最美妙的礼物："摸吧。"

陆清酒"嗷呜"一声，伸手上去就抓住了两只软乎乎的耳朵。这耳朵的手感简直了，又软又暖还是毛茸茸的，陆清酒摸得意识模糊，仿佛灵魂出窍。

白月狐静静地躺在旁边，由着陆清酒抓着他的耳朵。两人的身体挨得很近，但并没有什么不自在，早在冬天的时候，他们就已经习惯了这样的相处模式。

陆清酒被毛茸茸环绕，感觉很舒服，最后睡着的时候脸上都带着幸福的笑容。

天气有点热了，按理说这么被毛茸茸裹着，陆清酒会睡不太好，但实际上他却一觉睡到了第二天，醒来时神清气爽。只是在睁眼看见自己身边有个白月狐的时候，陆清酒稍微愣了一下。

他盯了白月狐一会儿，忽地发现白月狐的睫毛在微微颤动，虽然眼睛还闭着，但明显已经醒了。

陆清酒坐起来，看着白月狐，道："早上好啊。"

白月狐睁了眼，黑眸之中果然是一片清明，他看着陆清酒，说："早上好。"

陆清酒道："今天想吃什么？"

白月狐道："都可以。"

"都可以啊……"陆清酒计划道，"那过两天，我给你做点别的食物试试吧。"

白月狐微笑着点点头。

过了几天，陆清酒去了一趟镇上，正巧遇到胡恕和庞子琪，随口和他们聊了几句，然后去买了几大袋花生种子。白月狐和尹寻本来是想和他一起去的，却被他支开了。补充了不少其他的食材，陆清酒才慢吞吞地开着小货车回家了。

回到家，刚下车白月狐就迎了上来，帮他接过了大包小包的东西，陆清酒说下个月要过端午了，得去买点粽子叶，朱淼淼说想在端午的时候过来玩一趟。

白月狐仔细听着，说粽子叶和糯米什么的他去准备。

陆清酒也没和他抢，点点头算是应下了。

买回来的花生种子，第二天就播到了地里面，估计再过两个月就能长出一堆花生来了。

这天气热起来后，食谱也越来越多样化。

陆清酒在网上买了好多海鲜，寄到镇子上后用小货车运回家里，因为不太好保存，所以决定当天吃，他干脆做了个海鲜火锅，把虾子搅碎后在里面加上藕丁做成虾滑，把螃蟹清洗干净切成块状，还有新鲜的八爪鱼，拌芥末生吃或者用汤烫一下都很美味。陆清酒边吃边和尹寻聊他见过的海，说海风是咸的，要是运气好，潮退之后能在海岸上见到很多蛤蜊和贝壳，海带就更不用说了，放在海边几乎没什么人要。

尹寻听后很是艳羡，但他早就注定了一辈子只能在水府村生活，最远的地方，不过是去市里罢了。

白月狐也挺喜欢海鲜的，然而他喜欢的是陆清酒煮熟的这种，生的他吃过太多，已经没了兴趣。此时听到陆清酒的话，思量片刻后问陆清酒想不想去海边玩。

陆清酒摇摇头："算了吧，尹寻走不开。"

"不是人类世界的海。"白月狐道，"你还记得你生日那次我带你去的海吗？"

陆清酒当然记得，他现在胸口上还挂着白月狐的幼龙角呢，那海洋是他见过的最美的景色，清澈得像是一块碧蓝色的水晶，让人不由得想沉溺其中："尹寻可以去？"

"当然可以。"白月狐道，"那里其实是异境的一部分，尹寻不算人类，去也没什么关系。"

"那可太好了。"陆清酒一听就来了兴致，"我们可以去海边吃烧烤，那里面的东西可以吃吗？"

白月狐道："可以，但是和人类世界的食物有些差别，味道倒也不差。"

尹寻也兴奋起来，他从来没有见过真正的海洋，看着陆清酒的表情，虽然他还不知道那海是什么样子，但想来肯定很美。

"那什么时候去呢？"陆清酒问。

"都可以。"白月狐说。

陆清酒想了想："我明天准备食材和烧烤用的架子，后天就去吧。"

白月狐道："可以。"

尹寻登时欢呼雀跃，表示自己已经迫不及待了，陆清酒看着他的样子，也高兴起来。仔细算起来他也很久没有去海边玩了，海洋总有一种特殊的魅力，好像能过滤掉所有的不愉快，让人忘记心中的烦恼。

定下计划后，陆清酒为了让这次旅行更加愉快，几乎把自己能想到的东西都准备上了。烧烤的香料、炭火、架子，还有换洗的泳衣之类的。

白月狐没什么要准备的东西，但在去之前，强烈要求陆清酒帮他把这一头长发给剪掉。

陆清酒虽然挺喜欢白月狐长发的模样，但见白月狐对头发苦恼的样子，还是决定成人之美，拿起剪刀咔嚓咔嚓几下，给白月狐剪了个短发出来。因为头发经常长出来，加之白月狐长相漂亮，都快被镇子上的理发店记住了，陆清酒也没敢经常让白月狐去，怕理发店的人看出什么端倪。

一切准备就绪，尹寻抱着他的游泳圈和陆清酒站在院子里，不到片刻，便被白月狐的黑雾包裹起来，一家三口，带着小狐狸崽子和两头小猪，就这么消失在了水府村的院子里。

第二章

触逆鳞

异境的海和人类世界的海略微有些不同，无论是在海滩上还是在海水里，都看不见一点垃圾和人类活动的痕迹。海滩是金黄色的，铺着细密的沙粒，沙粒上有漂亮的贝壳和海螺，还有被海水冲刷上来的海藻和水母。海水非常漂亮，在阳光的照射下，呈现出一种宝石般澄澈的淡蓝色，在里面游动的鱼，好似浮在半空中。有些鱼类陆清酒是认得的，但有些他却从来没有看过，看那鱼五颜六色的模样，也不知道能不能吃。

到沙滩之后，陆清酒就把鞋给脱了，然后开始和白月狐布置烧烤架。尹寻第一次见到这么漂亮的大海，难以控制激动的心情，抱着游泳圈就冲到了海里，搞得陆清酒急忙招呼他不要游得太远，免得出事。尹寻也是心大，说反正自己已经死过一次了，肯定不会死第二次……

小狐狸崽子和两只小猪也下了水，不过小狐狸下水的时候，所有的皮毛都贴在了肌肤上，颈项的部位便冒出来了一个黑着脸的小人。陆清酒开始还被吓了一跳，仔细看过后发现自己居然认识这小人——不就是上次从医院里带回来的雨师妾嘛，一直生活在小狐狸的毛毛里，从来不露面的她差点被陆清酒给忘干净了。

雨师妾显然不太喜欢海水，从小狐狸背上跳了下来，慢慢悠悠地晃荡回来，找了只海螺想要爬进去。谁知道那海螺里有只寄居蟹，两只小东西对视片刻，就这么掐上了。雨师妾虽然以前挺厉害的，但是变小之后手无寸铁，被螃蟹追在后面用钳子夹，差点就再次葬身蟹钳。陆清酒见状赶紧过去把她捞起来，看见她委委屈屈地哭开了，赶紧安抚几句，从自己兜里掏出果冻糖剥开之后给她怀里塞了一颗，有了糖吃的雨师妾这才收起了眼泪。

陆清酒还要做事儿，也不能一直捧着雨师妾，左看右看后，在旁边的沙滩上摸了一个贝壳给雨师妾当板凳，然后把雨师妾放在了带来的凳子上。

"我来点火。"白月狐在旁边帮陆清酒的忙。

这次他们出来带了很多东西，甚至还包括一把巨大的遮阳伞，烧烤架就在遮阳伞下面，也不用担心一直被太阳晒着会晒伤。倒是尹寻，没有涂防晒霜就跑去游泳了，也不知道回来之后会不会被晒脱皮……

陆清酒把已经处理得差不多了的食材拿出来，放在旁边准备开始烤。和食材放在一起的，还有一些水果和几瓶冰冻过的可乐和啤酒，打算待会儿吃烧烤的时候用来解辣。

白月狐把炭什么的弄好之后，扭头看了眼海里，道："我去抓点鱼烤着吃。"

陆清酒道："行啊，不过这里的鱼能随便吃吗？"

白月狐道："先让尹寻试试呗。"

陆清酒："……"

白月狐说着就下水去了，他脱下了上身的衣服，就留了个泳裤。不得不说，白月狐不仅外貌看起来漂亮，身材也是一点不差，八块腹肌线条优美，还有那两条修长的腿，宽肩窄臀的样子，完全比得上陆清酒在电视里看的模特了。

陆清酒没白月狐高，也有腹肌，虽然在人类里身材还算不错，但和白月狐那近乎完美的身材相比，总是差了点，不过陆清酒也不是很在意。

白月狐跃进了蔚蓝的海水里，身姿灵动，如同一尾游鱼。和他形成鲜明对比的，是死死抓着游泳圈不肯放手的尹寻。从小就生活在山里的尹寻完全不会游泳，他看着海水清澈的样子，理所当然地觉得这里不会很深，谁知道漂着漂着，却发现自己离海岸线越来越远，脚也踩不到海里的沙了。

"啊啊啊——"尹寻有点慌了起来，开始挣扎着想要往海岸靠拢，谁知道他越挣扎，越是被海水拍得更远，叫声陆清酒他们根本就听不见。最恐怖的地方在于，尹寻还注意到自己身下出现了一些黑色的鼻子尖尖的鱼，这些鱼看起来就不太好惹，在他身边环绕起来，甚至开始尝试性地靠近他。

以为自己要被吃了的尹寻叫得像只落了水的鸡，就在这时，水底蹿出了一个黑色的影子，将企图靠近尹寻的鱼抓在了手里，其他的鱼感觉到黑影后都如受惊的羊群，全部四散奔逃，那黑影停下在水中和尹寻对视时，尹寻才发现那居然是白月狐。

看起来白月狐并不用担心在水中呼吸的问题，潜在水底手中抓着大鱼，抬眸看向尹寻。尹寻虽然对白月狐骗走陆清酒有那么一丢丢的意见，但现在小命要紧，他可不敢再惹恼白月狐了，于是脸上挂起一个虚伪的笑容，道："月狐啊，你也来游泳？"

白月狐从水底伸出脑袋，面无表情地看着尹寻。

尹寻被他看得心虚，弱弱道："你看我干啥？"

白月狐歪歪头，笑了："吃鱼吗？"

尹寻："吃吃吃。"

白月狐道："那边的鱼更多。"他说完，直接推了一把尹寻的游泳圈，泳圈借着外力，直接朝着海水更深的地方去了。尹寻吓得哭爹喊娘，用自己的脑袋保证以后肯定少吃点东西。

白月狐听完后扭头看了他一眼，道："你说的？"

尹寻忙点头。

白月狐道："都是一家人那么客气做什么，走，回去吃鱼吧。"

尹寻："……"白月狐，你真是变脸比翻书还快。

然后白月狐拖着尹寻的游泳圈，把他带回了海岸边，上岸之后，白月狐把手里的鱼提回了陆清酒身边，拿着刀准备处理一下。

陆清酒忙着烧烤也没管他俩，看见尹寻蔫蔫的模样，还以为他是游累了，很体贴地递过去了一瓶冰可乐。

尹寻在旁边嘟囔着说自己要学游泳。

陆清酒笑道："行啊，找个时间给你报个游泳班，这不要暑假了嘛，这种班应该挺多的吧。"

尹寻道："……"所以他是要和小朋友们一起学游泳了？

那边白月狐还在杀鱼，陆清酒在旁边看着。这鱼的皮挺有韧性的，用刀割下来后，里面就是白色的鱼肉。这鱼肉的肌理看起来非常漂亮，白月狐用刀切了一点，喂到陆清酒的嘴边，陆清酒含住鱼肉咀嚼一下，露出惊艳之色："好鲜的味道。"这种鲜还带着股回甘，和三文鱼那种厚重软滑的口感不同，这种鱼的肉很有弹性，口感很好，想来无论是烤出来抑或是生吃都是很好的。白月狐把鱼放到一边，说自己再去抓点其他的。

陆清酒点点头，笑着看白月狐又冲进水里了。

小狐狸崽子本来之前是跟着尹寻在玩，但后来发现尹寻的游泳技术还没自己厉害后，就无情地抛弃了这个小伙伴，跟着白月狐抓鱼去了。小狐狸崽子身体小，抓的鱼比自己的身体还大，摇摇晃晃地走到陆清酒脚边，用自己的小脑袋蹭了蹭陆清酒的裤脚。

陆清酒笑着弯腰从小狐狸嘴里接过鱼，道："我给你切了，你分给小花、小黑吃好不好？"

小狐狸高兴地"唧唧"了两声。

海鱼刺少，基本不用太过复杂的处理，陆清酒把鱼骨剔出之后就给了小狐狸精，让它和两只小猪分食。

一家人其乐融融。

不一会儿，白月狐就带回来了其他的食材，有章鱼和看起来像是生蚝的生物，不过这生蚝比人类世界的大了太多，几乎有成年人两个手掌那么大。而章鱼倒是挺小只的，把牙齿和墨囊取出来之后凉拌着就能吃，烤熟也没关系，反正陆清酒备了足够的调料。这些生蚝陆清酒生吃了一点，剩下的全部用来蒜烤了，新鲜的生蚝一点腥味都没有，在里面加上柠檬汁，根本不用咀嚼就从口腔滑入了食道之中，怪不得生蚝会被人称作海底"牛奶"。

陆清酒看着自己带来的食材，本来还想着是不是带得太多了，但看了眼白月狐那无比迅速的吃饭速度，登时觉得好像也还好……

尹寻把一瓶可乐喝完后又恢复了活力，冲到海边和小猪玩沙子去了。

陆清酒把东西烤好了，叫他们来吃，争取把家里每个人的肚子都填得饱饱的。

到下午两三点，大家都吃得差不多了，白月狐解决掉了最后剩下的一部分食材，然后和陆清酒坐在椅子上一边喝冰水一边休息。

陆清酒闲着没事做，和白月狐聊起了天，道："话说回来，你的龙形我还没见过呢。"

白月狐嘴里嚼着陆清酒炒的花生，闻言看了陆清酒一眼："你见过。"

陆清酒："……"

白月狐继续缓声道："你不但见过，你还嫌弃了。"

陆清酒："……"

白月狐咽下了口中的花生米，声调幽幽。

陆清酒想了想自己昨天抱着白月狐的大尾巴睡觉那满足的样子，有点心虚，干咳一声，认真道："我这不是当时年纪太小嘛，你再给我看看，我保证不会嫌弃你。"

白月狐："嫌弃了怎么办？"

陆清酒左看右看，确定尹寻不在自己旁边后，凑到白月狐的耳边，小声地说了几句，说完之后，自己的耳根子不由自主地红了起来。白月狐本来懒懒散散的，听到陆清酒的话眼睛一下子就亮了起来，他扭头道："当真？"

陆清酒说："当真。"

"好。"白月狐倒也干脆，和陆清酒确定完后，身上便腾起一阵黑雾，黑雾消失后，白月狐也跟着消失了，陆清酒的眼睛落在白月狐坐的椅子上，看见白月狐的衣服里爬出来了一条黑色的……小蛇？不，不是蛇，是小龙，只是因为缩小了，身上还是黑色的，乍一看难免会被当作光秃秃的小蛇，陆清酒在这一刻，仿佛和幼时的自己心灵相通，明白了抓周的时候死活不肯抓白月狐的原因。

当然，他也就是想想，没敢说出来，但是脸上还是露出了惊喜之色，伸出手，小心翼翼地把白月狐拿在了手里。白月狐盘在陆清酒的手心，龙形的白月狐披着一层漂亮的黑色鳞片，眼睛是红色的，此时正带些许忐忑观察着陆清酒，见陆清酒并没有表现出不适，才松了口气。

鳞片冰冰凉凉，拿在手里很舒服，陆清酒用拇指轻轻地摩挲着白月狐的身体，看见了白月狐同样缩小了的龙角。这龙角缩小之后非常可爱，有些像海中精致的珊瑚，但摸起来略微有些粗糙，能感受到上面的凹凸不平也带着些鳞片的触感。最最吸引陆清酒目光的，是白月狐那对毛茸茸的小耳朵，为什么龙这种外表高冷的动物，耳朵却是毛茸茸的啊，有点像猫咪的耳朵，摸起来软软凉凉，简直可爱得让人不能呼吸。

陆清酒笑道："月狐，你好可爱。"

白月狐哼了一声："我那么可爱，当初你为什么不选我？"

陆清酒哑然，干笑两声："都怪我小时候没品位。"

白月狐道："我原谅你。"

两人正在说话，那边堆好了沙子的尹寻走了过来，他拿起一瓶可乐，看见了坐在椅子上的陆清酒，却没看到白月狐，茫然道："白月狐人呢？又下水抓鱼去了？"

陆清酒还没说话，尹寻就注意到了他手里捧着的东西，于是惊恐地尖叫了起来："陆清酒，你手里为什么抓着一条蛇啊！快扔了，万一有毒怎么办！！"

白月狐："……"

陆清酒差点没忍住捂住自己的脸，刚才好不容易安慰好了白月狐，尹寻这句话一下去，估计白月狐又得爆炸。

果不其然，白月狐直接从陆清酒手上腾空而起，朝着尹寻的脸扑了过去。尹寻被扑个正着，他还以为是蛇呢，尖叫着倒在了地上："救命啊！！有蛇！！！"

陆清酒赶紧冲过去，把白月狐从尹寻的脸上拿了起来，不过还是有点晚了，白月狐的爪子在尹寻脸上留下了几道痕迹，尹寻虽然不痛，但还是被吓了个半死……

白月狐咬牙切齿："尹寻，我要吃了你！"

尹寻被白月狐的声音吓了一跳，但还没反应过来这条蛇就是白月狐变的，惊恐无比道："清酒、清酒，我为什么听到了白月狐的声音？他在哪儿呢？？"

陆清酒被这两人的样子搞得笑得眼泪都出来了，白月狐对尹寻怒目而视，估计要不是被陆清酒捧在手心里，他能直接冲过去把尹寻抓个稀巴烂。

尹寻被吓了好一会儿，总算是缓过劲儿来了，然而当他意识到是陆清酒手里的那条黑蛇在发出白月狐的声音时，他登时明白了什么，面如死灰道："我……真的不是故意的……"

白月狐凶狠地龇牙，但那小巧的身板看起来却没什么威胁性。

陆清酒安抚似的摸了摸他毛茸茸的耳朵，才让白月狐没有再继续生气。

尹寻盯着白月狐，很想说：这和蛇有啥区别啊，也不怪自己认错啊。但是求生欲让他闭了嘴，还很没出息地对着白月狐露出一个讨好的笑容，说："白……白哥，不好意思，眼拙，一时间没认出来……"

白月狐瞪了尹寻一眼，尹寻继续保持着自己僵硬的笑容。

陆清酒好奇道："你可以变这么小，那最大的时候有多大啊？"他记得当时坐着白月狐潜入海中时，虽然白月狐身上有黑色的雾气环绕，但也可以隐约感觉出其巨大的身姿，还有白月狐和那头红龙相斗的时候，可惜那时隔得太远，陆清酒也没看太清楚。

"很大。"白月狐回答，"想看吗？"

陆清酒兴奋地点点头。尹寻刚才把白月狐得罪了个彻底，这会儿心虚得要命，缩在椅子上假装自己不存在。

白月狐想了想："不过会有些可怕，我怕把你吓到。"

陆清酒道："怎么会把我吓到，龙这种生物可是我们中华民族的图腾，放在哪里都会很受欢迎的。"

白月狐道："真的？"

陆清酒认真地点头道："真的。"

白月狐瞅了尹寻一眼，有点不高兴地扬了扬下巴，说把他的眼睛蒙上，他不想给尹寻看自己的真身，免得待会儿又跟被揪住了后颈肉的鸡崽似的吱哇乱叫。

尹寻理亏，没敢反驳，乖乖地把自己的衣服捞起来，盖住了自己的脑袋，表示自己绝不偷看。

白月狐又看向陆清酒，道："你真的要看吗……"

陆清酒知道他在担心什么："不怕，给我看吧，我想看到你的全部。"

白月狐闻言垂了眸子，轻轻地"嗯"了一声，随后腾空而起，飞到了海洋上空。黑雾从他的身上蔓延开来，遮住了天空，接着，陆清酒听到了一声清晰的龙吟，一条巨兽从黑雾之中腾空而出，游曳在半空中，一身黑鳞反射着耀眼的光芒，身姿矫健，简直是在壁画中才能见到的艺术品。

陆清酒第一次这么近地看到白月狐的真身，整个人都看呆了，眼神里只余下这条美丽到极点的黑龙，他覆盖了大半的天空，从头到脚每个部位都是完美的，让人根本无法移开片刻目光。

白月狐见陆清酒一动不动，似乎有些担心，他从天空中慢慢降下来，将自己大大的脑袋放到了沙滩上，远远地看着陆清酒，嘴里唤着陆清酒的名字："清酒？"

陆清酒这才回神，激动道："月狐，你好漂亮！"他说着走到白月狐的身边，用手抚摸着白月狐的鳞片，感受着那冰凉又奇特的触感。变大之后，白月狐鳞片的特异之处也放大了，和其他动物的鳞片不同，他的鳞片的质感更像玉石，坚硬冰冷，鳞片的周围非常锋利，如果不小心很容易会割破皮肤，陆清酒温柔地抚摸着，还用脸蹭了蹭。

白月狐见到陆清酒的反应，这才放下心来，轻轻地打了个响鼻，接着他的尾巴一扬，便将陆清酒裹住，然后放到了自己的身上。陆清酒高兴地在白月狐的身上走来走去，但是低头仔细观察片刻后，他却有了奇怪的发现："哎，月狐，你身上这是什么？"他在白月狐的鳞片上发现了一些绿色的东西，如果用人类的常识来解释，倒是有点像苔藓之类的蕨类植物。

"苔藓。"白月狐如此回答。

陆清酒惊讶地瞪圆了眼睛："苔藓？为什么会长苔藓……"

白月狐道："太久没有恢复原形了。"

陆清酒道："是吗……"

白月狐"嗯"了一声，就不再说话。事实上，大部分的龙来到人类世界，都是会搭配一个守护者的，这些守护者通常都知道龙的身份，所以自然也能接受龙族的原形。一般他们都会隔一段时间就帮龙族清理一下鳞片。而生活在异世界的龙族就没有这个烦恼了，因为他们随便找只小精怪，就能完成这份工作。

龙的身体极长，清理完要花很长的时间，而且最好每年都清洗一次。不过就算不清洗，也没什么影响，最多就是不好看罢了。自从陆清酒的姥姥去世之后，水府村就一直没有守护者，白月狐也很久没有清洗过原形了。这会儿陆清酒突然问起来，他怕陆清酒接受不了，所以含糊地敷衍了过去。

"那我能帮你清理一下吗？"陆清酒可舍不得自家漂亮的龙身上长这东西，他道，"清理了会不会对你身体有什么坏处？"

白月狐沉默片刻："不会，但是……你不会觉得讨厌吗？"

陆清酒莫名其妙："为什么会讨厌？"

白月狐道："我的身体这么大……"

陆清酒笑了起来："这有什么讨厌的，我喜欢得不得了呢。现在没工具，等回家拿点工具吧，你再找个地方，咱们仔仔细细地把你身上的苔藓清理下来。"

白月狐云淡风轻地"嗯"了一声，陆清酒也没多想什么，便从他的背上下来了，只是让陆清酒比较奇怪的是，他下来的时候看见白月狐的尾巴一直在摆来摆去。接着陆清酒产生了一个不可思议的想法：狗狗开心的时候是摇尾巴，难道……龙也是？

虽然白月狐没有说，但陆清酒大致明白了自家龙的心情，他也跟着笑了起来，和白月狐约定花掉这周的时间帮他清理身体上的苔藓。

尹寻坐在旁边本来用自己的 T 恤遮住了脑袋，但听到陆清酒和白月狐的对话又偷偷摸摸地露出了一双眼睛，看见白月狐那庞大的身躯。不得不说，作为一个没什么见识的山神，如此近距离地见到龙族真身也不是件容易的事。当然，在看清楚了白月狐那硕大无比的身躯后，他也意识到，白月狐一口把自己吞了这种话，的确不是在开玩笑……

一龙一人玩闹了好久，白月狐才变回了原形，这会儿天色已经有些晚了，陆清酒收拾好了东西，带着一大家子回了家，只是临走时他总感觉忘了点什么，疑惑道："我是不是忘了什么东西？"

尹寻说："忘了什么？"

陆清酒："……想不起来了。"

尹寻道："想多了吧，没差什么啊，你、我、白月狐、苏息、小花、小黑……"

陆清酒点点头，觉得好像没什么问题。白月狐手一挥，便让黑雾笼罩住了他们，将他们带回了人类的世界。

陆清酒最后也没有想起自己忘了什么，直到几周之后给小狐狸整理毛发，他才猛地反应过来小狐狸的身上似乎缺了点什么，惊恐道："糟了！我们是不是把雨师的老婆忘在海边没带回来！！！"

尹寻："……"

陆清酒："完了完了。"

等到他把这事告诉白月狐，让他把雨师妾带回来的时候，雨师妾已经在海边度过了十几个日夜，身上长满了藻类，怀里抱着一个小小的海螺，要不是眼珠子还会动，简直像是一个已经变成了石雕的人像……陆清酒对此感到十分抱歉，接下来的一段时间里，做啥都没忘记给雨师妾留一份。

说完了雨师妾，再说说白月狐。

因为答应了给他清理身体，陆清酒特意去镇子上买了很多工具，比如拖把啊，抹布啊，沐浴露啊之类的。考虑到白月狐那巨大的身躯，这些东西的量都买得很多，搞得老板都有点奇怪，问他这是要囤货吗。陆清酒笑了笑没说话，把账给结了。

从海边回来的第三天，陆清酒就让白月狐把自己带去了可以清理鳞片的地方。那是一个很深的圆湖，周围长满了绿色的大树，湖水碧波荡漾，清澈见底，呈现出一种纯粹的深绿色，还能看到其中的水草和游鱼。

白月狐在湖边现出原形，懒洋洋地趴着，陆清酒戴好手套，开始清理工作。他先让白月狐把自己的身体弄湿，然后给拖把抹上沐浴露，从头开始一点一点帮白月狐清理他身上的鳞片。这些杂物大部分都是苔藓，也有一些细小的灰尘和沙石，陆清酒每一块鳞片都没有放过。

白月狐也很配合陆清酒的动作，时不时翻身，给陆清酒提供最为便利的角度。陆清酒把苔藓洗过一层之后，就让白月狐进湖里滚一圈，把松动的苔藓冲掉。鳞片沾了水在阳光的照射下闪闪发光，简直像是炫目的宝石，陆清酒看着觉得格外有成就感。因为陆清酒清理得很仔细，所以进度比想象中的慢一些，大概花了七天的时间才把白月狐的后背清洗完，等到第八天时，陆清酒让白月狐翻了个身，好洗剩下的鳞片。

白月狐很乖地翻了个身，露出颜色比背部要浅的肚皮，陆清酒伸手摸了摸白月狐肚皮上的鳞片，惊讶地发现这鳞片居然是软的，颜色偏浅灰，他道："怎么颜色不一样啊？"

白月狐歪着龙脑袋瞅他："不都不一样吗？"

陆清酒想了想，觉得也是，蛇肚皮的鳞片也是白色的，摸起来更加细密。大部分动物的腹部，都是需要保护的部位，白月狐就这么坦然地露给他看，显然也是信任他的意思。

"对了，我都忘了问，这么摸你的鳞片会有感觉吗？"陆清酒好奇起来。

白月狐沉默片刻，"嗯"了一声。

"有感觉？"陆清酒惊讶道，"随便哪一片都有？？"

白月狐说："是，就算掉了也有，不过龙族有控制鳞片的能力，一般掉了的鳞片就让它消失了。"

陆清酒想起了那次白月狐和其他妖怪打架，自己捡到了一块，还收藏了起来，难怪白月狐当时的脸色那么奇怪，现在想来……他居然是有感觉的。

陆清酒干咳几声，岔开了话题："那……我帮你洗洗肚皮吧。"

白月狐点点头。

之前洗鳞片的时候，白月狐一直没什么反应，导致陆清酒完全没有想过白月狐的鳞片还有触感的可能性，可这会儿陆清酒开始清洗白月狐腹部的白色鳞片时，却听到白月狐在轻轻地哼哼，开始他还以为是把白月狐弄疼了，连忙放轻了动作，然而白月狐却道了句："不用那么轻，不疼。"

"不疼？"陆清酒说，"不疼你哼哼干什么？不要勉强啊。"虽然他特意买的是柔软的布拖把。

"很舒服。"白月狐声音低低的，似乎有些不好意思，"太轻了会痒。"

陆清酒这才恍然大悟："噢，行，那我重一点。"他站在白月狐的肚皮上，继续努力地清理他的肚皮，肚皮上的情况比背上稍微好一点，没那么多的杂物。只是当陆清酒清理到某个部位时，他突然发现有一块鳞片和其他的鳞片都不一样，居然是逆着方向长的。那鳞片上面正好长了一些苔藓，陆清酒也没多想，便用拖把打扫了起来，但他的拖把刚放上去，脚下白月狐的身体就瞬间绷紧了。

"月狐？"陆清酒一愣。

白月狐道："继续。"

陆清酒说："你没事吧？哪里不舒服吗？"

白月狐道："没有。"

陆清酒不太相信，刚才他家黑龙可是一直在摇尾巴，这会儿尾巴都耷拉了下来，明显是不太舒服。他思考片刻，又仔细地观察了一下自己正在清扫的位置，很快就明白了白月狐为什么会有这样的反应。

古人有云，龙有逆鳞，触之必死，是说龙的身上有一片逆鳞，是龙的要害之处，只要碰过的人，都会被龙杀死。陆清酒此时正在清理的，显然就是白月狐的逆鳞，但白月狐并没有抵触陆清酒的动作，他唯一给出的反应，也就只是刚才摇得好开心的尾巴没有再动而已。

陆清酒想到这里，心已经化成了一摊水，他忍不住用手摸了摸那片鳞片，温声道："没事啊，很快就清理好了。"

白月狐轻轻地"哼"了一声。

把逆鳞上的苔藓扫掉，看着它又恢复了美丽的光泽，陆清酒的心情好了很多。但比较让人苦恼的地方是，才洗了可能有三分之一的肚皮，之前准备的清洁用品就用得差不多了。陆清酒都是把买来的沐浴露倒进桶子里一起用的，这会儿用完了只能暂时停工，打算明天再去镇子上采购一些。

白月狐脏了这么多年了，倒也不急于一时，说让陆清酒休息几天再继续，陆清酒也没推辞。说实话给白月狐洗澡真是个大工程，比平时做饭累多了。

于是周六、周日两天陆清酒都没开工，而是在家里做了顿大餐，打算犒劳一下自己。

时间过得飞快，眨眼间便到了六月初，天气越来越热，之前用的厚被褥全都撤了下来，换上了薄被，陆清酒本来还在想要不要干脆铺席子，尹寻却来了句："你铺凉席做什么？"

陆清酒："晚上有点热啊。"

尹寻："热？你热还每天抱着白月狐的尾巴睡？"

陆清酒："……"

得亏白月狐不在场，不然听到尹寻这话估计又得给尹寻送眼刀子。

他虽然也喜欢毛茸茸，但没到陆清酒那沉迷的地步，这天热得都开始穿短袖了，他看着陆清酒每天早晨抱着白月狐的尾巴从屋子里出来时都觉得浑身是汗："那尾巴那么多毛，抱着能不热嘛……"

　　陆清酒虽然不想承认，但不得不说尹寻说得还挺有道理，于是无奈地表示："我想想啊。"

　　晚上睡觉时，陆清酒就把这事儿和白月狐说了，他没说得那么直白，只是小声地提示夏天到了，两个人挤着会有点热。

　　白月狐哪里会听不懂陆清酒的画外音，眉头一挑："你怕热？"

　　陆清酒："倒也不是特别怕……"

　　白月狐道："我可以帮你降温。"

　　陆清酒："啊？"

　　他还没反应过来，便感觉穿着短裤的腿部一凉，一条冰冷的东西缠绕上了他的身体，白月狐的下半身居然变成了龙形，冰凉的鳞片和陆清酒的肉贴在一起，简直不能只用凉快来形容。

　　陆清酒直接看傻了，伸手抓了一下白月狐变成龙尾的下半身，目瞪口呆道："还能这样的啊？"

　　白月狐："当然可以。"他脑袋上又冒出了那一对毛茸茸的耳朵，微微动了动，简直像是在勾引陆清酒抓上去似的。

　　完全受不了诱惑的陆清酒就这么堕落了，下半身被白月狐用尾巴缠着，贴在白月狐的身后抓着他的毛耳朵，带着甜蜜的笑容陷入了沉沉的睡梦中。

　　第二天，尹寻终于没有看见陆清酒继续抱着白月狐那几条假尾巴了，他本来正想着陆清酒终于成熟了，谁知道下一刻就看见白月狐从屋子里挪动出来——这实在是不能用走来形容，因为白月狐下半身是龙形的。

　　尹寻看得下巴都差点掉了下来，眼珠子瞪得溜圆："你……你……"

　　白月狐蔑视地瞅了他一眼，转身洗漱去了，直到吃早饭的时候才变回了两条腿。

　　陆清酒乐滋滋地站在厨房里煎蛋，尹寻惊恐地发问："为什么……白月狐……变成了那样子？"

　　陆清酒道："这不是你昨天说抱着狐狸尾巴太热了吗？我想想觉得也是，和白月狐说了一下，他就换成龙尾巴了。"

　　尹寻："……"

　　陆清酒："真凉快啊，省了空调费了。"

　　尹寻："……"你们城里人真会玩。

陆清酒哼着歌儿煎好了蛋，说待会儿他会把午饭也一起做了，让尹寻自己中午的时候热一下。他打算今天就把白月狐剩下的鳞片全部清理干净，让他家的龙恢复成漂漂亮亮的大黑龙。

尹寻点头，让陆清酒放心去，他会照顾好这个家的。

陆清酒哭笑不得。

对于尹寻而言，要他给龙族清理鳞片，还不如直接把他切片算了。

今天天气很好，虽然有点热，但林间有小风吹过，驱散了那种让人不愉快的灼热感，陆清酒哼着歌儿，把裹了沐浴露的拖把搭到白月狐身上。白月狐趴在软软的草地里，眼睛半眯着，看起来像已经睡着了的模样。但只要陆清酒说话，他就一定会应声。

陆清酒努力地清理着白月狐的鳞片，终于到了尾巴处，待会儿再把白月狐那几只巨大的爪子洗干净应该就差不多了。看着自己身边的庞然大物身上闪闪发光的漂亮鳞片，陆清酒不由得生出了巨大的成就感，他突发奇想，从自己的兜里掏出了手机，用白月狐的鳞片当作背景墙，咔嚓了好几张留做留念。听到他照相的声音，白月狐只是轻轻地打了个响鼻。

"差不多啦。"陆清酒道，"来……把爪子抬一下。"

白月狐照做。

爪子上面的杂物倒不是很多，陆清酒很快就清理干净了。清理结束后，他和之前一样出了一身汗水，陆清酒用挂在脖子上的毛巾擦了一下，大声地宣布："狐儿，我把你洗干净啦！你去湖里面冲一下。"

白月狐点点头，朝着湖中游去，这湖非常深，白月狐可以完全把自己的身体浸泡在里面。看着清澈的湖水，陆清酒也有点心动，他小声道："我也来洗个澡吧。"

白月狐抬眸看着他。

陆清酒三下五除二把自己身上的衣服脱了，一个猛冲，便落入了湖水里，溅起巨大的水花。白月狐被他溅了一脸，大大的黑鼻子上也沾了水珠，陆清酒见状哈哈大笑，他伸手抱住了白月狐那巨大的龙头，在白月狐的面前他太小了，甚至还没有白月狐的一只眼睛大。但这种体形的差距并未让陆清酒生出恐惧，相反，他看着眼前的庞然大物，心中却是难以言喻的满足。

"白月狐，你好大只啊。"陆清酒踩着岸边的沙石，笑得灿烂无比。

白月狐歪了歪脑袋，吐出舌头舔了一下陆清酒。他的舌头也是粉红色的，和黑色冷硬的皮肤比起来简直有些格格不入，倒是有点像一条可爱的大狗。陆清酒被舔了一下，忍不住道："别，痒死了！"那舌头上有些倒钩，白月狐怕伤到陆清酒，所以特意收了起来，不过即便如此，陆清酒还是觉得被舔一下就痒得厉害。他拍拍白月狐的脑袋，又伸出手挠了挠他的下巴，感觉自己好像养了一只巨大的宠物似的。

白月狐被陆清酒挠得眯起了眼睛，陆清酒洗干净了自己身上的污渍，手脚并用爬到了白月狐的身上。这会儿天气正好，陆清酒在白月狐的身上大字摊开，感受着阳光照射在自己肌肤上暖洋洋的感觉。

"好舒服啊……"陆清酒嘴里哼哼道，"都想睡觉了。"

白月狐道："睡吧。"

陆清酒用脸颊蹭了蹭白月狐的鳞片："你呢？"

白月狐说："一起睡。"

陆清酒笑了起来："我身上还有水呢，这么睡着，肯定要感冒的。"虽然气温上升了，但到底还不是夏天，凉风一吹带走身上的水汽，也会带走一些温度。

白月狐闻言，回头把他身上的水珠舔干净，陆清酒痒得直翻腾，好在龙身够大，够他翻滚。不怕感冒，又有点累，很快陆清酒熬不住就睡了过去，再醒来两人已经在家里了。

睡饱起床的陆清酒实在没想起来他是怎么回来的，索性不想了，肚子饿得很，于是爬起来做早餐。

陆清酒简化了早餐的内容，让白月狐帮他把面煮了，自己则去调面条的调料。三人吃完面后，陆清酒说马上要端午了，让白月狐去镇子上买些粽子叶，还有新鲜猪肉，打算开始包粽子了。

他们这儿大部分还是吃的咸粽子，用酱油腌制好糯米之后在里面包上鲜肉、蛋黄或者是腊肉之类的馅料。吃起来咸鲜可口，特别是对于白月狐和尹寻这样的肉食动物来说，更是充满了诱惑力。当然，除了肉粽子之外，陆清酒还打算包点甜口的，所以拿出了之前在冬天腌制的蜜枣，还让白月狐顺带买了些八宝米回来。

陆清酒招呼着尹寻，让他准备棉线和剪刀，他本来还想让尹寻把糯米用酱油腌制起来的，但是思量之后，为了防止这一锅粽子吃了拉肚子，最后还是决定自己来。

小狐狸崽子和小花、小黑在院子里追兔子玩，陆清酒和尹寻坐在椅子上晒太阳聊天。

尹寻问陆清酒谈恋爱是什么感觉。

陆清酒想了想，用尹寻能理解的方式解释了，他说："就像你饿了三个月，突然吃到了一盆好吃的肉，既觉得香，又怕自己撑着。"

尹寻吸吸鼻子，嘟囔着说自己有点想谈恋爱。

陆清酒回忆了一下村子里的人，发现村子里没有一个适龄少女，最年轻的一个雌性生物还是猪圈里的小黑，而人类女性就只有五十岁往上的大婶了。到底是选猪还是选大婶，这真是个让人悲伤的命题。

尹寻大概和陆清酒想的是同一件事，想完之后陷入了无法抑制的悲伤之中，说："为什么命运对我如此残酷，我只是想要一个美丽的姑娘，可它却给了我一只猪。"

旁边正在嬉戏的小花、小黑听到他这话都表示十分不满，说："尹寻你真的是想多了，你想得到猪的时候怎么不问问猪愿不愿意？"

尹寻："不愿意？你还有不愿意的权利？！"他伸手就把小花抱进了怀里，死死地搂着不放。

小花被他搂得差点断了气，但最后还是挤出了一句话："你就算得到了我的身体，也得不到我的心……"

尹寻："我要心干啥，我就要身体。"

小花："……"它直接被尹寻气得背过了身。

妹妹小黑在旁边嘤嘤嘤，说："你放开我哥哥，我愿意和你走。"

陆清酒实在是没忍住，笑出了声。

尹寻："你再笑，你再笑我就把小花吃掉。"

小花："？？？"关它啥事啊？

第三章

死因现

　　端午节算是一个在现代社会依旧有着浓烈特点的节日了。吃粽子、划龙舟、驱五毒，要做的事还挺多的。陆清酒早早地就开始准备，买了草药挂在自家的门口，还买了粽子叶和糯米，包了各种口味的粽子。

　　端午的时候朱淼淼趁着假期跑来了水府村，自从尝过水府村最天然的食物后，她就再也忘不了这美妙的滋味，几乎是一有时间就往这边跑。单位里还有不明真相的同事开起了她和陆清酒的玩笑，问她是不是在偷偷地和陆清酒谈恋爱，不然怎么对那穷乡僻壤如此恋恋不舍。对于这种说法，朱淼淼表示出了极大的不屑，说："你们这会儿就笑我吧，等着我把蜂蜜和生发水带回来的时候你们可别哭着求我。"

　　一听到蜂蜜和生发水，单位里的人瞬间改变了对朱淼淼的态度，纷纷恳求朱淼淼大人有大量，千万别和嘴贱的他们计较。也不怪他们势利，生发水就不用说了，网上的根本抢都抢不到，至于那蜂蜜，味道不仅是一顶一地好，重点是还有美容效果，无论脸上有多少痘痘，涂一层蜂蜜睡上一觉，第二天痘痘就没了。如果是没痘痘的皮肤，涂了这种蜂蜜之后，皮肤则会变得光滑柔软，连皱纹都淡了不少。

　　因为这蜂蜜的美容效果受到了公司广大女同胞的热烈欢迎，本来端午节是要加班的，但朱淼淼上头的高管却破例给她放了假，只为求这么一小罐蜂蜜好拿回家讨好自己的老婆。

　　朱淼淼也因此得到了三天假期，带着大包小包的零食和水果回到了水府村。

　　她来了之后，家里热闹了许多，陆清酒做了一大桌子的好菜，红烧肉、黄焖鱼，还上了几瓶酒。大家边吃边聊，其乐融融。朱淼淼吃完饭，就去看了后院生产她最爱的蜂蜜的钦原，在了解到钦原做五休二节假日不加班的工作制度时对它们的生活表示了羡慕，说自己天天被剥削，就这三天的假期还是靠它们的蜜换来的。

　　于是陆清酒就这么眼睁睁地看着被压榨的社畜朱淼淼和那几只讨厌工作的钦原一见如故，热情地交换了联系方式。

　　尹寻在旁边小声道："我怎么没见朱淼淼对我这么热情啊？"

　　陆清酒说："那是你的祛痘方式不对。"

　　尹寻："哈？"

　　陆清酒道："要是吃了你做的饭不用拉肚子就能消灭痘痘，她对你也这种态度。"

　　尹寻顿时无言以对，有种自己看破了这世间的错觉。

　　几百岁的白月狐洗了碗，和之前一样慢悠悠地坐在院子里晒太阳准备午休了。陆清酒靠在他的身边，问他晚上的菜谱。

　　白月狐道："都可以。"

　　最后决定，晚饭吃陆清酒包的粽子，端午节嘛，当然还是要吃最适合节日的食物。

　　吃完饭后，陆清酒把家里好久没有用过的石臼洗干净，拿到了院子里，然后把之前蒸好的糯米放到石臼里，打算做些糍粑。他们这里的端午节不光吃粽子，还有吃糍粑的习俗，用杵把糯米在石臼里用力捣成黏稠的糊状，然后揉成小团。揉成团状的糍粑可以就这么蒸熟，蘸着黄豆面吃，也可以在外面裹上一层蛋液，然后放在小火里炸一下，再撒上浓稠的红糖。糍粑口感软糯，咬下去还能拉出细长的丝，是小孩儿特别喜欢的一种甜食。

　　不过在陆清酒小时候，糯米的价格比较贵，姥姥身体也不算太好，所以也就是端午的时候才能吃一次。

　　陆清酒嗨哟嗨哟地把糯米捣成了团状，尹寻本来想当那个翻糯米的人的，但是被陆清酒拒绝了，说万一不小心捣到了他的手该怎么办。

　　尹寻感动地说没关系，自己基本没什么痛觉了，陆清酒无情道："我不是这个意思，我的意思是如果你的手混进了糍粑里面，我们吃了糍粑会拉肚子的。"

　　尹寻："……"陆清酒，你变了。

　　朱淼淼一个姑娘家，一家子大男人总不能让她来，所以最后事情还是落到了白月狐身上，他伸手翻糯米，陆清酒来捣。陆清酒开始还挺小心的，但到底是太久没有使用这个工具了，一个不小心，把杵捣到了白月狐手上，他当时心头一紧，便看见白月狐蹙了眉头，小声道："不好。"

陆清酒紧张道："没事吧，手没事吧？！我该轻……"他话还没说完，便发现自己手里的杵缺了一块，而白月狐那双修长的手啥事儿都没有，甚至连个红痕都不存在。

"弄坏了。"白月狐无辜地抬眸，语气带着点小心翼翼，"没关系吧？"

陆清酒："……没事，咱们继续吧。"

然后接下来，陆清酒和白月狐都更加小心——他们害怕再在白月狐的手上捣几下，糍粑还没出来，杵就已经坏了。

糍粑打得差不多的时候，天已经完全黑掉了，尹寻打着哈欠和他们说了再见。陆清酒也去洗漱完，和白月狐一起睡觉去了。

第二天早晨，陆清酒早早地起床，把昨天晚上准备的糍粑用蛋液煎成两面金黄，再备上黄豆面和红糖。粽子也蒸了不少，甜的、咸的都有，陆清酒还让尹寻去打了豆浆，所有食物备好后大家坐上餐桌开吃。

朱淼淼对这糍粑赞不绝口，和机器做的不一样，人工打的更有弹性，米也用的是好米，嚼在嘴里全是米香，配上浓稠的红糖和喷香的黄豆面，朱淼淼吃得欲罢不能。

陆清酒吃了个肉粽子，今年的肉粽他特意包得很大，里面的肉条足足有手指头那么粗，最美妙的是肥瘦相间，肥肉在加热之后完全化作了滚烫的液体，浸透在了糯米里面，咬上一口，便感觉到肉汁充盈了整个口腔。

糯米向来是最顶饱的，拳头大小的粽子，陆清酒吃两个就饱了，朱淼淼吃了不少糍粑，硬生生又塞了个粽子下去，最后已经完全瘫软在了椅子上，摇着头哼哼说不能吃了，再吃她得撑死自己。

陆清酒笑道："你悠着点，别把胃给搞坏了。"

尹寻吃着粽子，还不忘调侃白月狐，说这端午的习俗是吃粽子、划龙舟，龙舟是没有了，能不能用龙来凑合一下……

白月狐缓缓放下筷子，温柔道："你想试试吗？"

尹寻："……哥，我就开个玩笑。"

陆清酒在旁边笑。

　　吃完饭，大家都各做各的事去了，陆清酒打算把家里清理一下，做个大扫除。端午有去五毒的习俗，在民间传说里，农历五月份，是五毒滋生的季节，这时候需要把家里的角落都打扫一下，防止毒虫在家中繁殖。从科学的角度上来说，六月是雨水比较充足的月份，气候也相对潮湿，的确有适宜蚊虫繁殖的条件。

　　陆清酒负责前院，尹寻负责家里，至于白月狐，则带着朱淼淼去地里种地去了。

　　陆清酒拿着扫把，扫着墙角的灰尘和蜘蛛网，正低着头干活儿呢，却听到门口传来了"咚咚"的敲门声。

　　"谁啊？"陆清酒问道。

　　"白月狐在吗？"外面传来了祝融的声音。

　　"进来吧，他不在，刚才去地里了。"陆清酒道，"有什么事吗？"

　　他刚说完话，就看见祝融推门而入，他手里提着什么东西，脸上的神情非常凝重，身上散发着一股浓郁的血腥味，因为他穿着红色的衣服，所以倒也看不出血迹，不过陆清酒还是注意到，他的衣摆上多了一些湿润的痕迹。

　　"我有些事情要和白月狐说。"祝融道，"他在地里？"

　　"是。"陆清酒看到了祝融手里提的东西，起初他以为那是块木头，但仔细看过后，表情却凝固了……那居然是一只缩小的龙爪。被祝融像提货物一样提在手里，上面还有红色的血液缓慢滑落，滴在了黑色的土地里。

　　"这……这是什么？"陆清酒心里有种不好的预感。

　　祝融看了陆清酒一眼："你知道白月狐的真身？"

　　陆清酒点点头。

　　"那该认得出这是什么。"祝融冷冷地回答。

　　陆清酒道："是龙爪？！是那条囚龙的？"

　　祝融不说话，但有时候沉默，也是一种回答。陆清酒想到了上次见到自己的姥爷敖闰，还是几个月前，那时他似乎有什么事想要提醒自己，但却被赶来的白月狐打断了。只是他却没想到，再次见到姥爷，却是在祝融这里——祝融竟断了姥爷的一爪。

　　祝融从陆清酒的表情知道了陆清酒肯定也知晓了真相，他淡淡道："他虽然是你的姥爷，但也是抛弃了你姥姥、吃掉了你父母的人，你又何必对他产生感情？"

　　陆清酒蹙眉，并不言语。

　　"他可以反驳，但他没有。"祝融道，"所以定然是做了才会承认。"他微微叹息，

"罢了，我同你说这些也没有意义。"他转过身，便要离开。

陆清酒站在他的身后，目光却始终无法从那只龙爪上移开片刻，他见过白月狐的龙爪，漂亮、干净，尖锐的爪子像是锋利的刀刃，透着森森寒气。但祝融手里提着的那只，却布满了大大小小的伤痕，甚至爪子还从中间劈裂开，显然是受到了重创。指缝里面夹杂着尘土和石块，这让陆清酒想起了白月狐许久未曾打扫过的鳞片。

"他……被抓到了吗？"在祝融离开之前，陆清酒忍不住问出了这个问题。

祝融脚步一顿，回头道："你希望他被抓住吗？"

"我不知道。"陆清酒回答。

"没有。"祝融红色的眼眸里好似燃烧着火焰，他的声音却是冷的，好像呼啸着的寒风，吹得人心中发寒，"但我宁愿他早点被抓住。"

陆清酒蹙眉。

"他继续逃下去是会死的。"祝融道，"他不肯回来，又不肯伤人，只能一次次地受伤。"他看了眼自己手中还在滴血的爪子，竟自嘲地笑了，"这次是只爪子，下次，说不定就是龙头了。"

陆清酒沉默，不知为何，眼前这人的话明明如此恶毒，可陆清酒却感觉他冷硬的表情中，透出一种难以言喻的哀戚——仿佛在眼睁睁地看着奇迹陨落。

陆清酒心里很难受，但又不知道该如何表达出来。他很想和姥爷再聊聊，但以现在的情况来看，姥爷的情况似乎并不乐观，而且这次祝融提着龙爪来找白月狐，也不知道是为了什么事。

和白月狐一起去地里的朱淼淼提前回来了，回来时和陆清酒说白月狐让她带句话，他有些事要出去，所以不回来吃午饭了。

"他是和那个红头发的人一起出去的？"陆清酒问道。

"嗯。"朱淼淼点点头，"怎么了？"

陆清酒道："没事，我待会儿就去做午饭。"朱淼淼毕竟是个普通人，和她说了这些事似乎也没什么好处。

朱淼淼茫然地点点头，她道："哦……这样啊。"

陆清酒露出个笑容，挽起袖子做饭去了。早晨吃的食物都是糯米，特别耐饿，这会儿都快中午了陆清酒也没什么食欲。但家里还有几张嗷嗷待哺的嘴，所以他还是打起精神做了丰盛的午餐。

午饭用上了朱淼淼带来的水果，陆清酒用糯米做了个菠萝蒸饭，还炒了一盘虾仁，之前家里杀猪剩下了一部分上等的五花肉，他拿出来解冻之后炒了一份盐煎肉，还炖了半只鸡。

朱淼淼闻着香味口水都要流下来了，抓着筷子就没放下过。她也吃过不少上等的料理，可从来没有在其他地方尝到过这样勾人的味道。其他菜就不说了，连碗里的大米都香得要命，粒粒分明，甘甜清香，就光这一碗米，她不用下菜都能直接吃完。

陆清酒心里有事，胃口也就不太好，但看着朱淼淼大口刨饭的模样还是挺高兴的。

看到尹寻和朱淼淼两人吃得差不多了，陆清酒便起身说自己想去睡个午觉，离开了饭桌。

"清酒是不是不太高兴啊？"朱淼淼戳了戳尹寻。

尹寻道："好像是……上午发生了什么事儿吗？"

朱淼淼把白月狐跟人走了的事说了。

尹寻道："那可能是和白月狐有点关系，没事儿，晚上等白月狐回来应该就好了，我去洗碗了，你也去休息吧。"

朱淼淼点头道了声"好"。

陆清酒回到自己的房间，又拿出了姥姥留给他的木盒，盒子已经重新合上了，看起来只有在陆清酒生日的那一天才能打开。好在盒子里面的东西已经全部被陆清酒取了出来，包括姥姥的日记本，和那一片满是伤痕的鳞片。

看到鳞片，陆清酒却忽地想到了什么，之前他给白月狐洗澡的时候，白月狐就曾经提过，龙的每一片鳞片都是有触觉的，而且如果鳞片从龙的身上掉落，只有在龙同意的情况下，才会继续存在。

这片鳞片，显然就是姥爷给姥姥留下的念想，也是两人之间最后的羁绊。

陆清酒忍不住拿起了那片龙鳞，轻轻地抚摸着上面陈旧的伤痕，他想到了祝融手里提着的还在滴血的龙爪，心里很是难受。

看了白月狐的真身后，他对这种漂亮又高贵的生物充满了好感，况且姥爷是自己在这世上最后的亲人，一想到他身上布满了各种伤痕，陆清酒不由得重重叹了一口气。

这会儿已经下午两点了，灿烂的阳光照得整个院子都亮堂堂的。尹寻和朱淼淼都在睡午觉，整个老宅里弥漫着寂静的气息。

陆清酒本打算放下手里的东西，也去床上小憩片刻，却注意到自己的窗口处飞来了一只蝴蝶。如果只是普通的蝴蝶也就罢了，可这只蝴蝶一出现就吸引住了陆清酒的目光，原因无他，它太漂亮了。翅膀整体是深蓝色的，黑色的花纹点缀其上，乍看上去，竟像一条游曳的黑龙。它缓缓舞动着翅膀，飞进了窗户，当着陆清酒的面，停留在了他面前的那片属于姥爷的黑鳞之上。

陆清酒看着它，忍不住朝着它伸出了手指，那蝴蝶下一刻竟飞到了陆清酒的手指上，轻轻地扑闪着翅膀，像是在告诉他什么事。

陆清酒道："你是想告诉我什么吗？"他问道。

蝴蝶好似听懂了他的话，再次飞舞到了半空中，接着朝着窗外飞去，它往外飞的时候还时不时回身，像是在让陆清酒跟上似的。

陆清酒想起了之前姥爷找他的时候，似乎就用过类似的法子，连忙跟了出去。

蝴蝶一路往前，陆清酒紧随其后，一人一蝶，一前一后，很快便离开了水府村，朝着森林的方向去了。

陆清酒去之前给白月狐发了条短信，简单地说明了一下情况，让他不要担心自己。

蝴蝶飞得很慢，似乎是担心陆清酒跟不上，陆清酒也注意到，随着自己跟随着蝴蝶越来越深入森林，周围的环境也在渐渐变得陌生，他显然已经进入了一个全新的世界，如果他没猜错，这个世界是属于姥爷的。

周围原本繁茂的树木开始枯萎，地面上连绿草的痕迹都看不到了，更不用说其他的动物和昆虫，这个世界仿佛已经失去了所有的生机，只余下一片死寂。

在一片枯树之中，陆清酒终于看到了自己想要找的人，他停下了脚步，情不自禁地喊出了那声在自己心中憋了许久的呼唤："姥爷……"

枯树中央坐着的男人缓缓回过头，他穿着一身黑色的衣裳，眼睛闭着，脸颊上还有未愈合的伤痕，听到了陆清酒的声音，他露出一个笑容，想要说些什么，却想起自己在这个状态下并不能说话，于是对着陆清酒招了招手，示意他过去。

"姥爷，你没事吧？"陆清酒忙走到了他面前。

敖闿露出一个笑容，他似乎想要伸出手像之前那样牵住陆清酒，却发现自己的右臂空空荡荡的，已经没办法伸手了，稍微愣了片刻后，他才若无其事地换成了左手，示意陆清酒将手放上来。

陆清酒看着敖闿空空荡荡的右臂，感觉自己的喉咙像被什么东西哽住了，一时间竟不知道该说些什么才好。

"你受伤了。"陆清酒道，"祝融说你再不回去会死掉的，我好担心……"

敖闰笑了笑，他在陆清酒手心里写着："我不会再回去了。"

陆清酒道："为什么……"

敖闰缓缓解释，他的指尖在陆清酒的手心里滑过，很轻也很温柔："我之前待在那里是想赎罪，但现在我必须得出来，清酒，你是我的外孙，我希望你能离开水府村。"

陆清酒茫然地看着敖闰："为什么？"

敖闰继续写："因为只有被污染后，才能明白污染到底是什么意思。"他苦笑了一下，写着，"污染……只是一种夸张的说法，准确地说，应该是让你的欲望彻底地暴露。"

陆清酒想起了红发的姥爷，颤声道："龙族的欲望，是吃掉自己最爱的人？"

敖闰点点头，继续解释："自古如此，其实人类也是这样，只不过人类的能力有限，破坏力也有限，所以很多人即便是被污染了，也不会产生太多的影响，至于龙族……"

龙族本就是神明，被污染的神明的破坏力，不用说也能想象得出来。

陆清酒继续静静地听着，他有太多的不明白，敖闰的话，只是掀起了迷雾的一个角而已。

"我这就告诉你，当年到底发生了什么。"敖闰写道，"答案会很残酷，你想要听吗？"

陆清酒慌乱地点头，与此同时，他感觉到了一种不祥的气息。

"我和你的姥姥相恋后，度过了一段很美好的日子。"敖闰写着，"但后来她有了身孕，而我在知道这个消息前，便掉进了陷阱，不幸被污染了。"

陆清酒在旁边坐下，让敖闰写字更方便一些，第一次，他感觉到了敖闰的虚弱，他身上没有了龙族那种凌厉的气息，反而像是清晨山间快要消失的雾岚。

在敖闰缓缓的描述下，陆清酒知道了之后发生的事。

被污染的龙族，并不会受到惩罚，毕竟他们是上古神明，被污染后唯一的限制就是不能再进入人界。而被污染的龙族无论之前的性格如何，之后都会性情大变，变得易怒乖张，即便是敖闰这样温和的性子，也不例外。虽然心中有一百个不愿，但他害怕伤害到自己的恋人，还是选择了离开。与此同时，龙族也派出了新的房客白月狐。

回到了异界的敖闰才知晓自己的恋人怀孕了，那时的他欣喜若狂，最想做的事就是看看出生后的孩子。但他还有一丝理智，知道如果就这样去人界，极有可能做出不可挽回的事，因此，敖闰强行忍下了自己内心的欲望，并且开始寻找压制污染的法子。

按照敖闰的说法，污染其实就是调动你内心的欲望，让你失去控制力，一般情况下，控制力都会将欲望压制，但是被污染之后，这种压制就无法起到效果了。

龙族的本能是吃掉自己最爱之物，因此被污染的龙自然也会控制不住地想要吃掉自己的恋人。

敖闰也想，想得发疯。

就在他觉得自己快要控制不住的时候，他终于找到了减少污染的方法——将自己的灵魂分成两部分，将污染驱赶到其中一半灵魂里，这个灵魂就是陆清酒曾经见过的那个红发敖闰。

分裂灵魂并不是什么轻松的事，甚至敖闰在某些时候会因此丧失对身体的控制权，但好在他在清醒的时候，能够偷偷溜到人界看看自己心爱之人，而不用担心伤害她了。

敖闰看着自己的女儿出生，渐渐长大，最后在爱人的要求下，离开了水府村。他心中虽然怅然，但也明白与其当个守护者，还不如当个平凡的人类来得安全。姥姥并不想自己的女儿重蹈覆辙，所以没有告诉她白月狐的存在。她隐瞒了一切，直至死亡。

敖闰写到这里，停顿下来，陆清酒并不催促，而是静静地等待着，之前没有细看，此时仔细观察后，他才发现母亲眉眼的形状的确和他非常相似，特别是那双本该非常漂亮、此时却成了两个空洞的眼睛。陆清酒趁着这个空隙观察着周围，他注意到敖闰的肩头和后背上都停留着一些蝴蝶，这些蝴蝶就是将他引来这里的那种蓝蝶，美丽异常。

"你累了吗？"陆清酒小声地问，"你如果累了，可以下次再说。"

敖闰笑着摇摇头，示意自己并不累。

陆清酒道："可是我很担心你……"他嗅到了敖闰身上的血腥味。

敖闰微微叹息，用仅剩的左手抚摸了一下陆清酒的脑袋，然后开始继续写："这样的生活，一直持续到了某个夏天，那时候你已经很大了，我曾经在你小时候见过你，却没有给过你一个拥抱。"

陆清酒难过起来，他伸手抱住了敖闰，紧紧地，像是拥抱姥姥那样。他已经没有了父母和姥姥，敖闰就是他唯一的长辈。

"那个夏天，天气很热，我听说你的母亲似乎想要回水府村，便想来人界看看她。"敖闰缓缓地写着，"只是我却没有想到……发生了不可控制的意外。"

陆清酒母亲的身份是很特殊的，她既不是人类，也不是龙族。一般的人类如果被污染了，通常都会将其灵魂镇压在水府村中，这样的人是不能离开水府村的，尹寻家中的牌位，也是由此而来。但她的血液里，却有一半龙族血统。而在一次回乡探亲中，陆清酒的母亲也不幸被污染。敖闰没有仔细描述母亲为何会被污染，陆清酒也没有细问，因为他从敖闰的语气里，听出了巨大的痛楚。

"有人在背后操纵整件事。"敖闰写着，"包括我，也包括你的母亲。"

陆清酒闻言，心跟着揪了起来。

"你的母亲也没能幸免于难，就这么被污染了，但是大概是因为她身体里有龙族的血统，所以并没有被困在水府村，可以离开。"敖闰继续写，"你的姥姥不想她重蹈覆辙，所以没有把这件事告诉其他龙族，除了白月狐之外，没有别的龙知晓……"

白月狐果然一开始就知道陆清酒母亲的事，不过或许是因为对姥姥的承诺，他并没有告诉陆清酒。

"再后来，就到了那个夏天。"敖闰的手开始微微颤抖，虽然表情没有太大的变化，身上却透出了一股浓郁的悲伤，"你的母亲回来了……我想看看她，我许久未见过她了……"

陆清酒听着这话红了眼睛，他伸手抹了一下脸，压抑住自己胸口翻滚着的情绪，用另一只手按住了敖闰的手背，想给他一些安慰："姥爷……"

敖闰没有回答，拍了拍他的手，继续写："但是，出了意外。"

陆清酒的母亲，突然爆发了血脉之中属于龙族的那一部分，她吃掉了自己的爱人——陆清酒的父亲。

当敖闰写出这些内容的时候，陆清酒有种从脚底凉到了头顶的感觉，他猜测过很多种可能性，却从来没有猜到过这个真相。现在仔细想来，在这件事发生前的某段时间里，他母亲的性情的确变得暴躁了很多，那时他并未多想，只以为是母亲和父亲的感情出现了问题。直到此时此刻，他才明白那种暴躁到底意味着什么。

人类没有吞噬爱人的习惯，所以即便是被污染，也不会对爱人造成太大的伤害，最多是脾气坏一些而已。可龙却不一样，他们本来就是贪婪的动物，恨不得将所有心爱之物全藏入腹中，再也不被他人觊觎。

恢复了龙族血脉的母亲变成了龙身，毫不犹豫地将自己的爱人一口吞下。

而因想见自己爱女而到达了人界的敖闰便目睹了这一切。

陆清酒说不出话来，他陷在了巨大的悲伤之中，他无法想象当时的画面，更想象不出亲眼见到这一切的敖闰，又该是何种心情。

"接着，她便朝着老宅去了。"敖闰写道，"我知道她想做什么，她想吃了她心爱的母亲，我的爱人。"他写到这里，脸上浮起了悲哀又慈祥的笑容，"我不能允许这种事情发生，我的爱人，只能我自己吞掉。"

陆清酒颤声道："所以……你吃了我的母亲。"

敖闰点点头，他似乎担心陆清酒因此对他产生厌恶，有些忐忑地抓住了陆清酒的手，继续写道："我本来只是想阻止她，但是在使用力量的时候，被污染的灵魂使用了我的身体，等我再次恢复身体的控制权时，她已经没了……"只余下了一地刺目的鲜血和无数破碎的鳞片在告诉敖闰，他都做了什么。

再后来的事，陆清酒都已经知道了。

吃掉了女儿的敖闰受到了龙族严厉的惩罚，他没有反驳，因为他的确做了这件事。他也没有解释其中缘由，或许在他看来已经没有必要了，毕竟让陆清酒姥姥知道女儿吃掉了爱人这件事也只有打击，并无安慰。

而此时，陆清酒也彻底感受到了什么叫作知道不如不知道，也终于彻底弄清楚了自己父母的死因，可却没有得到一丝的安慰，他看着身边伤痕累累的姥爷，忍不住伸手抓住了他的手腕。敖闰的手腕一片冰凉，他整个人都好似失去了温度。

"姥爷，你回去吧，和他们说清楚。"陆清酒不忍心看着他继续这么下去，他舍不得自己唯一的亲人遭受这样的痛苦，"不要再这样下去了，我是你的孙子，我愿意为你正名……"

敖闰微笑着摇了摇头，他写道："我这次出来是有目的的，目的还未达到，我不会回去。"

"什么目的？"陆清酒急切地问道。

敖闰写着："我告诉过你，我被污染是因为误入了陷阱，之后你的母亲被污染也是因为意外……"

陆清酒马上明白了："你是想找到那个幕后黑手？！"

敖闰点点头。

"他到底是谁？为什么要这么做？"陆清酒想起了白月狐给他科普过的一些事，忙道，"是和烛龙那边的人有关系吗……姥爷……"

他话说到一半，敖闰却开始低低地咳嗽起来，他咳得非常用力，最后直接开始干呕，好似要将内脏都咳出来似的。

陆清酒连忙帮他拍着后背，想让他好受一点，可是他拍着拍着却觉得不对劲，仔细一看，才发现之前贴在敖闰后背上的那些冰蓝色蝴蝶竟是变得越来越多。之前陆清酒一直以为这些蝴蝶是敖闰驱使的，但此刻才发现这些蝴蝶竟在吸食敖闰衣服上的鲜血，怎么赶都赶不走，而且数量越来越多。

"姥爷！姥爷！你没事吧！"陆清酒一下子紧张了起来，他明显感觉出了不对劲，"这些蝴蝶怎么越来越多了？"

敖闰还在重重地干呕，只是听到陆清酒的话后，他的脸上出现了一些疑惑，似乎想要说点什么，却被剧烈的呕吐反应打断了。

而坐在敖闰旁边的陆清酒，却是眼睁睁地看着本来在不停干呕的敖闰，头发开始渐渐变红，身上温和的气息也被张狂的气息替代——那个被污染的灵魂要出来了。

陆清酒虽然知道他是危险的，可还是不忍心将他丢下，而当敖闰停止干呕抬起头后，那张脸上已经挂上了张狂无状的笑容，他咧开嘴，再次发出了陆清酒曾经听过的沙哑声音："好久不见，我亲爱的外孙。"

陆清酒蹙眉看着他："你……"

"我也是你的姥爷啊。"他直起了腰，凑到了陆清酒的面前，"怎么，这就不认我了吗？"

陆清酒想要站起来，却被他直接按住了肩膀，他说："他把一切都告诉你了？"

"一切是指什么？"陆清酒道，"你想知道什么？"

红发的敖闰"啧"了一声，似乎对陆清酒的反应有些不满，他甩了一下自己空荡荡的衣袖，不悦道："都告诉他别再折腾这具身体了，再折腾真死了，就一辈子也别想知道他想知道的事了。"

陆清酒警惕道："你知道幕后黑手是谁？"

"我当然知道。"敖闰哈哈大笑，他伸出手，便有蓝色的蝴蝶停在上面，"没有他，就没有我，我是他创造的，我当然知道。"他手一挥，便将蝴蝶抓入了掌心，那蝴蝶居然直接在他手心里化作了一团散发着寒气的水。

陆清酒还想说什么，敖闰伸手在他的脑袋上拍了一下，陆清酒便感到一股彻骨的寒气侵入了他的脑海，接着一阵天旋地转，眼前一黑，就这么昏了过去。

陆清酒做了个梦，梦到自己出现在了被大雪覆盖的山中。抬眸望去，天地之间茫茫一片，只有刺目的白。他在山间漫无目的地走着，却看到山下飞出了无数冰蓝色的蝴蝶，这些蝴蝶遮天蔽日，腾空而起，很快竟将整个雪山笼罩了起来。有的蝴蝶停在了陆清酒的肩膀上，但在它停下的那一刻，却在他的肩膀上融化成了一摊雪水。

陆清酒的身体感到了寒冷，他的意识开始渐渐模糊，似乎马上就要从这怪诞的梦境之中抽离出来。但就在醒来的前一刻，恍惚间他竟在那数不尽的蓝色蝴蝶中，看到了一个人的身影。那似乎是个小孩儿，穿着一身冰蓝色的衣裳，面容看不太清楚，但可以看出头发也是漂亮的蓝色，他远远地看着，目光仿佛穿透了陆清酒的身体，看向了未知的方向。

陆清酒还想仔细看看，却已经醒了过来。白月狐的声音传到了他的耳边，带着一层朦胧的音效，他叫着他的名字，想要将陆清酒从梦境中唤醒。

"清酒，清酒，你醒醒，你快醒醒！"陆清酒艰难地睁开眼，看到了白月狐担忧的目光，他刚才应该是使用了力量，因为他的头发再次长长了，这会儿正从他的脸侧垂下，落在陆清酒的肌肤上。

"我……在哪儿呢……"陆清酒茫然道。

"山上。"白月狐低声回答，他的语气十分不快，能听得出他对敖闺很不满意，"是他把你带上山的？"

"不是。"陆清酒道，"是我自己想上来的。"他坐了起来，环顾四周，发现自己坐在一片草地里。这会儿天已经完全黑掉了，没了梦境中的寒冷，六月的风已经带上了一股炎热的气息。

"他有没有对你做什么？"白月狐看起来很担心。

陆清酒沉默片刻："他告诉了我关于母亲的事。"

白月狐微愣。

"是他吃掉了我的母亲。"陆清酒本来以为自己会很难将这些话说出口，但真要说的时候，却发现好像也没有他想象中的那么困难，至少在白月狐的面前如此，"因为我的母亲也被污染了，她吃掉了我的父亲后想吃我的姥姥。"

白月狐不语，只是伸手抱住了陆清酒，想要给他一些安慰。

"所以他才这么做了。"陆清酒道，"所以从逻辑上来说，他吃掉了我的母亲，的确是事实。"

白月狐静静地听着。

陆清酒道："我们边走边说吧。"他说着从地上站了起来，拍拍粘在自己屁股上的草屑，看起来一副若无其事的模样，"中午没怎么吃东西，这会儿都有点饿了。"

"好。"白月狐跟在陆清酒的身后。

一路上陆清酒把敖闰和他说的话同白月狐讲了，当然，其中还着重说了一下关于幕后黑手的事，他本来以为白月狐会向他透露些什么，可白月狐从头到尾都很安静，只是那双黑眸里依旧含着满满的担忧。

在最后说到红发的敖闰将一只蓝色蝴蝶拍到他的脑袋上时，白月狐忽地皱起了眉头，详细地询问了关于蝴蝶的模样。

陆清酒也警觉起来，道："怎么了？那个蝴蝶有什么特殊的地方吗？"

白月狐说："是有点特殊。"

陆清酒道："怎么说？"

白月狐想了想："暂时没法同你解释，我只是依稀有一些猜测，还不能证实。"

陆清酒无奈道："那总要给我点提示吧？"

白月狐道："蝴蝶可能跟污染你姥爷和母亲的人有关系。"

说到这个，陆清酒马上想起了自己梦境里的雪山和蝴蝶丛中那个孩子的身影，这个梦又意味着什么呢？难道他看到的那个孩子就是幕后黑手？可当陆清酒将自己的梦境描述给了白月狐后，白月狐也是一脸茫然，显然他也不明白梦境隐藏的含义。

陆清酒叹了口气，说还是先回去吃饭吧，这肚子饿了脑供血不足，想什么都想不出来。

两人从山上走回了家。

在院子里坐着的尹寻和朱淼淼见到他们二人回来都很激动，特别是尹寻，他以为陆清酒出了什么事呢。

"你们吃晚饭了吗？"陆清酒问。

"没呢。"朱淼淼道，"我们想等着你回来一起吃。"

陆清酒道："那我先随便做点什么吧，等会儿啊。"这都快十点钟了，也没时间做什么太过复杂的菜肴，陆清酒为了方便，就随便弄了点面条，一家人就这么吃了。

吃饱后，陆清酒主动说起了自己的事，但他没有提到敖闰，只是说突然有些事情去了山上一趟，并没有遇到什么意外，让他们两人不必担心。尹寻欲言又止，朱淼淼看着屋子里每个人的表情，虽然感觉有些不对劲，但也不明白到底发生了什么。

吃完饭后，大家各自去休息了。

陆清酒身体有些乏，早早地洗漱上床，白月狐照例睡在陆清酒的身边，但睡觉前，他却关掉了空调，变出了那几条毛绒绒的大尾巴。

"你变尾巴出来做什么？"陆清酒有点蒙，这温度都快三十摄氏度了，被尾巴缠着还不得中暑啊。

白月狐说："用得着。"

陆清酒见白月狐如此笃定，便没有再继续纠结，结果他刚入睡，就明白了白月狐那句"用得着"是什么意思。在这炎炎夏日，他居然会觉得寒冷！那股子冷意像是从他的脑子里钻出来似的，冻得他浑身发寒，只有抱紧了那暖和的、毛茸茸的大尾巴才稍感安慰。而最让陆清酒难受的，是他又梦到了之前梦见的雪山，再次看到了无数纷飞的蓝色蝴蝶，这一次的梦，视线比之前更加清楚一些，他甚至还能听到冰面碎裂的声音。起初陆清酒以为是自己脚下的冰面碎了，但当那碎裂的声音越来越清晰时他才意识到，这声音是从他头顶上传来的。

梦里的陆清酒抬起头，看到了蓝色的天空如同镜面一块块地碎裂开来，有黑色的东西伴随着碎裂的天空往下掉，冰蓝色的蝴蝶在周遭起舞，如同狂欢，整个世界都好像要坍塌了一般。

陆清酒被眼前的画面所震撼，他眼睁睁地看着天空一块块地塌陷，就在整个世界即将陷入黑暗之中的时候，陆清酒被人用力摇醒了，他满头冷汗地醒了过来，看见白月狐坐在旁边，目光担忧地盯着他。

"我……我做了个噩梦。"陆清酒颤声道。

白月狐道："他就要来了，你再忍一忍。"

陆清酒刚醒来，意识还有些模糊，没有去细问白月狐口中的"他"是谁，他整个人都是迷迷糊糊的，还陷在刚才梦境里那可怖的画面之中无法自拔。

第四章
六月雪

天慢慢亮了，阳光从窗口射入，门口传来了脚步声，随后有人轻轻敲了敲门。

"进来。"白月狐道。

那人推门而入，陆清酒朝着传出脚步声的方向看了一眼，没想到竟看到了昨日来找白月狐的祝融。

"他怎么样？"祝融冷声问。

"不太好。"白月狐道，"寒气入了骨。"

祝融走到陆清酒的身边坐下，随后检查了一下陆清酒的身体。他的神情凝重，搞得陆清酒也紧张起来，感觉自己仿佛得了什么绝症似的。

"我……我没事吧？"被祝融这么一搞，陆清酒的睡意彻底没了，他伸出手让祝融把脉，有点紧张地询问。

"嗯……"祝融蹙起眉头。

陆清酒屏息凝神，觉得自己像是个等待着宣判的重刑犯。

"不妙啊。"祝融嘴唇微动，吐出了几个字。

陆清酒和白月狐闻言脸色都微微一变，陆清酒脑子里瞬间滑过了无数个绝症的名字。白月狐比陆清酒要冷静一点，他握住了陆清酒的手，冷声道："说重点。"

祝融道："这马上就要到盛夏了，陆清酒这身体，恐怕……"

陆清酒吞咽了一口口水，等着最后的答案。白月狐拧起眉头，似乎打算说点什么，但还是忍下了，静静地等祝融把话说完。

祝融道："恐怕一个夏天都不能吃冰了。"

陆清酒："……"

白月狐："……"

陆清酒和白月狐两人沉默了可能有一分钟的样子，陆清酒憋出一句："就这？"

祝融莫名："不能吃冰不是很严重吗？"他随手挥了挥，手指上出现了一缕明亮的火焰，那火焰好似有生命一般，直接蹿进了陆清酒的皮肤里，陆清酒的身体本来一直很冷，但这火焰一入体，他就感觉到那股寒气似乎被驱逐出了体内，完全不冷了。

"我本来就不太喜欢吃冰。"寒气离体，陆清酒的精神也好了很多，他道，"吃不吃好像没什么影响。"

祝融闻言神情变得严肃起来，然后他说："你们人类真可怕。"

陆清酒："……"

他有点无奈，因为他发现祝融是认真的。也是，作为掌管夏日的神明，喜欢凉快似乎也是正常的事吧，毕竟体内都是炎热的火焰，想喝点冰凉的酸梅汤，啃两根牛奶味的冰棍儿，都是让他觉得幸福的消遣。要是一个夏天什么冰都不能碰，那祝融可能会考虑把那个导致他出现这样情况的人给烤了。

陆清酒说："还有其他的后遗症吗？"

祝融摇摇头。

那缕火焰帮陆清酒驱走寒气之后便从陆清酒的身体里蹿了出来，只是蹿出时却化作了蝴蝶的模样，陆清酒定睛看去，愕然发现这蝴蝶和他见到的那种冰蓝色的蝴蝶竟有几分相似，唯一不同之处，便是两种蝴蝶的颜色……

陆清酒看向白月狐，白月狐却朝他递了个眼神，示意他不要说话。

祝融道："好了，我帮你把寒气祛除了，之后注意保暖就行，不要去极寒之地，我先走了。"他是被白月狐叫过来的，这会儿事情办完了自然打算离开。

白月狐和陆清酒目送祝融离开。

确定他走了之后，陆清酒才扭头看向白月狐："为什么不让我问？"

白月狐道："你要是说了，他一定会知道你和你的姥爷接触过。"

陆清酒马上明白了，祝融就是执刑人，他的任务便是追踪敖闯，只要敖闯拒绝回来，他便不会手下留情，之前斩断的那只龙爪便是最好的证明。

陆清酒道："也是……"在知道真相后，他的确舍不得敖闰再受伤了，"可是为什么我看到的那种蝴蝶，和祝融身上的这种蝴蝶除了颜色外一模一样，难道它们之间有什么关系？"

白月狐蹙眉道："我也在想这件事。"但目前还没有想到答案。

陆清酒露出和白月狐同样的表情。

不过从目前看来，至少陆清酒的身体是没什么问题了，按照祝融的说法，只要这个夏天不吃冰，不去极寒之处，便没有大碍。但困扰着陆清酒的事却多了起来，比如那些冰蝶的主人到底是谁，比如变成红发的姥爷为什么要把冰蝶拍进自己的脑袋里……

如果敖闰真的想杀掉陆清酒，也不过是动一动手指而已，毕竟只有四分之一龙族血统的陆清酒在他面前几乎等同于凡人，根本不需要用这么复杂的法子。

心里念着疑惑的事，陆清酒去做了早餐。

朱淼淼见陆清酒神情凝重，以为是出了什么事，忙问他需不需要帮忙。陆清酒拒绝了朱淼淼的好意，再看尹寻担忧的模样，意识到自己似乎太严肃了一点，虽然心里面有事，但这些事都不是一时半会儿能解决的，倒不如顺其自然，好好享受当下的时光，况且朱淼淼的假期只有三天，他没必要把不愉快的情绪带到她的身上。

陆清酒整理了一下心情，露出习惯性的温和笑容，道："我真的没事儿，你们与其在这里担心我，倒不如想想咱们中午吃什么。"

"吃什么？"朱淼淼来者不拒，"你做啥我吃啥，什么东西我都喜欢吃……"

陆清酒想了想，道："那干脆让白月狐杀只兔子吧，做个兔肉火锅，还有尹寻，你去地里摘点新鲜的菜，每样都来点。"

尹寻高兴地"哎"了一声，提着篮子出去了。

朱淼淼在厨房里帮陆清酒打下手，顺便和他聊了一下公司里最近发生的事。她说之前和陆清酒有矛盾的那个吴总本来要升官了，但是却不知为什么拒绝了调令，选择继续待在本部。他的脾气也好了很多，公司员工还因此和他开玩笑，说是不是吴总看上了他们公司的哪个员工才舍不得走。

陆清酒听到"吴总"这个称呼的时候倒是愣了一下，随即马上想起了他和老树的渊源，那都是去年的事儿了，吴嚣阴错阳差地和老树喜结伴侣，本来陆清酒还有点担心他，但之后吴嚣就没了消息，看来是和老树相处得不错。陆清酒打算今年八月份回去祭祀父母的时候再去看看老树，这也算是他们之间的约定。

朱淼淼不知道这些，还在继续说着吴器的事，说他保养有方，看起来年轻了不少，大家都怀疑他是真的谈恋爱了，但却没见到他恋爱的对象，只是发现他下班后几乎每天都要去一个公园里坐很久。有的员工还表示看见吴器在自言自语，不过这种说法没有得到广泛的认可，毕竟吴器那严肃沉稳的形象还是很深入人心的。

"说起来，他会不会被什么妖精魔住了啊？"朱淼淼低着头剥蒜，"存在这种可能性吗？"

陆清酒道："嗯……存在吧。"要真说起来，老树也算是树妖吧。

朱淼淼道："那能迷倒吴总的肯定是个美丽的小妖精，像白月狐那样的。"

陆清酒想着白月狐那张漂亮的脸，又想想他那被小孩子嫌弃的原形，忍不住露出了笑容。

朱淼淼见陆清酒的心情的确是好了起来，这才松了口气，她毕竟是个女孩子，心思细腻很多，知道肯定是出了什么事儿陆清酒才会有之前的反应，不过既然陆清酒不愿意说，那肯定是家里的私事，她也不好硬问。

尹寻摘了新鲜的蔬菜回来，白月狐跟在后头，手里面提着一只看起来非常漂亮的大鸟。那大鸟浑身长满火红色的羽毛，嘴巴上一点青，羽毛光彩艳丽，唯一美中不足的就是脑袋已经被白月狐给拧断了，歪歪地耷在一边，没了气息。

"这是什么鸟啊？"朱淼淼看见鸟漂亮的羽毛，道，"不是国家保护动物吧？"

"应该不是。"陆清酒知道如果白月狐去打猎，一定猎的是非人类，虽然他一时间没有想起来这鸟到底是什么，但唯一能肯定的是这鸟的味道肯定不错。

"鸧鹇。"白月狐的嘴里吐出两个字，"好吃。"

陆清酒这才想起来这鸟的身份，这鸟名叫鸧鹇，是《山海经》里提到的一种鸟类，浑身火红，唯有嘴巴的部分是青色的，吃了这种鸟，便可以不做噩梦，辟邪消灾。他抬眸朝着白月狐看去，两人的目光交叠在一起，都明白了对方的意思。

显然白月狐是因为陆清酒之前做噩梦时痛苦的模样，才专门去打了这种妖兽，陆清酒心中微动，笑道："那你把毛处理一下吧，待会儿和兔子一起煮了。"

白月狐点点头。

朱淼淼忙道："羽毛给我留下来吧，这么漂亮，丢了太可惜了，我拿去做点工艺品。"

白月狐"嗯"了一声，算是应下了。

和人类世界不同，异界都是弱肉强食，最大的便是天地法则，但天地法则是为了约束力量的，并不会保护弱小。白月狐所属的龙族，便是里面最顶级的猎食者，他们是食物链的顶端，是支配一切的神明。

陆清酒熬好了汤底，把剥了皮的兔子处理了一下切成了块状。朱淼淼则把鸟的红色羽毛全部收集了起来，说打算带回公司给同事们当作礼物。

尹寻清理好了蔬菜后，在桌子上摆好碗筷，乖乖地等着开饭。

陆清酒架好电磁炉，便把红艳艳的汤底端了上来，然后点火烧开，再将兔子和鹁鹁的肉放进去。白色的肉在红色的汤里面翻滚，看起来让人非常有食欲，浓郁的香气充满了整间屋子，朱淼淼和尹寻在旁边吸溜口水。

陆清酒把调料准备好，见肉差不多熟了，便招呼着他们动筷子。

大家都没客气，筷子直接朝着最肥美的部位夹了过去，陆清酒先尝了一块鹁鹁的肉，发现这肉的味道非常好，吃起来有点像鸡肉，但是比鸡肉要肥美很多，能在里面吃出脂肪那种柔软的口感，但又不肥腻，骨头也不多，在汤底里煮熟之后，软嫩可口，又香又辣。

"好吃。"陆清酒赞道，"这鸟肉的味道不错，你们都尝尝。"

其他几人尝了鸟肉，也都赞不绝口，陆清酒便拿了个碗，给苏息、小黑、小花都装了一点，当然，也没忘记苏息毛毛里面的雨师妾。

一锅肉很快吃完了，陆清酒又下了第二锅，里面还放了一些蔬菜，比如金针菇啊、油麦菜啊、粉条啊、南瓜之类的。等待的时间里，四人都盯着锅目不转睛，陆清酒是在发呆，尹寻和朱淼淼跃跃欲试，而白月狐看似神色平静，实则蓄势待发，手里的筷子随时能加入战斗。

"好了吗？"尹寻终于没忍住，扭头问陆清酒。

"嗯……我看看啊。"陆清酒夹了一块鸟肉，品尝一口，随后点点头，"好了，吃吧。"

一声令下，三人的筷子同时伸入了锅里，这是一场血腥的战斗，只有胜者才能吃到更多的肉！

陆清酒看着他三个的动作都傻了，三人的筷子上下翻飞，起初白月狐还要装一下，后来装都懒得装，他吃肉连骨头都不吐了。朱淼淼发现白月狐作弊，尖叫道："白月狐你吃肉都不吐骨头的啊！太过分了吧！"

白月狐无情道："你也可以不吐。"

朱淼淼语塞。

但刚发现白月狐作弊，朱淼淼又察觉了尹寻的不对劲，这么烫的肉，尹寻夹起来就往嘴里塞，吹都不吹一下，好像不怕烫似的。朱淼淼惊恐道："尹寻，你不怕把你嘴巴烫坏啊？！"

尹寻："我不怕烫。"

朱淼淼："……"她输了。

一个不吐骨头，一个不怕烫，仅是人类出身的朱淼淼，从一开始就输在了起跑线上。

吃着没人抢的菜把自己给喂饱了的陆清酒怜惜地看着垂泪的朱淼淼，摸摸她的脑袋，说没事儿，这会儿留点肚子，下午给她做甜品吃，这才勉强安慰了朱淼淼已经破碎的心。

以前还有陆清酒陪着，但现在，朱淼淼成了家里唯一的一个人类。在不留情面的吃饭竞赛中落于下风，似乎也是合情合理的事。眼睁睁地看着身边两人的筷子夹走了最后的兔肉，只能看着自己碗里绿色蔬菜的朱淼淼不由得流下一滴悲伤的泪水。

陆清酒已经站起来消食了，他去院子里给鸡圈里的水盆加了水，又帮兔子换了干净的草料。这天气热了，食物腐败的速度越来越快，饲料要是没吃完就得迅速处理掉，不然院子里容易有异味。

弄完这些事，陆清酒又去睡了个午觉，起床后打算实现刚才给朱淼淼允诺的事，做些她喜欢的甜品。

之前买的芝士派上了用场，陆清酒打算弄个芝士蛋挞试试。再炸一些鸡胸肉，做点鸡排。因为这些甜品的做法比较复杂，陆清酒之前也没有试过，不知道这次能不能成功。

好在因为经常做甜点，陆清酒对火候和馅料的掌控已经非常精准了，做出来的刚出锅的芝士蛋挞还散发着浓郁的奶香味，一口咬下去，带着热度的芝士顺着边缘慢慢流下。芝士蛋挞的边是脆的，里面是浓郁的液体状的馅料，牛奶的香气很突出，还有一种独属于芝士的甜腻口感。

为了解腻，炸鸡排则是五香麻辣的，外面裹了层薄薄的面包糠，一大块直接下锅，温油慢炸，炸好之后再过第二遍油，这样可以让鸡排里面的油脂最大限度地排出，减少油腻感。之后便切成长条状，锋利的刀刃切断了面包糠，丰盈的鸡肉汁水便从里面溢出，还能看见在缓缓冒着热气的白嫩的鸡肉。

家里三双渴望的眼睛就没从厨房移开过片刻，陆清酒让他们去院子里等着，然后又冲了点山楂水，放好了冰块，山楂是去年泡的，已经快要吃完了，口感酸甜，加了冰块之后更是清爽，在这稍微有些炎热的下午，简直是消暑良品。陆清酒计划着今年山楂成熟的时候再多做一点，免得不够吃。

当然，他不能吃冰的，所以只给自己准备了一杯牛奶。自从朱淼淼来这里发现牛牛可以产出各种口味的牛奶后，就打开了新世界的大门，开始给牛牛喂各种奇奇怪怪的东西，比如陆清酒手里这杯就是鸡蛋味的牛奶……尝起来居然还不错。

院子里的三个人对着食物早已摩拳擦掌，但还是在用最后的自制力忍耐着，陆清酒坐下，看见他们三人的表情，忍不住笑了起来，语气里带了点无奈："好了，吃吧。"

唰唰唰，陆清酒的话音刚落，眼前就闪过三道黑影，接着面前的食物便少了大半。

朱淼淼有了之前的经验，这次两手齐出，先拿到手再说，丝毫不肯落于下风。

陆清酒就坐在旁边安静地喝着牛奶，看着他们抢。

下午茶本来是悠闲的时光，却被这三人硬生生弄出了刀光剑影的味道，最后胜利的依旧是不怕烫也不吐骨头的白月狐，尹寻和朱淼淼含恨惨败。

假期过得很快，一晃三天就没了，朱淼淼虽然恋恋不舍，但也得回到城市里继续上班。当然，离开前没有忘记带上自己喜欢的蜂蜜和生发水，还带了一些白月狐种的水果。

"等我下次再来啊。"朱淼淼上火车前和陆清酒告别道。

"嗯，下次再来。"陆清酒摆摆手，看着她的背影，直到她彻底消失在自己的面前后，才转身离开。

他开着自己的小货车打算回水府村，却在半路上看见了一个熟悉的身影。起初陆清酒还以为是自己看错了，直到在那人面前停下了车，他才确定自己没有认错人。

"玄玉大师，您怎么在这儿？"陆清酒下车唤道。

站在路边的是个穿着袈裟的和尚，他戴着斗笠，手里握着一根禅杖，听到陆清酒的声音，微微扭头朝着他行了个礼。虽然面容被斗笠遮住了大半，但因为穿着特殊，陆清酒还是认出了他的身份，这人便是去年冬日大雪纷飞时突然到访他家的那位僧人——玄玉。

依照玄玉的说法，他和陆清酒的姥姥是旧识，也是他隐晦地提醒了陆清酒，那个黑盒子的用法。

"陆施主，好久不见。"玄玉露出一个淡淡的笑容，和白月狐那种充满了侵略气息的气质不同，玄玉身上透出的是如同玉石一般温和包容的魅力，倒是和陆清酒的气质有几分相似。

"好久不见。"陆清酒道，"您来这里有什么事吗？"

玄玉笑道："我只是来通知陆施主，这几日千万不要出门。"

陆清酒道："不要出门？"

玄玉道："水府村要下雪了。"

陆清酒愣住了："下雪？这才六月份，怎么会下雪……"

玄玉并不回答，只是用那双含着慈悲之色的双眸凝视着陆清酒，陆清酒被他这么盯着，却是有了一种被看透了灵魂的错觉，他道："大师，您是不是有什么事想告诉我？"

"陆施主去过山神的祠堂了吗？"玄玉问。

陆清酒道："去过了。"

"可有见到什么？"玄玉继续问。

"见到什么……"陆清酒道，"您是说我母亲的牌位？！"

玄玉道："看来陆施主都知道了。"

陆清酒点点头："差不多都知道了。"不过玄玉这话，倒是让他想起了什么，当时玄玉突然将尹寻变成了稻草人，若不是白月狐赶回来，恐怕祠堂里镇压的东西会出问题，而玄玉显然知道那祠堂是怎么回事，既然如此，他为什么要把尹寻变成稻草人？难道他是醉翁之意不在酒……

还未等陆清酒想明白，玄玉便叹了口气，慈悲的眸中多了点遗憾的味道："那为何施主不离开水府村呢？"

陆清酒蹙眉道："为什么要离开……"

玄玉道："您的母亲因水府村而死，姥姥因水府村被困囚一生，现如今您还有脱身的机会，为何还在犹豫？"

陆清酒收敛了笑容，他道："犹豫？不，我没有犹豫，我不会离开水府村的。"他的话掷地有声，并不带一丝迟疑。

玄玉闻言不笑了，那双黑玉般的眼眸静静地看着陆清酒，一般人的眼睛，瞳孔里都会有纹路，但他的眼睛，却如一汪深沉的湖，黑得吓人。

"为何不走？"玄玉问。

陆清酒答道："我喜欢水府村。"

玄玉："喜欢水府村，还是水府村里的人？"

陆清酒的眉头拧得更紧了，他道："不知道玄玉大师这话是什么意思，又想要告诉我什么呢？"

玄玉却没有再继续这个话题，他摇了摇头，又叹了口气："罢了罢了。"

陆清酒直觉玄玉还会说些什么。

果不其然，玄玉抬手，将斗笠重新戴好，他转过身，朝着山上的方向缓步走去，声音缥缈如同山间雾霭："六月将雪，陆施主请做好准备吧。"

陆清酒本想叫住他，然而不过是一眨眼的工夫，他就消失在了自己的面前。

本来这里只有一条路，可陆清酒开着车一直往前，直到到家，也没有再看见玄玉的影子。

回家之后，陆清酒连忙把这事儿和白月狐说了。

谁知道白月狐一听脸色大变，随后起身便要离开，离开之前叮嘱陆清酒明日去镇上买些煤炭，七日之内，无论发生什么都不要离开院子，至于尹寻，让他在家中守好那些镇压着亡灵的牌位。

陆清酒忙问到底怎么了。

白月狐摇摇头，说等事情结束之后，再详细告诉他。说完他便化作一团黑雾，消失在了陆清酒面前。陆清酒直觉这事情恐怕会非常凶险，连忙将其告诉了尹寻，然后连夜带着尹寻去了镇子上，买了白月狐说的煤炭和过冬的物件。

镇子上的老板见陆清酒买了这些东西还有些稀奇，问他怎么这会儿就要过冬了。陆清酒笑了笑，随口敷衍了几句。

买好衣服、煤炭和食物，陆清酒又赶回了家中，这会儿天气晴朗，空中还飘浮着朵朵白云，如玉盘般的月亮挂在空中，还能听见嘈杂的虫鸣，和往日的夜并无不同。

"到底出什么事啦？"尹寻也是一脸茫然。

陆清酒一边收拾屋子一边把下午发生的事和尹寻说了，当说到白月狐急匆匆地离开时，尹寻也察觉了不对劲，他恍然道："那个玄玉就是把我变成稻草人的和尚？他为什么说要下雪了，这才六月份，怎么会下雪……"

陆清酒摇摇头，示意自己也不知道，不过白月狐那紧张的样子，绝对不会是开玩笑，肯定是有什么事要发生了。他把买来的东西分给了尹寻一些，让他带回家去，免得出现什么意外的时候被困在家中连吃的都没有。

尹寻虽然不知道会发生什么，但还是乖乖地听了陆清酒的话。

这天晚上，陆清酒心里有事，翻来覆去睡不着，脑子里过了很多乱七八糟的内容，等到快要天亮的时候，他才勉强睡了一会儿。但没睡多久，就被窗外奇怪的声响吵醒了。

"沙沙沙，沙沙沙。"这声音并不陌生，但却也不该出现在这个时候。陆清酒在朦胧的梦境中被这种声音唤醒，他从床上坐起，推开了窗户，却被窗外的景象惊呆了。不过一夜，原本绿意盎然的院落，已经完全被白雪覆盖住了，整个世界都变得茫茫一片，反射的太阳光，刺得人眼睛生疼。

陆清酒缓了几秒，才意识到自己的确不是在做梦，昨天玄玉的预言，真的发生了。

六月飞雪，寒冬突然降临。

陆清酒检查了一下手机，毫不意外地发现一格信号都没有。他吐着白雾，穿上了厚厚的冬装，然后在屋子里生了一盆炭，又将客厅里面冻得直哆嗦的小狐狸崽子和两头小猪抱进了卧室。

院子里的鸡和兔子也被冻得够呛，陆清酒舍不得它们就这么被冻死，于是又找了间储藏室，在里面生了炭火之后把它们也放到了屋子里，关上窗户，在地上铺上厚厚的棉被，也不知道有没有用。

这一夜之间温度直接从三十多摄氏度降到了零下，按理说植物应该全都会被冻死，但很神奇的是陆清酒家院子里的菜都还好好的，除了被雪盖住之外，没有任何枯黄的痕迹。

陆清酒把自己包成了个球，然后摇摇晃晃地去把烧炕的屋子整理出来，把火炕给烧上了。他整理好之后，就带着小狐狸崽子它们缩进了被窝，慢吞吞地吃着烤馒头片当早饭。

"好冷啊，怎么突然就下雪了。"陆清酒的鼻尖被冻得通红，抱着暖和的小花不肯撒手，这会儿他算是明白为什么冬天的时候尹寻总是把小花当作暖手宝了，因为小猪的体温比人类要高一点，而且皮肤又软又滑，抱着很舒服。

小花哼哼唧唧地趴在陆清酒的胸口，吃着陆清酒喂的馒头片，倒是没有提出抗议："不知道啊，我也是第一次遇到。"

陆清酒道："你来人界多久了啊？"

小花道："我刚来就被你们抓来了……"

陆清酒道："抓？"

小花："哦，是买。"它瞅了眼自己睡得屁股都翘起来的妹妹，哼哼着，"别担心，龙族都是很强的，白月狐不会有事的。"

陆清酒看着天花板，道："等雪停了，我把这个屋子的天花板也打扫一下吧……"黑漆漆的，都看不见石灰了。

外面的雪下得极大，甚至能听到落在地上的响动，早晨的时候雪还在脚踝，大概一个上午的工夫，就到了小腿的位置，而且丝毫没有要停下的意思，天黑压压的一片，看不到一点亮光，简直像是要塌下来似的。

陆清酒有点担心，如果雪继续下的话，屋顶的压力会很大，毕竟老宅已经很久没有修缮了，突然增加如此大的降雪量，屋顶有可能被压塌，他甚至还听到了木头不堪重负的嘎吱声。

陆清酒想着如果雪继续下的话，他只能搭着梯子去把屋顶上的雪扫一些下来了，不然屋子塌了他恐怕会更危险。陆清酒担心的事情有点多，不光是白月狐，还有尹寻，万幸昨天晚上就让尹寻带了不少吃的、衣服和煤炭回去。

按照白月狐说的，陆清酒乖乖待在了屋子里，屁股底下就是温暖的炕，外面大雪纷纷扬扬，将整个世界都涂成了炫目的白，给人一种恍惚的感觉。

下午六点左右，天已经完全黑了，陆清酒用炭炉炖了半锅鸡汤，喝了大半，把肉分给了家里的三只崽子。喝了汤，他的身体暖和不少，又在炕里面加了炭火，把窗户开了个缝隙后，才缩进被窝。

白月狐怎么样了呢？有没有被冷到？有好好地吃晚饭吗？如果和其他的妖怪打起来，有没有受伤？温暖渐渐夺走了陆清酒的意识，他昏昏沉沉地睡了过去。

第二天，雪还是没有停，好似连绵不断地下了一整夜。

陆清酒走出房门时，那雪已经堆到了他的腿根，甚至开门都变成了非常困难的事。为了防止被困死在屋子里，陆清酒只能拿出扫把把门口的雪扫干净了。他检查了一下屋顶，觉得这样下去不行，一定要把屋顶上的雪扫下来，不然再下一个下午，屋子就危险了。

虽然在这么大的雪里做这种事非常危险，但陆清酒还是搬出了梯子，慢吞吞地爬到屋顶上，把上面的雪往下扫。

扫了一会儿，陆清酒注意到天空中出现了一些让人不安的异象。那些厚厚的云层出现了一些细纹，有亮光从细纹里漏出，乍看上去，就像是天空碎成了许多碎片似的。这让陆清酒一下子就想起了他梦境里的场景，那些冰蓝色的蝴蝶，还有站在蝴蝶之中的那个身影。

陆清酒抬头看了很久，以至于雪在他的肩膀上积了厚厚的一层，但万幸的是，云层虽然出现了一些裂缝，但这些裂缝并没有要扩大的迹象。陆清酒吐出一口白气，继续低头扫屋顶上的雪。

扫完雪，陆清酒浑身都冷得厉害，他连忙进了屋子，端起早就准备好的姜汤给自己灌了下去。火热的姜汤从口中灌入，滑过食道，温暖了他有些冰冷的胃，灼热的温度很快便传到了四肢，陆清酒感觉自己再次活了过来。

他揉揉冰冷的鼻子，含糊道："外面可真冷啊。"

"是啊。"小花主动凑了过来，把自己的肚皮覆到了陆清酒冻得通红的手上面，被冷得打了个哆嗦，但还是没有移开，"雪什么时候能停呢？"

"可能还有好几天吧。"陆清酒回答。

如果玄玉的说法是对的，那这雪可能要下个七八天的样子，啊，冬天可真难熬啊，特别是在没有白月狐的情况下。

陆清酒吸吸鼻子，打了个喷嚏。

小花紧张道："你没事吧？"

陆清酒道："没事，可能刚出去的时候冷着了。"他搓搓手，感觉身体差不多暖和起来，"再去倒点酒喝，驱驱寒。"

小花道："你可要当心，别感冒了。"说着还用自己软乎乎的猪鼻子蹭了蹭陆清酒。

陆清酒见状倒是觉得有些好笑，这小花、小黑和苏息待久了，互相都学了点对方的习惯性动作。小花本来是小猪，结果学着小狐狸蹭脑袋，而苏息刨土的模样，也是一点都不比小花差……

拍拍它的脑袋，陆清酒去储藏室拿了一瓶白酒，把白酒烧热，灌下去了几杯，陆清酒脸上浮起红晕，身体舒服了很多。

家里的电昨天刚下雪的时候就停了，陆清酒害怕手机电量用得太快，直接开了省电模式，也不敢拿来玩游戏。一个人坐着有些无聊，他便把卧室里的书拿了出来，又点了蜡烛，借着光线慢悠悠地看。

被褥是热的，吐出的气息里带了酒香，陆清酒身体热了起来，恍惚之中，他好像感觉到白月狐走到了他的身边。

"月狐……"陆清酒含糊地叫出了白月狐的名字，他伸出手，想要抓住身侧的人，但手却在冰冷的空气里滑落，随即他反应过来，自己的身侧根本没有人，更没有白月狐。

陆清酒清醒了过来，看了下时间，发现才下午两点。没有消遣的时间过得格外漫长，陆清酒有些无奈，他想要再睡一会儿，却发现自己睡不着了，于是只能从床上爬起来看书，顺便研究一下菜谱。

等到这场雪停了，陆清酒一定要试几个之前嫌麻烦没有做的菜，好好庆贺一番。

因为雪太大，白天和黑夜的界限都变得模糊起来，要不是手机上的时间还在继续走，陆清酒都要搞不明白现在到底是什么时候了。

六点多，到了晚饭时间，陆清酒觉得吃饭还是不能糊弄的，毕竟没了别的消遣方式，要是连吃的都没趣了，那当真是生无可恋。家里的水管已经冻住了，无奈之下，陆清酒只能提着桶去接了雪，化成水，又过滤了几遍，烧热之后凑合着用了。

他拿了面粉，又取了冰冻的猪肉，做了个馅饼放在炭火上面烤，食物浓郁的香气灌满了整个屋子，三只小崽子都乖乖地坐在旁边，眼珠子都落在了馅饼上。

陆清酒把馅饼翻了个面，又在上面撒上了白芝麻，稍微过了下火后，馅饼便散发出了更加诱人的气息。

"来，一人一个啊。"陆清酒道，"不够了我再做。"

小崽子们领了自己的馅饼，乖乖地去旁边吃，陆清酒也咬了一口，感觉那温暖的肉汁顺着舌尖流进了口腔里，馅饼外面是脆的，里头却被肉汁泡得很软，虽然没有新鲜的葱，但香酥的芝麻和葱相比却是不遑多让。陆清酒超常发挥，一口气吃了三个，撑得自己直打嗝儿。吃完之后，他又往炭火堆里扔了几个红薯，等着烤熟。

"雪什么时候才能停啊。"这个不知道被问了几遍的问题再次被问出，陆清酒低头，摸了摸小黑的脑袋，"不要急，很快的。"

"对，不急。"小花安抚着妹妹。

"可是我好害怕。"小黑小声地说，"我总觉得有什么东西要来了……"这大约是独属于动物的直觉吧。陆清酒担忧地抬头，看到了窗外那连绵不断仿佛永远不会停下的落雪。

入夜之后，外面的世界陷入了一片漆黑之中。屋子里的烛火摇摇晃晃，仿佛下一刻就要熄灭。因为太冷，陆清酒缩进了被窝里，耳边依旧能听见雪落在地面上的沙沙声，仿佛永远不会停止。

由于下午睡了太久，陆清酒这会儿倒是清醒了不少，他坐在炕上，手里捧着书，借着微光阅读着上面的文字。

小花和小黑都已经睡了，发出均匀的呼吸声，倒是让屋内增添了几分让人心安的气息。

陆清酒看到了大概十一点，感觉眼睛略微有些疲惫起来，虽然依旧不太想睡觉，但他还是放下了手里的书本，打算躺在床上闭目养神。

如此想着，陆清酒便起身熄灭了蜡烛，然后转身走到床边，想将窗户的缝隙关小一点，准备睡觉了。可谁知陆清酒关窗户的时候朝着外面望了一眼，竟被外面的景象惊呆了。只见天空中出现了一条条如同极光般的裂缝，和白日里相比，这些裂缝在夜空中格外醒目，让人无法忽视。裂缝之中，有山岚模样的雾气从中涌出，朝着周围的天空不断扩散。而最让陆清酒惊讶的，是裂缝里投射下的一道光柱，那道光柱投射到了不远处的山林之中，将那一片山林照得宛如白昼。

山林之外的小道上，一行表情漠然的人类从水府村缓缓地朝着亮光处移动，因为隔得太远，陆清酒看不清那些人的模样，但从衣着上判断，这些人极有可能就是水府村的村民。他们如同扑火的蛾，即便是咆哮着的风雪也无法阻挡他们的脚步，一步一步，逐渐远离身后的家园。

"他们怎么出来啦？！"身后传来了小花愕然的声音，陆清酒扭头，发现小花不知何时醒了，它站在床边，也看到了屋外的景象，看到了那些朝着光柱移动的村民。

"不知道。"陆清酒摇摇头。

"对啊，突然下雪，水府村的村民可怎么办？"小花跳到了窗前的桌子上，它的视力比几乎和人类没什么区别的陆清酒好了许多，能够看清楚那些人的模样，道，"他们要去哪儿？"

陆清酒道："或许是有什么东西在召唤他们吧。"去年冬天的时候，水府村其实就表现出了一些异样，整个冬季，陆清酒几乎都没有见过什么平日里时常见的邻居。虽说也有可能是天太冷大家都不爱出门，可是整个冬天都看不到人也未免太夸张了一点。当时陆清酒心中就有所猜测，此时此刻，这些猜测倒是全都得到了证实。

"我怎么好像看到李小鱼了。"小花瞪圆眼睛，不可思议道，"他怎么也出去了……"

陆清酒说："我现在怀疑整个水府村就我们一家子活人。"

小花露出悲伤的表情，陆清酒还以为它是在难过自己失去了一个真挚的伙伴，谁知道它下一句："那我不是白教李小鱼那么久数学了？！"

陆清酒："……"

小花："他还骗我他考试进步了，呜呜呜。"

陆清酒："……"

小花："呜呜呜，人类都是大骗子。"

陆清酒一时间竟然不知道该说点什么，想着每天晚上小花给李小鱼秉烛补习的画面，竟有点理解了小花这种悲伤的心情。

李小鱼也在人群中。朝着光柱方向去的水府村的村民们，如同一个个没有灵魂的僵尸，一个接一个，朝着目的地缓步而行。当他们到达了光柱之下时，身形开始渐渐消散，和风雪化为一体。

陆清酒伸手将小花抱入怀中，一人一猪坐在床边静静地看着。

"我不太明白发生了什么。"小花哼哼唧唧，"我只是一头小当康，妈妈把我塞到了人界来，说是人界要安全一点。"

陆清酒道："你是怎么过来的？"

小花道："总有法子的嘛。"

陆清酒说："万一当时我们要是没救下你……"

小花无奈："那也总得等我们长大了再吃吧，等我长大了，我就有法子跑掉了。"

陆清酒闻言欲言又止，最后还是没告诉小花一个残酷的真相——人类世界是有种叫作"烤乳猪"的食物的。

村民们似乎终于要走光了，当最后一个人消失在了山道上时，陆清酒听到了一声巨响。这响动从天边传来，竟然直接将窗户玻璃震碎了，陆清酒和小花一时不察，也被震了个半晕，要不是坐着，陆清酒甚至都能直接倒在地上。

耳朵里嗡嗡直响，陆清酒眼前一片天旋地转，好一会儿才缓过来。当他缓过来的时候，天边已经出现了五道刺目的火焰，不，那不是火焰，那是五条身披红鳞的巨龙，他们身后的天空出现了一个大洞，那洞呈现出不规则的形状，简直就像是硬生生将天空撕扯开了似的。

陆清酒脑袋依旧晕晕乎乎的，他感到自己鼻腔一痒，伸手一抹，才察觉自己流了鼻血，不过这会儿陆清酒也没有那么多心思在乎这个，他随手扯了一张纸，将自己的鼻子堵了起来，继续抬头看向天空。

但让他感到遗憾的是，之前那五条巨龙，已经消失不见了。只能在黑压压的云层中看见五道火红的痕迹。雪依旧在下，夜晚的天空亮得耀眼。

小花也从昏迷中醒来，茫然地问："出了什么事？"

陆清酒道："我看见了五条龙……"

小花道："几条？"

陆清酒："五条。"

小花一脸震惊，随后打了个哆嗦，小声地和陆清酒解释，说："龙在异界，是食物链最顶端的生物，也是掌控天地的神明。应龙为阳，烛龙为阴，合阴阳，生万物。可以说只有在人界，它才能和龙族和平相处，如果是在异界，它恐怕早就成了白月狐的食物。"小花颤声道，"怎么会有五条龙进入人界……这不合常理啊。"

陆清酒蹙眉，他也知道不合常理，但却对即将发生的事毫无头绪，也毫无办法。

接下来，再也没有奇怪的声音传来，除了天上那一个大大的洞和五道火烧云，一切都好像是陆清酒的幻觉。他在窗户边上又坐了好一会儿，确定外面没有动静了，才找了胶布和报纸将玻璃糊上，防止漏风，接着便打算缩进暖和的被窝。

但就在走到床边的时候，陆清酒却忽地想起了什么，内心腾起了巨大的不安，他在床沿上坐了片刻，还是觉得放不下心，于是干脆站起来朝着屋外走去。

小花见状忙问道："你去哪儿呀？"

"我去门口看看。"陆清酒说。

"去门口做什么？"小花不明白，"外面那么冷……"

陆清酒摇摇头，没有解释，他这会儿其实并没有一个一定要出门的理由，只是一想到某种可怕的画面，第六感就驱使着他坚定地往院子里走去。院中的雪很厚，踩在上面发出"嘎吱嘎吱"的响声，陆清酒往自己的手心里哈了口热气，然后用力地搓了搓。四周都很安静，只有雪落下的声音。陆清酒的脚步停在了院子门口，他想起了白月狐离开前对他的叮嘱，白月狐让他不要离开院子，既然如此，他打开门看看外面的情况，不算是离开院子吧？

陆清酒屏住呼吸，轻轻地拔下了门闩，推开了家里的铁门。"嘎吱"一声轻响，铁门露出一个缝隙，陆清酒看到了外面的情况。

外面和院中差别不大，依旧是白雪皑皑，因为天空那个大洞散发出的火红色光芒将所有的东西都照亮了。陆清酒看到了自家门口的小路，看到了小路对面停着的小货车，还有小货车旁边那棵高高的柏树，一切如常，和往日并无不同。

陆清酒松了口气，然而这口气还没落下去，他就再次紧张了起来，因为他注意到自家墙角的雪地里和周围出现了一些不同，那里的雪比其他地方高了一截，乍看很容易看漏，但仔细观察后，才会发现那里像是埋着什么东西似的。

　　陆清酒想了想，没有直接离开院子，而是转身从园中拿了一根用来搭葡萄架子的竹竿，从门口伸出去，戳向了那一团雪堆。把雪堆上面的雪扫下来后，下面的东西便露了出来，陆清酒定睛一看，几乎是倒吸了口冷气。

第五章

龙之峰

那雪里面居然埋了个蜷缩成一团的人，那人穿着一件黑色的衣服，看不清楚脸，但陆清酒却清楚地记得，尹寻就有这样一件羽绒服。

陆清酒忍不住低低地骂了句脏话，把竹竿一扔，便打算咬着牙出去把倒在雪地里的人拎回来。

刚才看到那些村民跟鬼魂儿似的往山上走的时候，陆清酒便想着尹寻的祠堂会不会出什么问题，导致他有些心神不宁，觉得还是出来看看比较好，这不看不知道，一看吓一跳，尹寻居然真的就在雪地里面躺着，而且看样子已经躺了很久了。

陆清酒深吸一口气，踏出了院子。这脚刚出去，他就明白了白月狐为什么叮嘱他不要离开院子，外面实在是太冷了，冷得他都怀疑自己可能会瞬间冻住。御寒的衣物在寒风面前根本起不了任何作用，风简直像是从骨头缝钻进了身体内部，冻得陆清酒牙齿直打战。他艰难地控制着自己的身体，走到了已经昏迷的尹寻旁边，揪住他的一只手，便开始用力往回拖。

尹寻已经完全冻硬了，被陆清酒拖着甚至都没有换个姿势，原地保持着蜷缩的状态。

陆清酒步履维艰，他眼前全是风雪，眼睛都睁不开，身体的热量在迅速流失，短短十几步的距离，硬是被他走出了九九八十一难的味道。

"呼呼……呼呼……"终于到了门口，陆清酒用尽所有的力气，带着尹寻跨进了院子的大门。

入门的那一刻，两人都倒在了地上，陆清酒被冻得脸色发青，好一会儿才勉强缓过来，他坐起来将门关上，门关上以后院子里的温度开始回升，陆清酒觉得自己总算是活了过来，本来冷飕飕的院子，这会儿在他眼里变成了温暖的家。

"尹寻，尹寻。"缓过劲来后，陆清酒赶紧去瞅了瞅尹寻。

这一看把他的魂儿都吓掉了一半，只见尹寻已经完全冻成了硬邦邦的状态，那双黑色的眼睛直直地瞪着，上面还蒙了层薄薄的霜。陆清酒摸了摸他的脸颊，确定他是真的冻硬了。

这要是正常人，陆清酒估计已经得开始想把他埋在哪儿了，但好在尹寻是死过一次的人，应该不会那么脆弱，陆清酒想着把他拖进屋子里解冻试试。

于是陆清酒吭哧吭哧地将硬邦邦的尹寻带到了生着炭火的屋内，又把他的羽绒服解开，让他躺在靠近炭炉的位置。

小花被陆清酒带进来的人吓了一大跳，一看这人居然是尹寻，还冻成了这副模样，惊恐道："尹寻怎么这样啦？"

陆清酒愁容满面："我出去就看见他倒在外面，也不知道冻了多久了。"

小花："那……这解冻了还能活吗？"

陆清酒戳戳尹寻那比石头还硬的脑袋："不知道啊，先解冻看看吧，要是实在不行，等白月狐回来再说。"

小花目光担忧。

不过好歹是发现了尹寻，没有让他继续在外面冻着，至少还能抢救一下。陆清酒出去了一趟，浑身都冷冰冰的，他害怕自己感冒，赶紧换了身干衣裳，然后缩到被窝里去了。

"尹寻就放那儿啊？"小花瞅了眼还是如同雕像一般的尹寻。

"就放那儿吧。"陆清酒的半张脸缩在被窝里面，声音有点闷闷的，"院子外面太冷了，我还以为自己要死在外面了。"

小花用自己的猪蹄子拍了拍陆清酒的脑袋以示安慰。

身体暖和过来，人就开始困了，陆清酒本来想守着尹寻的，但尹寻解冻是个漫长的过程，他等着等着，就这么迷迷糊糊地睡着了。

第二天早晨，陆清酒从梦中醒来，迷迷糊糊看见尹寻还摆着同样的姿势躺在炭火旁边，脑袋一个激灵，立马清醒了："小花，你昨天晚上给他翻面了没啊？"

小花被陆清酒叫醒，茫然地摇头。

陆清酒赶紧起床去给尹寻翻了个面，翻面的时候感觉尹寻一半的身体已经恢复正常了，一半却还是硬邦邦、冷冰冰的，陆清酒叫了尹寻几声，尹寻都没啥反应，陆清酒便有点愁，说："这解冻管用吗？"

小花哪儿知道管不管用，但安慰的话还是得说的，说："没事，我看过一个故事，说是鱼零摄氏度保鲜之后，过了十年还能复活！尹寻的构造比鱼还简单，肯定没问题的。"

陆清酒："……你在哪儿看的这个故事？"

小花："故事会啊。"

陆清酒："……"尹寻，你怕是凶多吉少了。

但好歹他们是最好的朋友，陆清酒不愿意放弃治疗，决定吃个烤红薯冷静一下，然后继续解冻尹寻。红薯被烤得热乎乎的，拿在手里咬一口还有点烫嘴，剥开皮，里面就是软乎乎的肉，真是吃在嘴里，暖在心头。

"真好吃啊。"小花感动地说，"我真想喝一锅热乎乎的羊肉汤。"

"我也想。"陆清酒抽抽鼻子，感觉自己有点感冒了，院子外面那温度实在是太低了，要不是他跑得快，恐怕今天和尹寻一起解冻的还有他自己。

"唉，尹寻看来是好不了了，我帮他把这个红薯也吃了吧。"小花用自己的蹄子熟练地剥着红薯皮，它妹妹还在睡觉，狐狸崽子不喜欢吃素，尹寻还冻着，剩下的红薯全是它和陆清酒的。

陆清酒道："行，我也帮他吃一个。"

两人开开心心地剥着红薯，完全没有注意到成为雕像的尹寻眼角滑落了一滴晶莹的泪水。当然，他们要是看见了，估计也只会当那是解冻时滴落的水吧……

吃完午饭后，陆清酒不幸发现自己感冒了，先是喉咙痒，接着是打喷嚏、流鼻涕，他赶紧去找了药，加大剂量吃了。

尹寻解冻了一天，仍剩下三分之一的身体还冻着，小花和陆清酒已经彻底放弃守着他了，一人一猪伙同小黑和狐狸崽子去搞了一锅羊肉，打算吃羊肉汤锅。

因为感冒了，陆清酒就指挥着小花、小黑来接触水，这两只小猪虽然只有猪蹄子，但是做事却非常灵活，和尹寻比起来简直是不遑多让。

陆清酒感叹自己居然没有早点发现两只猪的天赋异禀，小花挺起胸膛，当着尹寻的面说他坏话："我脑子里可不是水呢。"

　　陆清酒委婉道："你这样说不太好，尹寻还在呢。"

　　小花："他都没解冻。"

　　陆清酒道："那万一没解冻的他已经能听到声音了呢？"

　　小花道："那我们先把他的耳朵堵上？"

　　陆清酒："……"尹寻，你真的不该得罪小花的。

　　不过玩笑归玩笑，陆清酒和小花如此放心，是因为他们早就发现尹寻解冻的部位已经恢复了人类肌肤的触感，和被冻死的人完全不一样，尹寻的肌肤很有弹性，多掐几次，还会出现瘀青，这肯定不是死人能出现的反应。陆清酒还多掐了好几下确定自己没看错。

　　小花说："你掐他脸不太好吧？"

　　陆清酒道："那你想掐哪儿啊？"

　　小花说："当然是肉多的地方……"他看向了尹寻的屁股。

　　陆清酒："……"

　　小花幽幽地道："就像他掐我的那样。"

　　陆清酒最后决定不参与小花和尹寻之间的爱恨情仇，让他们两个自由发挥。

　　三只小崽子和陆清酒美美地吃着热乎乎的羊肉汤锅，陆清酒感觉自己的感冒都好了很多。

　　汤锅的做法和平日里相比粗糙了不少，毕竟两只小猪都不是熟手，但对于吃了几天干粮的它们来说已经很不错了，特别是羊肉的质量本来就很好，他们很快就把肉消灭掉，剩下了一大锅汤。

　　正打算把汤也解决掉的时候，陆清酒听到床边传来了细细的呜咽声，他听了一会儿，才确定自己没出现幻觉，赶紧走到床边一看，发现尹寻这货不知何时解冻了，这会儿正委屈巴巴地哭呢。

　　陆清酒赶紧把他抱到床上，道："尹寻，别哭了，没事了。"

　　尹寻泪流满面，只是说出的话却不那么委婉，他说："陆清酒你这个坏人，羊肉都不给我留一块。"

　　陆清酒："……"

　　尹寻："我没有你这样的朋友。"

　　陆清酒："……"他看了眼尹寻脸上好像被人揍了似的青青紫紫的痕迹，默默转身，去舀了一碗热乎乎的羊肉汤，端到了尹寻的面前。

尹寻饿惨了，虽然没有吃到羊肉有点怨念，但有汤喝心中的创伤被抚平了不少。他咕咚咕咚，一口气灌了三四碗汤之后才缓过劲来，伸手把自己睫毛上的霜给揉掉，小声道："我还以为我会死呢。"

陆清酒道："你怎么会出现在我家门口？我不是让你别出门了吗？"

尹寻摇摇头，脸上有疲惫之色，和陆清酒解释了一下到底发生了什么。

原来开始下雪之后，祠堂里面的烛火就越来越暗，而且怎么都续不了，最后全都熄灭了。被镇压在里面的亡灵鱼贯而出，尹寻根本无法阻拦。他看见亡灵出了门朝着陆清酒家的方向去了，害怕这些东西会伤害到陆清酒，便朝着这边奔了过来。然而院子外面的温度实在是太低了，眼看就要到达目的地的尹寻，就在距离大门几步之遥的地方被冻成了冰块儿。

万幸的是，亡灵并没有来陆清酒家里，而是直接上山去了。

陆清酒听完尹寻的描述，心里万分复杂，他摸了摸尹寻还有些湿漉漉的脑袋，道："对不起。"

尹寻感动地表示："没有，这是我自己的选择。"

陆清酒不太好意思："不，我的意思是我该给你留两块羊肉的。"

尹寻："……"这不提还好，一提尹寻就又一肚子的气，差点没把碗给掀了。最后在陆清酒"明天再做一锅羊肉汤来吃"的承诺下，才勉强消了气。但是这气也没消太久，因为他进厕所换衣服的时候，看见了自己脸上青青紫紫的痕迹。

"陆清酒，你是人吗？下手的时候不能轻点吗？！"厕所里传来尹寻愤怒的吼声，"我像被人揍了一顿似的！"

陆清酒自知理亏，假装没听见，眼观鼻，鼻观心，闭上眼睛假寐去了。

为了补偿尹寻那一颗破碎的心，陆清酒第二天又做了一大锅羊肉。当然，因为他的感冒还没好，所以没有下厨碰冷水，而是让小花继续帮忙。本来尹寻自告奋勇也想去的，不过陆清酒考虑到在这种天气蹲在厕所拉肚子是会死人的……所以无情地拒绝了。不过给小花打下手的事尹寻还是能做一做的，比如去外面舀点雪水啊，过滤烧开一下啊之类比较简单的活儿。

这雪和真正的降雪有些不同，普通的冬日降雪，里面会含很多杂质，几乎不能饮用。但是这种雪却非常干净，味道甚至带了点甘甜，用来烧汤倒也正好。

　　陆清酒和一大家子窝在温暖的炕上，喝着热乎乎的羊肉汤。尹寻在旁边用力啃着羊肉，那羊肉没炖太软，肉特别难啃下来，他用牙齿撕扯着，面目看起来格外狰狞。

　　"尹寻，白月狐那边怎么样了啊？"陆清酒有点担心白月狐。

　　尹寻伸手抹了一下嘴："你想看看吗？"

　　陆清酒道："能看？！"

　　尹寻道："不保证能看全，但是应该能看到白月狐。"他嚼着肉含糊地说，"你想试试吗？"白月狐应该还没离开水府村，既然在水府村，他就是能看见的，但是那边的具体情况到底怎么样他也不知道，所以也没敢和陆清酒保证。

　　"想！"陆清酒语气果决。这都过了三天了，白月狐还没消息，如果可以，他当然想看看白月狐的现状。

　　尹寻道："那等我把肉吃完。"

　　解决掉了这一大锅的羊肉，尹寻彻底暖和了过来。他摸了摸自己吃得圆滚滚的肚皮，扭头看向陆清酒，示意他坐过去点。

　　陆清酒坐到了尹寻旁边。

　　尹寻道："我只能试试，不知道你能看到什么……"

　　陆清酒点点头。

　　尹寻见陆清酒神色坚定，便咬破了自己的手指，他手指破掉之后没有流出血液，而是出现了一种凝固状的东西。接着，尹寻伸出手，将那种凝固状的东西抹在了陆清酒的眼皮上，示意陆清酒眨眼，将那种物质带进眼睛里面。陆清酒感觉自己的眼皮冰冰凉凉的，便用力地眨了眨眼睛，那东西随着他眼睛的眨动，进入了他的眼睛内部，他的眼前好似蒙上了一层模糊的胶装物，虽然有点冰，但并不难受。

　　"开始了哦。"尹寻小声道。

　　陆清酒说了声"好"。

　　尹寻话音刚落，陆清酒的眼前便出现了一幅奇妙的画面，他的身体虽然坐在原地，但视野却浮在了半空中，以一种俯视的角度，将整个水府村一览无余。这就是尹寻的视角了，陆清酒还来不及感叹，视线便急速往前，紧接着，他看到了一片云海和嶙峋的乱石。

　　云海之中，似乎有什么东西在快速穿梭，陆清酒定睛一看，才发现那竟然是白月狐。白月狐身旁围绕着五道刺目的火焰，陆清酒一眼就认出，这就是之前从天空之中冲出的五条火龙。

　　和五条火龙相斗，白月狐丝毫没落于下风，他在雾霭之间奔腾游走，利爪偶尔拍在黑石上，都能激起大地一阵颤动。

　　他一个转身，矫健的长尾将一条火龙硬生生甩下了深渊，紧接着黑色的利爪划过了另一条火龙的身体，竟将那火龙直接剖开了身体，露出了血淋淋的内脏。

　　这些画面都是转瞬之间完成的，看得陆清酒胆战心惊。只是白月狐虽然强悍，但到底对方有五条龙，他身上也负了一些不轻不重的伤，让陆清酒疑惑的是，白月狐似乎是在保护着什么东西，不肯后退一步，就算那些火龙扑到了他的脸上，他也是硬生生地扛着，而不是往后退。

　　陆清酒的视线越过了白月狐，看向他身后护着的地方，缭绕的云层中，有一座黑色的山峰直插云霄，那山峰上的石头光滑如刃，不是凡人能攀的。山峰的顶端被云层盖住，看不清楚。陆清酒觉得这山峰着实有些熟悉，仔细一想，猛然想起，自己之前曾经见过这里。只是在见到这座山峰的时候，似乎有一条黑色的龙在绕着山峰游弋，想来那就是白月狐的原形了。

　　陆清酒正在想着，又听到一声巨响，低头看去，发现一条红龙被白月狐一巴掌拍在了那山峰上。红龙被拍上去，也不挣扎，竟然顺着山峰就想要往上攀爬，白月狐龙口一张，直接咬住了它的身体，将它硬生生地拖了下来。

　　这天太冷了，白月狐口中喷出的气息凝成雾状，他黑色的眸中再也不见往日的一丝慵懒和温柔，只余下野兽般的残酷和冷血。在这一刻，战斗和杀戮占据了他所有的灵魂，陆清酒甚至在他的神色之中看出了兴奋的味道。

　　陆清酒正这么想着，却感觉情况似乎有些不对，他注意到有三条红龙骚扰着白月狐，另外两条红龙落在了旁边的雪地上，其中一条竟然张口把同伴吞入了腹内，然后，那条红龙身上的颜色变得更加鲜艳。陆清酒想起了自己姥爷敖闯那一头红色的头发和一双眼眸，他仔细回忆了一下，对比后才意识到这些红龙身上的颜色比姥爷的发色淡了很多，如果说姥爷的颜色更像人类身上溢出的鲜血，那它们的颜色则更倾向于明亮的火焰，虽然也是红色，但是却偏橘一点。不过在吞噬同类后，它们身上的颜色却开始朝着血红色转变。

　　陆清酒深感不妙，正打算继续看，却觉得自己的胸口有些发闷，生出了些想要呕吐的感觉，这种感觉越来越浓烈，导致他最后被迫闭上了眼睛，控制不住地伏在床边用力地呕吐了起来。

"呕——"虽然没吐出什么东西，但陆清酒眼前的画面却消失了。

坐在旁边的尹寻连忙拿了水来，把陆清酒眼睛上的东西清理掉。陆清酒缓过来的时候，视野已经回到了屋子里，几龙相斗的画面就这么看不见了。

"清酒，你没事吧！"尹寻紧张地问。

"没事。"陆清酒摇摇头，急切道，"我还想再看看……"

"不行的。"尹寻道，"你不能再看了，身体支撑不了的。"

陆清酒面露无奈："可是这刚到关键的时候……"

尹寻道："不然我帮你看？"

陆清酒道："也行。"

尹寻发了会儿呆，发完呆后茫然地看向陆清酒："不行啊，黑屏啦。"

陆清酒："……"

尹寻："换了频道也不行。"

陆清酒："……"换频道什么鬼啊？！

尹寻最后摇摇头，无奈地表示的确是看不了了，不光是白月狐那儿，整个水府村都是漆黑一片，什么都看不到了。

陆清酒有点着急，但着急有什么用呢，白月狐打架他还真帮不上什么忙，总不能拿个小旗子在旁边摇旗呐喊吧。

陆清酒看着天边的大洞，心里既有失落，也有焦急，但他并没有将自己的心情说出来，而是看向尹寻，说："看不到就算了，白月狐一定不会输的。"

尹寻看着陆清酒的表情，愁容满面，半晌都没说话。

陆清酒没有再沉溺在负面情绪里，他道："我要好好想想他回来的时候，做点什么东西给他吃。"打了这么久，肯定很累、很饿吧，回家的时候一定会想吃到热乎乎的饭，只是……他什么时候才能回来呢？

这场大雪，下了整整七天。

在下到第七天的时候，天上那个大洞开始慢慢地缩小，雪也跟着停了。

陆清酒正巧坐在窗边，他看到一片冰蓝色的蝴蝶从山林之间飞出，挥舞着蓝色的翅膀，朝着那个大洞飞去。

陆清酒听到了敲门声，起初他以为这是自己的错觉，但当敲门声再次响起的时候，他扭头看向尹寻，两人的眼中都是惊喜和愕然。

"有人在敲门？"陆清酒道。

尹寻说："我也听到了！"

"我去开门！"陆清酒忙起身朝着外面走去，他等白月狐好久了，之前一直很担心他，这会儿虽然感觉一切已经结束了，可是心却依旧悬着。

"嘎吱"一声轻响，陆清酒小心翼翼地拉开了门，看到了站在门外的人——正是白月狐。他穿着黑衣，神情温柔地凝视着自己，肩膀上的发丝还粘着碎雪，他叫着他的名字，正如往常那般："清酒。"

陆清酒心跳如鼓，他顾不得其他，直接伸手拥住了白月狐，将头深深地埋在了他的肩膀上："白月狐！你终于回来了！！"

白月狐道："嗯，我回来了。"

陆清酒却察觉了一些不对劲，他的神色间出现了些疑惑，原本紧紧抱着白月狐的手也慢慢松开了。白月狐身上的味道不对，陆清酒确定，眼前的人身上多了一点别的味道，非常淡，如果不是陆清酒刚巧将头埋在了他的肩上，估计也闻不到。那是一种微妙的香气，带着冷冽的气息，更像是冰冷的山泉，从鼻腔蹿进了脑海，简直像是要将脑子也冰冻起来似的。

陆清酒后退了一步。

白月狐见状，似乎有些疑惑，他道："清酒，怎么了？"

陆清酒蹙眉看着他。

白月狐道："清酒……"

陆清酒道："你是谁？"

白月狐满目茫然。

陆清酒却肯定了自己的猜测，他警惕道："你不是白月狐，你是谁？"

白月狐本来在笑，听到陆清酒的话却不笑了，他脸上的笑意淡了下来，开始用一种品评的眼神观察陆清酒，这种眼神让陆清酒觉得非常不舒服。

"你和你的姥姥真像。"他说，"几乎是一模一样。"

陆清酒不想和他多说，他从这人身上感觉出了危险的味道，伸手正欲将门关上，却被那人一把按住了。

"陆清酒。"他的身体里飞出蓝色的蝴蝶，身形开始迅速缩小，"你是最后一个了。"

他说完这话，又像是控制不住自己似的笑了起来，"我还以为你姥姥是最后一个。"

听到他提到自己的姥姥，陆清酒的脸色冷了下来，还没等他说点什么，这人便在一片冰蓝色的蝴蝶的簇拥中转身离开了。从他的身形上来看，他更像一个没有长大的小孩子，头发、眼睛都是漂亮的蓝色，整个人都好似冰雪雕刻而成的。

陆清酒看着他走远，忽地低头，注意到自己的门口落了一只蝴蝶。鬼使神差地，他弯下腰将那蝴蝶捡了起来，这蝴蝶也是由冰构筑而成的，入手之后挥舞了两下翅膀，就开始迅速融化，淌了陆清酒一手的水。

陆清酒伸手把门关上，转身进了屋子。

尹寻在门口看到了两人，但陆清酒看他一脸茫然的模样，显然也不认识那个小孩儿。

"白月狐没回来。"陆清酒道，"继续等吧。"

尹寻撇嘴，说这人一点素质都没有，过来找人就找人吧，还变成白月狐的模样，这不是骗了个拥抱嘛。

陆清酒道："他到底是来干吗的？"

尹寻："不知道啊。"

这就是他梦境中见到的那个小孩儿，显然他的姥爷是想告诉他什么，但是陆清酒想不明白。而且如果他真的想要伤害陆清酒，应该也是件很容易的事吧？为什么没有动手，而是转身就走了呢？最后一个……最后一个的意思，是最后一个守护者吗？

陆清酒想了一会儿，还是觉得没什么头绪。

好在这人走了可能有半个小时的时候，真的白月狐回来了。

当然，这一次陆清酒是怀着怀疑的态度去开门的，开门之后上上下下观察了好一会儿，在确定这个白月狐是真的后，才献出了自己的怀抱。

白月狐被陆清酒那眼神盯得有点蒙，道："出什么事了？"

陆清酒说："没事，没事，就是想看看你身上有什么伤没有。"

白月狐摸了摸陆清酒的头发，道："我没事，都结束了。"

白月狐回来的时候，还穿着那身黑色的袍子，只是袍子有一些部位被抓破了，陆清酒还在他身上嗅到了血腥味，显然这场战斗并不如他说的那般容易。到家后，白月狐随便吃了点东西就开始睡觉，看得出他已经非常疲惫了。

这雪是一夜之间来的，又在一夜之间走了，再次恢复了六月炎热的天气。

尹寻回家之后，说烛火自己又燃了起来，水府村的村民们也再次出现了，和平常人看起来并没有什么不同。小花本来想要坚决拒绝给李小鱼补课的，但看到一脸无辜的李小鱼委屈的眼泪后，他最后还是选择了妥协。

"万一他们死人也要考试呢？"小花只能一边这么安慰自己，一边给李小鱼继续补奥数，"而且俗话说得好，学好数理化，走遍天下都不怕，阴间也算是天下吧？"

陆清酒无奈地看了看小花。

小花道："行了我懂了，你也支持我的教育事业，苦啥不能苦孩子，穷啥不能穷教育！"虽然孩子是个死孩子，但死孩子也是好孩子。

陆清酒转身走了，没有再理小花，他知道小花肯定还得花点时间继续做心理建设才能给李小鱼把这课上下去。

一夜之间回到夏天，炭盆啥的全都用不上了。白月狐在床上睡得一动不动，要不是陆清酒在他的脸上感觉到了温度，恐怕会真的以为他没呼吸了呢。

这是第一次用食物都叫不醒他，陆清酒端着煮好的鸡汤在屋子里转了好几圈都没见他起来，就知道白月狐肯定是很累了。

白月狐睡了足足三天才起来，一起床眼睛饿得发绿，陆清酒赶紧去给他做吃的。尹寻正巧从家里过来，被白月狐这眼神盯得浑身发毛，冲进厨房后强烈要求陆清酒动作快点，就怕白月狐控制不住化作原形对着他来上一口。

陆清酒为了快，就用昨天剩下的鸡汤做了一大碗鸡汤面，上面撒上葱花放了五个煎蛋，摆到白月狐的面前，一边喝水一边看他。

白月狐拿起筷子直接开吃，人家是吸面，他直接是喝面，陆清酒眼睁睁地看着他把整碗面给喝完了，连嚼都不带嚼的。

喝完之后，白月狐静静地在座位上坐了两分钟，然后扭头看向陆清酒，小声地来了句："没饱。"

在旁边看得目瞪口呆的陆清酒差点没一口水直接喷出来。他咳嗽了好一会儿，才缓过劲儿来，点点头说："你等会儿。"然后进厨房打算再做点其他的。

尹寻被白月狐的眼神一瞅马上站起来，说："我也去厨房帮忙。"

陆清酒又给白月狐炒了一大锅蛋炒饭，眼睁睁地看着他吃完了。之后，白月狐的神情才恢复了正常。

虽然白月狐没有再喊饿，但是对他非常了解的陆清酒意识到他显然还是没有吃饱，于是整整一天，都在忙着给白月狐投食。

到了晚上的时候，白月狐看起来终于差不多了，至于陆清酒是怎么发现的，因为他突然意识到，白月狐饿的时候就会若有似无地看尹寻，不是那种感兴趣的看，而是像在估量尹寻的口感。一定要类比的话，就像是一个小孩儿在路边看见了一个冰激凌，然后又担心家里穷买不起，就站在旁边瞅着，家长问想不想吃，小孩儿就乖巧懂事地摇摇头，说自己不想吃。

而尹寻则再次深深地认识到了自己在这个家中的地位，他就是个储备粮啊！要是哪天白月狐饿得意识模糊了，估计真会把他吃了。

陆清酒都已经不问白月狐吃饱没有了，反正他家假狐狸精是永远不可能吃饱的，于是很机智地换了个说法："还想再吃点吗？"

白月狐摇摇头："不吃了，你休息一会儿吧，坐着和我说会儿话。"

陆清酒道了声"好"，在白月狐身边坐了下来。

两人聊了会儿天，白月狐简单地解释了一下这场大雪的来源，大致原因就是两界之间破了个洞，那边的东西过来了，最后被揍了回去，危机解除。虽然话语寥寥，但真实情形恐怕凶险万分。

陆清酒听着他的话，问道："你真的没受伤？"

白月狐闻言沉默片刻，轻轻点点头："就一点。"

陆清酒道："我想看看。"

白月狐面色略微有些犹豫，但见陆清酒态度坚决，还是同意了。尹寻虽然也好奇，但没敢去凑这个热闹，看着白月狐和陆清酒朝着卧室走去，自己找了个借口说去清理院子了。

进了卧室，陆清酒监督着白月狐脱了上半身的衣服，看到了他身上的伤口。说是小伤，但陆清酒在看到白月狐的肌肤后却倒吸了一口凉气。只见他的身上几乎没有一块好肉，大大小小的伤口密布他的上半身，最严重的一道伤口甚至能看见白森森的骨头，不用想也知道到底有多疼。陆清酒看得心里难受得要命，他伸出指尖，轻轻地碰了一下伤口的边缘，道："需不需要处理一下……这得多久才能好啊？"

白月狐温柔道："不疼的。"

陆清酒说："当真？"

白月狐点点头。

陆清酒却还是有些担心，去拿了好些药，仔仔细细地帮白月狐处理了一遍伤口，才勉强放下心来。

等陆清酒出去把药收好再回来时，白月狐已经睡着了。他的身体显然还没有完全恢复，睡着后眉宇间带着些许疲惫的神情。陆清酒简单地检查了一下白月狐的身体，确认那些伤口都没有崩开后，才将毯子搭在了白月狐的腹部防止他着凉，然后轻手轻脚地出去了。

尹寻坐在门口喂小花吃生菜，听见陆清酒的脚步声来了句："白月狐休息啦？"

陆清酒："嗯。"

尹寻道："这次他可伤得不轻。"

陆清酒道："是啊，所以我得多给他做点好吃的。"

尹寻回头眼神委屈地看了陆清酒一眼，说："为什么我就没有这么好的待遇？"

陆清酒失笑："行了，就你话多，明天去镇子上买点肉吧，咱们做烤肉吃。"这几天估计白月狐都会很馋肉，既然如此，不如来场全肉盛宴，想吃多少吃多少。

尹寻疯狂点头表示赞同，然后说："天色不早了，我先回去了。"

"嗯，去吧。"陆清酒道。

尹寻走了，陆清酒回到屋子里，他躺在白月狐的身边，翻来覆去的有些睡不着，便又翻出了姥姥的日记，仔仔细细地看了好几遍。直到快十二点了才有些困倦，迷迷糊糊地睡了过去。

第二天，陆清酒早早地就起来了，做了早饭、投喂了白月狐之后就和尹寻去了镇子上，买了好大一堆肉。什么猪肉、牛肉、鸡肉、羊肉，每样都来了点，还买了不少干海鲜和蘑菇之类的干货。

买东西的时候正巧遇到了胡恕和他的搭档，陆清酒想起了什么，就和他们聊了几句。

"天气？这几天镇子里的天气不都挺热的吗？"胡恕显然并不明白陆清酒的问话是什么意思，茫然道，"怎么了？"

陆清酒摇摇头，说自己就随便问问。

胡恕莫名其妙："随便问问？"

陆清酒道："对啊。"

"对了对了，你看你后天有空没，我请你们吃顿饭啊。"胡恕说，"上次幼儿园的事情还没谢谢你们呢。"

"后天？"陆清酒想了想，决定回去问问白月狐再说，"我说不好，等我回去问问我朋友吧。"

胡恕点点头，算是应下了。

两人买好东西，大包小包地回了家，到家后看见白月狐还在沉沉地睡觉。陆清酒也没打扰他，和尹寻一起把食材处理了一下。肉腌制起来，虾解冻了，蔬菜什么的清洗干净。

之前的烤肉几乎都是炭烤的，这次打算用烤锅，陆清酒准备了生菜之类的蔬菜解腻，还备了很多辣白菜，打算一起吃。

准备好之后，陆清酒把白月狐叫了起来，白月狐睁开眼看着陆清酒。

每到这时，白月狐这耳朵就会冒出来，陆清酒受不了的时候便不由自主地伸手抓住，甚至会低头咬上一口，那口感毛茸茸、软乎乎，用牙齿研磨着有种异样的感觉……而白月狐这时的身体则会紧绷起来，倒是让陆清酒想起了自己龙角被触碰的感觉。

也不知道为什么龙这么高冷的生物，会生出这么一对可爱的毛茸茸的耳朵，不但看着喜欢，手感还贼好，让人欲罢不能……

想到这里，陆清酒怜惜地摸了摸白月狐，道："月狐，吃饭了。"

白月狐还是迷迷糊糊的，但嘴里乖乖地应道："嗯……"

陆清酒说："乖啊，吃了再睡。"

白月狐点点头，挣扎着清醒过来。

简单的洗漱之后，两人走到客厅里，拿起筷子开始吃饭。

烤肉虽然没有其他菜那么精细，分量却是最大的优点，烤得焦黄之后放在生菜叶子上，加上辣白菜和一点蒜或者青椒，卷好，张大嘴巴一口吞掉，满足得不得了。

今天没去市里面，所以也没买到新鲜的虾子，只买了点冻虾作为替代品，蘸点辣椒面吃，也是很香。至于蔬菜什么的，几乎都是陆清酒包圆儿了，白乎乎、圆滚滚的口蘑洗干净之后就放在锅里烤着，不一会儿里面就会冒出充盈的汁水，这汁水就是口蘑的精华，夹起来喝掉非常鲜美；还有锡纸包着的内酯豆腐，在里面加了泡椒、葱花等各种香料，口感香辣清爽，吃多了烤肉再吃一口这个，格外解腻。

借着吃饭的机会，陆清酒把前几天那个冒充白月狐前来的人说了，白月狐听完后神情凝重，反复询问了细节，在听到陆清酒拥抱了他一下的时候，白月狐的脸色非常明显地冷了下来。

"他抱你了？"白月狐问。

"是啊。"陆清酒啃了口烤得干干的茄子，不知为啥被白月狐凝重的眼神弄得有点心虚，"我当时没认出来。"

白月狐说："没认出来？"

陆清酒："嗯……下次一定会认出来的。"

白月狐没说话，蹙着眉头似乎在思考什么。

陆清酒被他的眼神盯得后背有点发毛，露出一个笑容想要缓和气氛，顺便岔开了话题："对了，胡恕他们想请我们吃饭，问后天行不行……"

白月狐道："可以。"

陆清酒见白月狐同意了，以为自己算是成功过关了，正打算松口气，却听到白月狐来了句："真没认出来？"

陆清酒："……"

白月狐在这个问题上纠结上了，好看的眉头拧得死紧："我和他还是有些不一样的吧？"

陆清酒不再说话，默默地咽下嘴里嚼着的食物，安静片刻后抽了张纸擦干净自己的嘴，再凑到白月狐的耳边说了两句。

白月狐听完陆清酒的话之后眉头瞬间展开，还温柔地笑了一下，看得在旁边胡吃海塞的尹寻一脸茫然，不明白陆清酒到底说了什么就把白月狐给搞定了。

"你答应的。"白月狐弯着眼角，耳朵也跟着竖了起来，"可不能食言。"

陆清酒面露无奈："好……但是至少得等你伤好了吧？"

白月狐道："我现在就好得很。"

陆清酒说："你闭嘴吧，昨天晚上我都快看到你的胃了。"

白月狐："……"

陆清酒："哦，可能也不是胃，是肠子。"白月狐肚子上那伤口真的贼恐怖，要不是白月狐是龙可能早就死了一万多次了。

烤肉吃到了大半夜，白月狐把所有的食物都吃光了才算结束。因为太晚，陆清酒让尹寻明天早晨再收拾，便各自散去休息了。

第二天陆清酒给了胡恕回复，说可以约饭，询问他时间和地点。

"明天下午吧，正好我们轮休。"胡恕道，"就在警局旁边的烧烤店，他们家的羊肉串简直是绝了，你们一定要尝尝。"

"行啊。"陆清酒同意了。

"那到时候不见不散啊。"胡恕和陆清酒约定好时间、地点后，便挂了电话。

说实话，来到水府村，除了邻居之外，陆清酒还真没交什么朋友。现在知道了村民们都不是活人后，更是打消了这方面的心思。在之前几次交往中，陆清酒对胡恕和庞子琪的印象还不错，两人都是比较负责的警察，多交流一下也没什么坏事，而且他们应该有内部系统，可以知道更多关于非人类的信息。

第六章

爱哭罐

约定当天的下午，陆清酒带着白月狐和尹寻准时赴约，但赶到镇上的时候，胡恕打电话过来，说临时有事，聚餐时间得稍微变一下。

"那几点钟？"陆清酒问。

"你们干脆来警局吧，今天就我和庞子琪值班。"胡恕道，"差不多八点下班，下了班咱们就去撸串。"

陆清酒："……你确定？"

胡恕道："确定啊，我们领导不在，没事儿的。"

陆清酒奇怪："你不是说今天轮休吗？"

胡恕无奈地解释了一下，说今天值班的同事家里突然出了点事，临时走了，他和庞子琪是被抓壮丁抓来的，虽然镇子里平时都没什么事，但也不能松懈，万一出现什么意外情况呢。

陆清酒觉得胡恕说得好像也有点道理，便开着自己的小货车朝着警局的方向去了。

回水府村之前，陆清酒是一次警察局都没去过，回来之后却成了这里的常客，还交了两个警察朋友。

这镇子上的警局很小，基本上也没什么大案子，像之前那样在水井里发现尸体的案子，都移交到了市里面。

陆清酒走进去便看见了胡恕和庞子琪，两人都坐在电脑面前，看见陆清酒来了，态度热情地冲着他打招呼。

"坐坐坐，我给你们倒杯茶啊。"胡恕很是热情地招呼着，起身给三人倒了茶水。外面虽然热，但屋里面的空调开得很足，非常凉爽。

"你们干吗呢？"陆清酒问。

"这不是写报告呢嘛。"胡恕回答，"前些天镇子里发现了点东西……"

陆清酒说："发现了东西？什么东西？不会又是尸体什么的吧？"

"不是的。"胡恕大大咧咧地解释，"怎么可能是尸体……就是一点小东西。"

陆清酒闻言便没有再多问，和白月狐、尹寻三人坐在椅子上等着他们两个下班。

这会儿才六点多，离胡恕下班还有两个小时，趁着这段时间，陆清酒和胡恕聊了会儿天，问了他一些关于生活在人类世界的非人类的事，得知其实上面早就知道了关于非人类的事，甚至还和非人类的世界有所接触，不过即便知道了，也没有什么太好的处理法子。毕竟现在人类世界的灵气已经非常稀薄，上古时期呼风唤雨的灵修大族也大多落魄，连最简单的术法都遗失了……

"那枪什么的管用吗？"陆清酒问。

"不知道啊。"胡恕愁眉苦脸，"这得看类型吧，要是来点精怪什么的估计还能抢救一下，要真是来点鬼啊神啊的……"

他话还没说完，屋子里便响起了一声巨响，这巨响如同晴天霹雳，震得天花板上的灰尘都簌簌往下掉，窗户也跟着震颤，差点碎了。

胡恕被吓了一大跳："这是什么声儿！"

庞子琪本来坐在旁边用电脑玩纸牌，听到这动静也露出愕然之色："外面打雷了？"

"不是吧。"胡恕说，"怎么听这声儿像是从屋子里传来的？"

两人对视片刻，都在对方的眼神里看到了同样莫名的神情。

不过说实话，这声音的确有些像是雷声，轰隆隆的调子，连绵起伏还带着回声。只是声音的来源也不像是窗外，而是从另外一间屋子里传来的。

"那屋子里有啥东西啊？"胡恕问道。

庞子琪想了想，脸色有点难看起来："今天带回来那东西不就放在隔壁吗？"

胡恕："……"

他们似乎想到了什么，同时看向了那个房间。

就在此时，声音再次响起，这声音如同惊雷，在他们的耳边炸开，尹寻因为这声音起了一身的鸡皮疙瘩，说："这不就是在打雷吗？那到底是什么东西？"

庞子琪没吭声，舔了舔嘴唇："我去看看。"

他朝那屋子走去，陆清酒瞅了白月狐一眼，白月狐明白了他的意思，淡淡道："去吧，没事儿，我在呢。"

陆清酒的确是挺好奇的，况且有白月狐坐镇，应该不会出什么意外。如此想着，他便和同样好奇的尹寻一起凑热闹去了。

庞子琪和胡恕走到门口，小心翼翼地掏出钥匙打开了门，陆清酒看了下门上的标识，才发现这屋子是用来存放证物的，不过因为镇子上的确没有什么案件，所以这房间空空荡荡的，门打开后，胡恕按亮了头顶上的灯，陆清酒一眼便看见了摆放在桌子上的东西。

那是两个漂亮的罐子，罐子一大一小，放在桌子上，在空荡的房间里显得格外醒目。罐子肚大口小，乍看上去，就是普通的工艺品，肚皮的位置印着一些奇怪的花纹，看起来有些像文字，但应该不是汉文。

庞子琪先进去，小心地走到了罐子旁边。

"就是这个？"陆清酒奇怪道，"你们为什么把这东西带回来？"既然需要带回警局，那肯定是有什么原因吧？

"哦，报案的人说这个罐子里有人爬出来。"胡恕也知道自己说的话有些可笑，语气里带了点无奈，"说这罐子是他家的传家宝，家里破产了也没舍得把罐子卖掉，结果前段时间发现家里出现了一些异常情况，什么东西被人动过啊，什么多了点小动物的尸体啊之类的，就在家里安了个监控器……"

"看到什么了？"陆清酒来了兴趣。

"没有。"庞子琪接了话，"监控器什么都没看到，但他还是觉得有问题，结果某天晚上半夜突然醒来，看见一个长头发的人蹲在他家沙发上，直愣愣地看着他……"

陆清酒："……"这也太恐怖了吧。

"当事人马上报了警。"胡恕道，"我们就去看了情况，还检查了监控。"

但其实监控里面什么东西都没有拍到，然而鉴于报案人坚决的态度，他们只好将两个罐子都带回了警察局，找了个地方放了起来。

他们警局地方小，平日里严重的案件也没多少，大部分都是乡里乡亲的琐事，什么谁家夫妻吵架啊，谁家多占了邻居两寸地啊之类的，也没把这个罐子的事儿想得太过复杂。

"所以你们没看到罐子里有东西？"陆清酒问道。

"没有啊，要是看到了什么，这东西怎么会留在局里？"胡恕无奈道，"虽然我以前是无神论者，但是现在……"

陆清酒："现在？"

胡恕道："现在我是科学的神论者。"

陆清酒："……哈？"

胡恕又和陆清酒解释，说一切灵异现象其实都能从科学的角度解释，比如其实雨师妾什么的是另外一个种族，虽然不是人类，但好歹是客观存在的，这理论听得陆清酒一愣一愣的，半晌憋出一句："那你怎么解释这罐子？"

胡恕瞅了眼那罐子，显然是想离这东西远点，但奈何职责所在，所以还是硬着头皮走到了罐子旁边，小心翼翼地瞅了瞅罐子里面，在确定里面没有东西后，才将罐子拿起来倒着转了一圈，抖了抖："我就说……里面没东西吧。"

罐子里的确没有任何东西落下来，只是站在旁边的庞子琪声音却颤抖起来："喂，快点把罐子放下。"

"啊？"胡恕茫然，"怎么了……"

"快点把罐子放下！"庞子琪厉声道，"里面有东西！！"他话音刚落下，胡恕便条件反射地看向罐子里，却和一双绿莹莹的眼睛对上了。

"啊！"看到这双眼睛胡恕被吓了一跳，手一松罐子便落到了地上。只是在落地的瞬间，罐子里却伸出了一双惨白的手撑在了地面上，然后以极快的速度朝着门口的方向移动而去。

所有人似乎都被这一幕惊呆了，半晌都没人说话，直到站在门口的白月狐神情淡然地伸出了一只脚，将那罐子直接绊了一跤。

罐子摔倒在地上，骨碌碌地滚了一圈，那双手也缩回了里面。罐子正好滚到了陆清酒的脚边，陆清酒垂眸看去，看到原本从罐子里面伸出来的那双手已经不见了踪影，罐子底部黑漆漆的，又恢复成了空空荡荡的模样。

众人的目光都落在了罐子上。

"这……到底是什么东西？"尹寻战战兢兢地发问。

陆清酒正欲说话，原本乖乖躺在地上的罐子竟然又发出了一声雷鸣，这次直接在他们的身边炸开了，震得几人头晕目眩。

陆清酒捂住了自己嗡嗡作响的耳朵，道："这是什么啊？"

白月狐道："我也是第一次见。"

陆清酒道："啊？"

白月狐弯下腰将那罐子拿了起来，罐子一入他的手，就开始不住地哆嗦，像是在害怕似的。白月狐观摩片刻，对这个罐子下了定义："应该是某种小妖怪。"

"妖怪？"陆清酒说，"那这雷声是什么？攻击方式？"

几人都皱着眉头，按照胡恕的说法，这罐子之前一直没有表现出任何异样，直到被拿到警察局才发出了雷鸣声。

白月狐将手伸进了罐子里，胡恕本来打算阻止，害怕出现什么问题，却被旁边的庞子琪拦了一下，他递给胡恕一个眼神，示意白月狐身份不一般，让胡恕不要多事。胡恕见状，这才耐下性子，没有去拦白月狐。

白月狐的手在罐子里摸了几下，收回来的时候手指上却多了一些湿润的液体，是透明的，和普通的水似乎并无两样。他将水放到鼻间嗅了嗅，随后皱起了眉头。

陆清酒还以为是水有问题，连忙摸了张纸巾抓着白月狐的手帮他把水擦干净了，他道："这是什么水？"

白月狐道："好像是……"

陆清酒："嗯？"

白月狐继续说："好像是妖怪的眼泪。"

陆清酒："……"

沉默在众人间蔓延，好一会儿，胡恕那结结巴巴的声音才再次响起："眼……眼泪，意思是这罐子在哭？"

白月狐道："好像是。"

尹寻满脸不可思议："所以刚才的雷声是它的哭声？"

简直像是在应和尹寻的话一样，罐子再次发出了震耳欲聋的雷声，只是不知是不是因为改变了心态，陆清酒还真的在这雷声里听出了啜泣的味道。本来非常威严的声音，却好似变成了崩溃的号啕大哭，听得人家的表情都变得微妙起来。

"它在哭什么啊？"胡恕颤声问道。

尹寻回答了他的问题："你不是说它之前一直没声儿嘛，这还是第一次哭。"

胡恕满目疑惑："对啊，这怎么了？"

尹寻道："你把人家从家里带了出来，关进警察局，还不让人家哭两声啊。"

胡恕："……"

庞子琪："……"

尹寻说得太有道理了，他们一时间竟不知道该如何反驳。

几人的目光都落在地上的罐子上，屋子里的气氛安静得可怕。

最后还是陆清酒受不了这气氛，开口打破了安静，问白月狐这罐子到底是怎么回事儿。白月狐伸手在罐子上敲了两下，罐子却毫无反应。

"不肯说。"白月狐语气坦然，"干脆吃了吧。"

陆清酒："……"

白月狐显然是认真的，还补充了一句："吃了就不闹了。"

那罐子好像听懂了白月狐的话，又开始可怜兮兮地发抖，一副想哭但是为了生命安全得强行憋住的模样。

陆清酒道："……这罐子能吃吗？"

白月狐："肉在里面。"他朝着罐子里瞅了一眼，道，"不过看起来不是很好吃的样子。"

其他三人更加沉默了，胡恕和庞子琪都被白月狐和陆清酒的对话内容所震惊。要不是他们亲眼见着，恐怕不会觉得白月狐手里提的是个装了妖怪的罐子……这个"肉在里面"太让人服气了，不知道的还以为白月狐是在吃螃蟹呢。

陆清酒连忙劝下了白月狐："不好吃就不吃了吧，待会儿还要撸串呢。"他看向胡恕，"你们打算把罐子怎么办？"

胡恕听到这话登时愁眉苦脸："不知道啊，看来报案人还真没撒谎，能给扔了不，或者砸了销毁掉什么的？"他是真的怕了这些东西了。

"不然先去吃饭？"说实话，等了这么久，陆清酒觉得自己有点饿了，而且这罐子的事看起来一时半会儿也解决不掉，不如边吃边聊。

"也行。"胡恕见快到换班时间了，便同意了陆清酒的提议。

白月狐则随手把那罐子放回了桌子上，几人退出屋子，小心翼翼地锁上了门。

换班的同事来了，看见了胡恕五人，胡恕先简单地介绍了一下陆清酒的身份，然后叮嘱自己的同事别打开那个房间的门。

那同事一脸莫名："为什么不能打开？你们在里面放什么东西了？"

庞子琪说："叫你别打开就别打开，问那么多做什么。"

同事说："庞子琪，你和胡恕别是又带回了什么奇奇怪怪的东西吧？"

庞子琪和胡恕对视一眼，两人的眼神都有点心虚，但还是强装镇定，庞子琪说："你说什么呢，我是那种人吗？走，胡恕，吃晚饭去，饿死我了。"

胡恕道："走走走。"

当然，走到门口，胡恕还是用最后的良心再次提醒了一下同事，让他无论出现什么情况，都千万别打开那扇门。

同事瞅着这两人满目狐疑。

去撸串店的路上，他们又讨论了一下关于罐子的事，都觉得这罐子应该没什么攻击性，不然第一个出事的肯定是报案人，只是不知道罐子里头到底是什么……

"我说，你们经常把奇奇怪怪的东西带回警局啊？"尹寻听到了胡恕和庞子琪之前跟同事的对话，好奇地提出了自己的疑问。

胡恕看了眼故作无事发生的庞子琪，面露无奈。在庞子琪来之前，他真的只是个普普通通的小警察，结果庞子琪来了之后，他查案的方向就莫名其妙地朝着灵异的方向奔去了，而且有的事是越查越恐怖，简直不能细想。

"比如？"尹寻追问。

"比如上个星期吧。"胡恕苦着脸道，"有人报警说自家的猫不见了……"

"猫不见了还能报警啊？"尹寻有点惊讶。

"这不是地方小，也没啥案子能查嘛。"胡恕唉声叹气，"我们当时出警去看情况，结果发现猫不是不见了，是被奇怪的东西吃掉了。"

"吃掉了？"陆清酒也来了兴趣。

胡恕说："是啊，我到猫的时候就剩下一点皮毛，被吃得干干净净。"他长叹一声，"我们当时怀疑会不会是山上下来了什么猛兽，就有点紧张，然后继续往下调查……"

"然后呢？"尹寻问。

胡恕没说话，用幽怨的眼神看了庞子琪一眼。

庞子琪叹息，把胡恕没说完的话给补上了："然后某天晚上，我们终于找到了杀死猫的真凶。"

大家都安静地听着。

"我也不知道那是个什么东西。"庞子琪说，"有点像猴子，也有点像人，就倒吊在阁楼的天花板上，手里还捧着另外一只啃了一半的猫。"

胡恕的语气无比痛苦："地板上全是血和碎骨头，我的妈，那画面，我这辈子都忘不掉。"

万幸的是当时他们是有配枪的，不然说不准会出现意外，不过就算如此，胡恕的身上也被这怪物狠狠地挠了一道，这伤口过了十几天才好。

故事说完，几人刚好走到店里。

胡恕和庞子琪应该是这里的熟客了，老板一见到他俩就笑了起来："还是老样子？"

"今天多弄点羊肉。"胡恕道，"再来两箱啤酒，要冰镇的。"

老板道："好嘞，来两串腰子不？今天刚到的货，还新鲜着呢。"

胡恕道："也行，有胸口油没有啊？"

老板道："有，不过不多。"

胡恕说："那都给我上了吧。"

陆清酒在旁边听着，鼻间是烧烤浓郁的香气。现在大城市里已经很少能见到这种摆在外面的炭火烧烤了，一是比较影响市容，二是有点污染空气。当然，小地方就没这些讲究了，毕竟人口基数摆在那儿，周围还都是山林，完全不用担心空气质量的问题。

胡口油是牛身上的一个部位，乍看就是白花花的油，会让没吃过的人以为比较腻。但其实烤过之后口感非常好，脆生生的，咬下去油脂便会在嘴里爆开，还带着股牛肉独有的香气。这部位的肉很少，也不是哪里都能吃到，看来这家烧烤店的确不错。

在等菜的过程中，胡恕又讲述了几个和庞子琪查过的案子。这些案子无一例外，都是从本来还算正常的发展硬生生地朝着不正常的路线岔过去。就拿今天那两个罐子来说，他们接到报案的时候以为是报案人的精神有点问题，谁知道有问题的不是报案人，而是那两个看起来格外漂亮的罐子。

胡恕知道陆清酒不是普通人，见到酒上来赶紧给陆清酒倒了一杯，说："陆哥啊，那罐子你有啥建议没啊，咱总不能一直摆在警局里吧……"

陆清酒喝了口啤酒，道："我也没什么好办法，先吃饭吧，吃饱了再说。"他说着看了白月狐一眼，毕竟不把他家狐狸精喂饱，估计他也没什么兴趣掺和进来。

白月狐的心思的确不在这上面，他所有的注意力都放在了正在炭火上烤得吱吱作响的肉串上面。肉串有羊肉有牛肉，都是肥瘦相间，新鲜得很。上面撒满了香料和辣椒，散发着浓郁、诱人的香气。

"不然咱们再找报案人问问吧。"胡恕还在纠结这事儿，"这罐子不是他家祖传的吗？既然是祖传的，怎么会一直没有发现里面的东西……还是说那东西出现需要什么条件？"

庞子琪的手指在桌子上点了点："那我叫他过来一趟。"

胡恕说："就怕他不愿意……"

庞子琪还是暴脾气，咬牙切齿道："不愿意也得愿意，我们是警察，又不是天师，负责人类案件就算了吧，这块儿总不该也归我们管吧。"

胡恕唉声叹气，说为什么最近这样的案子越来越多了，明明以前一件都遇不到，自从庞子琪来了之后简直像是给他打开了新世界的大门——这新世界他是一点都不想进去。

陆清酒听着两人的对话，心中却是一动，想到了之前水府村下的那场雪，心中猜测这些频发的案件会不会和异界有关。如果两界之间的界限越来越模糊，胡恕和庞子琪两人的生活似乎便是最好的写照。人类会遇到越来越多的奇怪生物和奇怪的事，并且在这些事情里，毫无还手之力……

烤串烤的速度很快，老板把烤好的羊肉串端了上来。

这种天气，就要喝冰镇的啤酒，吃刚烤好的羊肉串，羊肉切得很薄，因此烤得非常入味，陆清酒抓了一把，一边吃一边喝酒。

白月狐和尹寻都对酒兴趣不大，只是一心一意地吃着美味的羊肉串。

这边胡恕和庞子琪也达成了共识，决定明天把那个报案人叫过来一趟，仔细说说这罐子的事儿。

"陆哥，这罐子里面那东西对人类的威胁性大不大啊？"胡恕就关心这个。

陆清酒还没开口，白月狐便接下了话茬儿："没什么威胁。"不然当时他也不会让陆清酒跟着去凑热闹。

"所以除了吵一点之外也没什么别的危险？"庞子琪询问。

"嗯。"白月狐应声，显然，胡恕的这顿烧烤深得他意，所以连话也比平日里多了一些，"我没有见过这东西，但从气息上判断，应该不是邪恶之物。"

"不是邪恶之物的意思就是那东西不害人？"胡恕再次确认。

白月狐点点头。

陆清酒已经从胡恕和庞子琪两人的对话内容里猜出了他们想要干什么，果不其然，这两人对视一眼，随即露出灿烂的笑容。

"既然没危险就让他领回去吧。"庞子琪道，"总不能一直放在警局，这有损警局的形象啊。"

"对啊。"胡恕说，"都是成年人了，该勇敢一点，不就是罐子里头有个人嘛，也就多张嘴多双筷子的事儿。"

庞子琪："那明天让他来领。"

胡恕："就这么定了。"

陆清酒："……"他被这两人的一唱一和弄得目瞪口呆，而且为什么他们两个这么熟练啊，到底经历过多少次这样的事了？

事情就这么解决了，胡恕和庞子琪都露出开怀的笑颜。

白月狐继续静静地撸着自己的羊肉串，从他的表情上来看，他现在已经爱上了这种食物。

这家店的羊肉串味道是真的不错，陆清酒他们边吃边聊，不知不觉间夜已经深了。既然不是陆清酒埋单，白月狐就敞开了肚皮吃，最后把老板的存货都吃光了。好在胡恕他们知道白月狐食量大，所以早就做好了心理准备，不过即便如此，在埋单的时候，还是被那一大盆的木签子刺激得有点胸口疼。

"上次的事谢谢你们了。"庞子琪有点喝多了，但胡恕还醒着，几人分别时，胡恕再次对陆清酒表示了感谢。

"客气。"陆清酒道，"我没帮上什么忙，都多亏了月狐。"

胡恕闻言却笑了笑没说话，说实话，虽然帮忙的是白月狐，但没有陆清酒当牵线的，这事儿也办不成。白月狐一看就是那种不是特别好相处的人，要不是有陆清酒，他肯定是不敢凑上去的。而且现在跟着庞子琪混久了，他也对白月狐的身份有了些猜测，他肯定不是人类，但至于是什么，他也不好去证实。

临走之前，白月狐看了胡恕一眼，破天荒道："如果罐子的事处理不掉，可以来找我。"

胡恕受宠若惊，连忙道谢。

白月狐没应声，转身走了，直到上了车，陆清酒才好奇地问他为什么那么主动。

"羊肉串好吃。"白月狐就是如此直白。

陆清酒哑然片刻，随即哈哈大笑起来，他没想到白月狐居然被一顿羊肉串给收买了，笑完之后又有点心酸，因为他又想起少昊勾引白月狐去打工的事了，好像也就加了个五百块……还真不够吃一顿羊肉串的。

"明儿回去炖肉吃。"陆清酒宣布，"把猪蹄给炖了吧，再做点烧白。"

小花说得有道理，再苦不能苦孩子，他家的狐狸精得富养着，不然早晚一顿羊肉串就被人家给骗走了。

再说胡恕和庞子琪那边，他们从白月狐口中得知罐子没有危险后便放下了心，胡恕把庞子琪送回了宿舍，洗漱完毕后打算美美地睡上一觉。

谁知道刚躺下去，就来了个电话，胡恕迷迷糊糊地拿起来，看到了自己同事的号码。

"喂，咋啦？"他把电话接了起来。

"胡恕！！"同事的声音从电话那头传来，"你和庞子琪又带回来了个什么东西？我耳朵都要被震聋了！"

胡恕闻言愣了片刻，才反应过来同事的话是什么意思，忙道："你冷静点啊，你没打开那屋子吧？"

同事说："没有——你快点给我过来把那东西解决掉，我要被震疯了！"

胡恕道："我解决不掉啊，得明天天亮了才能解决，不然这样吧，你弄两个耳塞……"

两人在这个问题上纠缠了好久，最后同事在得到胡恕明天一定会把罐子处理掉的承诺后，才放了胡恕一马，不过从他快要崩溃的语气里完全能够想象得出值班室里那惨烈的状况了。

胡恕倒头就睡，一觉睡到大天亮，神清气爽地拉着庞子琪去上班。庞子琪喝断片了，这会儿脑袋还晕晕乎乎的，跟着胡恕进了警局，便看见值夜班的同事眼睛下面挂着两个黑眼圈，用无比幽怨的眼神盯着他们两个。

"早……早上好？"庞子琪不明白发生了什么，被盯得有点不自在，挥挥手打了个招呼。

"好个屁啊。"同事痛苦地从耳朵里取出了两个纸团，"你们赶紧把那东西给处理了，我耳朵都要聋了，还有，所长马上要来了啊，要是让他听见了……"

"行行行，我马上处理。"胡恕双手投降，他可不敢让所长知道他们又搞回来了什么麻烦的东西。

掏出手机，给报案人打了个电话，胡恕说让他来一趟警察局。

报案的是个年轻的小伙子，名字叫陈旭阳，听见胡恕的话第一反应就是拒绝，但胡恕威胁他说要是他不过来，自己就把罐子给他送到了家门口去。

无奈之下，陈旭阳只好答应了。但显然他对这个罐子充满了恐惧，虽然说着要过来，但磨磨蹭蹭了好久才到警局。

胡恕则提前找好了东西，把两个罐子都包了起来，示意陈旭阳带走。

"我能不要了吗？"陈旭阳抱着罐子都要哭了。

胡恕无情道："不行，这是你的东西，人民警察不收群众的一针一线。"

陈旭阳："……"

胡恕道："更何况这是你的传家宝，更不能随便处置了。"据说这东西是明朝时候传下来的，价格不菲，当然，这"据说"其实主要是陈旭阳说的。

陈旭阳愁眉苦脸地盯着罐子，他道："那我能捐给博物馆吗？这真的是文物啊。"不然他可能早就把这东西扔了，哪会留到现在？

胡恕道："你可以和博物馆联系一下，看那边收不收。"

陈旭阳道："那在博物馆收之前……"

胡恕："你带回家好好收着吧。"

陈旭阳："……"

胡恕想起了它那如雷的哭声，昧着良心说："它是个好罐子。"

陈旭阳的表情扭曲了一下，很想说：既然是个好罐子你干啥不帮我收着，非要我带回家啊？

虽然很不情愿，但鉴于胡恕一副公事公办的样子，陈旭阳还是被迫将这两个罐子带回了家。他一走，警局就清静了下来，轰隆隆的雷声彻底消失了。

"你说那罐子到底咋回事儿啊？"庞子琪捏着自己有点疼的太阳穴。

胡恕摊手表示自己也不清楚。

陈旭阳把罐子领回了家，想了想没敢摆在客厅里，而是放进了阴暗的储藏室。他家的人其实一直很喜欢这些东西，瓷器啊、玉佩啊之类的古玩，都是收集对象。当初他家家世显赫时，这些古玩可以摆满好几间大屋子，但现在没落了，大件的东西能卖的都卖了，只剩下一些小东西舍不得卖掉，留下来做个念想。

这对罐子，就是他爸爸留给他的。

这罐子的花色很奇怪，和历史上各个朝代的风格都迥然不同，所以也很难卖出，大家都当这是个劣质的赝品。但事实上，这罐子是他们家族一代代传下来的，就算是在最落魄的时候，陈旭阳也没有想过把它们卖掉，直到家里出现了一些异样的情况。

看着罐子，陈旭阳犯了愁，就这罐子的模样，连个落款都没有，博物馆估计也不会要，可是如果扔了，他还真是舍不得。

"哎呀，拿你怎么办啊。"陈旭阳苦恼地伸手摸了摸罐子，"你要是真的有灵气，就别吓我了……"

罐子一动不动。

陈旭阳也觉得自己有点可笑，叹了口气后，把灯关了，转身离开了储藏室。

之后的几天，胡恕一直很担心陈旭阳会不会再次报警，但没想到把罐子领走的陈旭阳并没有再联系他们。胡恕给他打了个电话询问情况后得知，陈旭阳把罐子带回家，家里没有再出现之前的异样。

"所以意思就是没事儿了？"胡恕道。

"是啊。"陈旭阳说，"至少现在没事儿了吧。"他走到自家小区楼下，按了电梯的按钮，"胡警官，你老实和我说，为什么之前非要我把罐子带走，是不是这罐子有什么地方不对劲？"

胡恕道："没有啊。"

陈旭阳说："真没有？"

胡恕心想：我总不能告诉你你家罐子一到警察局就哭吧，还哭得人中耳炎都要犯了。所以只能咬死了说法："没有。"

"哦。"陈旭阳说，"那好吧，我进电梯了，先挂了。"

"好，有什么情况再给我打电话。"胡恕结束了通话。

陈旭阳把手机放进兜里，按下了要去的楼层，看着电梯一层层地往上爬，接着"叮咚"一声，电梯门开了，他掏出钥匙打开了自己家的门。

"嘎吱"一声轻响，门开后，陈旭阳看着屋中的画面，整个人却僵在了门口——他看到自己家里的地板上、墙壁上，到处都是暗红色的血手印，而一个人形的东西，正蹲在地上，粗鲁地啃食着什么，那东西似乎听到了动静，缓缓回头，陈旭阳眼前一黑，最后的印象，便是那双绿莹莹的眼眸，和那一口附着血肉的白色利齿。

——胡恕，你这家伙果然骗了我，陈旭阳用最后的力气在心里狠狠地骂了句脏话。

陈旭阳再次醒来的时候已经躺回了自家的床上。他睁开眼，甚至以为自己只是做了一场荒诞的噩梦，但当他从床上坐起来看到自家凌乱的客厅后，才意识到并不是梦，这一切真的发生了。

他家的地板上、墙壁上，到处都是鲜血，还有被啃食残余的肉块儿，空气里散发的浓郁血腥味让这里简直像是地狱一般。陈旭阳看到这些画面，差点没又晕过去，好歹用最后的自制力稳住了心神，颤抖着掏出手机报了警。

胡恕接到陈旭阳的报警电话时还有点惊讶，说："你刚才不是还说你家罐子没事儿嘛，怎么这才过了半个小时就改口了？"

"我哪儿知道啊。"陈旭阳都快哭出来了，"救命啊警察同志，我家现在跟凶案现场似的……"

胡恕很是无奈，一边安慰陈旭阳一边指挥道："那你先从你家出来吧，在楼下等着，我们马上过来。"

陈旭阳忙点头称好。

离开卧室，需要经过客厅，原本短短的几步路，在此时却犹如炼狱。陈旭阳给自己做了好一会儿心理建设，又反复确认客厅里没有了他昏过去之前见到的那个东西后，才小心翼翼地迈出了脚步，想要离开家里。

他走到客厅中央的时候，发现自家客厅里那些碎肉和骨头似乎摆成了一个什么图案，陈旭阳看见这个图案的第一反应就是这是什么召唤邪神的法阵，赶紧连滚带爬地冲出了家门，还顺手把门给带上了。

这六月本来已经很热了，但陈旭阳还是浑身发凉，他在楼下等了好一会儿才等到了胡恕和庞子琪，见到他们时，那表情简直像见到救命恩人似的："警察同志，你们可算来了——"

胡恕道："到底咋回事儿啊？"

陈旭阳连忙描述了一下自己家的情况，说地板上和墙壁上到处都是血，客厅的中央还用肉和骨头摆成了一个法阵，制造出这一切的人心思诡谲，肯定想要害他性命，绝对不是什么好人，他说得有模有样，信誓旦旦，让听的人也莫名地觉得后背发凉。

好在庞子琪还算冷静，说："咱们先上去看看吧。"

于是三人坐着电梯又回去了，虽然陈旭阳很害怕，很不愿意再回去，但他早晚是要回家的……

用钥匙打开了门，胡恕也看到了屋子里的情况。和陈旭阳描述的差不多，屋子里面几乎是一片狼藉，东西倒是没怎么动过，就是到处都是鲜血的痕迹，他一扭头，便看到了陈旭阳口中的那个召唤邪神的图案。

"进去看看。"为了防止意外，庞子琪掏出了配枪。

胡恕点点头，神情也跟着凝重起来。

两人一前一后，小心翼翼地踏入了房子里，先是检查了一下各个房间，确定屋子里没有其他人的存在。罐子如陈旭阳所说的那般，还乖乖地待在储藏室，胡恕把罐子拿了出来，放在客厅的桌子上，让庞子琪盯着点以免出现什么意外。

"这罐子到底是怎么回事儿啊？"陈旭阳颤颤巍巍，"胡警官，你不是说它是个好罐子吗？"

胡恕颇有深意地看着陈旭阳："是啊，你这不是还活着吗？"

陈旭阳："……"

胡恕道："这要是坏罐子，我觉得报警的就是你家邻居而不是你了。"

陈旭阳竟是无话可说。

庞子琪则把目光放到了那个图案上仔细地观察了起来，只是他越看表情越奇怪，惹得胡恕忍不住问道："庞子琪，你看出什么来了？"

庞子琪扭头瞅了眼陈旭阳："你是六月生日啊？"

陈旭阳紧张道："对……这和生辰八字还有关系？"

庞子琪说："二十六岁生日？"

陈旭阳忙点头："庞警官，你问这个做什么？难道是我的生辰有什么特殊之处，被选来做祭品了吗？"

庞子琪："……少看点恐怖片。"

陈旭阳："那是怎么回事儿啊？"

庞子琪指了指那所谓的邪神图案，示意陈旭阳自己去看。陈旭阳本来怕得不得了，在庞子琪强硬目光的驱使下，才战战兢兢地朝着邪神图案看了过去，只是在看了十几秒后，陈旭阳的表情就变得和庞子琪一样了："这……这……这怎么？"

胡恕长叹一声，拍拍陈旭阳的肩膀："我就说你家的罐子是个好罐子……"

只见那所谓的召唤邪神的图案根本就不是什么图腾，而是用肉和骨头拼成的几个字——陈旭阳，二十六岁生日快乐。

虽然拼得很粗糙，画面也很血腥，但的的确确就是这几个字，而且看起来这几个字完成得相当不容易，看得胡恕都流下了一滴感动的泪水："看，人家是在给你过生日呢。"

陈旭阳看着这字体，胸口一阵闷痛，不知道该说些什么。

庞子琪走到图案中间，捡起了几块碎肉和骨头，简单地检查后确定不是人类的骨头，应该是禽类或者其他动物的，因为这些骨头非常纤细，完全不属于人类的骨骼构架。

"所以也没啥事儿。"胡恕安慰陈旭阳，"人家估计辛辛苦苦地摆了好久了呢。"

陈旭阳："……"他的意识有点模糊。

胡恕道："不然这样，你再坚持两天看看，要是真的不行，我再叫人过来帮帮忙，把罐子处理掉算了。"

陈旭阳小声道："怎么处理啊？"

胡恕说："砸了呗，还能咋办？"

陈旭阳听到要砸罐子，表情又复杂了起来，砸罐子这事儿他自己就能做，可问题是要砸他早就砸了，这不是舍不得才拖到了现在嘛。而且看来这东西似乎还真的对他没什么恶意，就这么砸了，好像有点不通人情。

"好，我再看看吧。"陈旭阳只能如此说了。

庞子琪道："这东西通人性，你可以尝试和它好好交流一下，万一教会了呢。"

陈旭阳："……行吧。"

出警结束，胡恕和庞子琪走了，留下陈旭阳一个人在家里吭哧吭哧地打扫卫生，看着罐子露出复杂的神情。还好这屋子是他买下来一个人住的，不然房东或者同居室友看到这一屋子的血手印，怕不是得被吓得直接搬出去。

陈旭阳打扫完卫生，又摸了摸罐子光滑的表面，决定和罐子好好说道说道，虽然他也不知道罐子能不能听懂……

第七章

去阴间

　　陆清酒并不知道胡恕那边发生了什么事，那天他吃了一顿羊肉串之后就对这摊子做的羊肉的味道念念不忘，也尝试过自己调配作料，但怎么都感觉差了几味香料，于是便想着再去尝尝看。对于陆清酒的提议，白月狐和尹寻都是举双手赞成，不过还没等他们定下时间，胡恕就又给陆清酒打了个电话，说是有人想请他们吃饭。

　　"有人请我们吃饭？"陆清酒好奇，"谁啊？"

　　胡恕含含糊糊地说："你们来了就知道了。"

　　陆清酒眼睛一转，马上明白了："是不是又有什么事儿解决不了？"

　　胡恕道："嗯……算吧？"

　　陆清酒一语中的："该不会是那天那个罐子还没有解决掉吧？"

　　胡恕唉声叹气，说："也不是没有解决，就是解决方法有点微妙，导致报案人那边经常报警，这一次两次还好，次数多了，这边警力有点吃紧。"

　　"经常报警？都解决了为什么还经常报警？"陆清酒没明白。

　　胡恕格外无奈："这不是虽然没有出人命，可每次一开门就能看到一地的碎骨头、碎肉嘛，正常人看了都会觉得害怕吧。"

　　陆清酒讶异道："那他为啥不把罐子扔了啊？"按理说就算是传家宝，都弄出这样的事情了，还把罐子放在家里，这人心得有多大啊。

　　胡恕苦着脸："问题就出在这儿啊。"

陆清酒："什么意思？"

胡恕说："那些碎骨头、碎肉，都拼的是汉字，什么'今天辛苦了'啊，什么'注意休息'啊，什么'记得早睡'啊……"

陆清酒本来在喝水，听到这话差点没一口水喷出来，缓了好一会儿才缓过来，咳嗽着说："我没听错吧，它在用碎肉、碎骨头拼字？"

胡恕无奈道："没听错，最刺激的是有一天报案人回家，看见自家天花板上被血手印印了一个大大的桃心……"

陆清酒捂住了脸，想笑吧，又觉得自己有点幸灾乐祸，但说实话，这真的是太好笑了。

"然后我们就发现我们没法和罐子交流。"胡恕说，"虽然它能感觉到我们的情绪，但也就是情绪，好像是没办法理解说话的含义。"他的语气里带了点无奈，"所以就想来问问，陆哥您能不能帮帮忙，和罐子交流一下，让它不要再用这么刺激的方式表示自己对房主的关心了。"

陆清酒哈哈大笑起来，他说："我去问问，不保证能行啊。"

"成，要是行的话咱们明晚就约个饭吧。"胡恕道，"你看你想吃点什么？"

陆清酒说："就那天的羊肉串吧，挺好吃的，家里的两个这几天还在念叨呢。"

胡恕说："好。"

之后陆清酒把这事告诉了白月狐，白月狐一听便轻松地答应了下来。和罐子交流对于他而言根本花不了任何工夫，更何况还有一顿美味的羊肉串呢。

这羊肉串有几味比较特殊的配料，也算是老板的秘方，他自己弄怎么都弄不出这个味道来，感觉差了点什么。陆清酒想着再去多吃两次，看能不能尝出什么心得来。

又是一个炎热的夜晚，陆清酒开着小货车、载着尹寻和白月狐到了烧烤摊上。

陆清酒刚停好车，便看见胡恕在和一个愁眉苦脸的年轻人说话。他走到跟前，胡恕忙介绍了几人的身份。

陆清酒已经知道了报案人的名字叫陈旭阳。

说实话，陆清酒三人站在一起，还真是相当显眼的。三人都长得不差，但却风格迥异，白月狐虽然俊美无双，但脸上没什么表情，看起来不太爱说话，一副不是很好相处的样子；尹寻还是个少年人模样，咧开嘴正在傻乐，露出一颗可爱的虎牙；陆清酒模样清俊，神情温和，几乎所有想要搭话的人，都会不由自主地从他开始。而他们三人唯一的共同点，就是坐下后的第一个动作，便是朝着烤羊肉串的炉子露出了渴望的表情——看来的确是饿了。

陈旭阳忙解释说自己叫的羊肉串已经烤上了，估计再等一会儿就能上桌。

陆清酒这才收回目光，道："我已经知道你的事了，你那个罐子带来了吗？"

"带来了，带来了。"陈旭阳忙道。

他说着，起身去旁边的自行车上拿下来一个包裹，包裹里面就是陆清酒之前见过的两个罐子。

"我不知道它躲在哪个里头，就都带来了。"陈旭阳解释。

陆清酒道："你想和它说什么？"

陈旭阳说："我就是想让它别给我送那些东西了。"

陆清酒道："比如？"

陈旭阳："比如用碎肉拼成的'早点休息'……"还早点休息，看着这一地的肉他能睡得着吗？害得他每天都得花一个小时打扫卫生，天天家里都扔好几大包碎肉，搞得邻居看他的眼神都不对了。这还不是最惨的，最惨的是有一次送外卖的到他家门口，从门缝里递外卖进来的时候，看见了他家墙壁和地板上的血手印，当时他眼睁睁地看着外卖小哥脸色变得煞白，转身就跑，蹿得跟被狗追的兔子似的。

然后两个小时后，他就接到了胡恕的电话，让他稍微注意点影响，万一真把人吓到就不好了……

陆清酒点点头，把罐子递给了白月狐。

白月狐伸手接过来，手指在罐子上敲了一下，嘴里发出一串怪异的声音，像是在说一种特殊的语言。陆清酒是肯定没有听过这种语言的，但神奇的是他居然明白了白月狐话中的含义，也不知道是不是因为他身体里那四分之一的龙族血统。

白月狐把陈旭阳的要求转述给了罐子，罐子听完后也发出了回应。这回应声音非常小，陆清酒听得模模糊糊，最后干脆把耳朵贴到了罐子上才听清楚。

其他几人在旁边紧张地等待着，但看他们的表情，似乎都没有听到罐子里发出的声音。

陆清酒听了一会儿，表情越来越奇怪，他看了陈旭阳一眼，又看了罐子一眼。

陈旭阳被陆清酒这眼神看得头皮发麻，差点脱口问出一句：医生，我还有救吗？

白月狐就淡定很多了，他复述完了要求后又对罐子的行为进行了一系列的规定，并且让它保证再也不用这种方法表达自己的关心。

陆清酒也差不多明白了怎么回事儿，他直起腰，问了陈旭阳一句："你上个月把你家老宅卖了？"

陈旭阳茫然地"啊"了一声："为什么突然问到这个……你……"他随即反应过来，看了看罐子，又看了看陆清酒，"它告诉你的？！"

陆清酒说："是啊。"

陈旭阳叹了口气，神色间有些愁苦，解释说他父亲之前患病，一直在借钱治疗，家里该卖的东西都卖得差不多了，就剩下老宅和他现在住的公寓了，然而公寓卖掉了也没办法还清负债，所以只好卖了老宅……

陆清酒道："它对你没什么恶意，只是担心你。"

陈旭阳点点头，示意自己知道。

"你工资低，每天晚上都吃泡面。"陆清酒简洁地转述了罐子的话，"它怕你吃太多泡面没营养，想给你加加餐。"

陈旭阳："……"

"肉都是鸟的肉，味道很好。"陆清酒说到这里，声音带了些笑意，"可以用来吃。"这罐子的习性倒是和猫咪有些相似，害怕主人被饿死，千辛万苦地带些小玩意儿回家放在主人面前，企图投喂自己眼中笨拙的、不会捕食的大猫咪。

"啊！我知道了，但是这也没法吃啊。"陈旭阳赶紧道，"让它可千万别给我送了……"

"嗯。"陆清酒点点头，"都告诉它了，它以后应该不会再搬那些东西回来了。"

陈旭阳松了口气的同时，又觉得内心莫名地温暖，这罐子关心人的方式虽然不太能接受，但他还是能感觉出它的好意。

"还有就是……"陆清酒说，"它问你需不需要什么别的帮助。"

"帮助？"陈旭阳来了兴趣，他道，"它难道能实现我三个愿望什么的吗？"

陆清酒："……如果你的三个愿望都是吃肉的话。"

陈旭阳："……"那还是算了吧。

"不过，有什么法子可以让我听懂它说话的内容吗？"陈旭阳问道，"不然我们没法交流啊。"

白月狐当完翻译后就在旁边静静地吃他的羊肉串，听到陈旭阳的问题淡淡地来了一句："可以倒是可以，但是比较麻烦。"

陈旭阳还是兴趣满满："怎么做？"

白月狐道："你把它当作家神供起来就行了。"

家神，是中国民间的一种神明，据说可以保护家族中人。供奉了家神后，家神就成了整个家族的一分子，每到节日或者祭祖的时候，都需要给家神供上一份祭品。白月狐说这罐子，可能就带了点家神的意味，只是后来陈旭阳的族人没有再继续对其祭祀，所以身上的神性才渐渐淡了，退化成了妖怪。

陈旭阳听得很认真，他是第一次接触到这些东西，在听完白月狐的描述后，立马想起自己的父母曾经提过关于罐子的事，说自己祖上那一辈的确供奉过这个罐子，只是后来时代变迁，祭祀这种事就被取缔了，罐子也被放进了储物室当作文物放着，后来他们家道中落，也没有生出要卖掉罐子的心。

之前罐子一直安安静静的，直到陈旭阳卖掉了老宅后，它才出现了异样。

现在经过陆清酒和白月狐的沟通，陈旭阳得知罐子一直处于沉睡的状态，后来因为陈家老宅易主才将它惊醒。惊醒后愕然发现陈家就剩下了陈旭阳这么一个独苗苗，并且住的地方、吃的东西都特别廉价，登时痛心不已，便想献出自己的关心。

只是这关心的方式让陈旭阳有点接受不了……

"那它的真身是人类的模样吗？"陈旭阳想起了他见到的那个长发披肩的妖怪，说实话，他至今没看清楚那妖怪什么模样，只记得那双绿莹莹的眼睛和一口细细密密的牙齿。

"真身？"陆清酒道，"它没说这个。"

陈旭阳道："好吧，我知道了。"

这事儿就算是这么解决了，两边都达成了共识，罐子答应不再给陈旭阳带奇怪的东西回来，陈旭阳则承诺不会把它丢掉，并且努力工作，早日把老宅给赎回来。当然，为了能早点听懂罐子的话，陈旭阳决定回去之后就把它供奉起来，毕竟白月狐说了，如果食用了足够的香烛，那他和罐子就能交流了。

处理掉了罐子，大家都很愉快地吃起了羊肉串，胡恕和庞子琪都松了口气，想着终于不用再折腾了。

大家酒足饭饱，各自散去，陆清酒拎着肚皮滚圆的尹寻和白月狐回了家。把车停好，三人又在村子里散了会儿步才去睡觉。这天黑得晚了，到处都能看见散步的村民，不过自从知道村子里没有活人后，陆清酒的心情就有点复杂，说害怕吧，也不是害怕，说不害怕吧，总觉得后背有点发凉。

白月狐的伤口在慢慢地愈合，不过愈合速度很慢，看来还是伤得不轻，最近也没有什么关于敖闰的消息，好似那一场雪将所有的东西都带走了。

日子平静但不平淡，陆清酒靠着白月狐，两人沉沉睡去。

吃完烤肉的第二天，陈旭阳回家的时候没有再看见那一地的肉块儿，而是看到了一碗放在桌子上、还在散发着热气的泡面。

桌子上昨晚特意留下的便签纸上，龙飞凤舞地写了三个漂亮的汉字：早点睡。

陈旭阳看着便签纸，忍不住笑了起来，他起身，把客厅沙发上的罐子抱了过来，放到泡面的旁边，笑着道："来，陪我一起吃泡面吧。"

罐子轻轻地震了一下，虽然不知道它是什么意思，但陈旭阳还是伸出手，像是挠小狗下巴似的，挠了挠罐子。

罐子开心地在桌子上转了两圈，差点没把自己摔到地上去。

"一切都会好起来的。"陈旭阳拿起筷子，夹了一筷子泡面，"加油吧，陈旭阳！"

加油！！罐子在旁边无声地呐喊。

如果说六月只是炎热的前奏，那七月一到，温度就噌噌噌地奔着三十七八摄氏度去了。

陆清酒起床的时候看见白月狐躺在旁边，睡觉穿的 T 恤卷起了一半，露出白生生的肚皮。白月狐的肚皮摸起来并不软，也没什么脂肪，手感很一般，还不如陆清酒的。

听见陆清酒起床的动静，白月狐打了个哈欠也迷迷糊糊地从床上爬了起来，跟在陆清酒后面洗漱去了。

天亮得太早，院子里的动物活动变得频繁起来，白月狐趁着日头还没有起来，去了地里，把该收拾的菜收拾了，还浇了足够的水。陆清酒则做了丰盛的早餐。天气热了起来，吃的食物也变得更加清爽。

他把莴笋切成了细细的丝，然后用热水焯了一下，再放上辣椒、香油等作料凉拌。昨天晚上发酵的面团今天已经可以使用了，馅料也是昨晚准备好的，是猪肉白菜馅，还在里头加了一些藕丁增加口感。然后将馅料包裹进发酵好的面里，用电饼铛烙熟，热腾腾的烧饼就这么出炉了。陆清酒还熬了一大锅绿豆粥，煮了五个咸鸭蛋，他本来打算做点茶叶蛋吃的，但是时间有些来不及了，便想着中午再弄。

白月狐侍弄好了地里的菜，提着一篮子蔬菜回到了院子里。今年雨水偏少，蔬菜没有去年长势喜人，但看着也不赖。茄子和番茄都熟了，番茄就不用说了，和去年的味道一样美味，水润多汁，完全可以当作水果食用，茄子也是好大一根，陆清酒特意叮嘱白月狐摘的，他打算用做馅饼剩下的馅料做点茄盒来吃。

尹寻到的时候早饭刚准备好，几人在桌子面前坐下便开始大快朵颐。

馅饼和粥都是管够的，还有油滋滋的咸鸭蛋，吃着既解暑，又解腻。这次的馅饼味道很好，加的藕丁是关键，薄薄的皮咬开了就是滚烫的肉汁，一口下去，皮是香脆的，馅料是软的，里面的藕丁完美地中和了猪肉的油腻感。还有凉拌的莴笋丝，香辣脆爽，格外开胃。陆清酒吃了两个饼，喝了两碗粥，最后都吃撑了，尹寻和白月狐也是一脸满足。

早饭结束后，尹寻说村子西边的山楂熟了，他们可以去摘一点。

"那山楂不是刘婶家种的吗？"陆清酒想起了这茬儿。

"是啊。"尹寻说，"可是刘婶不是死了嘛……"

陆清酒："……可是你也死了啊。"

尹寻："……"好像也对。

陆清酒看向白月狐，道："村子里的人到底是个什么情况啊？"

白月狐喝了口茶润口："他们不知道自己死了，还是像常人一样过着日子。"

陆清酒道："在外人眼里他们也活着？"

白月狐道："嗯。"

陆清酒想了想觉得也对，因为至少在胡恕和庞子琪的眼里，水府村是一村子的活人，而且有些时候水府村的村民们还会和外界进行一些交流，比如买卖商品之类的，外界也没有发现水府村有什么异常情况。

趴在旁边的小花问道："那李小鱼会上初中吗？"

白月狐瞅了小花一眼："那得看他考得上考不上。"

他话语刚落，陆清酒就看见小花的眼睛里燃起了熊熊火焰，它说："我知道了，我一定会努力让李小鱼上大学的，虽然他死了，但是他有梦想！"

陆清酒："……"行吧。

尹寻一点也不关心村民们的未来和教育，眨着眼睛问："那咱们还去摘山楂吗？"

陆清酒道："去！"家里的山楂快吃完了，这东西酸酸甜甜的可是消暑圣品，能有新鲜的简直是再好不过了。但是不能就这么去摘，得换个法子……

于是吃完午饭后，陆清酒就去找了尹寻的邻居刘婶，和她商量了一下，说以市场价买下山楂。

刘婶本来还想推辞，说是送给陆清酒吃，但听到他要的数量挺大，最后还是同意了。

得到刘婶的允许后，陆清酒一家子高高兴兴地摘山楂去了。

这棵山楂树的长势还挺好，繁茂枝叶上挂着一串串红艳艳的果子，和晒干的山楂不一样，新鲜的山楂味道特别酸，陆清酒尝了一颗，整张脸都皱在了一起。他顺手也往白月狐的嘴里塞了一颗，白月狐面不改色。

"不酸吗？"陆清酒问。

"还好。"白月狐回答。

陆清酒闻言便没多想，继续摘果子去了，白月狐则默默地放下了扶着树干的手，原本光洁的树干上，硬生生地留下了几个明显的手指印。

哼，龙才不会怕酸呢，无论是酸橘子还是酸山楂，都不能打倒他。

尹寻在树上蹿来蹿去，跟只猴子似的，摘满了一篮子就给陆清酒送下来，陆清酒则递个空篮子上去。

这些山楂陆清酒打算腌制大部分用来泡水喝，剩下的可以做山楂糕和冰糖葫芦。说到冰糖葫芦，白月狐和尹寻吃过这种小零食吗？陆清酒记得镇子上的确没有卖，况且就算有，他们两个也没钱买……

陆清酒想到这里，打算买点别的水果一起做了。

摘了满满几篮子山楂，付了刘婶山楂钱后，三人便开开心心地回家了，回家后陆清酒让他们把山楂先清洗出来，然后把里面的核给去了。这可是个大工程，不过现在时间还早，也不着急。

陆清酒喂了牛牛一点巧克力后又挤了半桶巧克力奶，打算做点冰棍消暑。他把牛奶烧开后，在里面加入了白糖和蜂蜜，然后将牛奶倒入了做冰棍专用的模具里，放进冰箱的冷冻室冻着。

这天天气热得厉害，即便是陆清酒，做完这些事也是一身的汗水，他去洗了个脸，便打算做晚饭了。

午饭吃的是红烧牛肉，晚饭陆清酒便打算做得简单一点，于是煎了几盘子茄盒，又做了蒜泥白肉和凉拌鸡，还炒了个苦瓜，主食是番茄汤底的挂面，里面还放了新鲜的生菜叶和荷包蛋，很是清凉。

大家忙了一下午都有点饿了，陆清酒吸着面条说自己明天要去市里一趟，问他们有什么要带的东西没有。

"这么热你去市里干什么啊？"尹寻嚼着嫩嫩的鸡肉。

"去买点水果。"陆清酒说，"给你们做冰糖葫芦，你们吃过吗？"

"没有。"尹寻给出了让人心酸的答案。

白月狐摇摇头，停顿片刻后补充了一句："但是看到别人吃过。"

陆清酒闻言简直想捂住脸了，心想：你还不如不补充呢，这一补充听起来更心酸了。

晚上吃完饭，白月狐和尹寻洗碗，陆清酒则去把下午去完核的山楂放进锅里和白糖一起熬煮，制成了酸甜可口的山楂酱。这山楂酱和夏天简直是绝配，或者兑水放进冰箱里冻成冰棍也很好吃。

做完这些，天色也晚了，陆清酒洗了个澡后就躲进了空调房里。因为之前祝融的叮嘱，陆清酒也没敢整天开空调，甚至连撸串时的啤酒都喝的是常温的。对于体热的人来说夏天不能吃冰简直是最可怕的折磨，好在陆清酒本就体寒，所以不吃也不会受到太大影响。当然，偶尔还是会想念一下的。

在充足的冷气里，累了一天的陆清酒抱着白月狐的尾巴睡着了，他已经完全适应了节奏缓慢的乡村生活，也没有再生出一点回到城市的念头，况且这里还有需要他的人，只是不知道为什么他的姥爷一再重申想让他离开这里。

第二天，陆清酒按照计划去了市里面，打算买些自家没有种的水果做冰糖葫芦。最原始的冰糖葫芦都是用山楂做的，但是近年来随着生活水平的提高，种类也变得多样，什么草莓啊、葡萄啊、猕猴桃之类的水果做出来都很好吃。陆清酒最喜欢的是草莓做的冰糖葫芦，草莓本来是有点酸的，但是裹上了一层脆脆的糖衣之后就变得又酸又甜，一口一个用来逗小孩子最合适了。

今天白月狐和尹寻都没跟着来，陆清酒给他们布置了任务，让他们把院子里的草给除了，天气热起来后，院中的杂草也越来越茂盛，特别是靠近古井的位置，简直要杂草丛生了。

在超市里买了草莓、葡萄之类的水果，陆清酒还提了一箱杧果和各种零食，想着给白月狐和尹寻寻找一下童年的记忆。只是他买东西的时候却觉得周围的气氛有点不对劲，仔细看了看，又找不出不对劲的地方。

陆清酒心里生出了些许警惕之心，迅速地向超市门口走去，想要离开这里，可谁知走到离货车还有三四米距离的时候，他却注意到货车的旁边站着一个穿着奇异的女子。本来是炎热的夏日，她却穿着厚厚的羽绒服，一头长发用银饰盘在头顶上，耳朵上还戴着夸张的耳环，她的目光落到了陆清酒的身上，似乎在估量什么。

这人显然不是常人，如果是正常的人穿着这件羽绒服，估计没半个小时就中暑晕过去了，可是看她的样子却是一滴汗都没有落下，嘴角还挂着怪异的笑容。

陆清酒的脚步停下，没有再往货车的方向走，而是马上转身，打算离开人迹稀少的停车场，可谁知他刚转过身，身后就传来了急促的脚步声。

"等等。"女人开口叫道，"别走。"

陆清酒哪里会听她的，听到这话不但不停，反而拔腿就跑，但没跑两步，身后就袭来一阵大力，直接将他推了一把。陆清酒手里的东西全都散落在了地上，他扶住了旁边的墙壁才勉强稳住，没有摔倒。

他转过头，看见女人站在离他不远处的地方，她道："你别走……"

陆清酒知道自己不是她的对手，只能跟跄着后退了几步，他道："你想干什么？"

女人说："阴间怎么走？"

陆清酒："……"他就知道。

女人见陆清酒不答，不耐烦了一些，沉着声音又问了一遍："我问你阴间怎么走。"

陆清酒咬牙道："我不知道。"

女人说："你不知道？你不是阴间的吗？"

陆清酒一边和她说话，一边观察着周围的情况，刚才车库里面没什么人，这会儿电梯那边发出了"叮咚"一声轻响，似乎是有人下来了，陆清酒道："你从那边上去，拐个弯就到了。"他随便指了一下逃生通道。

女人闻言却沉下了脸色，她道："你骗我。"

陆清酒："啊？"就这么被拆穿了？

女人说："我就是从那儿下来的。"

陆清酒面露尴尬之色，不过就在此时，拐角处却出现了一个人类的身影，似乎也是从超市过来开车的，陆清酒见状转身就跑，他这次可是拼了老命，连头都没敢回。

一口气直接冲到了电梯附近，陆清酒来不及反应便用力地拍打起了电梯上行按钮，但他运气不佳，刚好差了一步，电梯门眼睁睁地在他面前合上了。陆清酒听到身后传来的脚步声，硬生生急出了一头冷汗，就在他打算朝着楼梯那边跑的时候，一双手却重重地按住了他的肩膀。

陆清酒僵硬地回头，看见了他身后的人，这人似乎是从电梯上下来的，脸上还带着些讶异，他说："兄弟，怎么了？"

陆清酒道："快跑！"

"什么？"那人话还没说完，一只手就从他的胸口直接穿了过来，按在了陆清酒的手臂上。

陆清酒看傻了，他想要跑，却被两只手抓得死死的，怎么都动不了。只是他很快就注意到，眼前这个人显然也不是人类，因为他的胸口被一只手穿过后，既没有流血，也没有倒下，除了眉头皱了皱之外，什么反应都没有。

"你做什么？"面前的男人扭过头，很是不满地朝着身后的女人抱怨道，"我不是叫你乖乖地待在车里吗？"

女人冷哼一声："你都去了多久了？"

男人说："我这不是买点东西吗？"他提了提手上的塑料袋，又冲着目瞪口呆的陆清酒努努嘴，"你吓人家做什么？"

女人说："我只是想问路。"

男人道："你怎么问的？"

女人说："我问阴间怎么走。"

男人一脸痛苦，他深吸几口气，才勉强控制住了自己的情绪，然后语气里充满了无奈："行……你先把手从我胸口收回去成吗？"

女人又哼了一声："我收回去你可别把人放跑了。"

男人道："就算放跑了你也别把普通人吓着了啊。"

女人这才松手，她的手收回去后，陆清酒透过男人破损的 T 恤，看到了一个空荡荡的大洞。这男人竟然没有胸口的部分，整整一块胸腔的位置都是空荡荡的大洞。

陆清酒瞪圆眼睛，脱口而出："你没有胸？！"

男人道："是啊，她也没有。"

女人怒道："谁说我没有胸，我又不是防风氏。"

男人说："反正我是没看出来你有胸。"

女人这才反应过来自己是被调戏了，气得横眉竖眼。不得不说，靠近了看，她还是长得挺漂亮的，要不是打扮十分奇怪，恐怕随便问个路也不是什么难事儿。

陆清酒听到防风氏这个名字，马上想起了什么，他道："你是……贯胸国的？"贯胸国是《山海经》里的一个人种，最大的特点就是胸口有个大洞。

男人一愣，没想到陆清酒居然认出了自己的身份，惊讶之余也有些惊喜："你也是去参加会议的？"

陆清酒："哈？"什么会议？

男人蹙着眉头看着陆清酒："你是人类？"

陆清酒刚想说他当然是人类了，男人身后的女人便接了话："他当然不是。"

男人道："你不是？"

陆清酒说："兄弟，你能先放手吗？我觉得我的肩膀要被你抓断了。"

他本来以为男人会拒绝，可谁知他却很礼貌地道了一声"不好意思"，便松开了陆清酒，看起来的确不像是有恶意的样子。陆清酒揉着自己被抓得生疼的肩膀，仔细地观察了一下这一男一女，这男人的穿着打扮都和人类别无二致，要不是胸口那个空荡荡的大洞恐怕谁也不会觉得他不是人类，女人则完全和周围格格不入，特别是那身厚厚的羽绒服。

"我只是个路过的，我也不知道你们要去的地方是哪儿。"陆清酒说，"现在我可以走了吗？"

男人道："哦……原来是这样啊，那你不是去参加会议的？"

陆清酒摇摇头，表示自己并不知道男人说的会议是什么东西。

男人闻言又沉思片刻，说："那你知道阴间怎么走吗？"

陆清酒听他又提到阴间，马上警惕了起来："什么阴间，我是人啊，只能生活在人间，阴间肯定是去不了的。"

男人沉默片刻，无奈道："不是那个阴间，是这附近有没有什么叫银建的地方……"他又解释了一下"银建"两个字怎么写。

陆清酒一听马上明白了："你说的是银建楼啊？就在这附近……你们去那里做什么？""银建"是政府修建的一栋办公大楼，在当地挺有名的，不少政府机构都在那里设立了办公地点，他没想到女人问的居然是这个地方。

"哦，我们去那儿有点事。"男人说，"我姓汪，叫汪如盟，她……你叫她姑娘就行。"

女人闻言蹙了蹙眉，似乎想说点什么，但看见汪如盟的表情又止住了。

陆清酒留了个心眼，没敢说自己的名字，他道："你们是要去那儿啊，我给你们说一下吧。"他正要详细描述，可汪如盟却又按住了陆清酒的肩膀，他说："兄弟，不好意思啊，能麻烦你把我们送到那里去吗？你是开车过来的吧？"

陆清酒故意面露难色。

汪如盟说："你看我衣服也破了，别人看见了还不得被吓到？她这样子更是不能见人，就麻烦你一下吧。"虽然他的话听起来挺温和的，但是语气却没有商量的余地，并且抓着陆清酒的手一点也没打算放松，看来是不打算放陆清酒走了。

女人见状，却来了一句："他身上有龙的气息。"

汪如盟闻言神色微变："他是龙？"

女人摇摇头："你见过战斗力这么弱的龙吗？他应该不是龙，但是长期和龙生活在一起。"

这下，汪如盟看陆清酒的眼神更奇怪了，陆清酒被他抓着也跑不掉，只能道："看完了吗？"

"看完了。"汪如盟说，"你认识龙啊？"

陆清酒说："认识不认识有什么关系？"

汪如盟"嘿嘿"一笑："你要是认识我就对你客气点嘛，毕竟我可不想惹他们……"

陆清酒道："好吧，我认识，你可以放开我了吗？"

汪如盟却摇了摇头："不行，放了你我们就找不到路了，兄弟，帮人帮到底，先送我们过去吧。"

陆清酒就知道他不会松口，只能答应了，于是三人朝着汪如盟的小货车走去，然而没走两步，周围就散发出一股浓郁的焦臭味，好像有什么东西烧焦了似的。陆清酒闻到这味道还没发问，站在他旁边的汪如盟便脸色大变，道："不好！"随后一个箭步冲到了旁边，开始翻找手里提着的黑色口袋。

这口袋是他下电梯的时候就拿在手里的，像是装了挺多东西，鼓鼓囊囊的好大一袋。陆清酒很快就看见了着火源，他愕然地看着站在他左侧的姑娘身上开始冒出一股股黑烟，并且有红色的火苗开始乱窜，一般人这样早就慌得满地打滚了，但这姑娘却神色淡然地和陆清酒双目对视，两人目光相接片刻，姑娘威胁道："看什么看，没看过人着火啊。"

陆清酒："……"对不起，他真的没看过。

姑娘的头发和肌肤在火焰的炙烤下依旧毫发无损，但身上的羽绒服却开始飞速炭化，并且发出刺鼻的焦臭，冒出股股黑烟，陆清酒手足无措地站在旁边，正想着要不要帮她灭火，汪如盟就急匆匆地再次冲了回来，将两件衣物扔到了地上，然后抓住陆清酒的肩膀，硬生生地将他扭到了旁边："别看了，别看了，再看她衣服都烧光了。"

陆清酒觉得自己以后还是带着白月狐出门吧，这个世界真的是太危险了，随便遇到个人还没讲两句话呢就烧上了。

好在这姑娘烧得很快，大概也就过了一分钟的样子，身后传来了一句"好了"，陆清酒这才和汪如盟一起转身，看见姑娘站在一地残骸上，犹如一只涅槃的凤凰。

话说……陆清酒突然想起，他似乎没有在少昊家见过凤凰啊，难道……眼前的人就是……

"你认识少昊吗？"陆清酒开口问道。

"少昊？"谁知那姑娘却摇了摇头，示意自己并不认识少昊这个人，陆清酒还想再问，汪如盟却催促起来，说："这里不能久留，要是有其他人类下来看见就麻烦了。"说着便打开了自己的车门，示意陆清酒进去。

陆清酒站在门口没动，扭头看向了掉在地上的乱七八糟的东西："我能先把这些东西捡回来吗？"他可是花了不少钱的。

汪如盟看了看散落一地的各种食物，思忖片刻，点头同意了陆清酒的要求。换了身羽绒服的姑娘则先上了车的后座，在上面等着他们两个。花了大概五分钟的时间，陆清酒把掉落在地上的东西全都捡了起来。大部分没有损坏，但是运气比较差的是，本来就很娇贵的草莓在地上滚了一圈后伤了不少，盒子里面还溢出了粉色的汁液。

陆清酒看着有点心疼，将草莓放在了袋子里的上面，想着待会儿弄完了再过来买一盒好的算了。

上了汪如盟的车，陆清酒和那姑娘坐在后头，两人间的气氛很沉默，谁都没有要开口说话的意思。倒是汪如盟有一搭没一搭地问着陆清酒一些话，看来他是把陆清酒当成了隐藏在人类中的非人类，想要从他的口中套一些话出来。

无关紧要的陆清酒就说了，但关键信息陆清酒选择了敷衍或者沉默，好在汪如盟也没有要追问到底的意思。

在车上，陆清酒掏出手机假装看时间，顺手给白月狐发了条短信，简单地说了一下自己的情况，还在上面写了自己被带去的地方。

"银建楼"，说实话，这名字可真够难听的，陆清酒念着这名字，脑子里就冒出一句：世上怎会有如此"银建"之人……

汪如盟一路上都在观察陆清酒，他似乎对陆清酒产生了浓厚的兴趣，神情之中充满了打量的味道。陆清酒坐在后面面不改色地帮汪如盟指路，直到到达了目的地，车停下后，汪如盟才问了陆清酒一句："你不怕吗？"

陆清酒反问："怕什么？"

汪如盟说："当然是怕我们伤害你。"

陆清酒笑道："我本来就是普通人，你们要伤害我不是很简单的事嘛，还用带着我来这么远的地方？"

好像是这么个道理，汪如盟笑了起来，道："也对。"

姑娘一直臭着脸没说话，车停下后，她也没打招呼，直接下去了。汪如盟似乎习惯了她的脾气，耸耸肩道："请吧。"

陆清酒说："我还要进去？"

汪如盟说："当然。"

陆清酒微微蹙眉："我已经帮你们到达目的地了，我还要进去？"

汪如盟道："来都来了，不进去看看吗？"

陆清酒："……"

汪如盟的态度不容拒绝，显然，如果陆清酒再不动，可能他就真的动手了。无奈之下，陆清酒只能下了车，和汪如盟一起进入了银建楼。

第八章

漏网龙

银建楼，名字虽然难听，但气势还是很恢宏的，足足有两百米，是本市的地标性建筑。因为是政府的办公区域，所以安保设施非常齐全，门卫本来是要登记三人的身份信息的，但在看了汪如盟掏出的证件之后却直接将他们放进去了。

电梯也有专人看守，为他们按下了要去的楼层。

汪如盟说："你知道自己和龙生活在一起吗？"

陆清酒道："当然知道。"

汪如盟道："那你知道你的龙叫什么名字吗？"

陆清酒挑挑眉："我为什么要告诉你？"

汪如盟看着电梯里上升的数字，叹了口气，他道："龙是很危险的生物……很容易失控的。"

陆清酒不语。

汪如盟见他沉默反抗的样子欲言又止，旁边站着的姑娘却是很不耐烦地来了句："行了，问他那么多有什么用，到了上面不就知道了。"

汪如盟点点头。

陆清酒还是不明白他们为什么一定要强迫自己来这里，还有他们口中的会议是什么意思。从汪如盟的态度来看，非人类和人类的关系似乎并不像他想象中的那么僵，甚至人类的高层应该也是知道他们的存在的。

"叮咚"一声，他们到达了顶层，陆清酒从电梯里出来后，却被外面的场景吓了一跳。只见宽阔的办公室里，穿梭着无数奇形怪状的生物，陆清酒甚至还见到了几只正在大声讨论的钦原。

"到了。"汪如盟说，"小媚，我先去把他的事情处理了，你自己玩吧。"

原来姑娘的名字叫"小媚"，她听完汪如盟的话，面无表情地点了点头，转身走了，汪如盟则带着陆清酒去了角落里的一个房间，陆清酒一进房间就愣住了，他没想到居然能在这里见到熟人——祝融。

祝融穿着一身红色的袍子，正在低头做事，抬起头来看见陆清酒，目光里流露出愕然："你怎么在这儿？"

陆清酒还没回答，汪如盟便道："你们认识啊？"

"当然认识。"祝融说，"你把他带来做什么？"

汪如盟道："你不是说跑过来了一条烛龙嘛，小媚说他身上有龙的气息，我有点担心，就把他带过来了。"

祝融摇摇头，示意并不是汪如盟担心的那样："不，这事儿和他没关系。"

汪如盟："难道他就是传说中的那个……"

祝融"嗯"了一声，又看向陆清酒："抱歉，清酒，他误会了。"

陆清酒说："到底是怎么回事？"

祝融叹气，简单地把事情说了一下。原来那次水府村下雪后，异界跑过来了五条烛龙，白月狐当时斩杀掉了他们的合体，但是有一条龙的灵魂却跑掉了，这事儿闹得挺大的，所以祝融通知了整个辖区里面的非人类，想让他们多留意一下周围的情况，如果有异常马上上报。

人类高层的确是知道非人类的存在的，并且也允许他们在不暴露身份的情况下融入人类社会。只是大部分的非人类其实都不会被人类看见，这倒是省下了不少麻烦。

这边灵气稀薄，非人类的力量也很弱，很少会有主动伤害人类的情况，所以相处得倒也算和谐。

陆清酒听完后算是明白了，这汪如盟是把自己当成了烛龙的饲养者，所以才强迫自己到了这里。不过他倒是好奇了起来，烛龙在他们的描述中是很凶残的龙族分支，难道也能被人类饲养？

"嗯。"面对陆清酒的疑惑，祝融给出了回答，"有这样的例子。"

原来之前就出现过这样的情况，几十年前就有烛龙偷偷溜到人界，被人类捡到饲养了起来。烛龙本性凶残，只是不知道为何在最初却没有伤害人类。但这样的情况没有持续太久，在一次意外中，烛龙被激发出了本能，吞噬掉了在场的所有生物。虽然很快就被前来的应龙歼灭，但还是造成了很大的麻烦。

"烛龙不就是被污染的龙吗？这样的龙也可以被饲养？"陆清酒不可思议道。

祝融说："只是个例外而已。"

由于这个意外，他们也知道了烛龙是可以偷偷潜伏在人界的，所以在发现有烛龙潜过来后，马上通知了各方，让大家提高警惕，以免出现不该有的意外。

陆清酒正在听祝融说话，外面的气氛却变得诡异起来，本来整个楼层都是吵吵嚷嚷的，然而不知不觉间，屋子外却突然都安静了下来，静得连一根针掉在地上都能听见。

汪如盟露出紧张的表情，好像被什么东西推着似的，硬生生地挤到了墙角边上；祝融虽然没有动作，但眉头却皱了皱；陆清酒正欲发问，突然看见有人从走廊拐角处走了过来，那人面无表情，黑眸里闪着冰冷的怒火，正是本该在家里面除草的白月狐。

"月狐！"陆清酒这才想起自己刚才给白月狐发了短信，他肯定是看到信息就赶了过来。

白月狐沉着脸走到陆清酒的旁边，冷冷地看向祝融："你想做什么？"

祝融面露无奈，急忙解释这是个误会，说："汪如盟不是这一片的人，初来乍到不知道这边的情况。"

白月狐听完解释不置可否，伸手摸向了陆清酒，像是在检查什么。陆清酒被他摸得有点不好意思，说："月狐，我没事。"

白月狐道："下次出门带着我。"

陆清酒点点头同意了。

再看旁边的汪如盟，已经被白月狐的气势压得缩在了墙角，一副快要喘不过气来了的模样，连祝融的额头上都浮起了几滴冷汗。或许是因为陆清酒有龙族的血统，所以在面对白月狐时从来没有感觉到恐惧，他也感受不到为什么从尹寻开始，周围的人都这么害怕白月狐。

"我没事的。"既然是误会，解开了就行，陆清酒连忙安抚自家生气的黑龙，"他们以为我和烛龙扯上了关系。"

烛龙和应龙本自同根，气息上几乎并没有不同，如果一定要区别的话，就是烛龙的气息会更加狂暴，而应龙则平和许多。

白月狐还是不开口，依旧用冷冰冰的眸子盯着汪如盟，陆清酒甚至注意到白月狐的瞳孔如同冷血动物一样竖起了一条，像一个发现了猎物的残酷猎食者。陆清酒甚至怀疑，如果不是自己还在这里，白月狐下一个动作就是过去直接扭断汪如盟的脖子。

在陆清酒的面前，白月狐一直表现得慵懒安静，最喜欢做的事也就是躺在自家院子里的躺椅上。陆清酒虽然见过白月狐和其他龙打斗的凶残场景，可那也是白月狐化作真身之后，他从来没有见过人形的白月狐散发出如此可怕的气息。

到底是最顶级的猎食者，即便不出手，身上散发的杀意也已经足以让其他生物臣服了。

看着有些劝不回来即将发飙的白月狐，陆清酒无奈之下，伸手按住了白月狐的肩膀，示意他冷静一下。

白月狐感受到了陆清酒手上的力度，勉强冷静下来，终于收起了那可怖的气势，他道："没有下次。"

"好。"祝融只能如此说。

汪如盟先是被白月狐吓掉了半条命，又被白月狐和陆清酒的互动惊掉了半条命，他大张着嘴巴，半晌都没有说话，直到陆清酒和他打了个招呼说自己要走了，才机械地摆了摆手，干巴巴地说了声"再见"。

"喂，我刚才没看错吧。"汪如盟道，"一条龙居然被一个人安抚了？"

祝融冷静地说："人和龙做朋友很奇怪吗？"

汪如盟："……我以为那只是传说。"

祝融道："传说总是以事实为依据的。"

汪如盟："……"

说实话，在灵气稀薄的情况下，如果单论身体素质，那人类肯定是食物链最低端的生物。但现在人类数量众多，还有发达的科技，并且建立了足够稳定的秩序，在这样的情况下，非人类根本就不是人类的对手。可是为什么龙族会和人类产生感情？这种只生活在传说中的生物竟如此接地气，让汪如盟不知道该说点什么才好。他本来以为陆清酒只是龙的仆人，但是刚刚发生的事却颠覆了他的三观……

"行了。"祝融伸手把汪如盟的嘴巴合上，道，"别在这事上纠结了，你看到的就是事实。对了，小媚来了吗？"

"嗯。"汪如盟点点头。

"要找到敖闰还得靠她。"祝融说，"都怪少昊……啧，害得我还得从外地调凤凰过来。"

汪如盟说："少昊家的那只凤凰怎么了？"

祝融一脸头疼。少昊家的鸟真是风气不正，喜欢搓麻将就算了吧，还喜欢赌博，赌的还是自己身上的羽毛。按理说凤凰身为百鸟之王也该挺厉害的，但谁知道少昊家的那只凤凰是个棒槌，还有赌瘾，硬生生把自己身上的羽毛全都给输完了。这才是真正的从凤凰变成了鸡。

你说输完羽毛就算了吧，但偏偏凤凰是很骄傲的生物，接受不了自己没有毛的模样，所以涅槃去了。

凤凰的涅槃分为大涅槃和小涅槃，小涅槃就是小媚身上着火的那种，不影响什么，但是大涅槃却需要花上好几年的时间，当然，涅槃后的凤凰又能生出一身华羽，用少昊家凤凰的话来说就是再次有了赌博的资本。

汪如盟都听傻了，他才来这里就受到了白月狐的刺激，还听了这么让人难以接受的爆料，憋了半天，从嘴里憋出了一句："贵圈真乱。"

祝融："……"他不是很想说话。

白月狐带着陆清酒离开银建楼的时候，本来一屋子活泼的非人类都安静得不得了，直到他们进了电梯又往下走了几层，楼顶上才爆发出巨大的吵闹声。到了楼下，陆清酒提上自己的东西，跟白月狐说还得去趟超市，把小货车带回家，两人便打了辆车过去。

白月狐帮陆清酒提了一半，坐进出租后随手翻看了一下里面的东西，却发现了那一盒被摔坏的草莓。

陆清酒看到这画面心中暗道不好，果不其然，白月狐的下一个动作就是小心翼翼地将那盒草莓从袋子里拿了出来。这草莓是一颗一颗地放在纸盒子里的，上面蒙了一层保鲜膜。因为草莓在运输过程中非常容易损耗，所以价格也着实不便宜，就这么一盒十几颗，花了陆清酒一百多块。

白月狐用手指头轻轻地摸了摸破损的草莓，道："他们弄的？"

陆清酒忙道："不是，是我自己不小心。"

"真的？"白月狐的语气里带着狐疑，陆清酒向来是个细心的人，很少犯这么低级的错误。

"真的。"陆清酒只能撒谎了，他要是实话实说，轻易就能想象得到他家狐儿的反应，估计是当场爆炸，直接飞出出租车去给他家可怜的小草莓报仇去了。

白月狐不说话了，他翻过盒子，看到了盒子底部的标签价格，眼神里流露出沉痛之色。这表情把陆清酒弄得心都软了，忙说："没关系的，咱们到了超市再去买一盒，这盒直接吃。"

白月狐慢慢点头，小声地"嗯"了一声。

陆清酒见白月狐没有再纠结下去，这才放了心。

到了停车场，陆清酒让白月狐在小货车上守着，自己上去买盒草莓就下来，白月狐乖乖答应了。可是等陆清酒买了草莓下来后，却没看见白月狐的人，他有些疑惑地掏出手机给白月狐打了个电话，电话却被挂断了。

陆清酒以为出了什么事，心中有些焦急，就在他想着要不要回银建去问祝融该怎么办的时候，白月狐出现了。他动作自然地拉开车门，坐到了副驾驶的位置上，说了句："走吧。"

"你刚才去哪儿了？"陆清酒问道。

"出去上了个厕所。"白月狐目不斜视地回答。

"真的？"陆清酒瞅着白月狐，伸出手在他的脸颊上摸了一下，"你去哪儿上厕所了？这上完厕所，脸上怎么还有血？"

白月狐沉默片刻，道："旁边的人不小心摔倒了，砸在了镜子上，溅了一点。"

陆清酒："……"他信了才有鬼。

白月狐道："真的。"

陆清酒说："你把你的耳朵露出来。"

白月狐："……"他本来想要拒绝，但看着陆清酒的表情，最后还是乖乖地露出了自己的耳朵。那双本来竖着的耳朵耷拉了下来，好像被主人训斥的小狗儿似的，看得陆清酒又好气又好笑，陆清酒说："你真没骗我？"

白月狐："没有。"

他说完耳朵尖就不由自主地颤了一下，很是不配合他面无表情的脸。

陆清酒又道："你杀了汪如盟？"

白月狐道："没有。"他大概是怕陆清酒不信，补充了一句，"只是揍了他一顿，没死。"

陆清酒失笑："不严重吧？"

"不严重。"白月狐说，"他都吓到你了。"陆清酒不被吓到，手里的草莓怎么会跌落在地上？还好他来得及时，不然他家的小龙就被人欺负了，他自己都舍不得碰的人，别人怎么能染指？！于是白月狐没忍住，当场就冲过去报仇了。

陆清酒叹息一声，哄着自家生闷气的假狐狸精："好啦，我真的没事，不生气了。"他撕开包装，拿出一颗草莓，塞到了白月狐的嘴里。

白月狐的嘴巴被塞得鼓鼓的，他慢慢地咀嚼起来，草莓很好吃，酸酸甜甜的，果肉柔软，汁水充盈，也怪不得有那么高的价格。

在陆清酒回来之前，白月狐连见都没见过这样的水果，更不用说吃了。他的神情柔和下来，用脸颊蹭了一下陆清酒的手。

陆清酒被白月狐的动作弄得心一软，眼睛满足地眯了起来。

"走吧，咱们回家。"看看时间不早了，陆清酒道，"尹寻还在家里等着我们做冰糖葫芦呢。"

听到又有人要和自己抢吃的，白月狐蹙了蹙眉，道："用这盒做。"他说的是手里拿着的被摔坏的那盒。

陆清酒笑着说："不要那么小气嘛，想吃咱们再买，吃够为止。"他把自己手里那盒新鲜的塞了白月狐的膝盖上，让他敞开了吃，白月狐摸着香喷喷的草莓，还是没舍得，自己吃了两颗，给陆清酒塞了两颗，便小心地再次封上保鲜袋，装进了袋子里。

陆清酒看着他松鼠囤粮的样子，笑着问道："你怎么知道草莓不是我不小心摔坏的？"

白月狐指了指自己身下的座椅。

陆清酒反应了一会儿，才明白白月狐指的是小货车，他道："原来是你告的密啊！"他都忘了小货车可以和白月狐说话了。

小货车"叭叭"两声，大概说了什么，陆清酒也听不懂，不过它四个轮子倒是跑得更快了，大概是害怕陆清酒生它的气吧。

陆清酒觉得自己要提醒一下尹寻，以后可千万别在小货车上说白月狐的坏话了。

小心翼翼地抱着草莓，两人坐着小货车回了家。

家里的尹寻还不知道发生了什么，他俩本来在好好地打扫院子，结果白月狐的手机响了一下，拿起来看完之后便脸色大变，把手里的扫帚一扔转身就出去了。他也不敢问白月狐出了什么事儿，本来想着等陆清酒回来的时候和他说一声，结果却看到白月狐是和陆清酒一起回来的。

"你们两个怎么在一起啊？"尹寻有点蒙。

"哦，我有点事把白月狐叫了过去。"陆清酒说，"然后就和他一起回来了。"

尹寻闻言也没多想什么，陆清酒把提回来的东西整理了一下，拿出草莓让尹寻去洗，再让他去后院里摘点眼球果。眼球果里面的汁水也挺足的，用来做糖葫芦应该会很好吃。

尹寻高兴地洗水果去了，陆清酒则穿上围裙去了厨房，拿了冰糖准备开始熬糖衣。

糖衣必须要小火熬制，速度不能快，不然很容易熬煳，很快，坚硬的冰糖便熔化成了柔软的糖水，把洗好的草莓和其他水果提前穿在竹签上，再在糖水里面过一遍，等到冷却后，糖葫芦就做好了。

尹寻和白月狐站在旁边目不转睛地看着，陆清酒见糖衣凝固，便说了句："可以吃了。"

话音刚落，两人几乎是同时伸出手，一人拿了一串，都拿的是草莓的。冰糖葫芦放进嘴里，咔嚓一声咬掉外面脆薄的糖衣，草莓的汁水便溢了出来，冰糖完美地稀释了草莓的酸味，让整个果子的甜度增加了许多，口感也更加丰富，柔软之余还带着一点糖衣的清脆。

"好好吃。"尹寻的眼睛亮得像小星星，"我从来没有吃过这么好吃的……"

陆清酒慈祥地看着两人，自己也拿了一串，他没吃草莓的，而是拿了葡萄的，因为之前草莓吃得挺多，所以这会儿也没有特别想吃，既然白月狐和尹寻都这么喜欢草莓，不如就留给他们吧。

吃着糖葫芦，陆清酒顺口问起了今天的事，说："原来非人类和人类是有合作的，那岂不是能解决大部分户口和身份证的问题？"

白月狐咔嚓咔嚓地嚼着冰糖葫芦，"嗯"了一声。

"那为什么少昊说你没有身份证和户口？"陆清酒有点好奇。

白月狐道："因为我是编制外的。"

陆清酒："这还有编制？"

白月狐道："嗯。"

他又解释了一下"编制"是什么意思，大约就是想要获得这些东西的非人类都得进入人类的世界生活，拿到户口后至少得在人界工作几年，不然户口和身份证都会被吊销。白月狐无法离开水府村，自然也完不成这样的要求，无奈之下，只能成了黑户。但祝融那边还是有点良心的，虽然没有给白月狐户口和身份证，但是给了他驾驶本，还送了他一辆可以开的小货车。

陆清酒没想到小货车居然是祝融送到自己家里的，表示那有空可以请祝融来吃个饭感谢一下。

白月狐却哼了一声，对此表示出了自己不屑的态度。

人类世界的水果做成冰糖葫芦挺好吃的，那眼球果做成的冰糖葫芦也很美味，特别是里面什么味道都有，唯一美中不足的就是有些水果陆清酒不太喜欢，但只有咬下去才知道。

这次去市里除了买水果之外，陆清酒还在超市里面买了很多其他食材，比如牛排和海鲜，还有一些白月狐肯定没吃过的东西。

把糖葫芦放到外头，给小花、小黑每个一串，并且喂了小狐狸几颗后，陆清酒就忙起了午饭的事。尹寻被赶到外头去打扫院子了，白月狐站在陆清酒旁边帮忙。

陆清酒低着头炒菜，突然想起了什么，道："对了，忘了问你，我的姥爷还没有被找到吗？"

"嗯。"白月狐应声。

陆清酒说："为什么凤凰可以找到我姥爷？"

白月狐说："其实凤凰一族在当时和龙族都是神明，且能力相当，但是后来因为一些事，他们被灭了族，异界已经没有了他们的后裔。"

陆清酒仔细地听着。

原来虽然异界的凤凰被灭族了，但还有一些凤凰的血脉遗留在了人界，不过这样的凤凰通常血脉都被稀释了许多，再加上人界的灵气稀薄，几乎没有了当时那么强大的力量。凤凰有个最强力量，便是能观百鸟之眸，通百鸟之灵，简单点来说，就是他们可以和所有的鸟儿产生联系。这么多的鸟，就如同形成了一张巨大的监视网，用来找人是再合适不过的了。

本来祝融是想让少昊帮忙的，但奈何少昊家里那只凤凰比小媚还要不靠谱，沉迷赌博后直接去涅槃了，无奈之下，祝融只能从外地调了凤凰过来帮忙。

陆清酒听后有点担心，上次祝融找到他的姥爷，就砍了姥爷的一只手，这次要是姥爷再被找到，肯定还会受别的伤。

白月狐看出了陆清酒的担心，伸手轻轻地按住了陆清酒的肩膀，道："不过你不用太担心，其实祝融这次找凤凰来，找的不止是你的姥爷。"

"那还有谁？"陆清酒问道。

"异界逃过来了一条烛龙。"白月狐说，"这才是祝融的主要目标。"

陆清酒恍然："这样啊。"

白月狐点点头："当然，只是怕这事引起恐慌，所以没有对外界宣布，你也不用太过担心。"

陆清酒叹了口气，心里好受了一些。他挂念自己的姥爷，很想再和姥爷见上一面，好好地聊一聊……

　

夏天到来后，夜晚来临得格外慢，八点多，太阳才彻底从地平线上消失，空气中弥漫着一股沉重且黏腻的气息，有燕子在低空滑行，一场巨大的暴风雨似乎就要来了。

黑黑的云层不知不觉间盖住了天上的月亮和星辰，路边狂风呼啸，吹起了沙石和树叶。

吴晓航今天加了一会儿班，等到下班的时候都快到晚上十点了，噼里啪啦的雨点一个劲地往下砸，他手里拿着的伞简直脆弱得像玩具似的，一点用处都没有，不到片刻工夫，身上就已经完全湿透了。这个时间段也不好打车，无奈之下只好打着摇摇欲坠的伞往家里走。

万幸的是他家离公司不远，只要穿过几个偏僻的小巷就到了。

虽然小巷子里的雨势小了一点，但却是没灯的，吴晓航慢慢地往前走着，当他走到一个拐角的时候，却听到了奇怪的人声，好像是有什么人在说话。

吴晓航小心地靠了过去，终于听清楚了那边传来的声音。

"快点把钱交出来。"有人在恶声恶气地威胁。

"呜呜呜，我没钱。"被威胁的似乎是个柔软的少年，声音里还带了一丝哭腔。

"没钱？"抢劫的人手里的手电筒照向了被抢劫的对象，在看清楚了他的模样之后，一下子改变了目的，"你小子长得挺好看啊，没钱，没钱也没关系，给我把衣服脱了……"

"脱衣服？"少年愣住了，"脱衣服做什么？"

"老子叫你脱你就脱！快！"那人把匕首举了起来。

吴晓航见到此景，心道不妙，连忙掏出手机小声地报了警，报警之后再看向那处，却看见少年已经慢慢地将上衣脱了下来。虽然灯光昏暗，但借着手电筒的光线，吴晓航还是看见了少年白皙的肌肤，还有那张秀气的、看起来泫然欲泣的脸。

抢劫的人来了兴致，正打算伸手抓住少年，吴晓航觉得不能再等下去了，他大喊一声："住手！"又打开了手机的手电筒照向抢劫犯，"你做什么呢！"

那抢劫犯被突然出现的人吓了一跳，但在发现吴晓航只有一个人后，很快冷静了下来，他道："你别多管闲事啊。"说着还比画了一下手里的匕首。

吴晓航道："我已经报警了，你赶紧滚！不然待会儿警察来了，你想走可走不掉了！"

那抢劫犯闻言表情变得狰狞起来，嘴里骂骂咧咧，竟挥舞着匕首朝吴晓航冲了过来，吴晓航立马闪身躲开。这小巷子里又窄又黑，抢劫犯冲过来的时候，脚下似乎被什么东西绊了一下，整个人直接摔倒在了地上。吴晓航见状连忙冲向被抢劫的少年，抓住他的手之后大喊了一声："跑！"然后两人像一阵风似的冲了出去。

然而吴晓航并没有注意到，就在自己离开巷子后，身后突然燃起了一团刺目的火焰，那火焰以极快的速度，从抢劫犯的脚下直接燃到了他的头顶，眨眼之间，那人便化作了一堆黑色的灰尘，被湿漉漉的雨水冲进了下水道里。

吴晓航跑了好一会儿，看身后没有人追来，这才气喘吁吁地停下，他停下后，才注意到他和少年身上都湿透了，连忙问少年有没有事。

少年摇摇头说自己没事，脸色却白得吓人。

这里离吴晓航家倒不是很远，他看着少年光裸的上身，道："小朋友，要不先去我家里找件衣服穿上吧？"他担心少年害怕，还补充了一句，"我不是坏人。"

少年看着吴晓航的模样，迟疑地同意了。

吴晓航便将少年领到了自己的家里，先是让他去洗了个澡，然后给他找了一身干净的衣服。穿上干净衣服，少年如同拂去了灰尘的明珠，漂亮的脸蛋和干净的气质都无比吸引人。

吴晓航问了少年几个问题，少年都回答了，只是在提到关于名字和家庭的情况时，少年都选择了回避。吴晓航有些无奈，便想着把他带到警察局去让警察做工作，可谁知那少年一听要去警察局，便起身欲走，吴晓航怎么都拦不住。

"好好好，我先不报警，你是不是和家里人吵架啦？"吴晓航只能暂时妥协，"你年纪这么小，家里人会担心你的……要是你在外面再遇到那样的坏人怎么办？！"

少年不说话。

吴晓航道："唉，我不报警，但是你总得告诉我你的名字吧？"

"如火。"少年说，"我叫吴如火。"

吴晓航没想到他和自己一个姓，心中倒是有些高兴起来，他想了想，道："不如这样，你在我家住几天，想通了咱们就回家去好不好？"

少年看着吴晓航，缓缓地点了点头。

吴晓航以为吴如火只是个离家出走的小孩儿，看模样应该家境很不错的样子，肯定是和家长闹别扭了，过几天想通了就好了，所以并未将这件事太放在心上，只当自己做好事，留他在家里住几天，免得又出去遇到什么坏人。

然而此时的吴晓航并不知道，自己迎了一尊阎王回家。

再说陆清酒那边，最近天气热了，陆清酒身体寒性太重又不能吹空调，便把活动范围放到了后院里。后院上空有厚厚的葡萄藤，遮住了刺目的阳光，还有一口井可以吸热，算是挺凉快的了。

白月狐陪着陆清酒在后院乘凉，他们家的西瓜熟了，又大又圆，切开之后红色的汁水溢了出来，能看见里面沙沙的瓜瓤。切完西瓜后，整个院子里都散发着一股西瓜的清爽香气，陆清酒不能吃冰的，给自己留了一块之后就把剩下的都放进冰箱里冰镇着了。

尹寻有点热，坐在井旁边摇着蒲扇，陆清酒去冲了山楂汁，酸甜可口，清凉解暑，还有冻好的牛奶冰棍也能吃了，陆清酒还想着要不要做点冰激凌……不过这些消暑圣品和他没啥关系，这个暑假他都碰不得一点冰。

"真好吃啊。"尹寻喝着冰水，吃着西瓜，感觉美滋滋的，白月狐吃西瓜从来不吐籽，要不是陆清酒盯着，他估计连瓜皮都能给啃了。

晚上，太阳落下后空气里总算是有了清凉的风，陆清酒吃完晚饭本来打算再去后院坐一会儿，谁知刚到后院，就看见井里的女鬼小姐又从里头爬出来了，坐在井边一脸严肃地思考人生。

陆清酒端着凳子到她旁边坐着，说："你在想什么呢？"

女鬼小姐道："我是叫付紫莹对吧？"

陆清酒没想到她想起来了，也没否认："是啊。"

女鬼小姐成神之后，仿佛丢失了许多记忆，但是因为她没有主动询问过，似乎对自己生前的事情并不是很在意，陆清酒也就没有主动向她提起。当然如果女鬼小姐想知道，他也不会隐瞒，毕竟女鬼小姐是他家的第一生产力，家里的经济收入几乎靠的都是生发水。

"我在思考一个问题。"女鬼小姐浑身上下都散发着柔和的光芒，在黑夜里简直像只醒目的萤火虫，这光芒并不刺眼，反而带着圣洁的味道，"你说我为什么对头发这么有执念呢？"

陆清酒想了想："这个我也不知道啊。"

女鬼道："我得好好想想。"

陆清酒："……"

于是女鬼小姐就这么想了一晚上，第二天早晨，陆清酒去后院摘葱准备做煎蛋的时候，被女鬼小姐一把拉住，她说自己终于想起来了，想起了关于自己生前的一切，关于自己的那个负心男友，还有很多往事。陆清酒觉得这是个漫长的故事，于是委婉地向她表示自己能不能先回去做个饭，然后拿点瓜子过来再听故事。

女鬼小姐想了想，让陆清酒也给她带点瓜子，她都好久没有嗑过瓜子了……

陆清酒同意了。

吃完早饭后，陆清酒把自己该做的事做了，这才来到后院，顺便带上了一口袋瓜子。这瓜子是从镇子上买来的，什么口味的都有，陆清酒比较喜欢焦糖的，尹寻跟在陆清酒的后面一起来凑热闹，两个人拿了两个小凳子，坐在女鬼小姐的面前开始听故事。

女鬼小姐抓了把瓜子，开始慢慢地嗑，语气深沉地讲起了她生前的故事。原来女鬼小姐来水府村是和男朋友散心的，他们两人的感情出现了一些问题，本来想要修复一下，结果到了水府村后却爆发了激烈的争吵。

尹寻吐了瓜子壳，道："你们为什么吵成这样啊？"一般情侣吵架最多不过分手，这两人把命都给吵没了。

女鬼小姐说："你知道的，现在的人压力大，作息都不规律，压力一大再加上作息时间不好，就容易……那什么。"

尹寻茫然："哪什么？"

女鬼小姐指了指头顶。

尹寻这才明白，一拍手说："哦，秃……。"他话还没说出口，嘴里就被塞了一团头发，在他惊恐的目光下，女鬼小姐幽幽道："请不要对我说出这个字。"

尹寻点头如啄米，这头发才从他嘴里撤去。

女鬼小姐继续说："他就嫌弃我嘛，本来是我的生日，结果当他把生日礼物拿出来的时候，我就恨上了他。"

陆清酒和尹寻听女鬼小姐说完生日礼物到底是什么后，差点没被嘴里的瓜子呛到。真不知道女鬼小姐的男朋友是怎么找到女朋友的，他居然在如此浪漫的时刻，从包里掏出了一顶假发和一套生发用品？！

女鬼小姐哪里受得了这个刺激，当场就和她的男友激烈地争吵起来，然后她做出了一个不可挽回的举动——伸手在男友的头上薅了一把，薅了一手的头发后表示他早晚也要秃顶，还是地中海的那种。

至此，两人算是彻底恩断义绝了，男友怒极之下，无情地杀害了女鬼小姐，并且抛尸荒井。

陆清酒和尹寻两人都没有受过脱发之苦，可谓听得目瞪口呆，半晌尹寻才憋出一句："就这啊？"

女鬼小姐暴怒："什么叫就这，你知道头发对于我来说多么重要吗？！"

尹寻被吼了一通，蔫蔫地道了歉，说自己不是这个意思。

"呵，现在我终于明白了我成神的使命。"女鬼小姐身上的光芒更加亮眼，她双手合十，做出祈祷的动作，"我要让世界上的人都从脱发的烦恼之中解脱出来。"

陆清酒和尹寻嗑着瓜子在旁边听着。

女鬼小姐道："谢谢你，陆先生，是你为我指引了这条道路，我有个小小的要求可以提一下吗？"

陆清酒说："你说你说。"她可是家里的主要劳动力。

女鬼小姐道："我想增加生发水的产量。"

陆清酒："嗯……也行啊，不过如果产量太多，容易引起其他人的注意哦。"现在他家的生发水在网上就已经非常火爆了，不过因为产量就那么一点，倒也没多少企业或者组织注意到，毕竟没有碰别人的蛋糕，可是一旦增加产量，就有可能引起其他人的注意。

女鬼小姐道："也是，那就不要增加太多，再增加一百瓶就行了。"她现在需要更加浓厚的信仰之力，才能维持神格。

陆清酒算了算，同意了女鬼小姐的要求，还问了一下女鬼小姐对价格方面有没有什么意见或者建议。

女鬼小姐摇摇头，说："这个事还是由你做主，只要别开出大家都买不起的价格就行。"

陆清酒点点头，说："那还是保持原价吧。"

"还有就是能不能每天给我送点吃的啊？"女鬼小姐说，"我发现我现在好像能吃东西了。"

陆清酒说："没问题啊，你现在是住在井里面吗？"

"是啊。"女鬼小姐道，"等再过个几年，我就能凝结出实体了。"

陆清酒心想：原来还要好几年啊，那可真是任重而道远，不过慢慢来嘛，以后的日子还长着呢。

聊完天，陆清酒就要去做午饭了，他站起来和女鬼小姐告别，正打算走，女鬼小姐却来了句："陆先生，我真的非常感谢您，但我不知道该怎么表达我的谢意，我只能给予你我唯一拥有的。"陆清酒闻言感觉不妙，正打算拒绝，那双手却已经轻轻地按住了他的肩膀，站在旁边还在嗑瓜子的尹寻也没能幸免，愣愣地被按住了。

陆清酒："……"

尹寻："……"

他们两人对视片刻，都在对方眼神里看出了惊恐的味道。

白月狐从地里回来，做的第一件事就是去厨房找陆清酒，只是刚进厨房，他就被吓了一跳，只见厨房里站着个黑色的身影，乍一看像个原始人，直到那人扭头，白月狐才意识到那是一头黑色长发的陆清酒。

"你怎么了？"白月狐问道，"怎么去喝了井水？"

陆清酒痛苦道："是她给我们的感谢礼。"

白月狐说："哦，不就是头发长长了嘛，没事，我帮你剪掉。"

陆清酒咬牙道："不止是头发。"

白月狐："……"

陆清酒绝望道："所有毛都……"

白月狐："……"

陆清酒："刚剪掉。"

白月狐表情微妙，忍住了笑。

因为女鬼小姐的慷慨，家里突然多出了两只野人。不光是陆清酒，连站在旁边啥话都没有说的尹寻也未能幸免。白月狐回家前，两人花了好一会儿才把其他的毛发处理干净，只留下那一头像原始人一样的黑发。

整个午饭时间，陆清酒和尹寻都有点坐立不安，好像屁股底下有针扎似的，白月狐问道："你们怎么不把头发也剪了？"

"这么长就这么剪了好像有点可惜。"陆清酒说，"正好下午要去镇上一趟，我想着干脆卖给理发店算了。"

白月狐闻言却是微微皱眉："卖给理发店？什么卖给理发店？"

陆清酒这才发现白月狐不知道头发也是可以卖钱的，于是给他解释了一遍，说到膝盖的头发最起码可以卖好几百块钱，如果发质特别好的话甚至还能卖到上千元。他说完之后，白月狐的神情变得十分微妙，惊讶里带着失落，失落里又夹杂着遗憾，好一会儿才来了句："头发还能卖钱啊？"

陆清酒这才想起白月狐似乎剪过很多次长发了，并且每次变成真身之后头发都会变长，之前他怕剪发剪得太频繁引起理发店的怀疑，所以也没有和白月狐说这个，现在白月狐突然知道了，估计他家这只贫穷的假狐狸精内心全是波动，恐怕会怀疑自己错过了一个亿。

"原来头发能卖钱。"白月狐道，"我以前都不知道。"

陆清酒连忙安慰了白月狐几句，说也不能经常卖，不然理发店的人发现卖头发的总是同一个人一定会怀疑的。白月狐随口"嗯"了一声，明显就是没把陆清酒的话听进去，所有的注意力都放在"几百块钱"这个关键词上面了。陆清酒见状有点无奈，想着下个月给尹寻和白月狐加点零用钱算了。看来目前的零用钱还不能满足家里成员日益增长的物质文化需要……

下午，陆清酒和尹寻悄悄去了镇上，非常小心地找了家没去过的理发店，把自己那像野人一样的长发给卖掉了。

虽然发质一般，但好歹足够长，理发店老板给了他们两个人一人五百，给钱的时候白月狐也在场，陆清酒清楚地看到他那眼睛几乎都要粘在钱上了，表情里还带着点不太明显的委屈，显然是想起了自己之前随手就剪了的头发。啊，那是多么大的一笔财富啊，自己居然就这么随手丢掉了，白月狐落寞地想着。

花了点时间换了个清爽的发型后，拿着卖头发换来的钱，陆清酒赶紧带着白月狐去吃了顿丰盛的大餐，好安慰一下他。

白月狐第一次吃东西吃得食不知味，最终陆清酒在饭桌上反复保证等到下次白月狐头发变长以后，一定带他来卖头发，他才勉强展露了笑颜。

陆清酒："……"唉，加零用钱，明天就加！家里的孩子真得富养，看把孩子憋成啥样了……

虽然脑袋换成了清爽的短发，但其他部位还需要一段时间恢复。这夏天天气热，柔软部位的毛发变成了短短的楂，痒得令人难以忍受，最惨的是，很多部位还是关键部位，也不太好意思挠，只能忍着等到晚上洗澡的时候再说。

陆清酒简直被折磨得意识模糊，心里想着下次可千万要离女鬼小姐远一点，他是真的受不了这样折腾了。

第九章

春神死

　　七月的天气越来越炎热，为了让不能用空调的陆清酒凉快一点，白月狐的下半身变回了原形。当然，不是狐狸的原形，而是龙的，那黑色的鳞片冰冰凉凉的，缠在身上非常去暑，陆清酒恨不得整个人都贴在他的尾巴上。

　　不过尹寻有些害怕这个模样的白月狐，看见他几乎都是绕着道走，只有在吃饭的时候才被迫和白月狐面对面。

　　陆清酒倒是觉得白月狐的尾巴其实非常漂亮，黑色的鳞片每一片都反射着冷色的光芒，摸上去会感觉到坚硬的质地和光滑的触感，腹部的鳞片更加细密柔软，还带着一点体温，手感非常好，陆清酒简直爱不释手。只是每次他摸的时候，白月狐的表情都有点说不出的微妙，他开始还问过怎么回事，后来见白月狐不说干脆也不问了，厚着脸皮摸就是了。

　　天气热了，陆清酒的食欲也在下降，特别是在炎热的厨房做了几个小时的饭之后，更是什么都不想吃。但为了不让白月狐和尹寻担心，他还是会给自己随便塞点什么，假装吃得很香的样子。

　　不过他这模样也就骗骗傻乎乎什么都信的尹寻，白月狐还是能看出来的，所以白月狐这段时间都在往家里带各种各样奇形怪状的食物，有飞禽，有走兽，唯一的共同点就是味道都很好，吃着很让人开胃。

　　今天白月狐带回来了一条有六个身体的大鱼，刚带回来的时候那鱼还活着，在水缸里直扑腾。

尹寻伸手戳了戳，说："这鱼居然有六个身体，那岂不是有六份鱼脑了……"

陆清酒拿了把扇子在旁边慢慢地摇："想怎么吃？红烧，糖醋，还是清蒸？"

白月狐道："看你怎么做方便吧。"

陆清酒想了想："这么多肉，那就做个全鱼宴吧。"

一部分红烧，一部分清蒸，一部分糖醋，剩下的打成鱼丸煮汤，午饭就这么解决了。

这鱼的肉质很好，既没有什么腥味也没有小刺，陆清酒做鱼的时候随口和尹寻说起了后天市里要举行一个特产博览会，问他想不想一起去。

"特产博览会是什么？"尹寻正在把鱼肉剁成泥状，待会儿加一些淀粉就可以团成鱼丸了。

"就是各地的特产。"陆清酒道，"你们可以去看看有什么没吃过，到时候买点回来吃。"

"行吧。"尹寻道，"我还真没去过呢。"

白月狐肯定是要跟着去的，自从上次出现了汪如盟那事儿后，每次陆清酒去市里白月狐都要跟在他身边，就是害怕他再出现什么意外。

特产博览会其实挺有意思的，市里面每年都会举办几次，只是每次展览的特产类型都不一样，大部分都是农作物，偶尔是零食和干货。

这个博览会还是少昊随口提起的，陆清酒听后却是上了心，打算带着家里很少参加这类活动的两只去凑凑热闹。

这次博览会上有各种食物，有生的也有熟的，各地厂商在巨大的餐馆里申请好了摊位后会将自己的货物摆放出来，陆清酒他们一进去就闻到了一股浓郁的香气，这香气并不是同一类食物散发出来的，而是各种食物夹杂在一起的味道，闻着非常诱人，连陆清酒都有点馋，更不用说白月狐和尹寻了。

白月狐和尹寻两人从来没有来过这样的地方，从门口一进来，眼睛里就全变成了星星，闪闪发亮的模样可爱极了。尹寻就不用说了，嘴边一颗可爱的虎牙早就露了出来，白月狐虽然脸上没什么表情，但陆清酒敢保证，如果他的尾巴露出来，那一定是在欢快地摇着——虽然那是一条龙尾巴。

陆清酒大方地掏出了几百块，放到了两人手上，表示整个展览会请自由发挥，如果不够再找他要，他就在门口坐着。白月狐和尹寻都有些迟疑，最后在陆清酒的催促下进去了。

陆清酒在门口买了一袋小麻花，坐在门口的休息位上一边吃一边玩手机，他对食物的兴趣没有白月狐和尹寻那么大，也吃不了太多东西，所以干脆就在门口等着了。

这小麻花的味道倒是很不错，甜度适中，酥酥脆脆的，陆清酒想着要是回去之后有空就自己做点，还有其他零食也可以试试。

他正这么想着，就听到外面传来了嘈杂的人声和惊恐的呼叫声，似乎是有人看到了什么可怖的场景。陆清酒疑惑地起身，他刚走出去，便看到了不远处那滚滚的浓烟和冲天的火光。

"着火啦！！快打报警电话！！"

"怎么会突然着火——那是什么地方啊——"

人们在激烈地讨论着，门口聚集的人越来越多。陆清酒朝着那地方看去，却愕然地发现，着火的竟然是之前去过的银建楼，刺目的火光从靠近楼顶的位置蹿出，伴随着火焰的是带着浓重焦臭气息的黑烟。

陆清酒感到自己的手臂被一只手抓住，他扭过头，看见了表情凝重的白月狐。

"着火的是银建楼吗？"陆清酒道，"祝融他们出什么事儿了？"

白月狐道："不知道。"他停顿片刻，"但是我感觉到了烛龙的气息。"

"烛龙？！"陆清酒心中一惊，"这把火是他放的？"

白月狐道："不清楚，但应该和他有关系。"

"祝融他们不会有事吧……"陆清酒有点担心。

白月狐道："我们过去看看。"

陆清酒点点头。

这火势非常大，蔓延速度也很快，且因为着火的地方是在高层，即便是消防车来了恐怕也无能为力。对于这种高层的火灾，只能疏散人群等着高层烧得差不多了自行熄灭，其他能做的事非常少。

三人逆着人流朝着银建楼的位置赶去。

陆清酒本来以为这楼会烧很久，却没想到等他们到那儿的时候，原本很大的火势居然已经熄灭了，至少从外面已经看不到明火的痕迹了。

"灭了？"陆清酒有些惊讶。

白月狐表情很严肃，他道："你和尹寻在外面等着，我进去看看。"

陆清酒点点头，让白月狐注意安全。

大约是因为害怕火势蔓延，这会儿周围已经没有什么人了，陆清酒和尹寻躲在角落里，看着滚滚浓烟从燃烧的建筑中不断地升腾而起。

"你说这是谁放的火啊？"尹寻小声道，"是烛龙吗？"

陆清酒道："不知道……但是应该和他们有些关系吧。"

尹寻似乎有点不安，他道："他们来人类世界做什么呢，难道是……"他突然停住了话语，呆呆地低下了头，只见胸口的位置竟然伸出了一把尖锐的刀，锋利的刀刃直接穿透了他的胸膛。

"尹寻！！！"陆清酒惊恐地叫了起来。

"快跑……"尹寻艰难地吐出了两个字，身体就无力地滑落到了地上。陆清酒看到了站在尹寻身后的人，那是一个长相秀美的少年，只是和常人不同，他的眼睛呈现出一种火焰般的红色，脸上带着残暴的笑容："啊，你就是陆清酒吧？"

陆清酒转身就跑。

那少年收了刀，打算追击过来，身旁的高楼里却扑出了一个身影，将那少年直接扑倒在地，正是之前进入高楼查看的白月狐。那少年的身体好似没有固定的形态，被白月狐一扑，居然如烟尘一般直接消散了。

陆清酒见状连忙上前扶起了尹寻，道："尹寻，尹寻，你没事吧？！"

他伸手在尹寻的鼻间探了探，发现居然已经没了气息，陆清酒登时吓得魂飞魄散："月狐，月狐，不好了，尹寻没气了——"

白月狐的脸一直沉着，缓步走到尹寻旁边，简单地检查了一下尹寻的状态后，道："没事，回去拿水泡一泡就能接着用了。"

陆清酒："哈？"

白月狐道："假死机制而已。"

陆清酒："……"

经过白月狐的讲解，陆清酒终于接受了尹寻没有死的事实，白月狐说山神这类生物，没什么能力，身体又很脆弱，所以进化出了很多防御机制，比如会让吃他的人拉肚子，伤到要害就直接假死之类的被动防御机制，让垂涎他肉体的食肉动物失去兴趣，毕竟大部分的食肉动物都是只吃活物的。

陆清酒听得心情复杂，在高兴尹寻没事儿的同时又在思考：到底经历了多少悲惨的遭遇他们才能进化出这样的能力……

"那条烛龙呢？跑掉了吗？"陆清酒把尹寻从地上扶起，问白月狐自己所担心的事，"还有祝融他们……"

白月狐蹙眉说："我怀疑他们的目标不是银建楼。"

"不是银建楼？"陆清酒道，"那是哪儿？"

白月狐摇摇头，示意自己也不知道，不过既然烛龙的目标不是银建楼，祝融和那群小妖怪应该也没什么危险，而且根据白月狐的说法，火势已经熄灭了，他上去了一趟确定几乎没有什么伤亡。陆清酒这才放了心，打算把尹寻背到背上。

白月狐见状拦住了陆清酒，手一伸便将尹寻像提麻袋似的提了起来，说："走吧，回家。"

"嗯。"陆清酒也没有心思继续逛了。

三人找到了小货车，坐着货车回家去了，这一路上陆清酒都在想烛龙的事，他有点搞不懂烛龙想要做什么了，他在银建楼放了把火，难道只是想挑衅一下祝融？可是现在细细想来，祝融不但是主夏之神，也是司火之神，火焰对他而言并不是什么可怖之物……

"有被吓到吗？"白月狐见陆清酒不说话，似乎有些担心。

陆清酒闻言赶紧摇摇头，示意自己没事："没有。"

白月狐道："我不该离开你身边的。"

陆清酒面露无奈："这事怎么能怪你呢，你难道能一天二十四小时都守在我身边吗？况且我也是个成年人，有些事总该自己对自己负责。"他和白月狐虽然很要好，但也是两个独立的个体，就算白月狐将他保护得密不透风，也终究会有疏漏之处。况且就算是出现了疏漏，也不是白月狐的错，他总要对自己负责的。

"你不要责怪自己，这不是你的错。"陆清酒继续出言安慰。

白月狐不说话了，他的嘴唇抿起一条紧绷的弧线。

在煎熬的气氛中终于到了家里，陆清酒赶紧按照白月狐说的那样把尹寻放进了水里泡着。

"这要泡多久啊？"陆清酒看着尹寻有点发愁。

"至少半天吧。"白月狐回答。

陆清酒"哦"了一声，打算去厨房做饭，却见白月狐并不如平日里那般对食物上心，而是坐在院中脸色阴郁地思考着什么。

陆清酒几乎是片刻间就明白了白月狐心中所想，显然白月狐还在为刚才离开他的事生闷气，陆清酒想了想，没有去哄，转身进屋里去了。

聒噪的蝉声在此时变得尤其刺耳，白月狐坐在院子里，眼眸半垂，浑身上下都散发着低气压，这要是尹寻还在，肯定会绕着他走。

陆清酒进了屋过了大约半个小时才从里面出来，出来的时候手里多了一碗红艳艳的冰沙，冰沙上面浇了草莓汁和山楂酱，上面还摆放了西瓜葡萄之类的水果，看起来格外诱人。

他走到白月狐的面前，把冰沙和勺子放下，道："吃吧。"

白月狐没动。

陆清酒笑道："要我喂你啊？"

白月狐闷闷地"嗯"了一声，陆清酒闻言抬手舀了一勺冰沙就要往自己的嘴里送，白月狐见状直接伸手抓住了陆清酒的手臂，蹙眉道："你不能吃冰。"

陆清酒察觉了白月狐的不安，无奈道："我真的不会怪你。"

白月狐道："可是我怪自己。"

陆清酒道："好了，不准这么说，吃了冰沙就不生气了啊，乖。"他用勺子将冰沙送进了白月狐的口中。

白月狐含住勺子，含糊道："好。"

尹寻从水盆里出来的时候，天已经黑了，他胸口的洞已经完全愈合了，看不出任何异样。事实上那把刀捅进来的时候，他一点也不疼，最后的念头是让陆清酒快点跑开，毕竟他可以重生，陆清酒可不行。

现在既然安全回了家，那说明陆清酒也没什么事，尹寻便放了心。

第二天，尹寻照例去陆清酒家里蹭饭吃，只是这次去的时候手里拿了一束漂亮的野花，陆清酒见到尹寻手里的花疑惑地问尹寻这是想送给谁，这家里就剩下两头猪一只狐狸了，难道尹寻对小动物产生了什么兴趣？

闻言小花对尹寻投来了警惕的目光。

尹寻连忙解释，说："我才没有那么重口味，我是绝对不会饥渴到对小动物下手的。"

陆清酒道："那你手里的花要送给谁？"

尹寻说："付紫莹可真是个好名字。"

陆清酒本来在喝豆浆，听到这句话差点把自己给呛着，咳嗽得脸都红了："你连鬼都不放过啊？！"

尹寻理直气壮："我不也是鬼吗？"

陆清酒："……"好像还挺有道理的。

尹寻："大家都是鬼，肯定不能互相嫌弃。"

陆清酒陷入沉思。

尹寻道："你先做饭，我去后院看看她。"

陆清酒还想说什么，却见尹寻已经高高兴兴地跑去后院了，看着尹寻那欢快的背影，陆清酒实在没忍心提醒尹寻，难道他忘记了那些日子吗，当时尹寻哭得可是比他还惨啊。

算了，孩子长大了，想谈恋爱也是正常的，陆清酒如此安慰自己。

结果半个小时后，尹寻哭着出现在了厨房里，陆清酒被他的模样弄得目瞪口呆："尹寻，你眼睛上是什么东西啊！！"尹寻眼睛上挂着一串黑色的长条状物体。

尹寻哭着说："不是，我说腿毛什么的就算了，为什么睫毛也算毛发啊。"

陆清酒："噗……"

尹寻："我什么都看不见了！！！"

陆清酒哈哈大笑起来，差点没把自己笑晕过去，尹寻垂泪表示，看来这个女鬼小姐自己是无福消受了。

陆清酒擦了擦泪水，拍拍尹寻的肩膀，说："没事儿，缘分该来的时候，总不会错过的。"

几天之后，陆清酒才得知烛龙弄出的火灾并没有造成人员伤亡。虽然当时的情况看起来非常危急，但因为祝融赶回来得及时，只有一些人类吸入浓烟受伤，好在并无性命之忧。

然而这只是一个开始，这只藏在人界的烛龙开始大肆制造混乱，要么放火，要么吃人，搞得整个市里都人心惶惶，也不知道他到底想要做些什么。

这天早晨陆清酒看了新闻，新闻说有人昨晚在一个公园里发现了三具无头尸体，目前凶手还未归案。新闻里呼吁市民们这段时间尽量不要外出，即便是外出，也一定要选择人多灯亮的地方……

陆清酒看了新闻马上想到了烛龙，他给胡恕打了通电话，询问案件的具体情况。

胡恕没想到陆清酒居然对这案子有兴趣，非常热情地给陆清酒说了一下这个案子。说那三具尸体的确没有头，应该是被什么猛兽直接一口咬掉的，腹部也被剖开了，所有柔软的内脏都被吃了个精光。不过因为这些内容太过血腥，所以警察局保留了这方面的案件信息，并没有将其透露出去。根据尸体的状况，法医判断作案的不可能是生活在城里的巨型猛兽。

"陆哥，难道您有什么关于这案子的想法？"胡恕期待地问陆清酒，他最近都快要被这些案子烦死了，虽然这些案件主要是上面的人在负责，但是那些人也拿凶手束手无策，连凶手的尾巴都抓不到。

"没有。"陆清酒没敢透露口风，祝融那边知道烛龙逃到人界的人肯定会马上想到这吃人的凶兽是什么，不知道情况的人就算知道了是烛龙伤人也拿他没什么办法，还有可能会把自己的命搭进去。

胡恕道："那你要是有什么线索了一定要和我说啊，这凶手太凶残了，近期还有可能犯案。"

陆清酒点头说："好。"

晚上，陆清酒和白月狐说起了烛龙的事儿，白月狐说烛龙可能是压抑不住凶性才会这么做，毕竟在异世界没有人类法律的束缚，他们可以随时随地大开杀戒，由着本能残害周围的生物。

陆清酒想到了自己的姥爷："被污染的应龙也会这样吗？"

白月狐点头："但是他们比较挑剔。"通常只吃自己最喜欢的和最讨厌的，至于其他的小鱼小虾，几乎懒得在上面花费太多力气。

陆清酒"哦"了一声，算是明白了。

白月狐说自己明天可能要出去一趟，叮嘱陆清酒注意安全，最好不要离开院子，陆清酒乖乖地应声，说自己明天一整天都会在家里做酸菜，不会离开。

白月狐却依旧有些担心，直到陆清酒保证自己绝对不会离开后才没再多说。

看来白月狐也在为烛龙的事情忙，烛龙的气息隐匿之后很难找到，再加上这毕竟是人界，很多方法都不能使用，不然有可能对人类造成伤害。

一边毫无线索，一边束手束脚，也难怪烛龙到现在都还没被寻到。

　　第二天，白月狐走后，陆清酒开始制作酸菜。这酸菜本来是冬天做最好，但是陆清酒的身体受不了太冷的环境，所以只能换了个时间。他把白菜洗干净，又拖出了酸菜坛子和大量食盐，打算把白菜一棵一棵整齐地码进去。

　　他们这里经常吃酸菜，特别是自己家做的酸菜，和外面卖的酸菜相比，酸味更浓，口感也更脆。什么酸菜鱼啊、酸菜粉丝汤啊，或者在烤肉的时候放点酸菜都是很美妙的味道，特别是在夏天的时候，这种奇特的腌菜更是有了用武之地，吃着酸脆爽口，连带着米饭都要多吃两碗。

　　尹寻也过来帮忙了，嘴里含着个棒棒糖在旁边帮陆清酒洗白菜。

　　所有的白菜都是自家种的，本来就甜滋滋的，想来做成酸菜也会很好吃。

　　陆清酒把白菜放在竹席上面晒干，做酸菜的白菜上最好不要沾水，不然容易破坏酸菜坛子里面的菌群导致发霉，晒干后就能和盐一起放在阴凉的地方发酵了。再过几个月，美味的酸菜就出炉了。

　　他们家去年做的咸菜还剩了一些，陆清酒把白菜晒好后顺便去清理了一下其他的坛子。

　　他正低着头弄呢，忽然听到门口传来了"咚"的一声响，像是有什么东西砸到了他家的门口。

　　陆清酒和尹寻同时停下手里的活儿，两人互相看了一眼，都在对方眼里看到了疑惑。

　　"谁在外面呢？"陆清酒问道。

　　没有人回答，外面静悄悄的一片。

　　"谁啊？"

　　"谁啊？"尹寻顺手在自己的衣服上擦干净手上的水，走到了门口，从猫眼往外望着，也不知道他看到了什么，倒吸了一口凉气，"这……这是什么东西啊？"

　　"怎么了？"陆清酒问道。

　　尹寻说："你自己来看吧。"

　　陆清酒走了过去，凑到了猫眼跟前，这铁门是白月狐换上的，之前是一扇脆弱的木门。虽然这铁门冷硬的风格和整个院子都显得格格不入，但好在安全性上有足够的保障。虽然猫眼的视线范围非常狭窄，但陆清酒还是勉强看到了外面的情况。

　　外面空无一人，只有一地盛开的鲜花。

　　这些五颜六色的鲜花开在翠绿的草丛中，甚至还有五彩的蝴蝶在其中飞舞，美不胜收。这鲜花如同一条厚重的毯子，直接将陆清酒门外铺满了，只是这画面虽然美丽，却带给陆清酒一种后背发凉的感觉，他扭头看向尹寻，在尹寻的脸上也看到了同样惊恐的表情。

"我也不知道这是什么。"陆清酒说，"但是感觉……不是什么好东西。"

尹寻道："咱们给白月狐打个电话吧？"

陆清酒想了想，摇了摇头，给白月狐发了个短信，他害怕白月狐正处在和人打架的紧要关头，要是为了接个电话落了下风就太亏了。如果不是紧要关头，白月狐肯定听得到手机的短信铃声。

好在门外的鲜花并没有别的变化，陆清酒和尹寻便走到了院子里继续等待。

但很快门外又传来了奇怪的咚咚声，尹寻实在是没忍住，凑到猫眼跟前再次仔细看了看，看过之后颤声道："酒儿啊，我发现这鲜花怎么在变多……"

陆清酒："变多了？"

尹寻连忙点头。

陆清酒也去看了几眼，发现门外的鲜花的确是在变多，这种变化让人非常不安，好像有什么可怕的事就要在他们的眼皮子底下发生了。

"对了，你不是可以看到整个水府村的情况吗？"陆清酒忽地想起了尹寻的能力，"现在能不能看？"

尹寻一拍大腿，道："哎呀，我都给忘了。"平时他都是用这能力看山上的情况的，倒是忘记了也能用来看村子里的情况。

"我看看啊。"尹寻闭上了眼睛。

陆清酒坐在旁边等着，却发现闭了眼睛的尹寻脸色越来越难看，最后浑身上下都颤抖了起来，再次睁眼的时候，整张脸上都布满了恐惧的表情，连带着声音都开始颤抖："清酒……"

"外面有什么？"陆清酒忙问。

尹寻道："我……"

陆清酒道："怎么？"

尹寻道："我……我们还是等白月狐回来吧。"

陆清酒一愣，他还想问尹寻外面那一地的鲜花到底是什么，但尹寻却抿紧了嘴唇不想再说，见状，陆清酒也不好再逼迫他。他想不明白，尹寻到底看到了什么才会表现出这副抗拒的模样。

院子里的气氛安静得可怕，陆清酒有点受不了了，他站起来问尹寻想不想吃什么，却见尹寻慌乱地摇着头。

"不想吃。"尹寻嗫嚅道，"我不饿。"

陆清酒欲言又止。

尹寻道："酒儿……我知道你想问外面到底是什么，可是我觉得，还不如不知道呢。"他眼神有些放空，"我……"

"好了，我不问了。"陆清酒见他被刺激得有点厉害，连忙按住了他的肩膀以示安慰，"你别怕。"

尹寻的脸上浮起苦笑。

现在最好的法子就是等白月狐回来，只是手机的短信发出去后那头却没有回，看来白月狐那边的情况也不是特别乐观，不然他不会不看手机。

陆清酒想了想，干脆从屋子里拿了包瓜子坐在院子里慢慢嗑上了，尹寻被陆清酒这淡定的态度传染，情绪也缓和了很多，只是说什么都不肯再到猫眼那边看一眼，不过倒也没有阻止陆清酒去看。

那片茂密的鲜花已经布满了他们院外目光所及之处，美丽的花朵娇艳欲滴，蜂蝶环绕，仿佛盛春。

只是这艳丽的景色到底意味着什么，陆清酒却充满了疑惑。

天色渐渐暗了下来，陆清酒的手机铃声响起，他拿起手机看了眼，是白月狐打来的电话。

电话接通后，陆清酒听见了白月狐的声音，他的语气略微有些急促，问陆清酒现在在哪儿，有没有出门，看样子他是才看到陆清酒给他发的信息。

"我没有出门。"陆清酒吐了个瓜子皮，"你不用担心我，我和尹寻一直在院子里头等着你。"

"好，我马上就回来，你千万不要出门。"白月狐重申了一遍。

陆清酒道："嗯，我们都挺好的，你不要太急，一定要注意安全。"

白月狐应声后挂断了电话。

"白月狐马上就要回来了。"陆清酒哄着尹寻，"不怕了啊。"

尹寻表情复杂，他舔了舔嘴唇，小声道："酒儿，你真想知道外面怎么了吗？"

陆清酒自然想知道，人都是有好奇心的，无论问题的答案是什么，求知的欲望总还是有的，只是看尹寻这糟糕的状态，陆清酒没忍心让他说出来，于是面对尹寻的提问，陆清酒摇摇头表示自己并不想知道……反正白月狐待会儿就回来了，直接问白月狐就行。

尹寻见状垂下了脑袋，情绪非常低落，陆清酒也不知道该怎么安慰他。

五六分钟后，门口便传来了开门的声音，陆清酒连忙冲到门口，果然看到了白月狐。

白月狐站在那一地的鲜花之中，他阴沉至极的脸色，和脚下娇艳的花朵形成了鲜明的对比。

门刚打开，白月狐还没开口说话，天边便飞过来了一个圆形的东西，从门口直接砸进了陆清酒的院子里，那东西骨碌碌地往里面滚了一圈，所及之处，鲜花满地。陆清酒愣了片刻，条件反射地看向那个圆形的东西，白月狐的反应却是伸手就想遮住陆清酒的眼睛，但在这之前，陆清酒却已经看清楚了。

那是一颗头颅，被从颈项的部位砍断，眼睛安详地闭着，但依旧能勉强认出曾经在哪里见过。

陆清酒凭借着记忆，很快就想起了自己在哪儿见过头颅的主人——句芒。

这是春神句芒，那个穿着一身华服、漂亮得像个姑娘似的春神，竟然死掉了。

他的头颅所及之处均是百花盛开，如同盛春。

陆清酒僵在了原地："刚才那声音……"陆清酒转过头看向了尹寻。

尹寻的情绪极度低落，他小声地回答了陆清酒的问题："有个人，在把句芒的脑袋从远处扔过来……"砸在了他们家的铁门上。

"咚、咚、咚"，于是一声接一声，好似索命似的催促，头颅从门上弹开，朝着其他的地方滚落，绽开一地的鲜花。

怪不得声音接连不断，怪不得地上的鲜花越开越繁。

这是春神用死亡铺成的毯子，上面的蜂蝶，便是春神痛苦的呐喊。

"是……是谁做的？"陆清酒艰难地发问，"是烛龙吗？"

白月狐和尹寻都没有说话，他们两人同时陷入了怪异的沉默中。

而陆清酒则从这种沉默里品出了端倪，他脑子里冒出了一个不可思议的念头，道："不是烛龙……那是……"

"是你的姥爷。"白月狐的回答确定了陆清酒的猜想，"准确地说，是被污染之后的你的姥爷。"

陆清酒哑然，他此时终于明白，为什么尹寻不愿意告诉他外面到底发生了什么，因为他的姥爷就站在门口，一下又一下地把这颗头颅砸到他们家的黑门上。

"他为什么要这么做？"陆清酒不明白。

"杀戮只是本能而已。"白月狐说，"并不需要理由。"

陆清酒痛苦地闭上了眼。

白月狐道："在异界就是如此，没有法则的约束，那是一个混乱的蛮荒世界。"

陆清酒已经不知道该说什么了，头颅停在了一片繁茂的鲜花之上，生出了美丽的彩蝶，彩蝶挥舞着翅膀，停在了句芒的鼻尖，句芒的表情并不痛苦，甚至说得上安详，这一幕怪诞又可怖，偏偏还带着让人觉得恐惧的美。

"春神死了，那春天怎么办？"陆清酒道。

"他还会复活的。"白月狐走到句芒的身边，伸手将他的脑袋拿了起来，"只是需要一些时间。"寄付于四季的神，永生不灭，只要还有春天，他便还有复活的机会，在许多年后，或许就在某朵于春天盛开的花朵中，便会出现一个身着华服的神明，手里举着一把可生万物的伞，懒懒地打了个哈欠，如同只是长眠了一段时间而已。

听到句芒可以复活，陆清酒这才松了口气，他看着白月狐手中的脑袋，问道："那这头怎么办啊……"

白月狐瞅了一眼："给祝融送过去吧。"

陆清酒："哦……"他话音还没落，就听见白月狐来了一句："或者卖给少昊算了，他不是最喜欢园艺吗？"这头能不断地生出花毯，可以说是非常环保了。

陆清酒："……"

白月狐道："好像有点不太人道？"

陆清酒："能卖多少钱啊？"

白月狐："上次好像卖了五百块吧。"

陆清酒的表情扭曲了一下，他不是没有注意到白月狐语气里的关键词："上次？"

白月狐这才发现自己说漏了嘴，解释道："上次是个意外。"

陆清酒："你拿意外卖了五百块？"

白月狐瞅着手里的脑袋沉默了。

陆清酒："而且为什么就卖五百，句芒的脑袋是不是也太便宜了点？"

白月狐道："那卖多少啊？"

陆清酒: "……至少, 再加五百吧?"

白月狐: "行吧。"

本来一脸惊恐、沉痛的尹寻听完二人的对话后陷入了沉默, 从表情上来看, 似乎意识更加模糊了, 陆清酒有点担心他, 赶紧出言安慰了几句。尹寻摇摇头, 表示自己很好, 问: "这一地的鲜花怎么办啊?"

陆清酒也不知道该怎么办, 于是看向了白月狐, 知道他的经验肯定很丰富。

白月狐瞅了瞅说: "不用管, 没了句芒的脑袋, 第二天花自己就没了。"

他让陆清酒在家里等着, 自己先把脑袋给祝融那边送过去, 不然院子里还会不断地开花。陆清酒道了声"好", 白月狐就又走了。

"你想吃点什么吗?"陆清酒问尹寻, 因为一直在院子里紧张地等待着, 他们连晚饭都没有吃, 这会儿稍微放松下来后, 陆清酒才觉得自己饿了。

"想吃点肉。"尹寻蔫蔫的像一棵失去了水分的大白菜, 虽然白月狐解释了情况, 但他还是沉浸在刚才看到的画面中无法自拔。

陆清酒大概也明白了他的状态, 道: "那我给你做炸鸡好不好?"

尹寻点点头同意了。

他们家挺少吃炸鸡的, 陆清酒偶尔才会做一次。

家里还有剩下的鸡腿肉, 陆清酒拿出来解冻后腌制好, 然后裹上面包糠在低温里面油炸。炸鸡一般都会过两遍油, 第一遍是低温油, 为了让鸡肉熟透, 第二遍是大火, 让鸡肉外层变得酥脆金黄, 把里面的油给逼出来。

陆清酒炸好后还制作了蘸料, 两人在客厅里选了一部电影, 一边吃炸鸡一边看。

尹寻喝着冰可乐, 陆清酒喝着巧克力牛奶, 气氛终于缓和了下来。

白月狐去得快回得也快, 回来之后也窝在沙发上吃起了炸鸡, 三人暂时遗忘了院子里那一片如同血迹的鲜花, 把所有的注意力都放在了面前的电影上。

陆清酒选的是部温情的喜剧片, 看完后感觉自己的心灵也得到了净化。尹寻和白月狐显然更喜欢手里的炸鸡一点, 都认认真真地啃着, 不一会儿满脸都是面包糠的碎屑。

吃完炸鸡, 差不多到十二点了, 尹寻起身告辞回家, 陆清酒目送他离开。

"今天遇到什么麻烦的事了吗?"陆清酒扭头问白月狐。

"嗯。"白月狐说, "那条烛龙在进化。"

"进化?"陆清酒道, "什么意思?"

白月狐说："意思是它能更好地控制自己了。"

陆清酒："……可是这不该是好事吗？"

白月狐叹息："并不是好事。"

他解释了一下进化意味着什么，原来烛龙天生便有着浓烈的破坏欲，这种破坏欲会让他很容易被寻找出来，但如果烛龙进化了，便能控制住破坏的欲望，这样看来暂时是好的，但是时间一长，他们就寻不到烛龙的踪迹了。而如果放任烛龙生活在人界，他一旦失控，就是毁灭性的灾难，烛龙刚进入人界是寻找他最好的时机，但目前来看，寻找的过程并不是非常顺利。

少昊家本来管理这块地方的凤凰涅槃去了，小媚对这片地区又不是很熟悉，寻找起来速度也很慢，而且最重要的是，那只烛龙似乎已经寻找到了栖身之所……

陆清酒听得也有点担心了起来，但他实在是帮不上什么忙，只能用食物来安慰白月狐了。

第十章

求生卦

　　吴晓航回到家时天色已经很晚了，他花了一些钱，在楼下附近的卤味店买了一斤猪头肉。今天店里的生意很好，所以老板又多留了他一会儿，只是这样的加班是没有加班费的，不过临走的时候，可以从厨房领上一份热气腾腾的盒饭。盒饭里面的内容倒也还算丰盛，有鸡肉和米饭，还有一些蔬菜，吴晓航自己吃是够了，可现在家里多了一张嘴，所以不得不买点别的东西带回来。

　　他走到楼下，看见自己的屋子里已经亮起了橙色的灯光，他抬手擦了一下脸颊上的汗水，露出笑容，从兜里掏出钥匙，打开了大门。

　　屋子里很安静，除了灯光之外就只有电扇摇晃的轻微响声，少年趴在桌子上，似乎已经睡着了，发丝沾染了暖色的光，看起来格外柔软。

　　吴晓航刚进屋子，他便直起腰，迷糊地揉着自己的眼："你回来了……"

　　"嗯。"吴晓航道，"给你带了好吃的，你等会儿，我再去熬点粥。"

　　"不用啦。"少年的声音里带着模糊的睡意，他道，"我已经熬好了。"他似乎有些不好意思，声音低了下来，"第一次熬，也不知道好不好吃……"

　　"一定好吃的，快起来，去洗把脸。"吴晓航道，"过来吃饭了。"

　　少年高兴地去了洗手间。吴晓航则进厨房摆好了碗筷。

　　名叫吴如火的少年已经在吴晓航家里待了快一个月了，起初吴晓航一直想找到他的家长将他送回去，直到某天，少年突然离开了，第三天回来时，满身伤痕。

　　吴晓航第一个反应是吴如火被人打了，马上想要报警，可吴如火却拒绝了吴晓航报警的提议，闷闷地说是自己的家长做的。

　　"警察不管的。"吴如火说，"因为是家里的事。我不想再回去了……"

　　吴晓航听完就火了，撸起袖子就想找吴如火的家长讨说法，但是冷静下来后，他却发现自己根本没有帮吴如火讨回公道的资格。说白了，他和吴如火什么关系都没有，警察不管，他一个外人更是没有资格管。

　　"我不想回去了。"吴如火漂亮的眼睛里含着满满的泪，"我会被打死在家里的。"

　　吴晓航心软了，他的父母死得早，和他一起长大的还有比他小一岁的弟弟，两人从小跟着奶奶相依为命，只是后来，他的弟弟出了意外去世了，看到吴如火，他便想起了自己可爱的弟弟。如果弟弟还活着，自己一定舍不得打他，不管他受了什么委屈，都会把他找回来。

　　正想着，吴如火已经在吴晓航的面前坐下了，拿起了筷子，用牙齿咬住筷子头，眼巴巴地盯着面前的肉。

　　"吃吧。"吴晓航笑着把碗放在了吴如火的面前。

　　虽然是第一次熬粥，但吴如火的技术还算不错，粥不稠不稀刚刚好。猪头肉是卤过之后再加上各种调料和辣椒拌在一起的，味道很好，吴晓航特别喜欢里面的用油炸过的花生。

　　吴如火和吴晓航的口味倒也相似，对花生米充满了兴趣。

　　吴晓航问道："喜欢吗？"

　　吴如火点头如啄米，说："我从来都没有吃过这么好吃的东西……"

　　"那你以前吃什么？"吴晓航问了句。

　　"就吃生肉。"吴如火随口答道。

　　"生肉？你家里人给你吃生肉？！"吴晓航露出不可思议之色。

　　吴如火愣了片刻，含糊地应了一声。

　　吴晓航却是因此生起气来，在他看来，这是吴如火的家里人虐待吴如火的又一个佐证，也难怪他刚看到小孩儿的时候他那么瘦小，身上穿着不合时宜的衣服，还差点被抢劫……

　　两人吃完了猪头肉，便在风扇底下看起了电视，吴晓航累了一天，吃饱之后洗了个澡，睡意很快涌了上来。他的眼睛慢慢地闭上，带着均匀的呼吸，就这么睡了过去。而坐在他身侧一直很安静的少年却转过身，用意味不明的眼神打量起了吴晓航，他黑色的眸子里渐渐泛起令人心悸的血红色，但那红色转瞬即逝，很快又从他的眸子里退了下去。

人界真的很有趣，特别是这里的人，明明看起来那么脆弱，想的却是如何保护别人。

吴如火笑了起来，他按下了手上的遥控器，面前的电视屏幕暗了下去，整个屋子都陷入了黑暗之中。

自从春神被杀掉之后，白月狐忙了很长一段时间。

他每天早出晚归，早晨从地里回来，吃过早饭就会出去。陆清酒担心他的用餐问题，每天都会给他足够的零用钱，但白月狐表示更喜欢陆清酒做的菜。于是陆清酒便想了个办法，给他准备了保温桶，在保温桶底部加上热汤后便能让放在里面的食物保持温度。这样白月狐虽然每天都出门在外，还是能吃到家里的热饭。

白月狐忙了起来，烛龙犯案的频率就开始飞速减少，从一周两三起，到半个月都没什么动静，这对于警察来说或许是好事，但对于白月狐他们而言，这却是个坏消息，因为这样就更难捕获烛龙了。

好在白月狐他们的高强度搜索又有了结果，他们发现了那只烛龙的踪迹，并且和烛龙打了一架。

如果要放开了打，烛龙并不是白月狐的对手，只是考虑到周围的居民区，白月狐还是让烛龙跑了，他可以选择变回原形一口将烛龙吞下，但若是这样做了，跟着烛龙一起入口的恐怕还有旁边的人类。无奈之下，白月狐选择了放弃，只是重伤了烛龙。然而被重伤的烛龙却就此失去了踪迹，连续十几天都没有再犯下任何案件。

此时已经到了八月的中旬，陆清酒父母的忌日就快到了，按照惯例，他要回家祭拜父母的衣冠冢，顺带见见许久未曾见过的老树。

白月狐坚持要和陆清酒一起回去，虽然陆清酒表示自己一个人也行，但他的态度却十分坚决，最后陆清酒只好同意了。

计划中的行程有三天，陆清酒提前给尹寻备好了热一下就可以吃的食物。他炸了一大锅肉丸子放在冰箱里，还炖了肉和鸡，让尹寻敞开了吃也没有什么关系。

坐上变了个模样的小货车，陆清酒和白月狐就这么上路了。

这还是白月狐第一次乘坐交通工具到达其他省，陆清酒询问之后得知白月狐是很少离开水府村的，就算离开，晚上也会回去一趟，这次和陆清酒回老家，几乎可以算是一趟远途旅行了，陆清酒在他的脸上看到了一些期待之色。

十几个小时的奔波后，陆清酒回到了自己工作的城市。

朱淼淼知道他要回来，热情地邀请他去自己家住，但因为白月狐也在，陆清酒还是选择了住在酒店里，他开好房放好了行李，便带着白月狐出去了。

和那边的市区不同，这边更靠近沿海，经济也更加发达，高楼林立，车来车往。

这会儿天气真热，陆清酒在路边给白月狐买了个大大的香草味甜筒，看着他高高兴兴地吃着。

"晚上想吃点什么？"陆清酒道，"这里的海鲜挺有名的，不然咱们吃海鲜锅吧？"

白月狐吃着甜筒，表示都行。

不得不说，一个长得又高又帅、表情冷淡的俊美青年走在大街上吃甜筒还是很吸引人注意的，这里的风气开放，陆清酒已经注意到周围有不少人掏出手机想要拍白月狐，他觉得这样不太合适，便拉着白月狐离开了。

晚饭吃的是海鲜锅，陆清酒点了个最大的。因为白月狐那出众的长相和巨大的食量，导致吃饭的过程中被人不断地要微信，最后无奈之下，陆清酒只能要求店家给他们换了包厢。

在包厢里面总算是安静了下来，白月狐可以好好享受他的食物了。

陆清酒坐在玻璃旁边，看着屋外人来人往，夜幕降临后，城市里的霓虹灯连成了会发光的河流，照亮了整个夜空，道路之上的车辆川流不息。

在夏日，对于很多人而言，夜晚不是结束，而是开始。

这家海鲜锅非常清淡，蘸料也只是酱油而已，吃的就是海鲜的本味，因为足够新鲜，所以味道也很好，只是陆清酒下午陪着白月狐吃了不少零食，所以这会儿完全不饿，尝了一点便放下了筷子。

白月狐就没有这个烦恼了，他所有的注意力都放在了面前的食物上，和手掌差不多大的大虾，下锅时还在扭曲蜷缩的章鱼，一煮就张开壳的青口和蛤蜊，还有肉质肥美富有弹性的鲍鱼，总而言之，里面每样海鲜都很美味，白月狐吃得不亦乐乎。

陆清酒道："待会儿吃完了去逛逛夜市？"

"嗯。"白月狐同意了。

陆清酒笑道："这里的特产挺多的，可惜尹寻不能离开水府太久……不然咱们一家来个旅行也挺好。"

白月狐对此不置可否，显然依旧是护食护得厉害，对于一切可能会和他分食物的人都充满了敌意——陆清酒除外。

海鲜锅吃到最后，白月狐连里面的汤都没有放过，最后整个锅干净得像是洗过似的，搞得进来收拾的服务员都露出了愕然之色，没想明白他们是怎么做到的。

陆清酒无视了服务员惊讶的表情，直直地走到前台去结了账，然后两人离开了饭店，朝着夜市的方向去了。

太阳下山后，温度也开始逐渐下降，只是地面上依旧蒸腾着热气，到了夜市之后，陆清酒掏出钱包让白月狐敞开了吃。这里的生蚝是特色，路边摊十块钱两个，都非常新鲜，有蒜蓉，有清蒸，还有生食，口味各不相同。

陆清酒直接给白月狐一样来了三十几个，然后又去旁边买了两个椰子，插上吸管喝上了。

白月狐满足地吃着生蚝，陆清酒就在旁边看着他："你想看看海吗？"

白月狐道："海？"

"嗯，人界的海。"陆清酒说，"和异界的海有些不同。"

白月狐道："好。"

夜市离海边并不远，走个十几分钟就到了，海边这会儿也挺热闹的，这几天天气热了，又没什么雨水，沙滩上到处都是来这里乘凉和游泳的市民。不过白月狐和陆清酒来的时间稍晚，大多数人已经回家了，只剩下了小部分人还在沙滩边。

夜晚的海是狰狞的，远处的夕阳即将落入地平线，海水在月球引力的作用下狠狠地拍打在沙滩上。原本在阳光下呈现出美丽的蔚蓝色的海水此时却是黑色的，像一只蛰伏的野兽，随时可能撕碎靠近的猎物。

"比你那儿的海黑了好多。"陆清酒缓声道，"白天来会漂亮一些……"

白月狐扭头看了一眼陆清酒："你喜欢这里吗？"

陆清酒道："喜欢啊。"

离开水府村后，他在这里长大，自然是喜欢这里的，可以说这里就是他的第二个故乡，如果不是父母出了意外，他也不会选择回到水府村寻找真相。

白月狐沉默了下来，两人的耳边只有海浪的哗哗声。

"回去吧。"陆清酒道，"有点晚了。"

白月狐点点头。

两人开始往回走。

这一路上，陆清酒和白月狐说了些自己小时候的事，有在水府村发生的，也有在这里发生的，他说当年离开水府村的时候自己还很不乐意，因为舍不得姥姥。

"我知道。"白月狐开口道，"我知道你走的时候哭了鼻子。"他缓声道，"尹寻还追着你离开的火车跑了好久，想要送给你游戏币。"

陆清酒："……你都知道？"

白月狐点点头。

陆清酒想了想："所以其实从我出生开始，你就一直守在我身边？"

白月狐轻轻地"嗯"了一声。

陆清酒："那我为什么没有见过你？"

白月狐道："因为你姥姥不想让你重蹈她的覆辙。"他轻轻地叹息，"她不想你成为守护者。"

陆清酒哑然。

的确，当初父母突然去世，陆清酒想要回到水府村陪着姥姥，却被姥姥赶走了，姥姥让他好好完成学业，等学业结束，再考虑其他的事。他也想过将姥姥接到学校附近，姥姥却没有同意，她说水府村是她的根，她不能离开根太久。从小到大，陆清酒没有见过白月狐，也未曾听过他的名字，现在想来，或许是一开始姥姥就不打算让他和白月狐接触，因为能和龙族接触的，只有守护者。

"你在水府村快乐吗？"白月狐问。

"自然快乐。"陆清酒笑了起来，"我不是个喜欢勉强自己的人。"

白月狐垂了眸。

两人到达酒店，陆清酒去洗了个澡，冲掉了身上的汗水和灰尘。他洗完之后，看见白月狐坐在窗边走神，他们订的酒店位置很好，透过窗子便可以将整个城市的夜景尽收眼底。无论是美丽的霓虹灯，还是散发着各种光芒的大楼和如水般穿行的车流，都是属于城市的绝美景色。

"好漂亮。"白月狐的手指触摸到了光滑的玻璃，他没有回头。

"哪里漂亮了？"陆清酒走到了白月狐的身边。

白月狐道："我很少来城市。"即便来，也不是住在酒店里。

　　陆清酒哪里会听不出白月狐语气中的失落，他温声安慰道："其实看得多了，每座城市都一样，还不如乡下舒服。"

　　白月狐道："水府村很无聊……"

　　陆清酒说："待久了的地方都很无聊，可如果有好朋友陪着，就不会觉得无聊了。"

　　白月狐不再说话，露出一个浅淡的笑容。

　　第二天的计划是去上坟，陆清酒和白月狐吃完酒店的自助早餐便慢慢悠悠地坐上了小货车。

　　墓地在郊区，到那儿至少需要一个小时，陆清酒不知不觉睡着了。白月狐一路上都很安静，直到快到墓地时，才轻声把陆清酒叫醒。

　　陆清酒打了个哈欠，揉揉眼睛清醒过来，见小货车已经停进了车位，便指使白月狐去买了纸钱、香烛还有一束漂亮的黄色菊花。

　　走在青石板上，看见两边都是高大的松柏，这里肃穆的气氛让陆清酒和白月狐脸上都没了笑意，取而代之的是严肃的神情。

　　他们很快便找到了墓碑，一年没有来这里，墓碑上长满了青苔和杂草，陆清酒掏出准备好的湿毛巾一点点将墓碑擦拭干净。

　　白月狐则半蹲在旁边，帮陆清酒把香烛点上了。

　　擦好墓碑后，陆清酒一边烧纸钱一边和自己的父母说了会儿话，说自己回来看他们了，自己这段时间过得很好，让他们不要担心自己，在提到白月狐的时候，他说他是自己的好友，帮了自己许多的忙。

　　"要是没有白月狐，我可能早就出事了。"陆清酒又说道，"爸，妈，你们在底下要是有什么不习惯的，记得托梦给我啊。"他说到这里，又想起了烛龙似乎是管理阴间的，那是不是说明世界上是有地狱和鬼魂的？

　　于是他看向了白月狐，白月狐倒是和他心灵相通，马上明白了他想要问的问题，摇摇头，表示阴间是个很宽泛的概念，有阳就有阴，那里更像一个和阳相反的世界。而且也不是所有的生物都是有灵魂的，这也得看运气，运气好的会转世，运气不好的，下辈子就当牲畜去了。

　　陆清酒听完后心情复杂，不是很想接受自己爸妈下辈子可能会变成猪被杀了吃肉的说法。

好在白月狐大概是察觉出了陆清酒此时的心情，又解释说陆清酒的母亲是有二分之一龙族血统的，有这种血统的人即便是死了在阴间也该畅行无阻，完全不用担心被人欺负。陆清酒这才放了心。

烧完纸钱后，陆清酒说今天晚上朱淼淼请吃饭，他想顺便去公司附近的公园里见见老树。白月狐也挺想看一看陆清酒一直提到的那棵算卦很准的树精，两人便开着车，朝着公司的方向去了。

公司附近的那座公园，下午通常情况下都是人满为患。有在公园广场里跳舞的大妈，有推着小朋友到公园里玩耍的妈妈们，偶尔还会有一些拿着画板的学生，总而言之整个公园都很热闹。

只是今天大约是天气太热了，公园里也没什么人，陆清酒和白月狐到了老树那边，在老树旁边的花坛上坐了下来。

灼热的阳光透过老树繁茂的枝叶，在地面上打下斑驳的光影，陆清酒伸手触碰着老树的树干，呼唤着自己好友的名字。

老树却一直没有给予回应，在陆清酒有些着急的时候，白月狐却站起来说自己先去其他地方，将时间和空间留给了陆清酒。

陆清酒一脸茫然，不明白月狐为什么要这么做，白月狐解释道："它可能是感觉到了我的气息，不敢说话。"

陆清酒："啊？"他倒是完全没有想到这茬儿。

"没事，你们聊。"白月狐道，"我在公园门口等你。"说着他便转身离开了。

白月狐离开后，过了五六分钟，陆清酒身后便响起了老树的声音，只是这声音中带着些颤抖的味道："酒儿，你……你没事吧？"

陆清酒说："我没事啊。"

老树道："你怎么和条龙回来了，那么恐怖的生物……"

陆清酒解释说白月狐和一般的龙不太一样，脾气是非常好的，也从来没有做过伤害他的事。

老树却对陆清酒的说法不置可否，只是一个劲儿地表示龙都是很危险的生物，并且从传承的记忆来看，和龙交好的人类都没有什么好下场。

陆清酒只是笑着听他说话，没有什么反应，老树从他的沉默中品出了某种决心，长叹一声后，便没有再继续这个话题，说起了别的事。

　　一年时间，对于老树这种长寿的树来说，不过是弹指的工夫，只是和之前的那些岁月不同，老树有了自己的伴侣，好像生活也跟着变得有趣起来，不似以前那般无聊了。陆清酒本来有些担心老树和吴嚣的，但现在看来两人相处得还不错，便也放下了心。

　　说起吴嚣，老树好似打开了话匣子，说他是刀子嘴豆腐心，虽然嘴上说得不好听，但其实非常善解人意，花了很多时间来陪自己聊天，有了这样的伴侣自己很开心。不过美中不足的是，吴嚣在能听到他说话后，也可以听到一些别的非人类生物说话，甚至还能偶尔见到它们，这样的情况会给吴嚣增加很多麻烦。

　　陆清酒静静地听着老树絮絮叨叨，感觉自己仿佛又回到了那几年最难熬的时光，那时候的他刚进公司，和其他同事不熟，却阴错阳差地认识了老树，老树特别喜欢念叨，叮嘱陆清酒雨天带伞，寒天加衣，帮着陆清酒度过了那段最糟糕的岁月。

　　这会儿老树的老毛病又犯了，念叨了好久才反应过来自己似乎话太多，有点不太好意思道："哎呀，你都不提醒我，我这一说都说了快一个小时了。"

　　陆清酒笑道："没事儿，你说，我乐意听。"

　　老树小声道："不了吧，别让那条龙等急了。"

　　陆清酒道："没关系的。"他好不容易回来一趟，相信白月狐也能理解他偶尔的任性。

　　老树说："你真不打算回来啦？"

　　"不回来了。"陆清酒的语气很肯定，"不过我每年都会过来上坟的，咱们每年都能见上一次。"

　　老树遗憾地"噢"了一声。

　　陆清酒看了眼手机，现在已经快到和朱淼淼约定的晚餐时间了，便起身打算和老树告别，说自己吃完饭再过来陪着老树聊天。

　　老树却嗫嚅半晌，似乎有什么话想说。

　　"你有什么事想告诉我吗？"陆清酒问道，"你说吧，我听着呢。"

　　老树道："就是……"

　　陆清酒道："嗯？"

　　老树说："你还记得我给你父母算的卦象吗？"

　　陆清酒道："自然记得。"说来也巧，要不是老树给他的父母算了一卦，他也不会回到水府村去，更不会认识白月狐。

老树道："你……觉得这卦象准吗？"

"挺准的。"陆清酒道，"我的父母的确不是死于意外。"

老树沉默片刻，声音却有些低落，他道："其实在你回来的前几天，我也给你算了一卦。"

陆清酒道："怎么样？"

老树说："不是很好。"

陆清酒叹了口气："很糟？"

老树道："我看不太懂……"他絮絮叨叨起来，"卦象里说，让你远离近水之处，可偏偏又说生机就在水里，这不是矛盾的吗？"

陆清酒道："卦象到底怎么说？"

老树把卦象念了出来："山穷之地固有水尽时，柳暗之村难留花明日，不入水中，周全难免，山水难复。"这卦象和一般的卦不同，是用他们族人特有的法子算出来的诗句，卦象就藏于诗词之中，这种方法一般会耗费他们大量的生命力，所以老树很少算卦。目前就只算过三次，两次是为陆清酒，一次是为吴嚣。

之前的卦算完之后就完了，只是这个卦算完之后，老树却感到了恐惧，他有种自己窥探了天道险些被发现的危机感。而老树本来还不明白陆清酒为什么会和天道扯上关系，直到他看到了和陆清酒一起回来的白月狐，才明白了其中的缘由。

龙族本就是应天道而生的，准确地说他们就是维护天道的种族，和龙扯上关系的陆清酒自然也和天道有了千丝万缕的联系，所以这大概是他最后一次为陆清酒算命了。

陆清酒把自己的卦象念了一遍，也觉得里面透着不祥的气息，但是仔细读了一下，又感觉有些摸不着头脑。前面的卦象似乎在说接下来的路非常难走，但后面几句却又暗示了生机所在。

陆清酒品味了一会儿，道："我知道了，以后会小心的。"

"嗯。"老树念叨，"你性子好，一定好人有好报，不会出事的。"

陆清酒笑着"嗯"了一声。

他见时间差不多了，便和老树告别，去公园门口接了白月狐。

白月狐问他们聊了什么，陆清酒便将老树算的卦象告诉了白月狐，白月狐听后皱起眉头，陷入了沉默中。

两人就这样各自想着心事走到了陆清酒公司的楼下，正好遇到了下楼的朱淼淼。

朱淼淼见两人都不吭声，疑惑道："你们两个怎么啦？怎么都不说话？"

陆清酒道："没事儿，这不是在想让你请我吃什么嘛。"

朱淼淼说："哈，你少来，我早就想好了，有白月狐在，咱们必须去吃自助。"

陆清酒："……"好像挺有道理的。

朱淼淼撸起袖子，表示她早在几天前就已经打听好了市里面有名的自助，选了一家价格合适、味道又好的，就等着他们来了，陆清酒表示接受挑战。

这自助和上次泰逢请的日料不太一样，是火锅和烤肉的，中间是热腾腾的火锅，旁边是烤肉的盘子。这里的食物倒也算新鲜，有煮好的，也有生的，全都要自己去拿。落座之后，他们的面前很快就堆满了各种食物，多得让旁边路过的服务生都露出了愕然之色，大概是在担心他们浪费。

不过很快，疑惑的目光便变成了惊讶，因为旁边堆着食物的盘子开始飞速减少。陆清酒和朱淼淼很快就吃饱了，两人都开始投喂白月狐，一个人烫火锅，一个人烤肉，白月狐负责拿着筷子吃就行了。

"我的妈呀，白月狐这食量也太大了吧。"朱淼淼啧啧称奇，"现在大胃王这么多，我看他做吃播也是一条出路啊……"白月狐这长相，再加上这巨大的食量，怎么看都是吃播界的新宠。

陆清酒笑道："想要做吃播总得先找点吃的吧。"

朱淼淼说："这不是自助吗？"

陆清酒道："一顿也就算了，天天来还不得把自助老板给吃垮了。"

朱淼淼看了眼白月狐吃东西的模样，觉得有点道理，说实话，按照白月狐这个吃法，她真的有点怀疑他下次会被餐厅老板拉进黑名单里。

随着白月狐旁边的空盘子越堆越多，周围人的目光也越来越惊讶，甚至还有人拿起手机准备拍照了，陆清酒见状不妙，连忙叫白月狐走人，怕继续吃下去会被餐厅里的人围观，而且马上就要到结束营业的时间了。

三人走的时候，跟偷了东西的贼似的很是心虚，都没敢朝周围多看，赶紧离开了餐厅。

到了外头，陆清酒问朱淼淼要不要吃甜筒消消食，朱淼淼愉快地答应了。白月狐还是有些意犹未尽的样子，陆清酒厚着脸皮凑过去摸了摸他的肚皮，感觉依旧没有鼓鼓的手感，几块腹肌在 T 恤下面形状分明，完全没有变软的意思。

陆清酒又摸了摸自己的肚子，感觉自己的胃部鼓起了小小的一块，稍微按重点就有种想吐的感觉，赶紧收了手。

"我们找个地方坐着消消食吧？"朱淼淼提议道，"这附近新开了好几家不错的酒吧呢。"

陆清酒道："你现在还经常去玩？"

以前上班压力大，朱淼淼休息的时候就喜欢泡吧，喝喝酒蹦蹦迪，运气好还能遇见几个可爱的前来搭讪的小哥哥。有时候她喝醉了，陆清酒还会帮忙把她送回家去，因为这，每次陆清酒都会叮嘱朱淼淼，让她一个人去玩的时候一定要注意安全。

"不了。"朱淼淼摇头晃脑，"年纪大了，蹦不动了，现在喝杯啤酒都得加枸杞，对了，我想起来有家酒吧的枸杞红枣啤酒超级好喝，去吗？"

陆清酒想着反正现在时间还早，回酒店也没事做，便应下了。

三人朝着酒吧走去，朱淼淼啃着甜筒顺手接了个电话，"嗯嗯啊啊"半天后挂断电话来了句："吴总知道你来啦，也想过来喝杯酒，你介意吗？"

陆清酒道："吴嚣？"

朱淼淼说："是啊。"

陆清酒道："嗯……也行吧。"他倒也想和吴嚣聊聊他的近况，下午和老树聊天的时候，他从老树那儿得知吴嚣最近状态不佳，似乎总是被噩梦惊扰，因为老树不能离开公园，所以一时间没找出原因，心中颇为担忧。陆清酒想着反正白月狐在这儿，不如让白月狐帮吴嚣看看，说不定能找到原因。

朱淼淼说起吴嚣，说自从陆清酒走后他的脾气好了许多，为人也和蔼了，团队里的气氛好了不少。

陆清酒心想：这可能就是人逢喜事精神爽吧……

走进酒吧，朱淼淼点好了酒水和小食，这次她选的是个清吧，环境还算清静，一个拿着吉他的歌手坐在舞台中央唱着没什么人听过的小众歌曲。陆清酒喝到了朱淼淼说的枸杞红枣啤酒，没想到味道比他想象中的好很多，喝进嘴里暖洋洋的。

朱淼淼吃着薯片，道："吴嚣来了。"

陆清酒顺着朱淼淼的视线看过去，果然看见了吴嚣，他换下了正装，穿了白色的衬衫和牛仔裤，挺拔的身姿一进酒吧就吸引了不少人的目光，当然，他们这里最好看的还得属白月狐，虽然白月狐所有的注意力都在面前的果盘上面。

"好久不见。"吴嚣在陆清酒的身边坐下，热情地跟他打了招呼。

"吴总好久不见。"陆清酒笑道。

吴嚣蹙眉："别拿我打趣，你都辞职了谁还是你的总，叫我吴嚣。"

陆清酒笑着应声。

也不知道是自己的心理作用，还是这里的灯光太过昏暗，陆清酒打量了吴嚣一番后，觉得他的脸色有些不好看，眼睛下面青了一片，颇有点憔悴的味道，陆清酒道："怎么，最近休息得不好吗，怎么看起来这么疲惫？"

吴嚣捏了捏自己的眼角，无奈道："是啊，最近休息得不太好。"他说着看了眼朱淼淼。

陆清酒明白了吴嚣的意思，道："她都知道的，直说就行。"吴嚣大概是担心朱淼淼不知道那些非人类的事，所以给陆清酒递了个眼神。

吴嚣闻言松了口气，他抬手解开了自己衬衫的扣子，没有再维持挺拔的坐姿，就这么瘫坐在了沙发上："我最近睡不着觉，总是听见有什么声音在我耳边念叨。"

陆清酒："念叨？"

"是啊。"吴嚣说，"说是人的声音吧，又听不清楚在说什么，念念叨叨的，我都要神经衰弱了。"

陆清酒说："具体是个怎么闹法？"

吴嚣道："我也说不好，反正就像是在贴着我的耳朵说话一样。"

陆清酒吃下了白月狐喂到嘴边的苹果："这声音一般什么时候才有？"

吴嚣说："就是我睡觉之前，平日里都好好的，但是只要我一睡觉……"他烦躁地揉了一下头，"我也问了老树了，它说它也搞不明白。"

能听见非人类说话的内容，对于他而言有好有坏，好处是他可以和老树畅通无阻地交流，坏处就是会被迫听到很多不想听的声音，有时候还会惹上不该惹的事。

陆清酒道："这声音只在你家里有，还是你在其他地方睡觉的时候也有？"

吴嚣说："都有，就是在家里的时候会更响亮一点。"他的表情里无奈中夹杂着恳求，显然是把陆清酒当成了救星，"清酒，你一定得帮帮我，这声音再处理不掉，我都要精神分裂了。"

陆清酒道："月狐，你有什么法子吗？"

白月狐还在和果盘做斗争，听见陆清酒的问话，才恋恋不舍地放下了手里的牙签，看向吴嚣。

吴嚣被白月狐那冷淡的目光盯得后背发凉，他是第一次见到白月狐，刚坐下来就注意到了白月狐身上那不同寻常的气场，他本来还在考虑要不要和白月狐打招呼，但看陆清酒没有要介绍的意思，便索性作罢了。此时被白月狐用不善的眼神盯着，他竟有种芒刺在背的危机感。

陆清酒笑着让白月狐别吓吴嚣，白月狐这才收回了眼神。

吴嚣感觉自己的后背都湿了，他也不知道是怎么回事，明明见惯了不少大场面，可却硬生生地被眼前这人的一个眼神吓得噤若寒蝉。仿佛是刻在骨子里的生存本能在告诉他，千万不能动，如果动，就会被一口咬掉脑袋……

"看不出什么原因。"白月狐道，"他身上的气息很乱。"他懒懒地抬抬眼皮，"去了不该去的地方吧。"

吴嚣尴尬地笑了起来。

陆清酒连忙询问吴嚣去了哪儿，吴嚣支吾几句，见糊弄不过去只好坦白，说他在能听懂非人类的对话后，发现了一个很有趣的地方，那地方每过一段时间就会开一次集市，里面的非人类会在集市上出售很多小玩意儿。他发现之后担心老树不让他去，便将这件事隐瞒了下来，自己偷偷摸摸地去了几次，前几次都没有什么意外，但是上个月去了回来以后，耳朵里就开始出现奇怪的声音，他又不敢和老树说，只能硬着头皮撑着，本来打算找个时间去水府村问问陆清酒，却打听到陆清酒八月份会回来一趟，所以就没有过去。

陆清酒和朱淼淼听完都露出了一副"你真会作死"的表情。

朱淼淼更是很不客气地说："吴总，没看出来啊，你这么沉稳的人居然还有这份童心？"

吴嚣干咳一声，表情十分尴尬，道："这不是好奇嘛……"

朱淼淼："可也不能拿命好奇啊。"

吴嚣道："淼淼……"

朱淼淼："嗯？"

吴嚣说："你之前问我要的洁面海藻，我就是从那个集市买来的。"

朱淼淼："……"她沉默了半分钟，小声地来了句，"吴总，下次也带上我去瞅瞅中不中啊？"

吴嚣："呵。"

陆清酒在旁边实在是听不下去了，说："你们两个差不多就行了，什么样的洁面海藻能用命去换？"

朱淼淼这货还在小声嘀咕，说那洁面海藻特别好用，用了一次黑头就全没了，配上陆清酒家里的蜂蜜，简直就是美容神器，公司里的姐姐妹妹们全都抢着要，可惜只有一小罐……

陆清酒听出了她语气里的惆怅，登时哭笑不得。

吴嚣却来了劲，又介绍了好几样有趣的小物件，什么坐上去巨舒服的坐垫啊，什么闻了之后就可以做美梦的香包啊，什么永远吃不完的苹果啊……陆清酒清楚地注意到，当他介绍到吃不完的苹果时，坐在旁边的白月狐眼睛非常明显地亮了起来，里面开始闪烁起了名为"期待"的小星星。

陆清酒："……差不多就行了啊，你是来安利的，还是来解决问题的啊？"

吴嚣连忙住嘴，说自己是来解决问题的。

"不然咱们去你家里看看那些小玩意儿？"朱淼淼已经开始摩拳擦掌了，"你不是说家里的情况最严重吗？源头肯定在你家里！"

吴嚣："……去吗？"他看向白月狐和陆清酒。

白月狐没有说话，陆清酒却已经知道了他家狐狸精此时的想法，语气里带了点宠溺的无奈："行吧，去看看。"

朱淼淼："耶！"

吴嚣："耶！"

白月狐矜持地没有"耶"，但那闪闪发亮的眼神已经替他的嘴巴说了出来。

于是四人结了账，出门坐上了陆清酒的小货车，吴嚣坐在后座还随口问了陆清酒一句这车什么时候买的，还挺新。

陆清酒很耿直地说这车不是买的，是动物变的。

"那是什么变的？"朱淼淼激动道，"是马吗？"就像漫画里画的白龙马那样。

陆清酒说："不是。"

"那是什么？"朱淼淼问。

陆清酒道："是蛞蝓。"

朱淼淼和吴嚣都呆住了，似乎在消化"蛞蝓"这个名字。

陆清酒怕他们没明白，还贴心地解释了一句："俗名鼻涕虫。"

下一刻，车内响起了朱淼淼尖锐的惨叫："啊啊啊，闭嘴啊，不要再说了，我不要听！！！我不要听！！！"

第十一章

逛夜市

因为朱淼淼的嫌弃，小货车很是委屈地响了两声喇叭以示抗议。陆清酒见状连忙安慰，说："咱们可爱着呢，才不和朱淼淼一般见识，回家就给你吃好吃的果冻糖。"小货车这才安静下来。

知道小货车的真身后，朱淼淼在上面实在是坐立难安，好不容易到达了吴嚣家楼下，几乎是连滚带爬地下了车。她胆子很大，可是最怕这些软体的爬行动物，一想到自己身下是一只巨型的鼻涕虫，整个人都不好了。

吴嚣倒是很冷静，还问陆清酒这车耗不耗油，陆清酒表示不但不耗油还能自动驾驶，甚至还可以变成跑车形态，可谓居家旅行必备良品，吴嚣听完露出了艳羡之色。毕竟一辆好车是每个男人的梦想，至于是什么变的他一点都不关心。

朱淼淼站得离小货车老远，连看都不敢再看一眼。

陆清酒和吴嚣聊着天从车上下来，走向了车库里面的电梯。吴嚣住的地方环境很不错，是个两百多平方米的大平层，据说平时家里除了保洁阿姨之外就他一个人，可谓很标准的黄金单身汉了。

电梯到了十二层，发出"叮咚"一声轻响，众人走出电梯，吴嚣掏出钥匙小心翼翼地开了门。

这还是陆清酒第一次到吴嚣家里来，屋内的灯光亮起，他第一眼便注意到了放在沙发上的那一堆小玩意儿。显然，真实的情况比吴嚣说的还要严重一些，他从那个集市上带回来的东西并不止他说的那几样，相反，此时沙发上摆放着的那些东西，恐怕都和集市有点关系。

被陆清酒质问的眼神一看，吴嚣有些不太好意思，干咳一声后解释道："这不是稀奇古怪的东西太多嘛……就没忍住。"

朱淼淼怪叫一声："你这是买了多少啊。"她走到沙发边上，随手拿起一个布娃娃模样的玩具，轻轻捏了捏，"这个是什么？"

吴嚣道："音乐盒啊。"

朱淼淼："音乐盒？"

吴嚣点点头，从朱淼淼手里接过了娃娃，然后拧了拧娃娃身后的发条，再将娃娃放到地上，下一刻，可爱的布娃娃便在地上翩翩起舞，它的身体如同人类一般柔软灵动，嘴里唱着优美的歌谣，完全不像是个用布做成的娃娃，倒像是被缩小了的芭蕾舞演员。

这本该是个非常可爱的玩具，但一想到吴嚣是从哪儿把它带回来的朱淼淼就觉得有些毛骨悚然，她颤声道："这不会是用人变的吧？"

吴嚣："应该不会，我翻了里面，的确是棉花。"

朱淼淼还是有些害怕。

陆清酒坐在沙发上，他刚一坐上去，就感觉自己好像陷入了一团柔软的云朵里，身体的疲惫全都被缓解了，甚至还浮起了点点慵懒的睡意。

"清酒？"朱淼淼看见陆清酒的表情后有点疑惑，"你怎么啦？"

被朱淼淼这么一叫，陆清酒才恍然："没……这垫子坐着好舒服啊。"

吴嚣道："是的是的，这个垫子可好用了，完美地解决了我腰椎间盘突出的问题，我还想着下次要不要再去买个治疗颈椎的垫子……"

陆清酒："这还能治腰椎间盘突出？？"

吴嚣："那可不。"现在的上班族天天坐在电脑面前，腰椎和颈椎都是病症的重灾区，这垫子他买了两个，其中一个放在了公司，坐上去之后腰部的不适得到了完美的缓解，再也不疼了。

"不然这个送你吧？"吴嚣很是慷慨，"坐着真的可舒服了。"

陆清酒赶紧推辞，表示自己完全用不到，自从回到农村后，腰椎和颈椎的问题就得到了很好的缓解，目前没有任何不舒服的情况。就在陆清酒和吴嚣说话的时候，白月狐已经走到了桌子边，拿起了桌上那枚醒目的红苹果。这苹果从外表上看起来非常诱人，拳头大小，红润的外皮上看不见一点瑕疵，靠近鼻尖，还能嗅到属于苹果的浓郁清香。

陆清酒在旁边看着，还没来得及开口，便看见白月狐咔嚓一口咬了下去。下一刻，苹果上便留下了两排整齐的牙印，黄色的果肉里溢出一点汁水，可以看出这苹果的水分很充足。

朱淼淼看得直咽口水，小声地问了句："甜吗？"

白月狐瞅了她一眼，没说话，把手里的苹果递到了陆清酒的嘴边。陆清酒也咬了一口，随即露出惊讶之色。这苹果的味道很好，酸酸甜甜的，带着一股浓郁的芳香，果肉脆脆的，里面汁水充盈，吃完后整个口腔里都充斥着苹果的清甜味道。

"好好吃啊。"陆清酒道。

朱淼淼咽口水咽得更厉害了，但她的胆子还没有大到和白月狐抢的地步，于是只能眼巴巴地瞅着。

"好吃吧！！"吴嚣买来的东西得到了陆清酒的赞扬，心情很是美妙，"你把苹果啃完只剩下一个核，过一晚上它又长好了！"

"还能这样？"陆清酒道，"那多买几个岂不是能吃一辈子？"

吴嚣说："唉，我就买到了这么一个，第二次去的时候，卖苹果的那个小孩儿已经没影儿了。"

接着几个人激烈地讨论了起来，吴嚣又介绍了许多有着神奇功效的物件，陆清酒听得津津有味，最后快到晚上十二点了，吴嚣打了个哈欠露出困意后，陆清酒才惊觉他们来的目的好像弄错了——明明是来帮吴嚣解决问题的，却硬生生地变成了产品安利会。

"好了好了，先别说这个了。"陆清酒坐在那张柔软至极的垫子上，享受着自己的腰椎被按摩的感觉，"月狐，你快帮吴嚣看看他耳朵里有声音是怎么回事。"

吴嚣刚才已经慷慨地将自己的苹果送给了白月狐，白月狐这会儿正津津有味地啃着，听见陆清酒的话后，抬眸看向了吴嚣。

吴嚣被白月狐一看，立马有些紧张。

"你睡觉有什么习惯？"白月狐问。

吴嚣道："习惯？什么习惯？"

白月狐道："就是睡觉一定会带上的东西，无论地点时间。"他说到这里停顿片刻，"你在公司睡午觉的时候应该没有这声音吧？"

被白月狐这么一提醒，吴嚣倒像是想起了什么："是，我睡午觉的时候的确没有这声音！"

"那你平时睡觉会带上什么？"朱淼淼问。

吴嚣想了一会儿："我睡眠质量挺差的，如果一定要说我带着的东西，那就是眼罩和耳塞了。"

白月狐道："给我看看。"

吴嚣点点头，进卧室拿了他的眼罩和耳塞过来。

"不过这是我在网上买的，不是在集市里买的。"吴嚣有点忐忑，"有什么问题吗？"

白月狐拿起眼罩看了看，随手便放下了，接着拿起了耳塞，那耳塞是最普通的防噪耳塞，放在小巧的塑料盒子里，看起来和平常的耳塞别无二致。

只是白月狐皱起的眉头，却说明了这耳塞似乎有什么不同之处，他打开了塑料小盒，将耳塞从里面拿了出来。

小小的耳塞被白月狐捏在手里，他转头对着吴嚣道："去拿一碗水来。"

吴嚣"嗯"了一声，赶紧冲到厨房接了一碗水，放到了白月狐的面前。白月狐捏着耳塞，轻轻地将其放到了水里。

吴嚣见状立马紧张起来："是我耳塞里有什么东西吗？"

白月狐"嗯"了一声。

耳塞入水后，因为重量很轻并没有沉下去，而是就这样浮在了水面上，众人的目光都落在了放入水中的耳塞上，气氛也跟着紧张了起来。过了两三分钟，那耳塞上开始出现了一些奇怪的变化，本来淡绿色的表面上渐渐地浮出了一些黑色的小斑点，朱淼淼凑过去仔细一看，惊恐道："这……这不是虫子吗？"

白月狐道："是虫子。"

这些虫子比芝麻还要小，仔细看有些像小跳蚤，被水逼得从耳塞内部爬了出来，细细密密地附着在了耳塞外面。

吴嚣看得毛骨悚然，一想到自己曾经把这样的耳塞放进耳朵里，他就不由自主地伸出手盖住了耳朵，颤声道："就是这些东西在我的耳朵里面碎碎念？？"

白月狐说："算是吧。"

吴嚣登时头晕目眩："那我的耳朵里岂不是也可能有这些东西……"

白月狐道："不，它们不能在人类的身体上存活。"他的目光看向了卧室，"这些小虫应该还有别的存活之地，你是不是从外面带回了什么东西放在了卧室里。"

吴嚣道："……带回来的东西还挺多的。"

白月狐抬步走进卧室，在卧室里看了看后，便迅速地锁定了目标——吴嚣床上那个纹着翠竹图案的枕头。

吴嚣顺着白月狐的视线看去，连忙解释说这枕头的确是他从集市上买来的，有段时间他的睡眠质量很差，但是用了这个枕头之后马上就变好了。当时并没有出现什么奇怪的声音，所以吴嚣倒也挺放心的。况且他换了个房间睡觉，还是有声音，所以他并没有怀疑到枕头上。

白月狐把枕头拿起来，撕开了外面的布料后露出了里面的棉花，然后将手伸进棉花里面，大坨大坨地往外掏。

棉花落在了地上后，其他三人很快就注意到棉花里面似乎藏了一些别的东西，陆清酒弯下腰，在棉花里面发现了一种乳白色的细小颗粒，他用手将小颗粒捡起来："这是什么……"

白月狐冷静道："虫卵。"

三人的表情都变了，陆清酒赶紧把手里的虫卵扔到了地上。

"没事，这虫卵正常情况下是不会孵化出来的。"白月狐说。

吴嚣已经被吓得意识模糊了，他不敢去想象，在自己睡觉的时候到底有多少虫子从枕头里面孵化出来，顺着自己的耳朵爬进了自己的耳道，每天晚上在自己的耳朵里发出奇怪的声音。

朱淼淼这个怕虫子的姑娘神色也没比吴嚣好看到哪儿去，说话的声音都是飘忽的："那……那这些虫子要在什么样的情况下才会孵化啊？"

白月狐淡定地抓起了一枚卵，仔细观察后，说了句话："它们好像是以梦境为食。"

这和捕梦网倒是有异曲同工之妙，不过捕梦网捕捉的是噩梦，这些虫子可不会分什么美梦噩梦，通通吃了个一干二净，没有梦境，睡眠质量的确变好了许多，只是随着吞噬的梦境越来越多，虫子也开始孵化。但因为虫子不能寄生在人的耳道里，所以老树也没能发现吴嚣身上的异常情况，导致吴嚣在噪音污染中硬生生地扛了一个多月。

相比看起来已经快要崩溃的吴嚣和朱淼淼，陆清酒算是最淡定的一个了，还有心情问白月狐这些虫子爬到吴嚣的耳朵里想要做什么，为什么会不停地发出声音。

白月狐思量片刻，看向吴嚣："你想知道吗？"

吴嚣颤声道："说吧……"此时情况已经足够糟糕了，他不信还有什么接受不了的。

白月狐道："他们在你的耳道里面交配。"

吴嚣："……"

白月狐的语气很平静，只是说出的话却让吴嚣差点晕过去："声音就是雄性吸引雌性的一个方法，耳道的温度虽然不适合它们长期生存，但却是产卵孵化的好地方，只要交配成功，你的耳道里面就会孵化出密密麻麻的卵……"

"哥，大哥，求求你别说了。"吴嚣第一次发现自己对虫子是如此恐惧，一想到白月狐描述的场景，他就头皮发麻，手臂上起了一层鸡皮疙瘩，"我真不行了。"

朱淼淼已经堵上了耳朵。

"要怎么才能把这些东西清理出来啊？"吴嚣要疯了，"我现在觉得脑子里发痒……"

以前曾经听说过蟑螂不小心爬到人耳道里面的事，当时还觉得是在开玩笑，现在落在了自己的身上，吴嚣恨不得冲到厕所里把脑袋放在盆子里好好洗一洗。

白月狐说："没事，它们应该还没有产卵成功，你现在的耳朵里还是干净的。"

吴嚣道："哥，可是你没看我的耳朵啊。"

白月狐瞅了他一眼："不是很想看。"

吴嚣："……"

陆清酒在旁边干咳一声压制住了唇边的笑意。

然后白月狐简单地告诉了吴嚣清理掉这些虫子的法子，其实也挺简单的，一把火烧了就行了，不过白月狐对卖给吴嚣这枕头的人很感兴趣，细细地询问了起来。吴嚣这会儿哪还敢隐瞒，一五一十地把买枕头的事给说了。

枕头是在集市上买的，价格也不算便宜，卖他枕头的是个漂亮的女人，那女人一眼就看出了他的睡眠质量不好，极力向他推荐了这种枕头。吴嚣半信半疑之下将枕头买回了家，却没想到效果很好，但之后他就再也没有见过这个女人。这对于人流繁杂的集市而言，是正常的事，吴嚣并未多想，把这事抛在了脑后。

"那女人长什么样子？"白月狐问。

"挺漂亮的。"吴嚣道，"不过也没什么特征，一定要说的话……她的背上背着一把非常漂亮的琴。"

白月狐的神色微微有些凝重，他道："集市什么时候开始？"

吴嚣说："每个月的二十五号，也就是下周二吧。"

白月狐道："到时候你带我们过去一趟。"

吴嚣没想到白月狐居然对集市感兴趣，他也没敢多问什么，连忙点头同意了，还热情地将那颗苹果送给了白月狐，请求白月狐帮他看看这家里还有什么东西不能使用，他都给扔出去。

白月狐道："这些东西是不能随便同人类买卖的，集市你最好不要再去，很容易出现意外。"

吴嚣乖乖说："好。"

陆清酒道："那吴嚣耳道里确定是没有东西了吧？"

白月狐摇摇头，示意的确没有，结果吴嚣的心还没放下，他就又来了句："就算有一点也没关系，反正孵化之后那些虫都不能在他的身体里存活，他如果再听见声音，只要把床上用品换一遍就没什么问题了。"

吴嚣听得差点哭出来，他可不想自己的耳道变成孵化场。

和吴嚣约定好时间后，三人便离开了，陆清酒本来想送朱淼淼回家的，谁知道朱淼淼却坚持要打车。

"不行，我不能再坐鼻涕虫车了，我会死的。"朱淼淼指着自己手臂上的鸡皮疙瘩哭诉。

小货车就在她旁边，听了她的话后喇叭没什么精神地"叭叭"了两声，两个圆圆的大灯也暗淡了下来。

朱淼淼道："它这是怎么啦？"

陆清酒说："它这是被你伤透心了。"

朱淼淼："……"

"你想想，多少次都是它把你从火车站接到了家里，还给你运送了那么多的东西，它那么任劳任怨，从来没有喊过一声苦一声累。"陆清酒痛心疾首地为自家可爱的小货车平反，"即便是你这么嫌弃它，它也想安全地送你回到家里。"多愁善感的朱淼淼被陆清酒的话搞得眼睛里闪起了泪花，竟感觉自己真的是个很无情的人。

陆清酒拍了拍小货车的车灯，继续道："它如果有眼睛，此时肯定已经流下了悲伤的泪水，不过没关系，我想它也会理解你不喜欢软体动物的心情，来，让我帮你叫个出租车吧。"

"不用了。"朱淼淼终于受不了那悲情无比的气氛了，抱着小货车的后视镜哭了起来，"对不起小货车，我不该嫌弃你的，即便你是鼻涕虫，可你也是只好鼻涕虫啊！我为什么这么浅薄呢，居然因为这么一点小问题就嫌弃你！"

　　陆清酒在旁边露出一个淡淡的笑容，白月狐看了陆清酒一眼，他以前倒是没发现陆清酒有点自然黑的感觉。

　　"还要叫出租车吗？"陆清酒问。

　　"不要了。"朱淼淼擦干泪水，自己主动爬到了小货车的副驾驶上，"我再也不嫌弃小货车了。"

　　陆清酒道："好，咱们回家吧。"

　　"嘟嘟嘟"，小货车又响起了欢快的喇叭声，三人一路向前，把朱淼淼送回了家。朱淼淼到家后，还从家里拿了小货车最喜欢的果冻糖进行投食行为，极大地增加了一人一车的感情，陆清酒在旁边看着，表情慈祥得像一个看见子女吵架又和好的老父亲。

　　送走了朱淼淼后，陆清酒和白月狐也打算回酒店了。

　　"为什么一定要朱淼淼喜欢小货车？"白月狐在副驾驶上问了句。

　　"因为……"陆清酒握着方向盘，"因为可以省下不少出租车费。"

　　白月狐："……"

　　陆清酒道："从吴嚣家到朱淼淼家打车至少得二十块钱呢。"他开始认真地算起账来，"而且如果她害怕小货车的话以后去咱们家也得打车，那可就贵了，得几百块……"他说完扭头看了眼白月狐，"可以买几十串冰糖葫芦了。"

　　白月狐瞬间息声，不再在这件事上纠结，甚至觉得陆清酒做出了一个极对的决定。

　　小货车"叭叭"两声，也在赞同陆清酒的话。

　　"下周二去集市，那还得跟尹寻打个招呼。"陆清酒说，"告诉他咱们得推迟两天回去。"

　　白月狐"嗯"了一声。

　　在家里的尹寻很快就接到了陆清酒的电话，在得知陆清酒回来的时间推迟之后，发出了悲伤的哭泣声，说丸子已经吃得差不多了，陆清酒再不回来，他就得吃泡面了。陆清酒连忙安慰他说冰箱里还有不少饺子、包子之类的速冻食物，让尹寻再凑合两天，他们这边还有点事情没有办完，等回去的时候给尹寻带点礼物作为补偿。

　　尹寻虽然很悲伤，但也只能应下。陆清酒说："周二去集市的时候咱们也顺便买点东西吧？感觉那儿的东西挺有意思的。"

　　白月狐点点头表示同意。

又在市里面过了几天，这几天陆清酒带着白月狐把周围有名的饭店全给吃了一遍，好吃的，不好吃的，通通都给白月狐尝了尝，也算是给白月狐增加了生活阅历，让他不至于太容易就被别人拐走了。

到了周二那天，陆清酒早早地起了床，和白月狐开着货车去接了吴嚣和朱淼淼。

本来这事儿不打算带着朱淼淼的，但朱淼淼闹着非要去见见世面，无奈之下，只能将她也带上了。

几人上了车，在吴嚣的指引下，很快驶离市区，到达了荒凉的郊外，如果不是吴嚣很熟悉路线，恐怕谁也不会想到，这么偏僻的地方居然真的会有人山人海的集市。

想要进入集市，还得通过一层浓郁的雾气。吴嚣已然非常熟练，带着他们一路往前，很快陆清酒就听到了嘈杂的人声。

四人将小货车停好后，便朝着人声处靠近，陆清酒好奇地问这些非人类都说的是人类的语言吗，吴嚣表示是这样的，为了交流方便，他们大部分都说的是人类的语言，只是这人类的语言也有很多种，他还听到过说四川话、广东话还有闽南话的非人类。

浓雾渐渐散去，一处繁华的集市出现在了他们的眼前，集市之中到处都是身着奇装异服、模样怪异的非人类，有鸟有兽，还有认不出品种的非人类。陆清酒看到了许多在《山海经》中见过的异兽，他甚至还看到了长着人面的巨鸟，不得不说，看着这么多奇异的生物汇集在一起，的确是让人觉得震撼的画面。

这些非人类中，也有着人类的踪迹，至少从外表上来看，他们应该只是普通人类。不过大概是害怕身份暴露，几乎每个人的脸上都戴着遮掩面部的道具。他们在吴嚣的提醒下也提前准备了口罩，这会儿已经戴上了。

既然是非人类的集市，卖的东西应该也很特殊，陆清酒的目光很快就被周围的东西吸引了，他看到了一张很漂亮的面具，卖面具的是个长着四只眼睛的大鸟，它注意到了陆清酒凝视的目光，马上热情地介绍了起来，说这面具非常好用，只要戴上去十几分钟，就会改变自己的容貌，将自己变成心目之中最美的那张脸。

"这能保持多久啊？"朱淼淼好奇地问。

"能保持整整一天呢。"大鸟回答，"而且可以连续用，不过每天晚上，一定要把面具摘下来。"

朱淼淼来了兴趣，正打算把面具拿起来，却被白月狐阻止了，白月狐说这面具是活物，的确是能改变人的相貌，只是改变相貌的前提是面具会探出触手伸进人脸上的皮肤里面吸食血液，用的时间长了可能会产生不好的影响。

"会……会有什么不好的影响啊？"朱淼淼颤颤巍巍地问。

白月狐神色凝重，嘴里吐出三个字："会贫血。"

朱淼淼："……"

那老板被白月狐搅黄了生意，很不高兴地瞪了他一眼，把自己的面具重新摆好。

集市上，这类道具数不胜数，看得人眼花缭乱。什么可以照出自己最害怕的东西的镜子，什么戴上去就取不下来、比金刚石还要坚固的玉镯，什么可以平白生出食物的桌子……

陆清酒本来以为白月狐会对桌子产生浓厚的兴趣，可谁知白月狐看了一眼桌子之后就不太感兴趣地移开了眼神，看别的东西去了。陆清酒问他说："这桌子你不想要吗？"

白月狐说："一定很贵。"

陆清酒去问了价格，果然挺贵的，老板喊价一万五，还是人民币，一点都不肯少。

陆清酒本来有些想给白月狐买下来当玩具玩，但被白月狐拦住了，表示一万五买这个非常不合算，有这个钱还不如买点冰糖葫芦吃。

在集市上来来回回地走了一大圈，陆清酒再次深深地感觉到了妖怪们在人界的地位——混得都不大好，大部分的商品花个两三百就能买下来，脸皮厚一点还能和摊主讲价。而如果担心商品的质量和售后，还能买底部贴有三包标志的商品，这种商品买下来如果存在问题，甚至可以找店家进行退换货。

陆清酒被这情形惊得目瞪口呆，他看向吴嚣，说："那你买的东西出问题了，岂不是能进行售后服务？"

吴嚣小声地说："不行啊。"

陆清酒："为啥不行？"

吴嚣有点不太好意思："我这不是买的三无产品嘛……"

陆清酒："……"

吴嚣道："老板早就跑路了。"

陆清酒一时间也不知道该说点啥，只能长叹一声，感叹质保的重要性，让吴嚣可千万别再贪小便宜，万一真出了啥事儿就不好了。

集市很长，人来人往的格外热闹，朱淼淼最后还是没忍住，买了一套据说可以美容养颜的护肤品，其中包含面霜、眼霜、精华等一系列东西，她打开包装让白月狐确认了一下，里面没有什么奇怪的成分后才放心地买下了。

就这一套护肤品，足足花了两千多，在集市里可以说是非常昂贵的东西了，卖护肤品的似乎是白月狐的"同族"，一只长得格外妖艳的狐狸精，脑袋上还顶着两只毛茸茸的小耳朵，看得陆清酒的手又痒痒了，不由得瞅了眼白月狐。

白月狐哪会不知道陆清酒在想什么，眼眸一转，道了句："喜欢我的还是它的？"

陆清酒赶紧道："当然是你的了，它的一点都不毛茸茸。"

白月狐："真的？"

陆清酒："真的，真的。"

白月狐毛茸茸的耳朵"唰"的一下从黑发之中露出，陆清酒一把抓了上去，手感太好以至于陆清酒的眼睛都眯了起来，白月狐这才露出满意之色。

朱淼淼长叹一声，心想：高冷的白月狐竟然也有这么可爱的一面。

东西买得差不多了，白月狐便打听起了关于那个卖给吴嚣枕头的人的事情来，但那人似乎并不是集市的常客，集市开市以来，每个月最多来一趟，卖完东西就走。不过在听完这些人的描述后，白月狐的脸色却越来越沉，陆清酒也觉得似乎有些不对，问白月狐是不是有什么问题。

白月狐道："好像是我的熟人。"

陆清酒："熟人？"

白月狐点头。

陆清酒道："她也是……"

白月狐道："大概，但总要见到人才能确定。"

这就比较麻烦了，他们现在肯定是见不到那个女人的，而且集市每周都会开，如果不是次次都来，也很难堵到人。思来想去，陆清酒提出了一个提议，说他们是不是可以找到集市的负责人，让他帮他们盯着。

吴嚣表示他见过负责人，就在集市最尾部的帐篷里面办公，所有参加集市的人都得提前缴纳税费才会被允许进入这里。

陆清酒听见缴税这事儿立马想起一句特别有名的谚语：这个世界上，只有死亡和税费才是永恒的。

即便是非人类，也不能逃税啊……

陆清酒让吴嚣和朱淼淼在旁边先逛着，自己陪着白月狐去了帐篷里面找那个负责人。

他们刚进帐篷，就看见了正在看报纸的负责人，报纸旁边还摆着一壶冒着热气的茶，整个帐篷的气氛看起来充满了退休后的安详和休闲。

"今天集市不收人啦。"负责人以为他们是来卖货的，"后天请早些来吧。"

白月狐道："有其他事。"

负责人说："什么事啊？"他放下报纸，露出了一张很圆的脸，这张脸真的只能用圆来形容了，要说长相吧，长得并不丑，可是一点下巴都没有，要不是有头发，简直就是个标准圆。

白月狐看见了负责人的脸，眉头一皱："怎么是你？"

负责人说："你认识我？"他瞅见了白月狐脑袋上顶着的耳朵，说，"你是九尾狐一族？怎么从青丘跑到这边来了？出来打工啊？"

两人都还没说话，负责人就拿起了一张放在旁边的报纸，指了指上面画圈的内容，说："如果愿意，你可以去看看这份工作，是做销售的，工资和福利都不错，还有六险一金……"

白月狐一声不吭，陆清酒面露无奈。

负责人见状以为他们对工作不满意，连忙劝说，说："最近的就业形势不好啊，既然是出来打工的就不要嫌弃那么多了，先找份工作做着，等到有了工作经验再换嘛。毕竟你们的寿命够长，工作经验也很好积累，就是最开始苦点、累点，坚持一下就过去了。"

陆清酒都被负责人劝说得感动了起来，甚至想要拿起报纸仔细地看看上面的内容，好好劳动为自己的将来努力，这古代的狐狸精和现代的狐狸精简直形成了鲜明的对比。古代的狐狸精都是找个俊美的读书小生嫁了，盼着小生能高中状元改善家庭生活，现在不一样了，现在的狐狸精都是依靠自己的双手努力为自己撑起一片天空……

白月狐说："你傻了吗？"

负责人被骂得一愣，正打算撸起袖子教训白月狐，让他说话不要这么冲，这么冲是找不到工作的，却被白月狐身上散发出的气息弄得愣住了，他道："你……你不是狐狸精啊，你是龙？！"

白月狐冷哼一声。

负责人伸手就把报纸拿了回来，说："那这里就没有合适你的工作了，走吧走吧，去翻垃圾桶还能抢救一下。"

陆清酒："……"

白月狐："……"

负责人明显是注意到了白月狐眼神里的杀意，干笑两声说自己是在开玩笑，低眉顺眼地乖乖坐好，问白月狐到这里有何贵干。

白月狐道："蓐收，好久不见。"

蓐收？听见这名字陆清酒马上想起来这是秋神的名字，没想到他还能在这里见到一个四季神。

"啊？你怎么认识我？"蓐收道，"你难道是……敫……"

他刚吐出一个字，白月狐就打断了他，道："我现在叫白月狐。"

蓐收："白月狐？嗯……行吧，你怎么跑到这儿来了？那边守不住了？"

白月狐道："我只是凑巧过来，你认识一个抱着琴的女人吗？"

蓐收一脸茫然，对白月狐描述的女人毫无印象，他说自己一天到晚见过的人没有一千也有八百，其中非人类就不用说了，就连人类都会看到好几十个，所以如果不是奇怪到引人注目的地步，他都不会特别关注，况且那女人一个月都没来几次，他没有印象也是正常的事。

"这人是有什么问题吗？"蓐收道，"如果有，下次我帮你注意着。"

白月狐说："可能是你我的熟人。"

蓐收："你我的熟人？该不会她也是……"

白月狐点点头，算是印证了蓐收的说法，他现在怀疑那女人也是龙，但是是应龙还是烛龙就不知道了，按理说应龙一族的数量现在非常稀少，来到人界的更是屈指可数，在这里发现他们的踪迹本是不可能的，但吴嚣的描述却让白月狐对此产生了怀疑。

如果不是应龙而是烛龙，那情况可能就更加糟糕了。

蓐收知道这事儿马虎不得，懒散的表情也变得严肃了起来，他道："好，我会注意的，你留个联系方式吧，有了结果我通知你。"

白月狐掏出手机，也记下了蓐收的电话。

蓐收看见白月狐的手机，说："哎，你居然用的是最新款的梨子手机耶，哪里来的钱买的？"

陆清酒笑着说白月狐在给他打工。

"打工？他不是不能赚人类的钱嘛，越赚越饿……"蓐收嗅了嗅，感觉陆清酒的身上除了白月狐的味道之外，并无别的气息，似乎就只是个普通人，"他做什么的？"

陆清酒："负责在我家蹭饭。"

蓐收："……啊？"

陆清酒眨眨眼："我开玩笑的。"

显然蓐收并不觉得陆清酒是在开玩笑，满目愕然，心想：龙族怎么也能堕落至此，大家现在都在靠着双手劳动，就他越混越回去了。但最惨的是他还不敢说，万一白月狐生气了，一口咬下他的脑袋也不是不可能的事儿，毕竟这群龙族的脾气都不是一般的糟糕，唯一一个脾气好的，十几年前还出了那样的事。

和蓐收互相留完手机号后，白月狐便打算离开了。蓐收很热情地送了他们一包谷子，说这谷子和普通的谷子味道不同，至于怎么个不同，种下去就知道了。他还承诺有了那个女人的消息，就马上给白月狐打电话。

陆清酒出了帐篷才问道："这蓐收怎么在这里管理市场啊？"

白月狐道："我也不知道，不过他们四季神都和人类世界有些关系。"像祝融就管的是他们那一片的非人类们，而这边就是蓐收的地盘。

说到四季神，陆清酒又想起了死去的春神，心里不由得一紧。

陆清酒他们开着小货车离开了集市，这次有白月狐把关，他们放心地买了不少东西。陆清酒就买了一把据说永远有甜味的棒棒糖，打算拿回去哄尹寻。白月狐嘴里含了一个，坐在副驾驶的位置上，闭目养神。

陆清酒去酒店拿了行李之后便打算回水府村了，和朱淼淼、吴嚣告了别，两人便踏上了回乡之路。

他们两个这次足足出去了七天，也不知道家里的尹寻情况如何。

二十多个小时后，陆清酒终于到了家里，他停好车后进了院子，被院子里的场景吓了一大跳，只见尹寻像具尸体似的躺在椅子上，身体变得干巴巴的，如同脱了水的咸菜，已经只有进的气没有出的气了。陆清酒喊道："尹寻，你怎么了？？"

尹寻缓缓地扭过头，脸颊已经凹陷了进去，他颤声道："酒儿……"

陆清酒大步向前，本来想把尹寻扶起来，可谁知尹寻却轻飘飘的只剩下一层单薄的皮，他一拉，差点没把尹寻甩到天上去。

尹寻艰难道："大……哥……你轻点啊……"我都要被你甩破啦。

陆清酒："你这是咋回事儿啊？"

尹寻："水……给我水……"

陆清酒赶紧去屋子里接了一盆水，把尹寻放在了里头。

有了水，尹寻才开始慢慢地恢复，陆清酒蹲在旁边问他到底发生了什么事，他说其实也没什么，就是自己做了几顿饭给自己吃……然后不幸拉脱了水，最惨的是脱水之后哪儿也去不了，只能瘫在椅子上等着下雨，这要不是陆清酒回来，他估计还得瘫个好几天。

陆清酒无奈："这不是有泡面吗？怎么那么想不开。"

尹寻哭道："这不是我怕吃完了你们还没回来想省着点嘛。"

陆清酒自知理亏，赶紧从包里掏出棒棒糖塞到了尹寻的嘴里。

处理尹寻的时候，白月狐就在旁边看着，看到尹寻吃他的棒棒糖的时候，眼神里充满嫌弃。

陆清酒安顿好了尹寻后，又去安抚了白月狐几句，说尹寻还小，别和他计较。

白月狐扬起下巴，露出高傲的表情，说自己身为一条高贵的龙，怎么会和一个小小的山神计较。

陆清酒心想：你说这话的时候把嘴里的棒棒糖取下来可能会更有说服力……

今天时间已经太晚了，所以陆清酒决定睡一觉后明天再做顿大餐好好补偿一下尹寻。

尹寻还是动不了，看来得在水盆里待上一晚上了。

第二天，吸饱了水的尹寻终于恢复了柔软 Q 弹的肌肤，重新焕发出了生机。

陆清酒则去镇子上买了许多新鲜的食材，打算做一顿大餐。

最近天气越来越热，酸菜做的食物变得非常受欢迎，陆清酒打算包一顿酸菜猪肉馅的饺子，再炒几个菜。

他们家去年泡的酸菜今年已经可以吃了，因为用的是自己家的白菜，所以酸味比市面上的浓了很多，口感也很爽脆，无论是用来煮汤抑或是别的做法，都很受欢迎。特别是对于陆清酒这样一热胃口就不好的人来说，酸菜粉丝汤成了他现在最喜欢的食物。

粉丝一定要用上好的龙口粉丝，酸菜拿出来洗干净，炒香之后加水煮，再放入粉丝，如果想要吃肉，还能放一些用淀粉裹起来的肉片，这样的肉片，肉质非常细嫩，一点也不会柴。

吃着猪肉酸菜馅的饺子，尹寻的眼泪默默地流下来，说自己终于再次感受了一把留守儿童的痛楚。陆清酒说："你别哭了，再哭待会儿又脱水了可咋办。"

尹寻伸手在脸上一抹，说："我觉得你说得很有道理，不过话说回来，那棒棒糖怎么吃不完啊？"他都吃了一天了。

陆清酒慢慢地把他在那边看到的集市给尹寻说了，尹寻听完后说自己也好想去看看，只可惜这一辈子他都走不出水府村了。

陆清酒闻言拍拍他的肩膀，说："没事儿，这不还有我陪着你嘛。"

白月狐压根儿懒得理他们两个，在旁边静静地吃着饺子，等到陆清酒和尹寻矫情完之后，锅里的饺子都快见底了，气得尹寻直瞪眼，又不敢和白月狐吵架，委委屈屈地去后院拿眼球草出气去了。

第十二章

秋神亡

天气热了，不少夏天的水果也到了食用的黄金季节，他们家地里面的西瓜一个个又大又圆，水分还多，有脆瓤的，也有沙瓤的，几乎可以满足家里人对西瓜的一切需求。

吃剩下的瓜皮陆清酒拿去喂了牛牛，当天晚上就喝到了传说中的西瓜味牛奶，味道还算不错。

今年的雨水少，但阳光充足，所以果子的甜度都挺高的，尹寻还在山上发现了野生的猕猴桃。和家里种植的不一样，野生的猕猴桃果子很小，但甜度却很高，剥开毛茸茸的皮就是满是汁水的果肉，一口就能全吞进肚子里。

白月狐还是第一次吃这种水果，要不是陆清酒拦着，他估计会因为懒得剥皮，连皮一起吞了。

猕猴桃晒干了还能做猕猴桃干，陆清酒顺便在网上下了一些订单，买了不少坚果和热带水果。八月份也正是桂圆成熟的季节，他们这儿的桂圆品质一般，陆清酒便干脆全都在网上买了快递过来。沿海地区的桂圆品相会更好一些，个头更大，甜度更高，核也更小。

夏天就是吃水果的时候，不但能补充水分，还能补充能量。

他家的葡萄架子上也挂满了一串串紫色的葡萄，晶莹剔透，格外诱人。住在后院的女鬼小姐吃过葡萄后，对白月狐种葡萄的技能大加赞赏。

不过陆清酒没敢让白月狐和女鬼小姐见面，毕竟自己和尹寻就是两个惨痛的例子，他们也明白得到女鬼小姐过分的厚爱并不是什么好事。

陆清酒某个部位的毛毛好不容易长起来不痒了，他可是不敢再剪短一次了，那滋味……简直是噩梦。

夏天真是让人欣喜的季节，灿烂的阳光和吃不完的水果都让人对这个季节充满了迷恋。

如果可以，他真希望时光就在此时凝固，不用去考虑未来会发生什么糟糕的事。

日子一天天地过去，生活又恢复了往日的平静无波。这本该是件好事，但因为潜入人界的烛龙，这种平静之中却又好似暗藏了汹涌的波涛，让人在享受的同时也在心中存了某些担忧。

烛龙不再作案，一切都归于平静，而收敛了欲望将自己藏匿在人界的烛龙，即便是凤凰小媚也很难将其从人类之中找出，无奈之下，众人只能将希望寄予在少昊家还在大涅槃的凤凰身上，毕竟十几年前的那只烛龙，就是它找出来的。

夏意渐退，秋风又起，又到了一年收获的季节。

今年他们家种了不少稻谷，地里面黄灿灿一片。稻谷采集下来后还有几道工序，先是脱粒，然后脱壳，脱壳之后的米光洁如新，散发着淡淡的米香。

和放了好几年的陈米不同，这种新鲜的大米怎么做都很好吃，他们家种的是黏性比较高的大米品种，用来做米糕正好适合。陆清酒把大米打成粉末，加水搅拌均匀，然后进行加热，加热之后的米粉会变得柔软黏稠，加上鸡蛋牛奶，最后再用模具定型，一个个散发着浓郁奶香的米糕就这么出炉了。又软又弹，嚼着满嘴都是米的香气。

陆清酒把米糕拿出来晾着，顺手在米糕上面用绿色的蔬菜汁装点了一些图案。

有了颜色的米糕看起来更加诱人，他给尹寻和白月狐一人分了一块，说自己还想做点米粉。

尹寻和白月狐对陆清酒的提议表示十分赞同，说陆清酒做什么都行。

去年陆清酒也做了不少米粉，只是冬天的时候都吃得差不多了，之后家里吃的都是在镇子上买的，虽然味道也不错，但到底是和自己做的有些差别。

米粉用来当早餐是再好不过的食材，加上鸡汤汤底，撒一把葱花，放几根绿色的蔬菜，就已经足够诱人。这种食物陆清酒很喜欢，因为味道不油腻，又很顶饿。

难熬的冬天又快来了，陆清酒还得为过冬做准备，去年第一次置办过冬的物资到底还是有些事情没有考虑到，今年陆清酒打算买一台自家用的发电机，再买上足够的机油，至少要保证家里不会断电，这样一来，大雪封山后的日子就好过多了。

最近天气渐凉，动物们活动的踪迹也少了许多，蛇和青蛙都开始准备冬眠，白月狐说今年估计是找不到烛龙了。

其实烛龙喜欢炎热的夏天，在夏天他们会活跃很多，一旦入秋，他们就开始变得懒散起来，更何况这只烛龙已经在人界找到了住所，这就更麻烦了。

"那怎么办呢？"陆清酒道，"难道就让他一直待在人界？"

"总会露出马脚的。"白月狐说，"他忍不了多久。"烛龙和一般非人类最大的区别就是他们很难控制自己的欲望，无论是喜爱还是厌恶，这种欲望可以忍住一时，但是最后都会爆发的，而这种爆发是毁灭性的，让他们根本不能像正常的非人类那样在人界生存下去。

陆清酒想到了那场火灾，心中还是有些担忧，但他没有说出来，只是换了个语气安慰起了白月狐，说一定会早日抓住烛龙的。

九月份，又到了吃新鲜板栗的时候，他们照例去摘了去年山林里那棵野生的板栗树上的板栗，这次尹寻明智地去找了个帽子和手套，避免像去年那样被扎。

新鲜的板栗取出后，陆清酒让白月狐杀了一只鸡，做了板栗炖鸡，鸡的味道和板栗的味道完美地融合在了一起，板栗绵软甜润，鸡肉细嫩多汁，光是闻着气味就让人垂涎欲滴。

入秋后天气变凉，雨水相比夏日也跟着多了起来，随着雨水而来的是满山的蘑菇。这些野生蘑菇的味道都很鲜美，无论是和小鸡一起炖、用来爆炒，还是晒开之后储存起来都是很好的。本来吃野生蘑菇是有风险的，但因为他们家里有个尹寻，所以倒也没有这方面的担忧。

选了个雨后的下午，陆清酒背着小竹篮子和尹寻一起上山摘蘑菇去了。

白月狐没有跟着他们一起去，他被祝融的一个电话叫到了市里面，似乎是他们那边出了什么要紧的事。

"采蘑菇的小姑娘，背着一个大竹筐，清晨光着小脚丫，走遍树林和山冈。"尹寻一边摘蘑菇一边高兴地唱着。

陆清酒在后头跟着，说："你都多大了，能不能成熟一点？"

尹寻道："虽然我长大了，可是我永远有一颗和孩子一样的心。"

陆清酒："我看你浑身上下都挺像孩子的。"

尹寻："你在夸我可爱吗？"

陆清酒："我在骂你矮。"

尹寻："……"陆清酒，你变坏了。

雨后的天空中，云层里露出了小半边太阳，和夏天那火辣辣的阳光不同，此时的阳光是温暖和煦的，照在人身上有一种暖洋洋的感觉，陆清酒把注意力都放在了脚下的小路上。

尹寻带他走的是一条平时不常走的路，因此路面上到处都是丛生的杂草和落叶。这样的路上，蘑菇也是最多的，只要用手里的棍子扫开地面上的落叶，便能看到生长在湿润的泥土上的可爱的蘑菇。蘑菇千奇百怪，颜色各异，如果是陆清酒自己来，肯定是不敢摘回去吃的，吃蘑菇中毒死掉的这种案例，在新闻里可是多得很。

有了尹寻就不一样了，他几乎能分辨所有的蘑菇，确定是否可以食用。至于少部分不能分辨的，他们不摘就行了，也不用太担心。

陆清酒把确认安全的蘑菇放进自己的背篓，赞道："尹寻，你可真厉害。"

尹寻道："谬赞谬赞。"

陆清酒说："你知道吗，世界上还有一种动物，可以像你一样寻找珍贵的蘑菇，那种蘑菇的名字叫作松茸……"

尹寻道："什么动物？"

陆清酒："猪。"

尹寻怒目而视，他发现陆清酒这货真是蔫坏蔫坏的，平时没看出来，这偶尔活泼起来就露馅儿了。

陆清酒假装没看见尹寻愤怒的目光，继续跟在他后头慢慢悠悠地走。

秋风将绿色的树叶吹成了漂亮的金黄，随着风飘落在地面上铺成了美丽的毯子，走在前头的尹寻忽地开口发出惊喜的叫声："酒儿，快过来，这边有好多蘑菇啊。"

陆清酒"嗯"了一声，连忙上前。

只见这片空地里的确长满了蘑菇，只是这些蘑菇的数量多得有些奇怪，尹寻并未多想，已经开始弯下腰，兴奋地摘了起来。

陆清酒道："这里怎么有这么多蘑菇？"

"可能是底下有枯木。"尹寻扭头看向陆清酒,"怎么了?"

"没事。"陆清酒也觉得自己有点太敏感了,他也蹲了下来,却没有急着摘,而是观察起了周围的情况。

尹寻说:"这些蘑菇可真肥美啊,而且都是无毒的,这种蘑菇的味道很好,用来炖鸡……"他话说了一半,突然表情凝滞,声音也停住了。

"尹寻?"陆清酒疑惑地发问。

尹寻僵硬地抬头看向陆清酒,一把抓住了他的手腕,僵硬地摇了摇头。

"怎么……"陆清酒本想问怎么了,但在看到尹寻那惊恐无比的眼神后,似有所感地低下了头,他吞咽了一下口水,问道,"是蘑菇有问题?"

尹寻缓慢点头。

陆清酒垂下眸子,看向尹寻摘蘑菇的地方,那一片地方原本生长着茂密的蘑菇,这会儿被尹寻摘了不少,露出了稀疏的地基,而地基上面,一只闭着的眼睛,在蘑菇丛中若隐若现——这蘑菇下面……居然埋着人。

尹寻显然被吓到了,脸色煞白,他嘴唇颤抖道:"酒儿,我们回去吧。"

陆清酒说:"你冷静一点,过来。"

两人站到了旁边,陆清酒用手里的棍子一点点拨开面前的蘑菇丛,蘑菇丛被拨开之后露出了下面的东西,那居然真的是个人,浑身上下都长满了密密麻麻的蘑菇,这些蘑菇几乎将他的身体完全覆盖住了,只在尹寻刚才摘了不少的地方才略微有些稀疏。

陆清酒慢慢地将那人脸上的蘑菇拨开,在看清楚了那人的脸后,一颗心就这么沉了下去。

察觉到陆清酒脸上的不同寻常,尹寻忙问陆清酒是不是认识被害人。

"嗯。"陆清酒说,"认识……"这人,就是他们在夏天去集市里见到的秋神蓼收,只是此时的他已经没了气息,变成了一具冰冷的尸体,用自己的血肉孕育起了别的植物,正如慷慨的秋。

陆清酒的脑袋有些眩晕,他没想明白为什么蓼收会出现在这里,掏出手机正打算给白月狐打个电话,身边的尹寻却发出一声惊恐的叫声,拉着陆清酒连连后退。

"怎么了?"陆清酒被尹寻的叫声吓了一大跳。

"他……他……他眼睛睁开了!"尹寻的胆子本来就不大,被这么一吓差点晕过去,"他是不是要从地里面爬出来了?!"

陆清酒道："你冷静点，我去看看。"

尹寻说："可是……"

没等尹寻说完，陆清酒已经小心翼翼地走到了蓐收的旁边，看见他的眼睛果然睁开了。只是那双原本漂亮的黑眸此时却已经失去了神采，蒙上了一层白色的阴翳，接着，陆清酒注意到蓐收身上的蘑菇产生了一些细微的变化，它们开始越变越大，颜色也越来越鲜艳，最后竟飞速蔓延到了蓐收的全身，将除了他眼睛之外的部位全部覆盖住了。

那双眼睛里似乎有什么东西在攒动，下一刻，陆清酒便看到了几只冰蓝色的虫子从他的眼睛里爬了出来，这些冰蓝色的虫子爬出之后，啃食起了周围的蘑菇，接着便开始吐丝化茧，将自己包裹了起来。

陆清酒见状连忙后退，让尹寻也不要再靠近。

尹寻颤声问陆清酒看到了什么，陆清酒道："蝴蝶……"

他的话音刚落，便有冰蓝色的蝴蝶从蓐收身上翩翩而起，它们舞动着美丽的翅膀，朝着天空飞去，很快便化作蓝色的光点，消失在了陆清酒的视野里。

陆清酒没有再等，掏出手机给白月狐打了个电话。

电话响了十几声才被接起来，白月狐的声音从电话那头传出，让陆清酒的心平静了下来，他的话语直击重点，第一句便是："蓐收死了。"

"你在哪儿？"白月狐的声音瞬间紧张起来。

"我和尹寻在山上。"陆清酒说，"你走之后，我们就上山采蘑菇来了，然后……发现了蓐收的尸体。"他迅速地描述了一下蓐收尸体上发生的异样，还有那几只冰蓝色的蝴蝶。

白月狐听完后让陆清酒和尹寻马上回家，他立刻赶回来。

陆清酒"嗯"了一声，挂断电话，提着篮子便想走，尹寻颤声道："那，就把他放在这里吗？"

陆清酒说："这尸体不知道到底是怎么回事，我们还是别碰了。"他虽然有四分之一的龙族血统，但能力和人类别无二致，而尹寻也只是个弱小的山神，如果他们两个真的遇到了什么，恐怕也是毫无还手之力。

尹寻道："也是……我的蘑菇还带回去吗？"

陆清酒道："算了吧，你的这筐就放在这里吧。"不是他不想带，而是刚才尹寻从尸体上摘的蘑菇全都和之前的蘑菇混杂在一起了，就算带回去他们也不敢吃。

尹寻失魂落魄地点了点头，两人便开始往家里走。

一路上，尹寻都在低声说，他说他之前用山神的视野观察时根本没有见到这样的场景，也没有感觉出任何异样的气息，看来杀死蓐收的非人类拥有强大的力量，直接屏蔽了尹寻的视线。

陆清酒安慰了尹寻好一会儿，他才勉强缓过来。也不怪尹寻如此低落，他在水府村中本该是能看到一切的山神，在他的认知里，至少在这里是能够给陆清酒提前预告危险的，但现在看来，他连这一点都无法做到——有人将尸体悄无声息地放在了他们的面前，他却连那个人的影子都不曾捕获。

白月狐回来得很快，得知蓐收的尸体在山上时，便匆匆赶去了山上。

陆清酒则和尹寻在院中等待，这种等待是很煎熬的，陆清酒干脆给他和尹寻找了点事做，说要把采的蘑菇清洗了。

但两人拿出蘑菇后，却都不由自主地停住了动作，对视一眼后在对方的眼神里看到了同样的苦笑。没错，他们看到蘑菇，就想起了今天在山上发现尸体的事，可以说是一点食欲都没有了。

好在白月狐回来得还算快，陆清酒本来以为他会把尸体也带回来，但他却两手空空，什么都没带。

"尸体呢？"陆清酒小心地问。

"放到该放的地方了。"白月狐面沉如水，"你怎么突然想起去山上采蘑菇了？"

尹寻道："是……是我……提议的。"

白月狐看了尹寻一眼，微微抿了抿唇。

"前几天不是就在说嘛，结果今天下了场雨，尹寻就说要不要去采蘑菇。"陆清酒道，"我看你也不在，就同意了。"今年雨水少，今天不去，也不知道下次要等到什么时候了。

白月狐点了点头算是明白了。

"蓐收也会复活吧？"尹寻想起了之前春神被杀掉的事，满怀期待地问白月狐。

谁知这一次，白月狐却没有给出确定的答案。

陆清酒心道不好，白月狐轻轻地叹了口气："只要秋天还在，他就能复活的。"

尹寻闻言这才放松，笑道："那就太好了。"

白月狐看了尹寻一眼："可是前提是要有秋天。"

陆清酒有点没明白，四季于人界而言，本就是应有之物，春夏秋冬，时光不停，四季便会不断地流转。可听白月狐这意思，难道四季也会消失？

白月狐继续道："有四季而生神，句芒为春，祝融为夏，蓐收为秋，玄冥为冬，这是在人界才有的规矩。"他的语气里带了些无奈，"但是在异界，是没有四季的。"一年三百六十五天，每一天都是一个模样，并无四季。

没四季，便也不再需要掌控四季的神明，死去的他们，当然也不会复活。

陆清酒和尹寻都明白了白月狐话语中的含义，两人瞪大了眼睛，眸子里显示的全是难以置信。

"月狐，你的意思是如果异界和人类的世界融合，那么四季就会消失，死去的四季神也不会再复活？"陆清酒道，"是这样吗？"

白月狐点头。

现在春神和秋神已死，只剩下了夏神祝融和冬神玄冥，陆清酒是见过祝融的，却没有听说过关于玄冥的消息，于是他便问了出来，想知道关于冬神的事。

哪知白月狐摇摇头，说他们已经很久没有听到关于玄冥的消息了，在这灵力淡薄、信仰也在逐渐消逝的世界里，四季神不仅是神力比较充裕的神明，他们还负责维持在人类世界生活的非人类的规则。玄冥本该也是一方霸主，但他却已经消失了许久，没有人有关于他的消息，也无人知晓他的生死。

"祝融不会有事吧？"陆清酒不由得担心起来。

"暂时不会。"白月狐道，"祝融是执刑人，实力强悍，是最不可能死掉的那一个。"他道，"如果他也没了，那这个世界就算完了。"

四季神可以根据信徒的祈求和祭祀调控风雨，让人界变得风调雨顺，但死去的他们就没有了这种能力，霜风雨雪全都要随着天意随机而变，洪涝干旱也再无规律可循。

万幸的是现在人类的科技不断地发展，对于天气的要求不如古代那么苛刻，可异常的天气对于农家而言依旧是致命的，可以想象本来是盛夏之时，突然落了一场雪，农作物便会被冻死，导致农民颗粒无收。

在自然面前，人类的卑微尽显。

蓐收的死亡，让整个家里都蒙上了一层忧郁的阴影，陆清酒也消沉了几天，但很快就强迫自己打起了精神。他先是把从山上带下来的蘑菇晒了一下，然后用蘑菇炖了鸡肉，浓郁的香气和味道冲淡了大家对于蘑菇这种食物的阴影。

九月末，又到了一年一度的中秋，陆清酒感觉最近家里气氛不太好，便招呼着说中秋节的时候大家一起做顿大餐，再弄些月饼和螃蟹赏月。

螃蟹是朱淼淼那边寄过来的，个个圆润肥美，硕大的蟹钳和丰腴的蟹膏都格外诱人。陆清酒提前几天做好了各种口味的月饼，还悄悄地在月饼里面包了硬币想讨个彩头。

到了中秋当天，各色菜肴摆了一大桌，最引人注目的是放在中间的香辣蟹，这是肉蟹做的，膏不算很多，但蟹肉肥美，和香辣的酱汁一起爆炒后焖熟，里面还有焖得软软的红薯条和洋葱。尹寻和白月狐都吃了挺多的。

晚上的时候，陆清酒见天气不错，便沏了茶，又把月饼端到院子里，众人一起赏月吃月饼，气氛倒是好了不少。只是直到月饼吃完了陆清酒都没有把硬币吃出来，他有点迷惑，嘟囔着说难道是自己忘了包，还是弄丢了几个月饼……

尹寻问陆清酒："怎么了？"

"你们没有吃到什么硬硬的东西吗？"陆清酒满头雾水，"我在月饼里面包了五个硬币啊……怎么一个都没吃到？"

尹寻和白月狐两人表情一变。

陆清酒有了个惊恐的猜想，不可思议地看向身边两个吃月饼吃得心满意足的人："喂，你们两个不会吃到了吧？"

尹寻道："我没有啊。"

白月狐："我也没有。"

陆清酒很是狐疑，想要从两人的表情里看出什么端倪来，但尹寻和白月狐都是一副无辜的样子，搞得陆清酒都怀疑自己是不是误会他们了。

"你们真没吃？"陆清酒再次确认。

"没有。"尹寻道，"我可咬不动呢。"

白月狐也摇摇头。

陆清酒只能作罢，不再继续纠结这事儿。

只是在陆清酒进屋拿热水准备加茶的工夫，尹寻和白月狐却对视了一眼，都在对方的眼里看到了心虚，尹寻小声道："我吃了俩……"他以为是冰糖，给囫囵着吞下去了。

白月狐伸出了三根手指，他比尹寻残暴多了，完全没有注意到有硬币，只是觉得馅料稍微硬了点，然后嘎吱嘎吱嚼碎全给吞了。

两人说完这话，陆清酒正好回来，他们的表情再次变回了之前平静无波的样子，假装什么事都没有发生。

看来陆清酒的运气实在不怎么样，居然一个硬币都没有吃到，至于吃到了的……吞下肚子算吃到了吗？

过完中秋节，陆清酒就开始着手准备入冬的事了。去年到底是没有经验，准备得稍微晚了些，水府村的冬天比他想象中的还要难熬，今年的情况看起来恐怕不会比去年好，所以倒不如早些将家里的东西备好。

只是此时天气还没有完全凉下来，有些食物暂时还不能储存，陆清酒便先囤起了容易保存的干货和其他物资，比如油、盐、酱、醋和煤炭等肯定会用到的日常用品。

陆清酒想买的发电机镇子上还没有，他只好去了趟市里买了一台回来，和发电机一起买回来的还有机器用的柴油，陆清酒买了挺多，算着能用到明年二月份了。

除了最重要的发电机，陆清酒顺带给家里置办了不少被褥、羽绒服之类的物件，还有就是烧炕用的煤炭，他直接和镇上卖煤的老板预订了一车货，打算货到了就拉回家。蜡烛、家用的电池台灯、手电筒之类的小东西陆清酒也没少买，万一发电机出了什么故障，家里也不至于一抹黑。

镇子上的胡恕看见陆清酒大包小包地往家里拉东西，拉得都还是些不寻常的日用品，着实觉得有些奇怪，说："离冬天还早着呢，你这是干啥？难道是要世界末日了所以开始囤货了吗？"

陆清酒道："可不是嘛，你也记得多囤点吃的。"

胡恕惊恐道："真的假的？你是在开玩笑吧？！"这话要是别人说他就当作开玩笑了，可偏偏是陆清酒说出来的，之前陆清酒帮了他们那么多忙，他们也看出了陆清酒的身份不一般，这话一出，胡恕马上紧张了起来，"真要世界末日啦？"

陆清酒本来蹲在地上选鸭蛋，听见胡恕的语气如此紧张，道："你这么紧张做什么？"

胡恕说："都要世界末日了我当然要紧张啦。"

陆清酒道："你就没觉得我是在和你开玩笑？"

胡恕："……"他沉默片刻，小心地发问，"你真是在和我开玩笑啊？"

陆清酒面露无奈，他只能解释了一下水府村的情况，说下雪之后，自己就不能来镇上了，所以要准备好很多过冬用的物资，真要说是世界末日，好像也没什么错。

胡恕听完后才放心了，还热情地向陆清酒表示，如果有什么能帮得上忙的让陆清酒尽管说。

陆清酒摆摆手示意他可以走了，自己这鸭蛋还没选好呢。

做咸鸭蛋最好的还得是海鸭蛋，这样做出来的咸鸭蛋筷子插进去，便会有红色的油"滋滋"地往外冒，而制作皮蛋则用普通的鸭蛋就行，陆清酒还挺喜欢皮蛋的，不过白月狐和尹寻都对这种看起来像发了霉的蛋兴趣不大，这也算是比较少见的情况了。

除了鸭蛋之外，陆清酒还从镇子上采购了很多干货，干海鲜是必备的，什么鱿鱼、海参、虾米、海带，乱七八糟的买了一大堆，除了干海鲜之外，还有什么木耳、粉条之类的，总而言之，保质期比较长的东西他通通备了个齐全。

买完这些东西，陆清酒花了快有个五六万了，其中发电机他买的是比较好的那种，加上柴油一共足足花了三万块。还好他们家里现在不缺钱，而且因为增加了生发水的产量，存折上的数字更漂亮了。

尹寻看着陆清酒忙碌得像只搬家的小蚂蚁，问："这离冬天不是还有两个月嘛，怎么现在就忙起来了？"

陆清酒说："谁说得准呢，万一冬天提前来，咱们啥都没准备，岂不是会被冻死在水府村里？"

尹寻说："行吧，不过秋收祭要到了，你去不去？"

陆清酒想了想，决定还是不去了，他去年去秋收祭是为了和村民们打好关系，今年发现村民们没一个活人，总觉得和他们一起祭祀怪怪的。尹寻对此也表示了理解，于是快到秋收祭的时候，陆清酒便在家里办了一个属于他们自己的秋收祭，他还特意去镇子上买了个大猪头，搬回家放在家里，插上香火开始祭拜作为山神的尹寻。

尹寻在旁边被陆清酒搞得有点不太好意思。

猪头祭拜完之后，陆清酒把它卤了吃了，味道挺好。今年他们家嫌麻烦没有养猪，陆清酒想明年还是得养两头，毕竟家里的猪肉和外面的猪肉味道差别挺大的。除了猪之外，他还打算再养两只小羊，等到明年这时候，应该就能吃上自家肥肥的烤羊肉了。

一转眼就到了国庆，朱淼淼本来想过来玩的，但奈何她要加班，只能含泪相约明年了。国庆是最后一个可以来水府村的假期，等到元旦的时候，水府村已经被皑皑的白雪覆盖了，人出不去，也进不来。

秋天是个让人十分满足的季节，地里的庄稼和菜都成熟了，累累硕果挂满枝头，最漂亮的还要数那一个个饱满圆润的柿子，就长在村东头，引诱着人去采摘。

陆清酒找了个天气不错的下午，和白月狐一起摘柿子去了，两人摘了两大筐。陆清酒本来想说能吃多少吃多少，剩下的他拿来做柿子饼，结果瞅了眼面不改色在旁边吃柿子连皮都不剥的白月狐，最后还是怂了，道："狐儿啊，你给留点呗，咱们做柿饼。"

"好。"白月狐倒是答应得挺干脆，"我就吃一筐。"

陆清酒这才安心了。

柿饼得充分晒干，才容易保存起来食用，好在今年雨水不多，阳光非常好，所以晒干应该没什么问题。

陆清酒把本来该在十一月做的事情全都提前做了，买了肉，准备做腊肉和熏肉。今年他还打算用牛肉做熏肉，牛肉做的熏肉比猪肉做的香了很多，重要的是不需要烹调，稍微蒸一下就能直接食用，肉咸香适中又有嚼劲，看电视的时候当零食吃也是很好的。

除了腊肉，陆清酒还做了不少腊排骨。这些肉都可以在家里放很久，完全不用担心会坏掉。

大概忙了一个月，变身仓鼠的陆清酒终于将他们家塞了个满满当当，甚至冰箱的冷藏室一点缝隙都没有了。塞满之后，陆清酒又把地窖清理了一下，打算等温度再低点，就去买白菜放在地窖里。去年买得太少，还得省着吃，今年一定得多买一点，免得到最后没有菜吃憋得难受。

除了白菜，红薯也是必不可少的，这种食物容易储存，还很顶饿，重点是都是他们家自己种的，味道特别好。收获的那几天，白月狐都是几麻袋、几麻袋地往家里扛，好不容易才把地里的红薯全部收干净。

该准备的都准备了，剩下的还得等更合适的温度，差不多到十月下旬的时候，陆清酒奇迹般地闲了下来。

闲着没事儿干，他就开始天天和尹寻一起看电视，白月狐对这项娱乐活动兴趣不大，他更愿意躺在院子里什么都不想地晒太阳。

"好无聊啊。"尹寻趴在椅子上，"咱们就不能来点惊险又刺激的活动吗？"

陆清酒瞅了尹寻一眼："什么惊险又刺激的活动？"

"不知道啊。"尹寻道，"现在都这么无聊了，要是等到下雪，咱们还不得无聊死？"

陆清酒说："我准备了挺多书，你要看吗？"

"不要。"尹寻拒绝了。

陆清酒觉得尹寻就是欠抽，瞥了他一眼："那我教你个既能打发时间又能赚钱的活动吧。"

尹寻："啥啥啥？"

陆清酒道："你等着。"

第二天，陆清酒就去镇子上买了工具，放到了尹寻和白月狐面前。尹寻一看到这东西就愣了，白月狐却是不认识，伸手戳了戳面前的线团和两根针道："这是什么？"

陆清酒说："毛衣线。"

"你买毛衣线干什么啊？"尹寻道，"难道你会织毛衣？"

陆清酒表示自己对织毛衣一窍不通，但是没关系，他还准备了一本织毛衣花色大全，如果尹寻愿意学甚至还能在网上下载教程。总而言之就是方法总比困难多。

"你看啊，你要是无聊，你就织毛衣，等开春了，毛衣就能拿到镇子上卖钱了。"陆清酒很是善解人意地解释。而事实上，他只是觉得尹寻那闲得发慌的样子很是欠揍。

尹寻："……"

觉得自己的男子气概受到了侮辱的尹寻强硬地拒绝了陆清酒的提议，陆清酒对此也并不介意，只是把毛衣针和毛线球都放到了一个显眼的位置。

就在尹寻拒绝的第三天下午，陆清酒睡了个漫长的午觉，迷迷糊糊地从床上爬起来，看见尹寻缩着肩膀在干什么，他走近一看，发现尹寻正在研究花色，听见他的脚步声马上想要把手里的东西放下，然而一切都已经太晚了。

"你有什么想说的吗？"陆清酒问他。

"真香。"尹寻捏着毛衣针悲伤地说。

天气冷了，需要做的事情也少了很多，院子里不会再生杂草，也没有了昆虫的踪迹。地不需要播种，也不需要浇水，随着温度的降低，整个世界都好像要凝滞了。

冬天也算是一个让大自然休息的季节吧，一切都安静了下来，连空气里都散发着懒洋洋的气息。

陆清酒一直在等着第一场雪，他以为第一场雪会和去年一样是在十一月末的时候落下，可没想到才十一月初，这第一场雪就下来了。因为这场雪，陆清酒赶紧去了镇子上一趟，把该买的蔬菜和水果都买好了，拖回家里，保存在了地窖里面。

只是伴随着这场小雪来的并不是预想中的宁静，而是又一场火灾。

市区里起了火，起火的地方是个比较偏僻的仓库，不幸中的万幸是没有人员伤亡。可这火灾却和普通的火灾不同，据说祝融在火灾现场发现了龙的踪迹。他们起初以为这踪迹只是烛龙的，但是在白月狐去了之后，却发现不光是烛龙，还有陆清酒的姥爷敖闰。

这两人为什么会同时出现在一个地方？又为何制造了这起火灾？

陆清酒已经许久未曾听到自己姥爷的消息了，自从姥爷被祝融断了一爪后，就消失在了众人的视野里，没人知道他去了哪儿。

纷纷扬扬的雪花很快就将眼前的世界染成了同一种颜色，陆清酒穿得厚厚的，却还是觉得冷。

祝融在还没封山前来了一趟水府村，送给了陆清酒一大袋子据说非常特殊的姜茶，白月狐说这种姜茶融合了祝融之力，可以温暖人的身体，让陆清酒在冬天不至于那么难熬。

陆清酒缩成一团，哈着白气："这雪下得可真早啊。"

白月狐道："嗯，是挺早。"

陆清酒道："今年的羊肉还没吃呢，不过没关系，冰箱里我存了不少，就是没有新鲜的那么好吃。"

白月狐道："没事，我都喜欢。"

第一场雪下得不算太大，山路还能勉强通行，陆清酒心中还在庆幸，结果第一场雪才停了一天，第二场雪就下来了。

这场雪就非常大了，纷纷扬扬，如同帷幕，将整个世界都笼罩了起来，站在外头甚至看不清楚五米开外的人。随着雪落，水府村也陷入了怪异的寂静之中，在外面再也看不到一个村民。陆清酒实在是对村民们到底去哪儿了好奇得紧，于是厚着脸皮从围墙外爬进了隔壁李小鱼家里，想看看他们家里的人冬天到底在做什么。

因为穿得太厚，陆清酒好不容易才爬了进去，整个人跌坐在了雪地里，留下了一个完整的屁股印，他爬起来后看了一下李小鱼家的院子，确定李小鱼家里压根儿就没人——院子里的雪连一点踩踏的痕迹都没有，他走到窗户边上瞅了瞅，屋子里更是一点光都没有。

"有人在吗？有人在吗？"陆清酒喊了两声，自然也无人应答，他伸手推了一下门，发现李小鱼家的门居然没有上锁，被他随手一推就推开了。

站在围墙外边围观的尹寻忙问："家里有人吗？"

陆清酒说："没人，只是他家门没关。"

尹寻道："你要进去看啊？"

陆清酒道："应该不会出什么事吧。"这不白月狐还在家里嘛，只是陆清酒这种和尹寻一样闲得发慌的行为，他完全没有要参与进来的兴趣，就拿了把炒好的瓜子坐在院子里瞅着尹寻和陆清酒两人胡闹。

"我进去啦。"陆清酒鼓起勇气。

他推门而入，看见屋子里面一片昏暗，看起来并不像有人的样子。

这会儿村子里还没有停电，陆清酒摸到了旁边墙壁上的开关，打开之后屋子便被暖色的灯光笼罩住了。

虽然有了光，却还是不见人影，陆清酒本以为李小鱼一家就这么消失了，当他走到卧室附近，朝里面看了一眼后，却被卧室里的场景吓了一跳。只见卧室的床铺上，直挺挺地躺着几个人，那几人身上穿着单薄的秋装，没有盖任何防寒的衣物，就这么躺在了床上。这几个人分明就是李小鱼一家，看来水府村的村民们在冬日里并没有消失，而是就这样在床上躺了一个冬季，直到温暖的春风吹化了冰冷的雪才会起来继续活动。

陆清酒看到这一幕，转身就走，赶紧从围墙爬回了自己家，搓着被冻得通红的手把屋子里的情形描述了一遍，最后说道，"怪不得整个村子一到冬天就那么安静，我还以为是大家都怕冷不愿意出门呢……"

他正说着，坐在旁边的白月狐伸出手，将陆清酒冰冷的手裹在了自己的手心里，他的手心滚烫，缓慢地揉搓后，陆清酒的手很快便恢复了正常的体温。

"玩够了？"白月狐问道。

"够了。"陆清酒乖乖地回答。

"够了就回屋子里去。"白月狐说，"外面太冷了，待会儿又要下雪。"

陆清酒应声，但脚下却没动，他担心要是再下雪估计冷得连门都不能出了，还不如趁着现在温度还行，在外面多站会儿呼吸呼吸新鲜空气。

白月狐哪会看不出陆清酒的小心思，但在陆清酒的健康问题上，他是一点都不肯马虎，于是没同意陆清酒的想法。

回屋后白月狐道："今年的冬天会有些长。"

陆清酒叹息。

白月狐道："保重身体很重要。"

买来的发电机很快就派上了用场，雪才下没几天，他们这里的公共电源就断掉了，和公共电源一起崩了的还有电视信号和网络，不到一个月的时间，他们就彻底陷入了与世隔绝的状态。

尹寻倒成了找到自己兴趣的那一个，织毛衣织得津津有味，甚至还拿出软尺表示要量一量陆清酒的身高给他来一件。

陆清酒的心情很复杂，说：“织毛衣就那么好玩吗？”

“你要不要试试？”尹寻说，“真的会上瘾耶。”

陆清酒：“……试试？”

尹寻：“来来来，我教你啊，先这么开头……”

坐在旁边的白月狐：“……”真的好玩吗？

就这么过了一个多月，当某天祝融来水府村找白月狐，他敲了门没有人应声，直接进来的时候，竟然看到了三个坐在炕上低着头正开心地织着毛衣的大男人。他们闻声抬头，三双眼睛同时落在了祝融的身上。

“……打扰你们了？”祝融不知道该说什么。

陆清酒默默地放下了手里的毛衣，他这几天正在尝试给白月狐那双毛茸茸的耳朵织一副耳套，正织得起劲呢，此时只能装作无事发生的样子，道：“没有没有，有什么事你就直接说吧。”

祝融沉默片刻：“也没什么大事。”

白月狐听到“没什么大事”就继续把注意力放到了面前的毛衣针上，他打算给陆清酒织一件毛衣，家里的钱都是陆清酒赚的，他平时最多也就带些新鲜的食物回来，没有什么东西能送给陆清酒，现在突然发现自己有特别的礼物可以给他，心里自然挺高兴，至于祝融来干什么的——这不重要。

屋子里安静片刻，气氛越发尴尬起来，最后陆清酒受不了了，尴笑着起身问祝融要不要吃了午饭再走，他正打算去做。

祝融想了想，竟然同意了。

白月狐听到祝融要在这里吃午饭，有些不乐意，但祝融是陆清酒邀请的，他又不能直接赶他出去，于是便眼神不善地瞅了过去。祝融早就习惯了白月狐的护食行为，对此完全不在意，甚至很自然地在陆清酒的旁边坐下了。

“今天吃猪肉炖粉条吧。”陆清酒盘算着菜谱，“再凉拌一个海带丝，炒个腊肉……”

祝融说："都行，你随意，怎么简单怎么来。"

"那你们先聊着，尹寻，过来帮我忙。"陆清酒叫上了尹寻，把屋子单独留给了白月狐和祝融。

"你喜欢在人界的生活？"陆清酒离开后，祝融开口问道。

"你不喜欢？"白月狐反问。

祝融笑了笑，他道："自然喜欢。"不然也不会如此努力地维持这一切。

"出什么事了？"白月狐问。

祝融叹气，眉眼之间有些疲惫，他说："没什么大事。"

白月狐微微蹙眉，并不相信祝融的回答，但祝融却不打算继续说下去了，两人沉默以对，直到陆清酒进来说饭做好了，才打破了沉默。

"看见你这样我很高兴。"祝融最后说了一句，"如果所有的龙族都能像你这样遇到对的人，该多好。"

只可惜，奇迹若是一直发生，就不是奇迹了。

第十三章
烛龙怒

吴晓航不喜欢冬天。

冬天，就意味着需要花费更多的钱去购买食物和御寒的衣服，花更多的钱去取暖，这对于寻常人来说或许只是季节的变换，但于经济情况并不富裕的他而言，却是沉重的负担。以前都是一个人，咬咬牙就熬过去了，可现在家里多了一个小孩儿，虽然小孩儿说自己不怕冷，但他到底是舍不得让小孩儿在没有暖气的屋子里过冬的。

咬咬牙凑足了暖气费，家里变得温暖的同时，吴晓航也松了口气。

入冬之后，原本活泼的小孩儿安静了不少，除了吃东西之外，几乎都不愿意动，吴晓航变着法儿地给他带好吃的，就是怕他连最后的爱好也没有，彻底变得无欲无求。

小孩儿已经在他家里住了快半年了，吴晓航也习惯了他的存在，其间虽然想过要不要报警送小孩儿回家，但后来发现小孩儿家里的情况似乎并不好之后，吴晓航便断了这个念头。况且他天天看本市的寻人信息，并没有发现有人在寻找小孩儿，这也从侧面印证了小孩儿的说辞，他的家人并不爱他，甚至在发现他失踪后，也没有要寻找的意思。

吴晓航在感到悲伤的同时，也松了口气，卸下了内心的负罪感。

秋天的时候，小孩儿又受了一次伤，那次他伤得很重，回到家就昏迷了。吴晓航看到这个情况吓了一大跳，马上背起他就想往医院跑，但半路上吴如火醒了过来，死活不肯去医院。

"我没事的，不要去医院。"吴如火坚持道，"睡几天就好了。"

"谁打你了？到底是谁打你了？！"吴晓航咬牙切齿道，恨不得马上帮吴如火欺负回去，"对这么小的孩子竟然下得去这么狠的手——真不是个东西。"他忍不住骂了句脏话，刚骂出口又急忙收声，毕竟自己背上背了个小孩儿，让他学去可不是好事。

吴如火动作自然地在吴晓航的脸颊上蹭了蹭，带着些撒娇的味道，他道："是啊，他真不是个东西，我们回去吧，我真的不想去医院，都是皮外伤，过几天就好了。"

"不行，这怎么可能是皮外伤。"吴晓航还是不愿意。

吴如火却还是怎么都不肯去医院，吴晓航劝说无效，最后只能无奈地带着小孩儿回家了。回家后，他问吴如火为什么不想去，吴如火沉默片刻后，说了句让吴晓航心疼无比的话。

他说："医院很贵的，咱们家没钱。"

吴晓航听完便用力地抱住了他，心里难受极了，想着以后再也不能让小孩儿受这样的委屈，也不能再让其他人伤害他了。

小孩儿对吴晓航的承诺不置可否，他靠在吴晓航的肩膀上，眼神却没有了刚才的楚楚可怜，变成了如死水般的平静无波。

虽然在秋天时受了重伤，但好在入冬后，他变得安静了不少，也不喜欢出门了。吴晓航在担心的同时，也松了口气，吴如火不出门，便意味着其他人就没有了伤害他的机会。

这天吴晓航发工资，他特意在面包店里买了吴如火最喜欢的蛋糕，高高兴兴地提着回了家。只是还没进家门，他便听到里面传来了激烈的争吵声，似乎是吴如火在和什么人争论。他心中一惊，第一个反应便是吴如火的家长找上了门，可是在隔着门仔细偷听了一会儿后，吴晓航却发现屋子里只传来了吴如火一个人的声音。

"我不会这么做的，你闭嘴吧！！"吴如火气急败坏，"他是不一样的——至少对我是不一样的。"

那头的人不知道说了什么，吴如火更生气了，甚至砸到了什么东西："我会让他知道的，只是现在还不到时候，等再过些日子。"

吴晓航正在想吴如火想让他知道什么，屋子里的声音却低了下去，接着便是开门声，站在门口的吴如火已经发现了回来了的他。

两人四目相对，吴晓航却是心中一惊，他在吴如火的眼睛里，看到了一种自己从未见过的眼神，那神情冰冷又残酷，凝视着他的样子仿佛在看一只随手可以捻死的蝼蚁。吴晓航心中一震，条件反射地后退了一步，待他再看的时候，吴如火却已经恢复了往日温和的模样，笑眯眯地看着他，说："哥，你回来啦？"

"我……我回来了。"看着眼前的吴如火，刚才那糟糕的违和感很快便被吴晓航抛到了脑后，他说，"我给你带了你最喜欢吃的蛋糕，再不吃都冻硬了，快来尝尝。"

吴如火笑了起来。

两人进到屋子里，愉快地分食起了这块小小的蛋糕，吴如火忽地道了句："哥，你要是发现我在骗你，你会不会怪我啊？"

吴晓航正低着头切蛋糕，闻言道："你骗我什么了？是不是你家里人叫你回去了？"

吴如火摇摇头，表示并不是。

吴晓航道："每个人都有自己的秘密，如果不是故意想要害人，偶尔的欺骗也是被允许的。"他抬手摸了摸吴如火的脑袋，道，"或者你现在想要告诉我吗？"

吴如火咬着勺子思考片刻，却拒绝了吴晓航的提议，他道："不，我现在还不想告诉你，还不到时候……"

吴晓航失笑："什么叫不到时候？到底是什么事？"

吴如火说："很重要的事，不过现在我不想说出来。"他观察着吴晓航的表情，又想到了刚才在门口吴晓航不由自主地后退的那一步。

吴晓航却没把吴如火的话当回事儿，吴如火现在才十几岁，十几岁的小孩儿能有什么特别重要的秘密呢？吴晓航猜测这秘密大概和他的家庭有关，所以并不急切，表示可以等吴如火想说的时候再说。

吴如火满意地笑了起来，道了句："哥，你可真好。"

吴晓航拍拍他的肩膀，示意他快过来吃蛋糕。屋内橙色的灯光将两人身上都镀上了一层温暖的颜色，这个冬天，似乎并不像吴晓航想象中的那么难熬。

今天晚上的食物，是炖得烂熟的羊肉，配上地窖里储存的白菜，还有自己配的蘸料碟子，倒是十分开胃。事实上陆清酒吃羊肉的时候，很喜欢烫一点豌豆苗，只可惜今年的雪来得太早，他们家里又没有种，最后只好作罢。可谁知吃到一半的时候白月狐突然站起来出去了，陆清酒和尹寻都是一脸茫然，正在想着是不是市里面又出了什么事的时候，白月狐抓着一把脆嫩嫩的豌豆苗回来了，他的发丝上还有白色的积雪，但他并不在意，只是随便拍了拍，道："你们先吃，我去洗一洗。"

陆清酒忍不住露出笑容，点了点头，他并没有说自己想吃新鲜的蔬菜，却没想到白月狐一眼就看出来了。

豌豆苗洗好之后便被下进了滚烫的汤锅里，稍微在里面过一遍水便能捞出食用了，这样的豌豆苗带着浓郁的香气，无论是叶片还是茎秆都十分鲜嫩，很是爽口。

陆清酒道："你从哪儿摘来的？"

白月狐道："超市买的。"

陆清酒说："真好吃。"

白月狐满意地点点头。虽然陆清酒和尹寻不能出去，他却可以，这样想来，他们倒也不算太与世隔绝。

吃了豌豆苗，陆清酒的心情好了很多，最后还连着喝了好几碗汤，身体也暖和了起来。

吃完饭，尹寻主动去洗碗了，白月狐和陆清酒坐在床边继续织毛衣。不得不说，织毛衣这事儿是真的有瘾，只要开了个头，就想一口气织下去，根本停不下来。陆清酒计划给白月狐织的耳套此时只完成了三分之一，离完工还早得很，至于白月狐织的东西……陆清酒居然没看懂。

入冬后，雪压根儿就没有要停下的意思，连绵不断的模样简直像是天空被捅了一个大洞，只消一夜，外面的积雪就足足到人大腿那么高，连门都快打不开了。

为了避免屋子被堵死，他们现在每天早晨起来的第一件事就是扫雪。不过扫雪这事儿和陆清酒没有关系，虽然他想做，却被白月狐坚决地拒绝了，说陆清酒的体质本来就偏寒，还得靠祝融的姜汤暖身，和雪接触多了不是什么好事。陆清酒争辩未遂，于是只能作罢，站在屋子里看着白月狐和尹寻扫。

在屋子里憋了好几天，终于遇到了一个大晴天，陆清酒赶紧出去晒了会儿太阳。大雪之后，外面白茫茫的一片，阳光落在雪地里耀眼得刺目，尹寻抽着鼻子问陆清酒晚上吃什么。

陆清酒道："看你和月狐想吃什么吧，你怎么流鼻涕了？"

尹寻说："我好像有点感冒……"

陆清酒："山神也能感冒啊？"尹寻这山神未免也太脆弱了一点。

尹寻说："感冒病毒是很可怕的，别说我了，龙族也会感冒呢！"

陆清酒："……"他竟不知道该说点什么。

虽然是晴天，但陆清酒还是没敢走远了，就在院子里稍微转了几圈活动了一下筋骨。此时的院子里空空荡荡的，鸡啊兔子啊，全都被陆清酒在下雪之前移到了室内。牛牛没有进去，白月狐说它的抗寒能力很好，只要草料不断就行，放在外面冻一个冬天，肉质会更好，牛牛听了白月狐的话默默地打了个寒战。

至于后院的钦原和蜜蜂，陆清酒也都把它们放到了一个专门的房间，还放置了蜜蜂可以食用的糖供它们过冬，总之现在整个家里都做好了迎接冬日的准备。

十二月份的时候，狐狸爸爸苏焰照例来把小狐狸崽子苏息接走了，鉴于去年的情况，今年的苏息完美地保存了自己油光水滑的皮毛，再也不用担心被人认成贵宾犬了。苏焰见到此景颇为感动，拉着陆清酒的手狠狠地摇了几下表示感谢，最后才在白月狐不善的目光下撒开了手。

他看到了白月狐和陆清酒手里的毛衣，明显联想到了什么糟糕的事，后背不由得一凉，抓着自己的儿子赶紧开溜。

陆清酒茫然地说："苏焰怎么了？怎么一副慌慌张张被人撵着屁股跑的样子？"

白月狐说："你看你手上的毛线的颜色，像不像光滑的狐狸毛？"

陆清酒："……"

白月狐道："算他跑得快。"

陆清酒哭笑不得，最初的毛线是他从镇子上买来的，但是在他们夜以继日的努力之下很快就不够用了，当然，白月狐怎么会允许他送礼物的大业受阻？于是很快就带回了一团团质量非常好的毛线，陆清酒也没多想，以为这是白月狐去哪里薅来的羊毛，现在看见苏焰见鬼一样的表情，他再傻也猜到了白月狐是从哪里搞来的毛线……

不得不说这群九尾狐遇上白月狐是真的惨，不但尾巴没了，连身上的毛也被薅了不少。

苏息走后，家里安静了不少，今年年关很早，差不多到一月中旬的时候就过年了。陆清酒本来以为他们会平静地等到过年时分，可谁知十二月底的时候，市里却出了一件大事——原本活动轨迹变得低调的烛龙，竟然暴动了。

那天还在下雪，陆清酒迷迷糊糊地醒来，看见白月狐在旁边穿衣服，于是他问道："你去哪儿啊……"

白月狐说："我去一趟市里。"他回头对陆清酒说，"你在家里乖乖待着，不准去院子，外面太冷了。"

陆清酒说："好。"

白月狐起身就走，背影略微有些匆忙，看来情况不是很好，陆清酒在床上赖了一会儿，便也爬了起来，屋子里插着用电的暖气片，倒也不算太冷。这会儿是上午十点多，尹寻也该过来了，陆清酒坐在床边，注意到天边泛起了奇怪的红霞。这红霞他很熟悉，分明就是大火的象征，看来又是烛龙搞出来的，只是不知道他受到了什么刺激。

陆清酒坐在窗户边上，听到门口传来了敲门声，他第一个反应是尹寻来了，但敲门声过后，却并没有人进来，陆清酒心中一动，便知道门外的人定然不是尹寻了。

每次白月狐离开都会出点事，陆清酒心里也有了感觉，所以虽然听到了再次响起的敲门声，他却一直没有动弹。

敲门声又响了一会儿便停了，陆清酒略微有些疑惑，便透过猫眼往外看，没想到看到了一个熟悉的身影站在门外的风雪里，正静静地凝视着面前的黑门。

没想到自己的姥爷会突然找上门，陆清酒在惊喜之余也有些担忧，他连忙打开了门，道："姥爷，你怎么在这儿？"

敖闰的神情略微有些疲惫，他缓缓伸出手轻轻地抓住了陆清酒的手臂，在陆清酒的手心里写道："清酒，我有些事情想要同你说。"

陆清酒道："什么事？"

敖闰写着："关于白月狐的事。"

陆清酒又扫了敖闰一眼，只见他浑身上下都是伤口，脸颊上还带着被烧焦的痕迹，简直像是从火灾现场逃出来的。

"姥爷你没事吧？！"陆清酒心中一惊。

"没事……"敖闰摇摇头表示自己没事，"刚才和那畜生打了一架。"

陆清酒听到"畜生"这个称呼，马上想起了什么："你和烛龙打架了？"

敖闰微微颔首。

陆清酒道："你先进来吧，我帮你处理一下伤口。"那些伤口看起来太过狰狞，不但肌肤被烧得焦黑，甚至里面红色的肉也露了出来，看得人胆战心惊。陆清酒看着这个模样的姥爷，想到的却是：姥姥若是看见了一定会很心疼。

敖闰抬步走进了院子，但他并未进屋，而是在雪地里随便寻了个石凳坐下了。

陆清酒连忙进屋拿了酒精和纱布，打算给敖闰处理一下。

酒精沾上伤口本来应该是很疼的，但是敖闰却面不改色，而陆清酒却越清理越觉得心里头难过，他低声道："这样不行的，还是得去医院缝合一下……"

敖闰却拒绝了，说自己的伤没那么严重。

"怎么不严重了。"陆清酒说，"都能看到骨头了！"他实在是不忍心，尽全力放轻了手上的动作，可是这对于严重的伤口来说，并没有太大的用处，"到底出了什么事？你为什么会和烛龙打起来？你们两个不是一伙的吗？"

敖闰并不回答，只是轻轻地叹了口气，他缓慢地写着："你和你的姥姥不太一样。"

陆清酒"啊"了一声。

"你姥姥不爱说话，脾气虽然好，但是很倔，如果看见我这个模样，一定又去生闷气了。"敖闰继续写道，"她很聪明，所以也很少劝我。"聪明人很少说多余的话，她知道劝不下自己的爱人，便也索性不劝了。

陆清酒静静地听着。

"你是个乖孩子。"敖闰忽地写了这么一句，"你不该掺和这一切。"

陆清酒道："可是我已经掺和进来了。"

敖闰写："不，你还有机会。"他微微抬头，那双闭着的眼睛朝向了陆清酒，随后有些迷惑似的，"你为什么不离开水府村呢？"

陆清酒停下了手头上的动作，深吸一口气，语气严肃又认真："因为这里有我在意的人，也有我想保护的一切。"

敖闰道："可是你只是个脆弱的人类，你想保护谁？"

陆清酒道："人类才是守护者，而龙族只是房客而已。"

敖闰顿住，又是一声叹息，他露出一副"拿陆清酒没有办法"的表情。

陆清酒继续帮他处理伤口，他感觉敖闰的气息有些虚弱，心中浮起了淡淡的担忧。

两人都安静了下来，周围只有雪落下的声音，陆清酒问敖闰要不要进屋暖和一会儿，敖闰拒绝了。

"我要走了。"敖闰写着，"但是走之前，有些事情要做完。"

陆清酒问："什么？"

敖闰说："你真的不离开水府村？"

陆清酒本来是弯着腰的，听到敖闰问的这句话后他直起了身体，有些迷惑为什么敖闰会对让自己离开这里一事如此执着。

"我不会离开的。"陆清酒的语气笃定，"无论发生什么，都不会离开。"他无法想象把白月狐和尹寻两个人丢在这里的场景，他们两个连饭都做不好，要是自己走了，整个家该怎么办?

敖闰说:"可是你在这里会死的。"

陆清酒闻言愣了片刻。

"你会死在这里,像你的父母那样。"敖闰竟然写了这么一句话。

陆清酒沉默片刻,给了敖闰最后的答案:"人都会死的,每个人都会,死亡本来就是人类最终的归宿,能和自己在意的人在一起,死也没有那么可怕。"

敖闰听完陆清酒的回答,眉宇间浮起了难以描述的忧郁,他的表情像是在哭,又像是在笑,配合着脸上那狰狞的伤口,看起来格外诡异。

陆清酒正欲问怎么了,便看到敖闰突然站了起来,空着的那只手搭在了自己的肩膀上,他写着:"抱歉,清酒,我也不想这样的,可是如果不这么做,你一定会死去……"他的动作刚一停下,陆清酒就感到了一股冰冷的气息在顺着他的手往自己的身体里灌注,他整个人瞬间被冻僵了,像一尊冰雕似的僵在了原地。不过虽然身体被冻住,意识却还是清醒的,陆清酒听见敖闰沉重的叹息,他写道:"马上就要开始了,来不及了。"

接着,门口传来了一声凶狠的怒吼,是本该早就来了却刚到的尹寻,他见到这一幕,疯了似的朝着敖闰扑了过来:"浑蛋,你放开陆清酒——"

尹寻自然完全不是敖闰的对手,他还未扑到他身边,便被敖闰挥手直接打到了墙壁上。

陆清酒见状面露惊恐之色,他不明白敖闰为什么要这么做,但他也知道敖闰不会杀了自己,可尹寻就不一样了,对于敖闰而言,他只是个无足轻重的山神而已。

好在敖闰并没有多余的动作,他在陆清酒被完全冻僵后,便放开了陆清酒的肩膀,伸手轻轻地触碰了一下陆清酒的脸颊,他的手指微微有些颤抖:"对不起。"

陆清酒说不了话,只能看着敖闰。

"我也不想这样。"敖闰写了最后一句,"可是我没有办法……"他垂下了头,虽然看不到他的表情,可陆清酒却感觉此时的他一定是悲伤到了极点。

敖闰说完这句话,便缓缓转身,顶着风雪离开了。陆清酒立在院子里,像一尊没有生命的冰雕,被打飞的尹寻踉跄着扑了过来,确认陆清酒还活着后,哭着掏出手机想要给白月狐打电话,可是手机信号早就没了,他的眼泪流出眼眶,在脸颊上化为冰滴,哽咽着道:"酒儿,没事的,没事的,你会好起来的,我们这就进屋子,屋子里……可暖和了。"

烛龙知道自己很贪婪。他想要得到一切，拥有一切，特别是对于自己喜欢的东西。

"你该不会以为他真的喜欢你吧？"说话的人分明连眼睛都没有了，可烛龙却硬是从他的脸上看出了嘲讽和冷笑的味道，"他喜欢你，是因为他把你当作了人类，你若告诉他你是烛龙，他怎么可能还会喜欢你？"

"闭嘴。"吴如火从嘴里挤出两个字，表情扭曲得吓人，"敖闰，你有什么资格同我说这些？你只是个废物一般的失败者……"

敖闰闻言却笑了起来，他的嘴角勾出一个美丽的弧度，之前的嘲讽消失不见了，取而代之的是让吴如火更加疯狂的轻蔑，他道："你让我闭嘴，是因为你早就知道了答案。也是……哪有人类愿意接受你这样的怪物？他们接受你，也不过是因为你的欺骗罢了。"

吴如火发出怒吼，朝着敖闰冲了过去，此时的敖闰虽然并不是吴如火的对手，但想要躲开他的攻击，也是轻而易举的事。红色的火焰在两人之间舞动，如同现出了原形的巨龙。

"你生气啦？"敖闰保持着那让吴如火觉得最为厌恶的笑容，"难道是我说中了什么？"

吴如火不再和敖闰对话，他的招数招招致命，对自己则是完全不管不顾，已然是恨毒了敖闰。

看着这副模样的吴如火，敖闰却非常开心，他受了一些伤，但都无关紧要。两人越打越激烈，很快便吸引来了祝融那边的人，烛龙本想将敖闰留下，但还是被他逃掉了。

无奈，烛龙也只能选择了离开。

敖闰没有主动攻击烛龙，因而烛龙身上也并没有大的伤口，他回到了家里，静静地等待着。

入冬之后，天黑得格外早，傍晚时分，外面又开始下雪了。吴晓航回家之前去超市买了不少水果和肉，打算趁着明天周末，给家里的小孩儿做顿好吃的。吴如火还在长身体的年龄，不能吃得太差。他裹了裹身上单薄的冬衣，在心里悄悄地盘算起来——马上就要过年了，他想要存点钱，给吴如火买一件贵些的羽绒服……

吴晓航提着大包小包的东西走到了自家楼下，抬头看到了屋子里亮着的灯光，心中微微一暖，随后上了楼，掏出钥匙打开了房门。

吴如火坐在屋子里，背对着他。

吴晓航叫了一声："如火。"

吴如火没有动。

"如火？你怎么了？"吴晓航察觉出了吴如火身上的异样，他第一个反应是吴如火又被他家里人欺负了，心中升腾起了一种难以名状的怒火。当然怒火的针对对象并不是吴如火，而是他的家人，对于眼前这个瘦弱的小孩儿，他的心中只有无尽的怜惜。

"你家里人又找上门来啦？"吴晓航放下东西，走到了吴如火的身后，他的语气小心翼翼的，尽量选择温和的措辞，"他们是不是知道咱们住在哪儿了？你要是不开心，咱们就找个时间搬家吧，搬到他们找不到的地方去……"

吴如火没动，也没说话，像是凝固了的雕像。

吴晓航更担心了，道："如火……"他话刚出口，身前的少年便忽地伸手，重重地抓住了他的手腕。

吴晓航心中一惊，吴如火抓他的力气极大，甚至让他的手腕感到了一阵疼痛，他另一只手连忙轻轻地抱住了吴如火，想让他心里好受一点："没事的，没事的，我会保护你的，不会再让他们伤害你了。"他至今都记得吴如火身上那些可怖的伤口，也不知道是怎样的家长，会对这么可爱的小孩儿做出这么过分的事。

"保护我？"吴如火的语调有些奇怪，"你要保护我？"

吴晓航重重地"嗯"了一声，声音里充满了坚定。

"你不过是个脆弱的人类，拿什么来保护我？"吴如火说，"况且……无论是什么样的我，你都会接受吗？"

"会的。"吴晓航的语气肯定。

"即便我不是人类？"吴如火说。

吴晓航闻言有些茫然，他不太明白吴如火说的"不是人类"是什么意思，但嘴里还是条件反射地应了声，说："是的，无论你是什么，我都会接受。"

"真的？"吴如火再次确认。

"真的。"吴晓航说。

吴如火缓缓地转过头，吴晓航在看到吴如火的面容时，眼睛瞬间放大，露出一脸惊恐之色。只见吴如火的脸完全变了副模样，瞳孔赤红，里面甚至还有跳跃着的火焰，脸颊上生出了许多鳞片，额头上还有黑色的角，看起来可怖极了。

"啊！！！"吴晓航发出恐惧的叫声，转身就想要逃，可吴如火却死死地抓着他的手臂，让他根本动弹不得。

"骗子。"吴如火的声音低沉，再也没有了小孩儿的清脆稚嫩，他看见吴晓航表现出的退缩，恶狠狠地道，"你这可恶的骗子。"

"救命！救命——"吴晓航控制不住地叫了起来，他第一次感觉到了死亡的气息，吴如火身上散发出的浓烈杀意告诉他，他是真的想要杀了自己。

强烈的求生欲望让吴晓航不停地想要从吴如火的手里挣脱出来，可他的力气和吴如火相比，不过是蚍蜉撼树罢了。吴如火纤细的手变成了牢不可破的锁链，死死地扣住了吴晓航，让他无处可逃。

"你不是说不会怕我吗？！"吴如火愤怒至极，他没有想到，敖闻的话真的应验了，吴晓航根本不能接受不是人类的他，"为什么要骗我？！"

吴晓航吓得直接瘫软在了地上，他说不出话来，只是呆呆地看着面前的人，害怕得快要晕过去了。

吴如火松了手，吴晓航也没有动，两人对视片刻，吴晓航却是低低地啜泣起来，他接下来说的话，让吴如火的心浸入了冰水里，他说："怪……怪物……快点把如火还给我，把他还给我。"

怪物？他叫自己怪物？吴如火的表情有一瞬间的凝滞。

吴晓航哭得那么伤心，他抓住了吴如火的衣摆，喊道："把如火还给我，还给我啊——"

如火？谁是如火？他不叫如火，烛龙的身边开始有红色的火焰环绕，他突然意识到，吴如火本来就不是他的名字，吴晓航想要保护的那个人，也从来不是他。他的名字是敖炙，是烛龙派到人类世界来毁掉这一切的……

"啊！！"吴晓航被敖炙身上的火焰烧伤了，他被迫松了手，手心出现了一大片红色的水泡，他却还在哭，嘴里叫着吴如火的名字。

"真可怜啊。"敖炙怜悯地看着他，眸子里最后一点黑色也被红色替代，他抬起了吴晓航的脸，看着他的泪水不住地顺着脸颊滚落，又在高温的烘烤下化作雾气消失在空气中，仿佛未曾存在过一般，"既然这么可怜，就让我帮你结束这痛苦的一切吧。"

"如火……如火……"吴晓航哭得快要晕过去了。

敖炙不再说话，他伸手抚摸着吴晓航的头，就像一开始吴晓航抚摸他那般，他微微低下头，在吴晓航的额头上落下了一个安抚的吻："放心，不会很疼的，我会很快帮你结束这一切。"

火焰开始蔓延，吴晓航茫然抬头，看见了一张生满了利齿的血盆大口。

祝融他们赶到的时候，烛龙已经离开了。

本该毁灭在火焰之中的居民楼，却并没有被破坏的痕迹，相反现场被保存得很好，似乎本该无心无情的烛龙，依旧对这里存有眷恋。

祝融的脸色非常难看，他在现场发现了几滴血迹，显示烛龙曾经在这里吃过人。

烛龙的确是会吃人的，但是依照他们挑剔又暴虐的性格，通常只会吃人身上最嫩的部分。之前那些被烛龙杀掉的人类，都是被挑取了一部分最柔嫩的内脏，至于躯干和头颅的部位，他们碰都不屑碰。

但眼前的这个人，却被烛龙完完整整地吃掉了，其中的含义让祝融有了极为不妙的预感。

白月狐的话则印证了祝融的猜想："他把自己的饲养人吃掉了。"

祝融忍不住骂了句脏话。

白月狐嗅了嗅空气里的气息："还没有走远，追！"

祝融长叹："果然畜生就是畜生。"高级生物都能控制自己的欲望，但烛龙做不到，他们只要受到刺激，就会把心爱之物放进肚子里，至于还能不能取出来，就不是他们要关心的事了。

之前烛龙和敖闰打了一场，也不知道敖闰做了什么，竟让烛龙把自己的饲养人给吃了。

烛龙对于饲养人是非常挑剔的，通常情况下吃掉了第一任饲养人的他们，很难会找到第二任。

这对于他们来说是好事，也是坏事，好事是因为烛龙没有饲养人后会更容易暴露踪迹，而坏事是烛龙在食用掉饲养人后能力会变强，也由此出现了一个新的牺牲者。

白月狐冲出了门外，祝融紧随其后，朝着烛龙消失的方向追赶而去。

尹寻艰难地把完全冻僵了的陆清酒拖回了屋子里，此时的陆清酒硬得像一尊冰雕，尹寻都害怕自己要是不小心把陆清酒磕到一下，会磕掉什么部位。

"呜呜呜……呜呜……"无助的尹寻终于哭着将陆清酒放到了床上，然后往屋子里的炭盆和炕下加了炭火，想要让陆清酒的身体暖起来。

"你会没事的，你会没事的。"把衣服和被子都堆到了陆清酒的身上，尹寻慌张地在屋子里打转，他还想给白月狐打电话，却依旧没有信号。

尹寻无法，只能尝试别的法子，他开始烧热水，想要用热水给陆清酒洗个澡试试。

陆清酒却被折腾得有些累了，他的眼睛慢慢地想要合上，看见这一幕的尹寻却被吓了一跳。

"别睡，别睡啊！！"见到过太多因为寒冷而死去的例子，尹寻连忙大声地叫了起来，想要让陆清酒清醒一些，"陆清酒，别睡，别睡！！！睡了就完蛋啦！！！"

陆清酒能听到尹寻说话的声音，但自己却没办法表达出来，其实他没有尹寻想象中的那么糟糕，寒冷的感觉只存在于寒气最开始进入自己身体的时候，之后他并未觉得冷，除了身体变得僵硬之外，没有其他的感觉。

"别睡，别睡。"尹寻急傻了，抬手就给了陆清酒两耳光，打得陆清酒瞬间就清醒了，他瞪大了眼睛看着尹寻，心想：这货是不是故意的？

尹寻见耳光有用，这才高兴了起来，说："朋友，我真不是故意的，但是我也没啥办法，睡着了人就没了，咱们一定要撑到白月狐回来。"

陆清酒如果这会儿能说话，一定张口就骂。

尹寻注意到了陆清酒眼眸中的愤怒，他却傻乐起来，说："酒儿啊，我很聪明吧，放心，我一定不会让你睡着的。"说着就狠狠地掐了陆清酒的手臂一把。

陆清酒眼泪都要疼出来了，气得差点没晕过去，最恐怖的是尹寻似乎掐上了瘾，管他睡没睡着就来上两下，还美其名曰是为了防止陆清酒产生睡意。这货掐起劲了，还研究起了图案，说："你不要担心，我这就给你掐只小鸡出来。"

陆清酒："……"尹寻，你给我等着。

陆清酒从来没有像今天这样期盼白月狐回来过……

天亮了又黑，尹寻一直注意着自己的手机，直到半夜的时候雪小了，手机才突然有了两格信号，他连忙掏出来，给白月狐打了通电话。

电话响了十几声，就在尹寻以为白月狐不会接电话的时候，那头忽地传来了白月狐的声音，他大约是看到了尹寻的号码，知道家里肯定出了情况，声音有些沉重："清酒怎么了？"

"你快回来！！酒儿被他那个混蛋姥爷给冻僵了。"尹寻害怕手机又没信号，所以赶紧把最重要的事和白月狐说了。

白月狐听完之后表示自己马上就会回来，让尹寻不要紧张，也不要离开院子。

尹寻急忙说："好。"

接下来又是漫长的等待，原本短暂的时光在此时被无限地拉长，尹寻看着床上睁着眼睛的陆清酒，觉得自己从未有过这么久的等待，直到屋外响起了踩在积雪上的脚步声，尹寻一直堵在胸口的那口气才落下去。

"白月狐，白月狐，你总算回来了！"尹寻透过窗户，看到了进到院中的白月狐，连忙给他开了门，道，"我都急死了。"

白月狐头上、身上都是积雪，他也不在意，随手拍了一下，扭头问道："清酒呢？"

"他在床上！"尹寻说，"情况不太好！"

白月狐闻言连忙走到了床边，看见了依旧浑身僵硬的陆清酒。他伸手摸了一下陆清酒的脸，本来就严肃的表情更加凝重了，他道："他的脸一直这么红？"

尹寻瞅了眼陆清酒的脸，沉默片刻后小声道："不是，好像刚才还是白的。"

白月狐："那怎么变红了？"

尹寻："我为了让他保持清醒……打的。"

白月狐："……"

陆清酒恨恨地瞪了过去，虽然他的身体动不了，但是眼神还是可以杀人的。

白月狐面露无奈，迅速地检查了一下陆清酒的身体状况后，便让尹寻去端一杯热水过来。

尹寻赶紧去端了热水，递到白月狐的手上。

白月狐扶着陆清酒的身体，将热水喂到了他的嘴里，陆清酒艰难地吞咽着，感觉热水进入自己的身体后，便顺着喉咙一路滑入了胃里，整个人很快就温暖了起来，他的嘴里发出一声舒服的轻叹，这才发现自己竟然能说话了。

"酒儿？"听到他的声音，白月狐叫道。

陆清酒又喝了一杯，感觉自己彻底活了过来，虽然身体还有一些僵硬，但是至少说话是没问题了，与此同时，他也感觉到自己解冻了的脸上火辣辣地疼，不由得怒道："尹寻，你下手也太狠了吧，还专门朝脸上打！"

尹寻反驳说："我不是，我没有，我明明也有打你的手臂，不信你看看。"

陆清酒低头一看，果然发现自己的手臂也红了好大一片，而且红痕连起来还真是个小鸡的形状，他当场就被尹寻给气笑了。

白月狐也看明白发生了什么事，替陆清酒瞪了尹寻一眼。

"我现在什么情况啊？"陆清酒把他和敖闰见面的事和白月狐说了一遍后问道。

白月狐听完后眉头紧皱，道："他到底为什么要这么做？"

陆清酒："我快死了？"

白月狐摇摇头："普通人肯定已经死了，但是你有四分之一的龙族血统，虽然需要恢复一段时间，但也不至于伤及性命。"

陆清酒心下释然，他见敖闰的时候就感觉姥爷对自己并无恶意，但他却想不明白他为什么要这么做，将自己冻起来，难道是有什么特殊的原因？

接着，白月狐又告诉了陆清酒烛龙那边发生的情况。敖闰似乎和烛龙打了一架，并且不知道用了什么法子刺激到了烛龙，烛龙直接爆发，把自己的饲养人给吃了，祝融还在追烛龙，不知道现在什么情况……

陆清酒总觉得事情一环扣着一环，好像有什么大事要发生了，而且敖闰在离开前，说了一句"没有时间了"，他到现在都没想明白什么叫没有时间了。

"我要带你离开这里。"白月狐忽地开口。

"离开？为什么要离开？"陆清酒茫然。

"虽然你现在恢复了，但是你体内的寒气还是会源源不断地被激发出来，如果周围的温度太低，也会影响你的身体。"白月狐说，"你先离开水府村，我带你去个更温暖的地方，把冬天熬过去再说。"

陆清酒说："那你打算带我去哪儿？"

白月狐思量片刻："你是想留在人界，还是去非人类的世界？"

陆清酒坦白道："我哪儿也不想去。"

白月狐："不行。"

陆清酒说："说真的，能不能不去啊？我总有一种不好的预感。"

白月狐沉默地拒绝了陆清酒。

陆清酒观察着白月狐的表情，心中有了一个不太好的猜想，他一直觉得敖闰突然对自己动手很奇怪，完全没有要他性命的意思，那定然是有别的用意，加上敖闰一直想要自己离开水府村，难道他将自己冻住，就是想让白月狐亲手送自己走？

陆清酒想到这里，抬眸看向白月狐："你送我走，岂不是合了敖闰的意？"

白月狐默然，安静了好一会儿，才道了句："合了他的意又如何？"

这话也算是证实了陆清酒的猜测，果然，敖闰故意将他冻住不是想杀了他，而是想让陆清酒离开这里，但陆清酒想不通为什么敖闰对让他离开这件事有如此大的执念。

"敖闰说有什么事要发生了。"陆清酒试探地发问，"你知道是什么事吗？"

白月狐摇摇头。

陆清酒狐疑道："你真的不知道？"

白月狐叹气："我真的不知道，清酒，你听话，我不能失去你。"

陆清酒说："我知道……"他从白月狐的身上莫名地感受到了一种浓郁的悲伤，这种悲伤的来源未知，但却是如此强烈。

陆清酒正欲说点什么，白月狐却感觉到了什么似的脸色大变，他道："不好！"

陆清酒忙问出什么事了。

白月狐道："祝融那边……出事了。"

陆清酒这才想起白月狐是在和祝融一起追烛龙，现在白月狐因故赶回，祝融就只能一个人对付烛龙了。

"你快去吧。"陆清酒忙道，"我这边没什么事的，等你把祝融的事解决好了再带我离开这儿。"

白月狐神情复杂，却没有说话。

陆清酒知道他在担心什么，连忙保证白月狐处理完了这件事后自己就跟着他离开水府村，到温暖的地方去……

"你快去吧，万一祝融那边拖久了事情变麻烦了可就糟了。"陆清酒劝说着，"我已经暖和过来了，真的没事，快去吧。"

在陆清酒不断的催促下，白月狐终是松了口，叮嘱陆清酒不要到处乱跑，自己处理好事情之后就马上回来带他离开。

陆清酒乖乖地点头，看着白月狐又走了。

"你真的没事了吗？"尹寻担忧地看着陆清酒。

"没事。"陆清酒吐出一口白雾，搓了搓自己的手，"祝融……不能出事。"

第十四章
去与留

　　在白月狐走后，祝融没有放弃追击那只暴走的烛龙。虽然没有了饲养人的烛龙更容易被找到，但依照之前的情况，这样的烛龙却也更加危险。他们的精神会处于极为混乱的状态，见到活物便会攻击，几乎丧失了所有的理智。把这样的生物放在人界，是极为不妥的事，不但可能导致人界的伤亡惨重，还有可能泄露非人类的情况，让善后工作变得非常困难。

　　本来白月狐是跟着祝融一起去追的，但是半途却接到了一个电话，随即脸色大变，说："清酒那边出了事。"

　　祝融闻言让白月狐赶紧回去，白月狐也没有犹豫，说自己处理好家里的事后便会马上赶回来，让祝融万事小心。

　　祝融点点头，看着白月狐消失在了一团黑雾之中。

　　送走白月狐后，他将注意力重新转回了烛龙的事情上，继续跟着烛龙留下的痕迹往前赶，很快，这痕迹就越来越明显，这也就意味着祝融离烛龙越来越近了。

　　天空中还在飘飘洒洒地落着雪花，祝融的脚步停在了一条漆黑的小巷子外面。

　　小巷子里没有灯光，普通人很难看清楚里面的情形，好在祝融并不是人，他是夏之神，是掌控火焰的王者，所以他清晰地看到了巷子里的情况。

　　一个瘦弱的身影蹲在小巷的角落里，他听到了祝融的脚步声，缓缓地站了起来。从外表上看，这只是一个瘦弱的人类少年，身高还不到祝融的肩膀，可他身上散发出的浓烈的杀意，却在告诉祝融眼前这人便是那只吃掉了饲主、逃离现场的烛龙。

"真烦人。"烛龙缓缓地扭头，他的眼睛里已经没有黑色的瞳孔了，完全被红色的火焰所代替，那火焰甚至从他的眼眶中蹿出，仿佛是构成他身体的一部分，他的脸颊上全是猩红色的鳞片，额头上也生出了龙角，眼看就要化出原形。他恶狠狠地盯着祝融，眼神凶恶到了极点，用嘶哑的声音咆哮着，"真烦人——"

祝融很冷静，他已经见惯了这样的场面，火焰变成的长鞭出现了他的手中，他冷冷道了声："畜生，受死吧。"

"啊啊啊！！！"好像被祝融的话刺激到了似的，烛龙发出震耳欲聋的怒吼，火焰开始从他的肌肤里蹿出，他的皮囊变得焦黑，接着开始脱落。午夜的天空中，一条火焰构成的巨龙腾空而起，他那双红色的眸子瞳孔竖起，冷漠地凝视着站在地上的祝融，像是在看蝼蚁一般。

祝融的嘴角扯起一个嘲讽的弧度，他道："发什么疯，现在这样的结果，不都是你自己造成的？"

"闭嘴——闭嘴！！"赤色的火焰从他的嘴里喷涌而出，直直地朝着祝融喷了过去，他怒吼着，"人类都是骗子，都是骗子——"

火焰和祝融的身体相触，却被他直接吸收了，祝融飞到半空中，抖了一下自己的长鞭，心中庆幸还好此时是寒冬的午夜，整个城市几乎都陷入了沉睡，没有太多人能见到这一幕，不然还得花大力气善后。不过，即便如此，他也必须速战速决。

烛龙又是一声咆哮，朝着祝融直接冲了过来，他的身体虽然庞大，但动作却格外灵活，巨大的爪子和狰狞的血口不停地朝着祝融的身上招呼，招招致命，丝毫不留余地。在他的猛烈攻击下，祝融却显得游刃有余，作为执刑人，他早就习惯了龙族的攻击方式。转身又躲过了一口炙热的火焰，祝融却感觉到了一丝不妙的气息。他转过头，看向烛龙，却发现烛龙的身体停在了半空中，正用怪异的眼神同他对视。

"我是很喜欢他。"烛龙说，"但是我是烛龙。"

烛龙是控制不住自己的欲望的怪物，吴晓航其实并没有说错，他真的是怪物。他有被欲望侵袭的灵魂，即便是忍得了一时，也忍不了一世，既然如此，就让下面的一切为他陪葬吧。

烛龙知道自己和祝融暂时打不出结果，如果拖到白月狐回来，他的胜算恐怕会更低，不过没关系，从他到达这里，就已经准备好了一切……

　　看着烛龙朝着居民区扑了过去，祝融脸色大变，急忙上前阻拦，烛龙属火，一旦扑到居民区，马上会引起巨大的火灾和爆炸，到时候整个城市恐怕都会化为一片火海，祝融冲到了烛龙的面前，用手抓住了他的龙角，用尽全力将他硬生生地抵在了半空中。

　　身体受阻，烛龙却并不着急，他巨大的眸子里怪异的神色更甚，喉咙中吐出一串嘶哑的笑声，他说："值得吗？"

　　"当然值得。"祝融冷冷道，"想想你的饲养人，难道不值得？"

　　烛龙沉默了，他知道自己有很多该做的事，但在和饲养人生活的日子里，那些该做的事都不重要了。他甚至偷偷告诉自己，如果饲养人可以接受身为烛龙的他，他就再努力忍耐一下……可是……

　　烛龙想到这里，眼神变得冰冷了起来，现实是并没有如果，他终究是异于人类的怪物。

　　烛龙身上的火焰开始急剧燃烧，祝融察觉出了不对，可是却依旧不敢放手，他一放，便会有可怕的灾难发生，烛龙身上的火焰开始朝着祝融的身体蔓延，那火焰是如冰雪一般的淡蓝色，祝融见到火焰，脸色大变，道："你——"

　　烛龙哈哈大笑起来，他的语气里带着难以掩盖的恶意："哈，你不会真的以为我只是偷偷溜到人界来的吧？祝融，选吧。"

　　祝融身为火神并不怕火，但那淡蓝色的火焰，却和寻常的火焰完全不同，和祝融的身体接触之后，便开始迅速结冰，甚至冻结祝融的身体，祝融此时可以选择放手去处理火焰，但他知道，只要自己一放手，烛龙就会毫不犹豫地冲进下面的住宅区，到时人类恐怕会死伤惨重……

　　烛龙见祝融没有要松手的意思，冷冷道："他果然很了解你，祝融，你会为你短见的选择后悔的。"

　　祝融冷笑："我从来不后悔。"

　　从来到人界、想要守护这个世界的那一刻起，他就知道，自己是永远不会后悔的。

　　白月狐以最快的速度回到了市区，他看到了和烛龙僵持在半空中的祝融，两人身上散发出的明亮火焰，几乎照亮了整个天空，将天上的云朵也映照成了艳丽的红色。只是烛龙身上的火焰，却渐渐变成了冰冷的淡蓝色，那火焰很快就将祝融包裹起来，白月狐见到此景脸色一变，也顾不得其他，急忙化出原形，朝着烛龙那里飞去。他还未飞到，烛龙和祝融所在之处，便爆发出了一声剧烈的响声。那响声撼天动地，随着响声，白月狐看见烛龙的身体在半空中如同烟花一般炸开，冰蓝色的火焰四处溅射，白月狐急忙将下面的居民区保护起来，不让冰蓝色的火焰伤到人。

这蓝色的火焰似乎和普通的火焰并不相同，温度极低，所及之物，皆是瞬间结冰。

而离烛龙最近的祝融，身形在半空中僵住，随后直挺挺地往下落去。

白月狐赶紧上前将他接住，只是在触碰到祝融手臂的那一刻，他的心却沉了下去。

祝融已经完全被冻成了冰雕的模样，他睁着眼睛，眸子里却没有了神采，只是不知为何，白月狐却从他的眼中看到了悲哀的神情，仿佛是发现了什么难以接受的秘密。祝融的身体在触碰到白月狐的手后开始风化成细小的碎片，不到片刻，便消散在了他的手中。

烛龙自爆了，连带着将祝融也拉下了地狱，白月狐低下头，看见漆黑的居民区里陆陆续续地点亮了灯光，沉睡的人类被巨响吵醒，迷迷糊糊地想要看外面到底发生了什么。

只是此时一切都已经结束了，白月狐看着自己手心里最后的碎片也化作了握不住的尘埃，消散在了这漫漫冬夜里。

就在白月狐打算转身离开的时候，他的面前却浮起了一层淡淡的黑雾，黑雾之中男人的轮廓若隐若现，他的声音从黑雾中传了出来，语调冷冷地吐出了一句话，他说："白月狐，你真的想让陆清酒死掉吗？"

白月狐的动作顿住，扭头，叫出了男人的名字："敖闰。"

陆清酒觉得很冷，这种冷和往常的冷大不相同，并不是穿上厚厚的衣服、点上暖暖的火炉就可以减轻的。这种寒冷好似要从骨头缝里面钻出来，随着血液流遍他的全身一样，他只能不停地喝着热水，才能让自己稍微好受一点。

尹寻愁眉苦脸地在一旁不停地给他烧水喝，还拿出了祝融留下的姜茶，给陆清酒全都冲上了。喝了姜茶，陆清酒才感觉自己稍微好了一点，他靠着床边，冷得牙齿直打战。

尹寻忧虑道："白月狐什么时候回来啊？咱们来得及吗？"

陆清酒靠在炕上，半闭着眼睛，尹寻见状急忙上前摸了摸陆清酒的皮肤，感觉上面已经是一片冰凉，他心下焦急，但又什么都做不了，只能在屋子里不停地转圈。

"不行不行，我得出去看看。"尹寻道，"酒儿，你再坚持一会儿。"

陆清酒含糊地"嗯"了声，也不知道有没有听到尹寻的话。

尹寻走后，陆清酒依旧静静地躺在屋子里，就在他快要睡着的时候，感觉到有一双温暖的手触到了自己的额头，那手上灼热的温度烫得他一个激灵，随即又发出一声舒服的叹息。

陆清酒睁开了眼，竟然看到了自己的姥爷敖闰。

"姥爷……？"陆清酒道，"你怎么在这儿？"

敖闰握住了陆清酒的手，在他的手心里写着："你让尹寻带着你离开吧。"

陆清酒："嗯？"

敖闰："让他带着你离开水府村。"他轻轻地写，"就从山路下去。"

陆清酒说："可是山路不是封掉了吗？我们出不去的……"

"没关系。"敖闰写道，"我已经把山路上的积雪融化了，你坐着车就能下去，去吧，清酒。"

看来他是真的很想让陆清酒离开这里，甚至为他铺好了道路，但陆清酒却发现敖闰的身上有些异样，仔细一看，才发现他在渐渐变得透明，好像快要消失了一般。

"姥爷，你没事吧？！"陆清酒心中一惊，有了不好的猜想。

"没事。"敖闰很冷静，似乎真的没有什么问题，"我只是太累了，需要去休息一下。"

陆清酒道："为什么……"

敖闰伸手摸摸陆清酒的头："离开这里吧，清酒，这是你最好的选择。"

陆清酒还没说话，屋外便响起了尹寻的声音，尹寻推门而入的同时，敖闰消失在了陆清酒的面前。尹寻道："酒儿，你在和谁说话呢？"

陆清酒摇摇头，没有回答，只是询问尹寻外面的情况怎么样。

"山路上的雪化掉啦。"尹寻说，"不知道白月狐什么时候回来，咱们先去镇子上吧。"水府村的海拔比较高，温度也比镇子上低了很多，陆清酒这个状态也不知道能支撑多久，既然山路上的雪没了，尹寻只想做些力所能及的事。

陆清酒却没有回答。

尹寻道："酒儿，你怎么不说话？"他抓着陆清酒的手腕，感觉他的肌肤一片冰凉，连人类最起码的温度都没有，心中焦虑更甚，"或者你不想走的话，我再给白月狐打个电话，问问他什么时候回来。"

陆清酒想了很多，他想到了敖闰神色之间的忧郁，还想到了老树给他卜的那一卦——山穷之地固有水尽时，柳暗之村难留花明日，不入水中，周全难免，山水难复。至今他都没有彻底弄清楚这卦象到底是什么意思，其中又蕴含了怎样的秘密。

"不，我不走。"陆清酒最终还是拒绝了尹寻。

尹寻闻言焦虑到了极点，他真的好怕陆清酒慢慢地在他面前变成一个僵硬的冰雕，急得直在家里转圈。就在尹寻转了好几圈后，他的手机却突然响了起来，打开一看，竟然是白月狐的电话号码。

"喂，清酒的情况怎么样？"白月狐的声音从电话那头传来。

尹寻心中一喜，还以为白月狐马上要回来了，忙道："你快回来吧，清酒的状态不太好。"

白月狐道："你马上带着清酒去镇子上，我处理完了这边的事，就赶回来。"

尹寻没想到白月狐会这么说，心中一喜的同时，也生出了些担忧，他道："你什么时候回来啊？还有，山路上的那些积雪是谁清理掉的？"

白月狐道："不用担心，是陆清酒姥爷做的，去吧，注意安全。"

他说完就挂断了电话，尹寻愣了片刻，赶紧把白月狐在电话里说的情况告诉了陆清酒。

陆清酒闻言却觉得很奇怪，为什么白月狐会知道是敖闻帮他清理了山道上的雪，难道他们两个此时在一起？还有白月狐话中的意思显然是事情还没有处理完，也不知道到底出了什么事……

尹寻想得就没有陆清酒那么多了，连忙催促着陆清酒离开。

陆清酒最终还是同意了，他被尹寻扶了起来，尹寻在他的身上塞满了暖宝宝后，便带着他走到屋外，坐进了小货车里。

尹寻坐进驾驶室，让小货车赶紧开去镇子上。

小货车"叭叭"两声，算是听懂了尹寻的话。

就在小货车即将发车的时候，面前的道路上却突然出现了一个熟悉的身影，陆清酒定睛一看，发现这人竟然是他见过几次的和尚玄玉。玄玉的手里举着一把油纸伞，静静地立在风雪中，朝着陆清酒行了个礼后，叫了一声"陆施主"。

"你堵在前面干什么呢？"尹寻很不高兴地吆喝道，"快让开啊，我们要走啦。"

玄玉不动也不恼，只是露出一个淡淡的笑容。

陆清酒伸手拉了一下尹寻，示意他不要激动，随后道："小师父现在来找我可是有什么事？"

玄玉道："我有些话想同陆施主说。"

尹寻闻言却突然暴怒起来，他道："玄玉，你想做什么？我们马上就要走了，你别挡路——"

玄玉静静地看着尹寻："陆施主是有缘人，选择的权利应该在他的手上。"

"你放屁！！"尹寻直接骂了句粗鲁的脏话，"他马上就要死了，你要看着他死在水府村吗？快点给我滚开！！"

陆清酒被尹寻的状态吓了一跳，他从来没有见过这么暴躁的尹寻，像吃了火药似的一点就着，要不是陆清酒拦着，他恐怕一脚油门下去就朝着玄玉冲过去了。

玄玉似乎一点也不害怕自己被撞到，依旧安静地站在道路中央，阻拦着二人的去路。

"到底怎么了，你说吧。"陆清酒搓着再次冻僵的手说，"到底怎么回事？"

尹寻焦急道："酒儿，你不要听他胡说了，再在这里待下去，你真的会死的。"

陆清酒摇摇头，轻轻地拍了拍尹寻的手背，示意自己没事。

玄玉缓步走到了陆清酒旁边，两人隔着车窗玻璃对视着。玄玉的神色依旧宁静，眸子里带着浓浓的慈悲，好似度化一切的佛，他说："陆施主，您要是离开这里，敖月会死的。"

听到"敖月"这个名字，陆清酒呆了片刻，随即反应过来，"敖月"是白月狐的真名，啊，原来他家的假狐狸精叫"敖月"啊，真是个小姑娘一般可爱的名字，想到白月狐，陆清酒脸上浮起了笑，连带着玄玉说的内容带来的冲击感也变淡了。

"他叫敖月啊。"陆清酒笑道，"我才知道呢。"

玄玉点点头，继续道："作为守护者，是不能离开水府村的，况且是在如此关键的时刻，如果您离开了，死的不光是您身边的人，还有您的朋友和世间万物苍生……"

坐在旁边的尹寻再也听不下去了，打开车门就朝玄玉扑了过去，竟直接将玄玉扑倒在地，他恶狠狠地掐着玄玉的脖颈，怒吼着："闭嘴，死和尚，你在这里胡说八道什么呢，快给我闭嘴啊！！！"

陆清酒被尹寻的动作吓了一大跳，连忙下车将尹寻拉住，尹寻被拉开后，玄玉也没有要起来的意思，就这么静静地躺在雪地里，任由雪花飘落在自己的脸上和身上。

陆清酒勉强站住，他看向玄玉："小师父有什么想说的，就继续说吧，我都听着呢。"

玄玉抬眸看向陆清酒，他道："陆施主，或许不知道会更幸福，你真的要我继续吗？"

陆清酒道："小师父说笑了，你来到这里，不就是想告诉我真相吗？你说得对，至少选择的权利应该在我的手上。"无论最后的结果是好是坏。

玄玉道："好。"

站在一旁的尹寻突然号啕大哭起来，他抓着陆清酒的手求他不要再听玄玉胡说八道，求他跟着自己离开，还说白月狐马上就回来了，只要白月狐回来了，什么事都没有了……

陆清酒只能像安慰小孩儿一样安慰着尹寻，他想到了属于尹寻的境里，那一片枯草和墓碑，还有尹寻曾经撒下的谎言，如果自己把他留在水府村，他和白月狐或许又会过上之前那样糟糕的日子。但即便如此，尹寻也想让他离开，离开这里。

"你说吧。"陆清酒道。

"掌控夏季的神祝融已经死了。"玄玉躺在雪地里，缓缓开口，"没有了四神之力的支撑，两界很快就会融合。"

陆清酒闻言呆在了原地，刚才白月狐匆匆离开时，他就预感一定是发生了什么糟糕的事，只是没有想到，祝融居然死了。

"而你，是唯一可以阻止这一切的人。"玄玉道，"白月狐做不到，祝融也做不到，只有你能做到。"

陆清酒道："可是我不知道该怎么做。"

玄玉温柔地笑着，他说："你会知道的，已经有人把答案给你了。"

尹寻再也听不下去了，咆哮着再次朝玄玉扑了过去，这次陆清酒没有阻拦，他所有的注意力都放在了玄玉说的话上面。

按照玄玉的说法，他才是唯一一个能阻止这一切的人，可是他要怎么阻止呢？他不过是一个有四分之一龙族血统的普通人而已，到底要做什么，才能阻止他最不愿意看到的悲剧发生？

陆清酒一边思考着玄玉的话，一边对着还躺在雪地里的他伸出了手。玄玉微微一笑，握着陆清酒的手被陆清酒从地上拉了起来，他起身后，轻轻地拍干净身上沾着的雪花，温声道："陆施主，屋外天寒，我们还是进屋里慢慢说吧。"

外面的确是挺冷的，陆清酒同意了玄玉的提议，重新回了屋子。

之前暴怒的尹寻，此时却好像一个被戳破了的气球，整个人都蔫了下来，垂头丧气地看着陆清酒，想要劝他不要听玄玉的话。但显然，他自己也清楚这种劝说并没有什么用处，所以话到了嘴边，又硬生生地咽了回去，只是悲伤地沉默着。陆清酒只能拍拍他的手臂以示安慰。

重新回到了温暖的屋子里，尹寻害怕陆清酒冷着，赶紧去厨房倒了热茶，他也是小气，硬是没给玄玉倒热水，还从冰箱里抠出冰块扔到了玄玉的杯子里，恨不得冻死这个阻止他们离开的和尚。

玄玉倒是丝毫不介意，端起水杯便一饮而尽，还朝着尹寻温和地笑了笑，道了一声谢。

玄玉道："陆施主，无论是离开抑或是留下，选择的权利都在你的手上。"

陆清酒道："如果我走了，白月狐和尹寻是不是会死？"

"我们才不会死呢。"尹寻怒道，"我们都是非人类，就算受伤了，也会恢复的！"

陆清酒不理尹寻，继续看着玄玉。

玄玉却点了点头，他道："两界融合，最先遭殃的便是这交界处，到时水府村将不复存在，更遑论用自己的真身守护着人界的应龙？"

尹寻正欲反驳，却被陆清酒拉住了，他此时似乎明白了敖闰对他下手的含义，敖闰在他的身体里注入寒气，强迫他离开水府村，只要离开水府村，他身体里的寒气便不会作祟，也就避免了牺牲的结局。但是水府村会消失，两界会融合，这应该是他的目的……

玄玉继续说："四神已死，没有了四神的阻挡，两界融合只是时间问题，陆施主是唯一一个有能力阻止的人。"

这话陆清酒之前就听过了，此时再听，却发现了额外的信息，他狐疑地抬头盯着玄玉，道："小师父，你知道冬神在哪儿？还知道他的近况？"

玄玉轻轻"嗯"了一声。

"可是冬神不是失踪很久了吗？冬神是叫……玄冥？"陆清酒道，"你叫玄玉，你们之间有什么关系？"

玄玉叹息："陆施主……"

陆清酒道："你说吧，我都受得住。"无论是敖闰也好，白月狐也罢，在某些事情面前都拒绝给他选择的机会，因为他们认为，有些事情知道了并不比被蒙在鼓里来得幸福，但事实上陆清酒从来都是个有主意的人，他知道自己想要什么，不需要也不愿意让其他人为他做出决定。

"冬神的确已经消失许多年了。"玄玉说，"最后一次他和其他三神相见，已是百年之前。"

和其他的神不同，冬神是不被人类喜爱的，他带来的是死亡、饥饿和寒冷。

在一片皑皑白雪中，人们都期盼着寒冷的冬天可以快些过去，到达充满了生机的春日。其他神明的诞生来自人类的信仰和期盼，而冬神的诞生，却来自恐惧和敬畏。

"但冬神并不介意。"玄玉说，"他并未怨怼。"

陆清酒知道在冬神的身上肯定发生了什么，于是问道："然后出了什么事？"

玄玉垂眸，声音略微有些低，他道："这一切直到冬神被污染。"

陆清酒露出愕然之色："冬神被污染？他被污染了？"

玄玉点点头。

"等等，神为什么会被污染……"陆清酒不可思议道，"就算被污染了，不是说问题也不严重吗？"

玄玉道："本该是不严重的，因为四季神都能重生，只要重生一次，污染就被解除了。只是在重生之前，冬神出了意外。"

陆清酒紧张起来："到底怎么回事。"

玄玉道："冬神分裂了。"

陆清酒："啊？"他马上想到了自己那被分裂成了红、黑两色的姥爷。

"他将自己的灵魂分裂成了两部分，一部分继承污染，一部分纯洁无瑕，继承污染的那一部分被纯洁无瑕的那一部分杀掉了，之后便花了几十年的时间来重构身体。"玄玉道，"这件事，没人知道。"

他解释说本来四神之间互相都是有感应的，如果冬神死了，其他三神都能感觉到，但问题是冬神被分裂成了两部分，所以其中一部分死亡，其他三神都没有反应，以为冬神依旧还活着。然而这并不是最糟糕的，最糟糕的是冬神被污染的那部分重生之后，污染竟然没有消失，不但如此，还失去了之前的记忆，对人界充满了恶念，甚至勾结起了烛龙一族，想要将人界和非人类界融合在一起。

玄玉说到这里，语气里也带上了无奈的味道，显然不明白本该简单的事为什么会因为一点小小的意外变得如此复杂。

陆清酒听完后沉默了，随即用怪异的眼神看着玄玉："你该不会就是……"

玄玉和陆清酒四目相对。

"你就是冬神的一部分？？"陆清酒本来以为玄玉和玄冥这两个名字相似只是巧合，现在仔细想来，世界上哪有那么多巧合——每次玄玉出现的时候都是大雪将至，第一次是在冬天，第二次是在今年六月飞雪的时候。

玄玉道："没错。"他如此轻易地承认了。

"不是吧？你是冬神？"坐在旁边的尹寻也有点坐不住了，他站起来道，"你怎么会是冬神？我见过冬神的，他可厉害了——你是怎么回事啊？"

玄玉面露无奈，说当时分裂灵魂的时候他基本上没有分到什么力量，要不是冬神被污染的部分自愿赴死，他也杀不掉他，只是现在那部分重生之后，却没了之前的记忆，完全不打算再让他杀一遍，甚至还想将他和自己融合。

陆清酒和尹寻听得一愣一愣的，完全没有想到居然会是这样的情况。

"那你为什么不早点告诉其他人？"陆清酒问道，"如果早些说，应该还有弥补的机会吧？"

玄玉道："我的力量太弱了，只能出现在最冷的时候，之前我以为他只是闹脾气，直到今年，我才发现他竟然是认真的。"他又是一声叹息。

陆清酒还欲说话，却听到院子里刮起了剧烈的风，这风声和往常的风声大不相同，凄厉如同号哭，甚至将地面上的雪花也卷了起来，抛向天空，雪花遮住了阳光，整个世界都陷入了一片昏暗。

"他来了。"玄玉站起身。

陆清酒知道他说的是冬神被污染的那部分，忙道："你别出去，白月狐马上就要回来了。"

玄玉摇摇头："他不会那么快回来的。"

陆清酒道："你知道什么？"

玄玉道："你还记得六月份的那场雪吗？"

陆清酒当然记得，他甚至还记得当时天地之间的异象，以及和白月狐打斗的那几条烛龙。

玄玉说："那是他们设下的局，祝融之死，只是个开始。"他双手合十，对着陆清酒行了个礼，"陆施主，冒犯了。"

陆清酒还未反应过来，玄玉便伸出手指，在陆清酒的额头上点了一下，接着，陆清酒感觉到自己的额头一凉，身体里面所有的寒意似乎都汇聚到了头顶。在尹寻愕然的目光中，陆清酒的眼前出现了几只翩翩起舞的冰蝶，这些冰蝶是从陆清酒的肌肤里飞出来的，同时也带走了他身体里的寒冷。

"陆施主无论是去是留都不用担心了。"玄玉温声道。

陆清酒还没来得及高兴，便看见玄玉要推门而出，他想拦住玄玉，玄玉却去意已决，他说自己的身体里面本来就已经没有了力量，被融合或许可以起到阻止的作用，所以让陆清酒不用担心……

陆清酒道："可是融合之后你就不在了！"

玄玉笑着："该说的该做的，我都已经做了，我同他本来就是一体的。"

他拒绝了陆清酒的阻拦，推开了门，从院子缓缓地走了出去。

隔着呼啸的风雪，陆清酒隐约看到一个矮小的身影站在屋外，他艰难地辨识着，才发现这个小孩儿自己曾经见过，他万万没有想到，小孩儿竟然就是传说中的冬神，而玄玉，已经走到了小孩儿的身边，弯下腰来，牵住了小孩儿冰冷的手。

"你终于舍得回来了。"小孩儿有些眷恋地用脸颊蹭了蹭玄玉的手背，声音里还带着稚气，"我等了你好久。"

玄玉轻轻地"嗯"了一声，道："让你久等了。"

小孩儿道："我们走吧。"

玄玉弯下腰，熟练地将小孩儿抱了起来，小孩儿紧紧地搂着玄玉的颈项，好似害怕他会再次突然离开似的，两人的身影渐渐消失在雪幕之中，原本冷冽的风也平静了下来。

陆清酒站在窗户边上发呆。

尹寻戳了戳陆清酒，嘟囔道："酒儿，咱们还走吗？"

陆清酒说："不走，咱们等着白月狐回来。"

尹寻欲言又止，最后还是什么都没有说。

玄玉和小孩儿走后，雪便停了，温暖的阳光透过云层洒落在雪地之中，空气是冷的，却没有再给陆清酒带来痛苦，玄玉带走了他身体里的寒意，让他恢复成了正常人的状态。

白月狐黄昏的时候才回来，那时陆清酒已经窝在炕上快要睡着了，他进屋子的动作很轻，但陆清酒还是马上睁开眼，看到了他。

"敖月。"陆清酒叫了他的真名。

白月狐表情微愣，似乎没想到陆清酒竟然知道了他的名字，他此时穿着的黑色长袍上到处都是暗红色的血液，散发着淡淡的血腥味，因为温度太低，这些血液全都凝固了。他走到陆清酒的身边，垂下头凝视着他，黑色的长发散落在陆清酒的脸颊上，微微有些痒意，他道："你怎么知道的？"

"我猜到的。"陆清酒眨着眼睛，伸手握住了白月狐的一缕发丝，"你回来啦。"

"嗯，我回来了。"白月狐道，"我们马上走。"

"不。"陆清酒道，"我不走了，我也不冷了，我要留在这里陪着你。"

白月狐手上的动作顿住，原本柔和的表情也淡了下来，他看着陆清酒，拒绝道："不行。"

"玄玉就是冬神。"陆清酒说，"他帮我祛除了身体里面的寒气，我不用走了。"

"你必须得走。"白月狐伸手摸了摸陆清酒的脸，在感觉到陆清酒的脸颊不似之前那么冰凉，有了人类肌肤该有的柔软温暖后，才微微松了口气，但是即便如此，他也没有要松口的意思，"这里会变得很危险。"

陆清酒："我知道，所以我想在这里陪着你。"玄玉曾经说过，他是唯一一个可以拯救这一切的人，而且已经有人告诉了他答案，虽然他现在还是一头雾水，但他觉得自己终究会明白的。

白月狐却依旧强硬地拒绝了陆清酒的要求，说的话听起来似乎格外无情："你的身体太过孱弱，万一我和烛龙打起来，还得分神保护你。"

陆清酒闻言也不恼，只是按住了白月狐的肩膀，将他的脑袋扭过来，示意他看着自己的眼睛，把刚才说的话再说一遍。

白月狐怒道："陆清酒——"

陆清酒道："你再说一遍我就走。"

白月狐深吸一口气，似乎做了一下心理建设，打算把刚才的话再重复一遍，却注意到了陆清酒委屈的眼神，于是话到了唇边，硬生生地又给咽了回去。

"你看，你说不出来了吧。"陆清酒哈哈一笑，说，"我不管，反正我是不会走的，你要是死了，我就跟着你一块儿死。"

白月狐一把握住了陆清酒的手腕，咬牙切齿："你敢？！"

陆清酒道："有什么不敢的，你人都没了，我什么都敢。"

陆清酒看着白月狐隐隐开始泛红的瞳孔，也知道不能把他家的小龙给刺激得太狠，连忙按住他的肩膀，待白月狐冷静下来了，才含糊地说："你看，我光是说说你就这么生气了，月狐，我知道你在担心什么，但是我不害怕……你去哪儿我都想陪着你。"即便是地狱。

白月狐死死地抱着陆清酒，他道："你会死的。"

陆清酒道："不，我不会死的。"

白月狐气得直咬牙。

陆清酒被白月狐这孩子气的表现弄得哭笑不得，他拍拍白月狐的肩膀，说："行啦，不闹了，咱们就好好过日子，至于以后会怎么样，再说吧。"

白月狐的表情有些郁闷，似乎还在纠结。

陆清酒又是好一顿安抚，白月狐的情绪这才渐渐地平静下来。

陆清酒身体里面没有了寒气，感觉自己又恢复了年轻人的活力，冲到客房把还在睡午觉的尹寻拉起来，说："咱们晚上吃大餐。"

尹寻被陆清酒弄得有点蒙，道："什么大餐？"

陆清酒说："那得看你想吃什么。"

尹寻呆滞了几秒才恢复过来，道："不是，怎么说到吃饭了？白月狐呢？他回来没有？"

陆清酒说："回来了啊。"

尹寻又道："白月狐就没说什么？"

陆清酒道："说什么？"

"当然是让你离开这里啦。"尹寻焦急道，"玄玉不是说马上就要出事了吗？你待在这里会有问题的，他不该马上送你走吗？怎么还在这儿耽搁时间……"

陆清酒拍拍他的肩膀，示意他冷静下来。然后缓慢地解释了他和白月狐达成的共识，总而言之，就是他决定继续留在这里，而白月狐选择支持他的想法。

尹寻目瞪口呆，他本来以为白月狐回到这里做的第一件事就是带陆清酒离开，玄玉能糊弄得了陆清酒，难道还能糊弄白月狐？可是看陆清酒的表情，显然不是在撒谎，他莫非真的说服了白月狐让他同意自己留在这儿……

"白月狐疯了吗？怎么会允许你留下来？"尹寻不可思议道，"他不知道你会死吗？他也被玄玉洗脑了？！"

"尹寻。"陆清酒叫住了他，他知道尹寻在想什么，自己作为尹寻唯一的朋友，尹寻自然想让他活下去，只是在人的生命里，却有一些比活着还要重要的事，玄玉没有强迫他留下，他只是告诉了陆清酒所有的选项，让他自己做出选择，"每个人都会死的。"

尹寻还是不肯接受。

陆清酒道："你冷静一点，每个人都会死的——我就问你一个问题，如果我们两个之间，只能活下来一个，而我把那个机会让给了你，你会觉得开心吗？"

尹寻思考片刻后，失魂落魄地说了声"不"。

"我也不会开心。"陆清酒说，"我走了，活下来了，余生却都在怀念白月狐和你之间度过，这样的余生，不要也罢。"

尹寻冷静了下来，他不再试图说服陆清酒，只是依旧十分消沉。

陆清酒见状也不好再劝，转身独自去了厨房。

今天是个重要的日子，陆清酒决定做一顿丰盛的晚餐。

他从冰箱里取出大量食材，然后开始低头仔细地处理起来。虾解冻后清理干净虾线，放进油锅里炸熟，辅料是土豆、洋葱、胡萝卜，切成条状，焯水之后用特制的调料再炒入味，最后加入虾焖一段时间，便是美味的干锅虾了。

屋子里很快就弥漫起了食物浓郁的香气，不知何时尹寻和白月狐都出现在了厨房里，开始帮陆清酒打下手。

"这虾子新鲜的更好吃，只是现在冻久了。"陆清酒碎碎念，"等到来年开春的时候一定得多买点新鲜的海鲜吃。"

"我想吃鱿鱼花。"尹寻在旁边闷闷地说。

"现在才说，都来不及了，明天给你做。"陆清酒把虾子端了起来，又看了看还在锅里炖着的鸡汤，"狐儿想吃点什么吗？"

白月狐摇摇头，示意什么都无所谓。

陆清酒又从冰箱里拿了猪肉，打算炒个回锅肉。

尹寻站在旁边，突然抽泣起来，哭得特别伤心，陆清酒面露无奈，放下手里的东西转头问他到底在哭什么。

尹寻哽咽道："我只是想起了你没有回来时的那些日子，那时候我都没有肉吃，好不容易买了肉，还只能白水煮，陆清酒，我好害怕。"

陆清酒道："不怕不怕，我在这儿呢。"

白月狐虽然没有说话，却在旁边轻轻地握住了陆清酒的手，神色间的不安才稍微消减了些许。

"不会再让你和月狐受委屈了。"陆清酒说，"你看这村子里的日子多难过，连个垃圾桶都没有，狐儿好歹还能翻翻垃圾桶。"

白月狐："……我没有！"

陆清酒："真没有？"

白月狐："偶尔。"

陆清酒："偶尔？"

白月狐放弃说话，闷不作声地转身做事去了，没有再理会调侃他的陆清酒。陆清酒被白月狐这模样逗得心软成了一片，凑过去把他重新哄好。

尹寻的嘴角也勉强露出一丝笑容。

第十五章

永夜至

在那山雨欲来风满楼的气氛中，生活再次归于了平静。

玄玉和冬神离开的同时也带走了陆清酒身上的寒气，让他在冬季里不至于太过难熬，不用再像之前那样被钉死在暖和的炕上了，现在他只要稍微穿厚点就能去雪地里玩耍，不用担心发烧感冒。

降雪也不似之前那样连绵不绝，晴天变得多了起来。

白月狐则开始天天从外面往回带一些新鲜的食材，起初是味道比较好的禽和兽，后来他沉迷上了新鲜的海鲜。

和人界的海鲜不一样，白月狐从异界带回来的海鲜都是又大又新鲜的，比如模样长得和人界差不多的鲜虾，个头却足足有人的小腿那么大，白月狐带回来的一串还活蹦乱跳，看着都十分诱人。陆清酒也感觉异界好像没有那么糟糕，至少对于以食为天的人类而言，异界充满了某种难以言说的魅力。

鲜虾的做法就比冻虾多很多了，清蒸之后蘸酱油吃就足够鲜美，还能打成泥状做成虾滑煮汤或者烫火锅，总而言之，虾子的吃法有很多，但不论是人界的还是异界的，它们的共同之处就是味道都很好。

陆清酒做了个虾丸汤，清蒸了几只，爆炒了几只，这虾子不仅大，肉质也很细嫩，一点都不老，也不柴。经过白月狐的介绍，陆清酒才知道这虾子其实是刚出生的幼崽，成年的这种虾足足有一个人那么大，不过那时候的虾就有点太老了，味道没有现在的好。

听他介绍完，陆清酒还在想着和人一样大的虾是有多大啊……

除了虾之外，其他的海鲜也没有落下，什么螃蟹、龙虾、鲍鱼、海参，总之人界能看到的食物，异界几乎一样都没有少，全都可以找到替代品。

陆清酒用鲍鱼炖了汤，在寒冷的冬季里喝，不但美味，还可以祛除身上的寒意，可以说他是非常喜欢了。

只是他们这样美滋滋的小日子还没过上几天，就有人看不下去了。

陆清酒也没想到，敖闰会直接找上门来，当场和白月狐打了一架。

他们打架的地点就在院子里，陆清酒起初看到他们两个扑到一起的时候还在担心这两人打架会不会把家里给毁了，但后来证明他着实有些多虑，因为白月狐和敖闰都没有使用强大的力量，两人完全是在凭借着肉体互掐。不过即便如此，院子里还是一片狼藉，墙壁倒了好大一片，好好的鸡窝也被压平了。

敖闰的表情恨恨，白月狐也不甘示弱，两条龙打架的样子却像是两个人类，没有用一点法术，拳拳到肉。陆清酒看得是哭笑不得，他想要上前阻止，但见两人打得那么投入又有点害怕自己被误伤，于是只能站在旁边干着急。

尹寻这货看热闹不嫌事大，从屋子里掏出两个烤红薯，递给陆清酒说："咱们吃着看，可别把身体冷着。"

陆清酒本来想拒绝的，但见白月狐和敖闰没有要停下来的意思，便接过来一边暖手一边啃了起来。

只是让陆清酒没有想到的是，白月狐和敖闰打着打着，他竟听到两人在吵架，敖闰大骂白月狐无情无义，白月狐则怒吼敖闰多管闲事。陆清酒起初听到这吵架声的时候整个人的表情都呆滞了一下，因为他之前只听过红发敖闰的声音，却没想到黑发的姥爷也能说话。

"他们吵得真厉害啊。"陆清酒说了句。

"吵架？什么吵架？"尹寻满脸茫然，"他们有说话吗？"

陆清酒道："……你听不见？"

尹寻摇摇头，示意自己什么都没有听见。陆清酒又仔细地观察了一下，发现敖闰和白月狐的确没有开口，两人的嘴唇都是紧抿成一条直线，他们吵架的声音好像是直接传入了陆清酒的脑海里。

"敖月，你竟然不肯放陆清酒走——你不知道他留在这里会死吗？"敖闰还在怒吼，

"你到底有没有把他当作你的朋友？"

"我如何需要你来置喙？"白月狐冷冷地反驳，"他想要留下，我便尊重他的意见，不像你，向来都是这么独断专行，不关心被给予的对象到底想不想要！"

他们两人吵得热火朝天，陆清酒却有点愁，这马上就要到午饭时间了，这两人是还要闹多久啊，他尝试性地在脑海里叫了一声："喂，你们能听见吗？"

白月狐和敖闰的动作瞬间停下了，两人同时扭头，对着陆清酒露出惊讶的表情。

"能听到？"陆清酒在脑海里继续喊，"你们还要打多久啊？"

敖闰马上把白月狐松开了，他从雪地里爬起来，两下拍干净了衣服上挂着的积雪，恢复成了温文尔雅的模样，温柔地微笑着走向陆清酒："酒儿啊，你能听到我们的声音了？"

陆清酒道："是啊……刚听到的。"他看了眼有点蒙的尹寻，"别人听不到吗？"

敖闰解释："这是龙族才能听到的声音。"之前他也尝试用过这种法子和陆清酒说话，但陆清酒对这声音一点反应都没有，他只好用写字的方式和陆清酒交流。这种方式虽然龙族通用，但陆清酒只有四分之一的龙族血统，听不到也是正常的事，然而今天陆清酒竟捕捉到了他和白月狐交流的内容，不过话说回来，这样一来，他岂不是听见自己骂脏话了？

敖闰想到这里，又冷冷地瞪了白月狐一眼。

白月狐气得暗暗磨牙，恨恨地想着要不是顾着陆清酒的面子，他非得和敖闰打出个胜负来。

"酒儿。"敖闰从脑海里传来的声音和红发敖闰的声音区别并不大，他走到陆清酒的身侧，伸出手轻轻地帮他把头顶上的雪花扫去，"快点进屋子里，外面冷。"

"姥爷，我没事。"陆清酒道，"你别和白月狐打了……"

敖闰道："我只是没有想到他居然这么自私。"他还是有些不高兴，"你身体里有寒气，怎么能留在水府村？我之前还给你开好了路，就是想要你早些离开……"

陆清酒道："现在我体内已经没有寒气了。"

敖闰闻言皱眉，他之所以将陆清酒冻僵，就是为了逼着白月狐将陆清酒送走，无论白月狐愿不愿意，继续待在水府村的陆清酒身体肯定是扛不住的，这样一来，陆清酒就必须离开，避开即将发生的那件事。敖闰本来以为自己的方法天衣无缝，却没有想到隔了好几天再次回到这里时竟发现陆清酒还待在家里，而且是一副生龙活虎的样子。

"冬神帮我把身体里的寒气驱走了。"陆清酒说，"我不再离开了。"

敖闰闻言神情复杂，欲言又止。

白月狐却抬步走到了陆清酒的身边，直接牵起了陆清酒的手，道："酒儿，我饿了。"他挑衅地扬了扬下巴。

敖闰见状气得差点又撸起袖子，对白月狐动手。

陆清酒赶紧劝住了两人，说："咱们吃过午饭再继续行不行？这都快要十点钟了，再打下去饭都没得吃了。"

在食物的诱惑下，白月狐和敖闰最后选择了休战，只是两人还是有些互相看不惯，你一言我一语地挑衅着对方。

而全程什么都不知道的就是尹寻了，他站在旁边傻傻地啃着自己的烤红薯，没明白这群人怎么一句话不说就达成共识了，还友好地决定去做午饭，他们到底背着自己说什么了……

陆清酒还是第一次把敖闰请进家里，邀请他吃午饭。

敖闰显然对陆清酒的邀请很惊喜，虽然不喜欢白月狐，但还是压下了内心暴躁的情绪，恢复了之前见过的温和模样。白月狐也忍了忍，给了敖闰一个面子，他虽然不喜欢敖闰的自作主张，但说到底，敖闰是陆清酒的姥爷，况且看陆清酒的样子没有要责怪他的意思。

"为什么不走呢？"敖闰在厨房里低着头帮陆清酒处理着白月狐昨天从外面带回来的新鲜蔬菜，"你若是愿意，我可以再为你清理一次道路……"

陆清酒摇摇头，语气坚定："不，我不走了。"

敖闰道："可是你会死的。"

陆清酒道："一定会吗？"

敖闰微微蹙眉，没有回答这个问题。

陆清酒正在把肉剁成馅，打算做成肉丸后下锅炸，他一边剁，一边说："可是，我如果走了，白月狐会死吧？"他记得玄玉说的话。

敖闰继续沉默。

"姥爷，你知道接下来会发生什么吗？"陆清酒道，"可不可以告诉我？"

敖闰叹气，他说："四季神已死，接下来就是两界相融……"

"那你希望两界融合吗？"陆清酒问。

敖闰抬头，他闭着眼睛，却好似在凝视着陆清酒的面容，他说："我不关心两界，我只关心你。"陆清酒是他留下的后代，也是唯一一个拥有龙族血脉的人类，他自然想要用尽办法让他活下去，可现在看来，陆清酒自己放弃了。

"你还有最后的机会。"敖闺道，"你即便留下来，也不一定能拯救白月狐。但如果你走了就一定会活下来，等两界融合后，我可以保护你，给你找曾经的人界大能修习的法籍，到时……"

听着他说的话，陆清酒却看向了白月狐，他和敖闺对话的时候，白月狐一直保持着安静，似乎所有的注意力都放在了面前的菜盆里，但菜盆里被白月狐折腾得乱七八糟的菜却表明他并不像他表现的那么淡定，陆清酒怀疑这会儿要是白月狐把他的毛耳朵露出来，那双耳朵一定是小心翼翼地立起来的。

"嗯，我知道。"陆清酒道，"谢谢姥爷，我知道自己想要什么。"

敖闺道："你真的知道吗？"

陆清酒说："知道啊，当时我的父母因为意外去世，我也想要把姥姥接出去，但姥姥却拒绝了，她说水府村就是她的根，这里有她想要保护的人，我当时并不明白，现在却懂了。"他笑了起来，"如果姥姥还在，她也一定会留下的。"

提到姥姥，敖闺的表情里露出一丝不易察觉的痛楚，他有很多话想对陆清酒说，但这些话，最终化为了一声低沉的叹息："好吧，我尊重你的选择。"

陆清酒心里一松，知道敖闺不会再阻止自己了。

虽然如此，厨房里的气氛依旧很奇怪，尹寻坐在客厅里实在是不敢进来，陆清酒端菜出去的时候问他怎么了，他说："没怎么，随便换个生物发现家里有两条又四分之一的龙都会受不了的。"

陆清酒："……"你的计数也太精确了吧。

因为姥爷留下来吃午饭，所以今天陆清酒特意做了一顿丰盛的午餐，肉丸炖番茄、清蒸豆豉鱼、红烧蹄髈、酸菜滑肉粉丝汤，还有一个素菜一个凉菜，每个菜的分量都很足，满满地堆放在桌子上。

敖闺上桌时，略微显得有些拘谨，他似乎已经很久没有好好吃过一顿饭了，在他张口后，陆清酒注意到他空荡荡的口腔时，内心依旧有些刺痛。按理说陆清酒的母亲是被敖闺亲口吞下的，但他却没办法对敖闺产生任何责怪的情绪，这一路相处下来，他并未从敖闺身上感觉到任何恶意，只能感到浓浓的爱护之心。

敖闺吃得很认真，每一口饭他都要咀嚼很久，再缓缓吞下，和起初白月狐刚被领进家门的样子格外相似。

陆清酒看着他就想起了吃不饱的白月狐，心里有些难受，但也不好表现出来，只是静静地在旁边帮敖闰添饭。

今天白月狐少见地没有护食，甚至才吃了一碗饭就把碗给放下了，说自己饱了还有点事，便起身出去了。尹寻也机灵了一次，吃完一碗后便说自己去帮着白月狐收拾一下院子，将饭菜和独处的时间留给了陆清酒和敖闰。

敖闰则受了他们两人的好意，一边吃，一边缓声用龙族独有的方式和陆清酒说话，他聊起了许多过往，说起了他和姥姥的初遇。

"你姥姥不太会做饭。"敖闰说，"我搬进来之前，她就天天吃咸菜配白饭，整个人都瘦得不像样子。"

陆清酒听着，事实上在他出生后，姥姥已经可以完美地掌控火候做出美味的食物了。那时的敖闰已经离开了爱人许多年，而她也被迫学会了独自生活，只是这几句简单的话语中暗藏的心酸，却已难用言语简单地描述。

"我做什么她都喜欢。"敖闰道，"什么都吃得很多。"他说着旧事，神情里浮现出了陆清酒从未见过的怀念和温柔，"只是虽然吃得多，却一点不见胖，不知道吃到哪儿去了。"

陆清酒说："姥姥是很瘦的。"直到离开这个世界，她都是一个瘦弱的老太太，村子里的其他老人年纪大了都有发福的倾向，但她却还是瘦巴巴的一个，看着让人心疼。

"嗯。"敖闰道，"那时的一切都很好，直到我被污染。"

这还是敖闰第一次说起关于自己被污染的事，陆清酒听得心里微微一紧。

但敖闰并未在这件事上多做言说，似乎连他自己也没有搞明白为什么会被污染，不过他却告诉了陆清酒一个细节，就是和人类恋爱的龙族，会更容易被污染，至于为什么，他就无法解释了。

敖闰又说了很多关于姥姥年轻时候的事，关于他们的相爱、分别和孩子的出生。

"我当时被迫离开，再次回来时，你的妈妈已经三岁了。"敖闰是笑着说这话的，"人类小时候竟然是这个模样，和龙族完全不同……"

"龙族小时候不能化形吗？"陆清酒问。

敖闰道："是啊，龙族小时候就是小龙的模样，得等到成年了，把幼龙角褪下来，才能变成人形……小龙族长得就和蛇差不多，一点都不可爱。"

没想到敖闯这么直白，陆清酒马上想起了被自己伤害的白月狐……这么看来，他会被小孩儿嫌弃似乎也是情有可原。

"人类就不一样了。"敖闯的情绪似乎很好，连带着话也很多，"软软的，小小的，一推就倒了，倒了还会哭，哭得鼻子红彤彤的……"

陆清酒强烈怀疑敖闯背着姥姥干过欺负自己女儿这事儿，不然为什么会描述得如此细致？

"不过哭了没关系。"敖闯说，"嘴里塞颗糖就好了，很好哄的。"

陆清酒狐疑道："姥爷……你不会经常干这事儿吧？"

敖闯："没有啊。"

陆清酒："真没有？"

敖闯冷静地说："就干过一两次吧。"

陆清酒："……"

陆清酒又和敖闯聊了一会儿，却是想起了什么，转身进了趟卧室，从卧室里面拿出了一对毛线织成的耳套，递给了敖闯，说这是自己织的，戴在耳朵上可以保温。其实也不是他不想给敖闯别的东西，只是别的东西都还没织好，就耳套能用，不过还是照着白月狐的耳朵比例来织的。

"这马上就要过年了，提前祝姥爷新年快乐。"陆清酒笑着说。

敖闯小心地接过耳套，想在自己的耳朵上试试，但却发现这耳套是竖起来的，套不进两边，陆清酒解释说这是给龙耳朵准备的耳套，敖闯听后很是干脆地露出了自己竖起的龙耳朵。陆清酒注意到那双耳朵也是毛茸茸的，还一动一动的，看得他手都痒了，但鉴于自己晚辈的身份，只能硬生生地忍住，但还是礼貌性地问了句，需不需要自己帮他戴。

敖闯点点头表示同意。

陆清酒略微有些惊喜，拿起耳套后小心地帮敖闯戴上了，敖闯的耳朵的手感和白月狐的相似，只是毛稍微要粗一点，但还是同样的柔软且毛茸茸，陆清酒看着敖闯戴着耳套的样子，忍不住笑了起来。

敖闯偏偏头，问："好看吗？"

陆清酒笑着说好看。

"那我就留着了。"敖闯温声道，"时间不早了，我先走了。"

陆清酒道："您不留下来吃个晚饭吗？"

"不了。"敖闰说，"我还有事情没有处理好。"

陆清酒欲言又止。

但就在他犹豫的时候，敖闰已经站起来，走了出去。陆清酒赶到门边的时候，已经没有敖闰的身影了，他略微有些失落，一直在院中和尹寻修复院子的白月狐却走到了他的身边，开口道："他怎么戴着耳套？"

"哦，我想着要过年了，就送给了他当新年礼物。"陆清酒奇怪道，"你不是不喜欢耳套吗？"

白月狐不高兴道："谁说我不喜欢了。"他说完还露出自己的耳朵抖了一下，"冷着呢。"

陆清酒看着白月狐吃醋的小模样，实在是没忍住，伸手就握住了白月狐那双毛茸茸的耳朵："没事，我给你重新织一对，不，织好多好多对。"

这是陆清酒近几年来过得最好熬的一个冬天。虽然天气是一样的冷，但玄玉带走了他身体里最寒冷的一部分，让他不再畏惧冬天，可以穿着厚厚的羽绒服和尹寻、白月狐在雪地上奔跑玩耍。

和城市里很快会被车碾成灰色的雪不同，这里的雪洁白如同新棉，松松地铺在地面上，就像一层厚厚的毯。陆清酒弯下腰抓起一把，揉成团状，朝着白月狐砸了过去。那雪团刚好砸在白月狐的脸颊侧面，直接裂成了颗粒状重新落回雪地之中，白月狐扭头看向陆清酒，陆清酒则发出一声大笑，转身就跑，却被身后跟上来的人直接搂住腰，举起来，扔到了雪地里。

两人闹成一团，嬉笑不断。

虽然陆清酒不怕冷了，但他依旧期盼着春天的到来。和寒冷的冬日相比，他更喜欢充满了生机的春天，那时万物复苏，大地不再是单薄的白色，可以铺上五颜六色的花毯，一切都是那么的生机盎然。

时间一晃而过，过了年，到了二月份的时候，雪依然没有要化的意思。

陆清酒看着窗外的落雪有些担忧，白月狐安慰他，说："这是正常的情况，因为此时还活着的四季神就只有冬神一个，所以他的能力也达到了最强的状态，春天会比往年来得稍微晚一些。"

"至少还是会来的吧？"陆清酒问道。

"一定会来的。"白月狐给了肯定的答案。

直到三月中旬，一直连绵不断的雪才勉强停了，但温度依旧没有上升，保持着零下的情况，陆清酒偶尔会偷偷让白月狐把他带去市里面买点物资，利用市里面的信号，他在手机上看了一下新闻，发现到处都在报道今年的反常气候。社交网络上的人们都对这种反常表示了担忧，还有人趁此机会制造混乱，说世界末日快要来了，到处都是囤积物资的人们。陆清酒好不容易抢了一点自己需要的东西，和白月狐提着大包小包叹着气出来，心想：从来没有想过四季反常会给人界带来这么大的灾难。

如果两界真如冬神所说的那样彻底融合，大量非人类生物融入人界，那时候恐怕人界真的会面临一场接近于灭绝的灾难。此时的人类已经完全遗忘了修行这种事，也毫无掌控灵力的能力，对于弱肉强食的非人类而言，他们只是一块块肥嫩的食物而已。

陆清酒心中担忧，但害怕影响到白月狐，所以装作没什么事的样子。

白月狐自从三月份开始就频繁外出，虽然没有在陆清酒面前表现出来，但陆清酒还是察觉出了一点异样。

"是不是有什么事要发生了？"陆清酒问白月狐，他说，"咱们说好的，有什么事不要瞒着我。"

白月狐"嗯"了一声，道："结界快破了。"

陆清酒闻言心中一惊。

白月狐说："清酒，如果结界破了，你的姥爷来找你，你就和他一起离开吧。"

陆清酒正欲反驳，白月狐却打断了他要说的话，他道："结界破了，我也会跟着死去，不过没有关系，尹寻还在，到那时候他也可以离开水府村了……你就和他一起走吧。"

陆清酒道："可是玄玉说过，唯一能阻止这一切的人只有我。"

白月狐失笑："他肯定是骗你的，你就算拥有她的血统，但那血统也是非常单薄的……就算结界破裂，恐怕也和你没什么关系。"

陆清酒疑惑道："谁的血统？"

白月狐没有解释，只是摇了摇头，然后沉默了下来。

本该是阳春三月，可却没有一点春天到来的感觉，整个大地上依旧寒气四溢，虽然没有下雪，但之前下的雪也没有要融化的意思。

一觉醒来，陆清酒发现自己的身侧空了，他迷迷糊糊地摸了摸床，并没有像往常一样摸到白月狐，他起身从窗户看了出去，发现外面还是黑漆漆的一片，没有太阳也没有月亮，只有被雪染成银白色的大地。

陆清酒的心里生出了一种不妙的预感，他摸了摸手机，想看看现在几点了。看这天色像是凌晨，可谁知道，手机上显示现在已经早晨九点多了，但外面还是漆黑一片，太阳完全不见了踪影。

"月狐？月狐？"陆清酒尝试性地叫了一下白月狐的名字，不出所料，他并未得到回应，"尹寻，尹寻你在吗？"

通常这个时间，尹寻已经过来吃早饭了，今天天色异常，也不知道他过来没有。

陆清酒在屋子里转了一圈，两人的身影都没有出现，不过好在很快门口就传来了踩在雪上的脚步声，陆清酒走到窗边，看见了一脸惊恐的尹寻。

"怎么回事？天怎么没亮？"尹寻道，"我还以为我瞎了呢……"

陆清酒摇摇头，示意自己也不知道，不过白月狐不辞而别，定然是发生了什么重大的事故。

"你先坐着吧，我去给你倒杯水。"陆清酒决定冷静下来，和尹寻商量一下该怎么办。

尹寻点点头同意了。

陆清酒走到厨房，正给尹寻倒水，忽地感到脚下的大地发出一阵强烈的震颤，他手里端着水没站稳，连人带杯子摔倒在地上。

"地震啦！！"尹寻在客厅里叫道，"陆清酒，快出来！"

陆清酒连水杯都来不及捡，便赶紧跑了出去，和尹寻一起离开了本来就不算太结实的老屋，站在了没什么障碍物的院子里。

老屋是石头砌的，在这样剧烈的摇晃下毫无反抗之力地倒了一部分，好在陆清酒睡觉的主卧和客厅还依旧完好。

尹寻和陆清酒对视一眼，都在对方的眼神里看出了惊恐的味道。

"出事了。"陆清酒说，"我感觉不太好。"

尹寻也是脸色煞白，他似乎想要说什么，看了陆清酒一眼，又哆嗦着嘴唇把话给咽了回去。陆清酒注意到了尹寻的异样，连忙问他是不是看到了什么。

尹寻吞咽了一下，小声道："白月狐那边好像情况不妙。"

"什么？"陆清酒一下子紧张了起来，"怎么了？"

尹寻说："……他身边围绕着好多烛龙，他却不能动，好像在保护什么东西。"

陆清酒道："我们过去能帮上忙吗？"

尹寻摇头，说："恐怕帮不上什么忙。"他和陆清酒虽然都是非人类，但其实能力和人类差别不大，过去真的做不了什么。

陆清酒立马想起了之前白月狐叮嘱自己的事，内心一下子变得焦躁起来，他咬咬牙道："不，我还是想要过去。"

尹寻还想劝陆清酒。

陆清酒摇摇头，说："我知道自己过去可能什么忙都帮不上，但至少，我希望在白月狐死去的时候能够陪着他，让他不至于一个人离开这个世界。"他舍不得。

尹寻叹气，有些犹豫。

陆清酒又问尹寻白月狐具体在哪儿。

尹寻道："我带你过去吧，两个人安全一点。"

"不，你待在这里吧。"陆清酒道，"等到两界融合了，你就能离开水府村了，到时候忘了我和白月狐，去世界的其他地方看看。"

他说得很诚恳，因为这就是他心中所想的事，可谁知尹寻听完他的话却哭了起来，他虽然长大了，大部分时间却依旧跟个小孩子差不多，害怕了，受了委屈，就忍不住掉眼泪。

"我不想这样。"尹寻哭着说，"我不想一个人待在没有你们的世界里，虽然白月狐一直把我当成储备粮，但是我知道，他要是没了，你会伤心的……"

陆清酒只能安慰他。

然而，在这样的情况面前，什么语言都是苍白的。尹寻抬手擦了擦泪水，泪水在他脸上变成了冰花，他说："你一个人过不去的，得我带着你，走吧，清酒，我都想好了。"

陆清酒还想说点什么，尹寻却已经决绝地抬手，示意他什么都不用再多说。

两人打算就这么出发，但因为天色太黑，陆清酒决定带几个手电筒和一些防身的东西在身上，便又返回已经倒塌了一部分的屋子，在自己卧室的床头柜上找到了手电筒。

在寻找手电筒的时候，他看到了姥姥给自己留下的那个木盒。得到这个木盒后，陆清酒只打开过一次，就是在他过生日的时候，其他的时间木盒都处于不能打开的状态。

陆清酒拿起木盒时，鬼使神差地顺手翻阅了一下放在木盒下面的笔记，他翻到了最后一页，看到了一句之前一直不明白的话："清酒，姥姥爱你，若是你遇到了糟糕的事，便多看看盒子里的东西吧。"

陆清酒看到这句话，浑身微微一颤，他想到此时在水府村发生的事，恐怕不会有比现在还糟糕的情况了，那这个木盒之中，是不是还装了点别的东西？陆清酒一时间也想不明白，便干脆将木盒放到了自己的背包里，背着走出了卧室。

尹寻在外面焦躁不安地等待着，他不停地来回踱步，好似一只被困在原地的蚂蚁。

"走吧。"陆清酒走到了他的身边。

"嗯。"尹寻道，"你包里背着什么，看起来这么沉。"

陆清酒道："没什么，一些防身的东西，你要带点什么吗？"他顺手递给尹寻一把自己放到兜里的折叠刀。

尹寻稍作犹豫，还是接了过来，这一路上也不知道会遇到什么东西，带点防身的武器也不错。

陆清酒则扛起了放在院子里铲土的铁锹，两个人就这么上路了。

时间已经接近上午十点，但天边没有一丝亮色，夜幕如同帷帐，将整个世界牢牢地笼罩住了。天空中什么都没有，甚至连云彩的痕迹都见不到。四周没有声音，呼啸着的风反而将整个世界衬托得更加寂静。

尹寻说起了异界的事，他说异界虽然没有春秋冬夏，但是每个地方的气候都有所不同，就好比水府村是冬天，但市里面却是夏天，在人界是时间划了四季，但在异界却是地域。当然，这种情况下，也就不能被称为四季了。

两人顺着小道缓慢地行走着，天色太黑，山道太窄，上面还有积雪，走起来格外不容易。在即将要离开水府村的时候，他们的身后燃起了一道火光，陆清酒吓了一跳，第一个反应是自家的炭炉忘了关，把屋子给点了。不过在他仔细观察后，却发现那火光的来源是一支火把，而举着火把的，正是他的姥爷敖闰，此时敖闰的那一头红发在告诉陆清酒，他是敖闰的另外一半灵魂。

"好久不见。"敖闰缓步走到了陆清酒的面前，笑着同他打了招呼。

"好久不见。"陆清酒谨慎地回应，"有什么事吗？"

敖闰道："你这是要去哪儿啊？"

陆清酒说："我去哪里和你没关系吧？"他可是记得当初冬神的那只冰蝶就是眼前的红发敖闰注入他身体里的。

敖闰挑眉，似乎对陆清酒的态度有些不满："怎么，对他就是姥爷姥爷地叫，对我就是你你你？就算发色不一样，我也是你的姥爷。"

这话倒是无法反驳，毕竟姥爷糟糕的一部分也的确是姥爷。但陆清酒依旧很警惕，因为他记得白月狐说过的话，白月狐说如果出事了，就让他跟着敖闰离开。现在敖闰突然出现在这里，说不定就是为了带走他。

敖闰却好似看透了陆清酒的想法，哈哈大笑起来，只是这笑声里面没几分真意，反而带着嘲讽的意味。

"嗯，我知道你在想什么。"敖闰说，"要是换了他，可能会把你带走吧，但是我并不想做这种吃力不讨好的事。"

陆清酒用眼神询问："那你想干什么？"

敖闰说："能死在一起也算是种幸福，去吧。"他把手里的火把递给陆清酒，示意他接过，"能用上。"

陆清酒看着敖闰，在闪烁着的火光的映照下，敖闰的脸明暗不清，但他的表情平和冷静，倒是让陆清酒想起了黑发的姥爷。

"谢了。"陆清酒没有在他身上感觉出恶意，便伸出手接过了火把。

"走吧。"敖闰说，"再去晚点，就看不到他了。"

陆清酒点点头，算是承了敖闰的好意，接过火把后转身就走，脚步略带几分匆忙。尹寻也瞅了敖闰一眼，跟着陆清酒离开了。

"我知道你在想什么。"看着陆清酒远去的背影，敖闰像是在自言自语，又像是在同谁说话，"但是这是他自己的路，得自己走，你为了他好，他反而会恨你，就像当初……"

他说完这话，又自嘲似的笑了起来："好了，我知道你生气，不过生气也晚了，就这么气着吧，反正，一切都要结束了。"

陆清酒举着火把继续往前走，这火把应该不是凡物，被凛冽的风吹着，火势也没有变小，最多不过是火光略微有些闪烁罢了。火焰将脚下的道路照得一览无余，还带来了温暖，简直像是一颗小太阳。

这一路上，陆清酒都没有遇到什么东西，但他并未因此放松，因为跟在他身后的尹寻一直很紧张，不断地朝着周围的山林里看去。

"怎么了？"陆清酒小声地问，他觉得尹寻的状态不太对头。

尹寻说："……有东西跟着咱们。"

陆清酒道："什么东西？"

尹寻说："很可怕的东西。"他说着又朝着右边望了一眼。

陆清酒深吸一口气，让尹寻冷静下来，又问："到达白月狐那儿还要多久？"

尹寻说："至少还要半个小时。"他们得从水府村的小路进入异界，然后绕到山顶，才能看到白月狐。

陆清酒"嗯"了一声，不由得加快了步伐。

此时已经不再下雪了，但山道上依旧有及小腿深的积雪，踩在上面一步一个坑，走起来格外困难。

陆清酒想要走得快点，但在这种情况下加快速度，实在不是件容易的事，况且他们身后跟着的那东西，似乎越来越近了……

粗重的呼吸声伴随着踩在雪地里的"吱嘎"声越来越大，陆清酒起初以为发出声音的是他和尹寻，但是很快他就意识到，他和尹寻并没有发出这么大的响声，其中还伴随着树木被压倒的声音。陆清酒扭头，看见了尹寻惨白的脸，尹寻注意到了陆清酒的目光，说："没事的，它暂时还没跟上来。"

陆清酒道："你不该跟我来的。"他是为了白月狐而来，已经做好了牺牲的准备，可如果把尹寻也搭上了……

尹寻却笑了笑，笑容里没什么勉强，反而带着解脱，他说："我早就想离开这里啦。"

陆清酒："……"

尹寻道："这里一个活人都没有，我待在这儿，就好像待在一座冰冷的坟墓里。"他小声地说，"只能靠记忆活着……"

陆清酒想起了在尹寻灵魂中看到的乌鸦，还有荒凉的坟茔，他感觉自己的胸口好似堵了什么东西。

"能遇到你是我的幸运。"尹寻道，"无论未来怎么样，陆清酒……这段日子，我都过得很开心。"

他的话音刚落下，黑暗的森林之中便有一道黑影扑到了他们的身后，那黑影逆着光，看不太清楚模样，但也能隐约看出其轮廓十分高大，足足有三米，张开的血盆大口朝着他们低低地咆哮，雪白的牙齿隐隐反射着瘆人的光芒，还有口腔里浓臭的血腥味，都在告诉陆清酒——它不是什么好惹的动物。

"你走吧，清酒。"尹寻从兜里掏出了折叠刀，"我来就好了。"

陆清酒道："怎么可能——"尹寻那么弱，他怎么可能把尹寻一个人留下来。

"求求你走吧。"尹寻却哭了起来，"白月狐没有多少时间了，你在这里也帮不上什么忙，朝着前面走就能进入异界，然后再上山……你走吧，求求你了。"

陆清酒说不出话来。

尹寻说："陆清酒，你要是还把我当朋友，就让我最后为你做点事，好吗？"他擦干了泪水，"我知道自己是个很弱、很没有用的山神，所以……求求你给我一次机会吧。"

陆清酒定定地看着尹寻，最终吐出了一个"好"字，接着他举着火把迈步向前，却感到自己的脸上一片冰凉，不是没有下雪吗，为什么脸上还会有冰花呢？难道他也哭了，不——他不应该哭的，至少在最后，应该给尹寻留下一个笑容。

身后咆哮的声音再次响起，只是那怪物居然没有追上来，陆清酒没有去想尹寻是用什么法子留住了怪物，他只能用尽全力奔跑，想跑得快一点，再快一点，至少让这一切不是无谓的牺牲。

粗重地喘息着，陆清酒眼前一片昏花，他不敢停下片刻，直到体力耗尽，跌倒在了地上，才意识到自己已经离开了水府村，到达了异界。

异界没有雪，脚下踩的是光滑的青石板，这是白月狐曾经带着陆清酒来过的世界。他慢慢地从地上爬起来，继续踉跄着往前走，尹寻说，白月狐就在山顶，只要他爬上去，就能看见白月狐了。

原本崎岖的山路在此时更是变成了难以攀登的高峰，陆清酒咬着牙往上爬，在心里不停地念着白月狐的名字，硬撑着一口气继续往上。

"白月狐，白月狐，白月狐……"当到达山顶上时，陆清酒整个人都瘫软在了地上，而敖闰给他的火把也在此时熄灭了，他手脚并用地从地上爬了起来，想要走到山边，看看自己心心念念的白月狐，陆清酒小声念叨着他的名字，伸手重重地抹了一把脸，"我来了，你可要……等着我啊。"

第十六章
不周山

山顶的天空依旧是黑的，四周萦绕着浓郁的雾气。嶙峋的黑色山石上看不见任何植物的踪迹，这里的环境和山下全然不同，充满了肃杀的味道。陆清酒手里的火把已经灭了，只能再次打开手电筒，摸索着前进。周围实在是太黑了，再加上那浓郁的雾气，他手里的手电筒简直如同萤火之光，向前的速度也被迫慢了下来。

前进的时候陆清酒隐隐约约地听到了一些奇怪的声音从远处传来，那声音好似巨兽的咆哮，穿透浓浓的雾气传到他这边，陆清酒顺着声音不断向前，他记得这山顶周围全是陡峭的悬崖，所以每一步都走得格外小心，可即便如此，当他到达山顶的边缘时，还是差一点一脚踩下去，万幸反应足够及时，直接坐在了地面上，才不至于让身体从崖边滑落。

陆清酒的额头上冒出冷汗，赶紧离山崖边缘稍微远了一些。他记得自己曾经在这里见过一些奇景，但现在雾气太浓了，什么都看不见。陆清酒又听到了一声龙吟，他心里浮起了浓烈的不安，凝神想要看清楚浓雾之中到底发生了什么。

就在陆清酒这么想的时候，他的耳边却传来了一声瓷器碎裂般清脆的响声，这响声非常大，似乎是从他头顶传来的。陆清酒不由自主地抬起头，看向灰暗的天空，随即愕然发现，他头顶上黑漆漆的天空出现了裂痕——好似被什么东西撞破了。

有金色的光芒从天空的那一头射出，光线穿破了阻拦，一缕缕洒向地面，在地面上呈现出斑驳的光影。

这金色的光芒逐渐驱散了雾气，周围的景象开始变得清晰起来。陆清酒终于看到了白月狐，他正在和几条龙缠斗在一起。这些龙有七八条，其中大多都是红色的烛龙，白月狐和他们在远处追逐撕咬，速度快得让陆清酒只能勉强看清楚他们的踪迹。

陆清酒心里有些担心白月狐受伤，他注意到龙族们缠斗的地方，是在之前看到的一座孤峰之上，那孤峰外壁光滑如镜，直插云霄，将天地支撑开来。

在几条烛龙的围攻下，白月狐并未显露下风，陆清酒心下稍安，在心中不断地祈祷白月狐能打过他们。但很快，陆清酒就发现了异样，这些烛龙似乎并不是冲着白月狐去的，他们的目的在白月狐身后的那座孤峰上。

烛龙们飞在半空中，盘旋观望，找准时机，便朝着孤峰冲了上去，以极快的速度，重重地撞在孤峰上。他们巨大的身体在孤峰的峭壁上留下一个又一个的裂痕，而他们身上的鳞片也随之崩裂，陆清酒甚至还看到了一条把自己的龙角都撞断了的烛龙。

而白月狐还在被另外几条烛龙骚扰，他显然想要去阻止这些烛龙的举动，可缠住他的那几条烛龙却不要命似的，用自己的身体硬生生地堵住了白月狐，对自己身上的伤势根本不管不顾。

"砰！"又是一声巨响，陆清酒眼睁睁地看着一条烛龙撞死在了孤峰之上，它原本优美的身体变得扭曲了起来，鲜红的血液在黑色的石壁上绽成了一朵美丽的花。接着便开始缓慢地滑落，直直地掉落到看不见尽头的深渊之中。

"砰！！！"又一条烛龙对山峰发出了自杀式的袭击。白月狐好不容易处理掉了自己周围的几条烛龙，可就在这时天空中却落下了大片大片冰蓝色的雪花，这些雪花似乎是从缝隙的那头飘过来的，只落在孤峰周围，陆清酒清楚地看到，那些雪花在接触到龙鳞后，会迅速将那一片龙鳞冻结成冰蓝色，而白月狐原本矫健的身姿因此变得有些迟缓，眼见又一条烛龙打算撞击孤峰，白月狐咬咬牙，飞向前去，用自己的身体扛下了烛龙的攻势。

烛龙拼尽全力的一击，就这样撞在了白月狐的身上，他被烛龙撞出了一个怪异的弧度，龙爪也扭曲成了不正常的模样，显然是骨折了。陆清酒看得心疼极了，他实在是看不得自己平日里哄着宠着的黑龙遭遇这样的事，可是他能做什么呢？他体内四分之一的龙族血统根本什么都做不了，他只是一个无能的凡人，只能眼睁睁地看着白月狐被那些怪物杀死。

白月狐又是一声咆哮，咬住了撞击他的烛龙的颈项，随后用力一甩，将那烛龙直接甩到了深渊之下。可虽然又杀掉了一条烛龙，也不过起点零星作用罢了，周围的烛龙再次发起了攻击，白月狐拦了几次，便显出了力竭之势。若是在平日里，给他一些时间，他或许可以打败这些烛龙，但眼前的烛龙们，没有一条抱着活下去的想法，他们的眼中根本看不到白月狐，所有的注意力都放在了面前黑色的孤峰上，只要将孤峰撞断，他们便胜利了。

陆清酒起初不明白他们为什么要这么做，后来他注意到，烛龙每将孤峰损坏一点，天上的裂缝就会变得大一点。

黑色天空上龟裂的痕迹越来越明显，金色的光芒将黑暗的世界照亮。这光芒并不让人感到温暖，反而给陆清酒带来了一种阴森森的寒冷，他借着这光，看到了白月狐身上狰狞的伤口，为了阻挡烛龙，他身体一侧的鳞片已经变得血肉模糊，伤口深可见骨，原本修长矫健的身体也变得扭曲，应该是被撞到了脊骨的位置。可即便如此，白月狐也没有要退缩的意思，他的眼神之中燃烧着浓浓的战意，保护着自己身后不可侵犯之地，即便可能会身死道消，也不肯后退一步。

不知不觉，陆清酒的眼眶湿了，他痴痴地看着白月狐，用尽所有的力气死死地搂着自己怀中的木盒。他想起了玄玉的话，如果他是那个可以结束一切的人，他希望马上去做，无论需要付出什么样的代价。

又是一次猛烈的撞击，白月狐似乎快要撑不住了，他的身体因为惯性，重重地砸到了孤峰上，随后开始缓慢下滑。

"白月狐……白月狐……不，敖月，敖月！"眼睁睁地看着白月狐的身体在不断下坠，陆清酒颤抖着叫出他的名字。

白月狐原本垂着脑袋，但是他那双毛茸茸的耳朵却突然动弹了一下，好似听到了什么声音，缓缓抬头，朝着陆清酒的方向看了一眼。因为他们之间的距离很远，陆清酒也不确定是不是自己出现了幻觉，但是他能看到，白月狐勉强控制住了自己的身体，停止了下坠，顺着孤峰的岩壁狼狈地往上攀爬。

周围还有两条烛龙，白月狐却已经完全没有力气阻挡了，他试图用自己的身体让烛龙的撞击力度得到缓冲，可烛龙却已经看出了他的意图，硬生生地拐了一个弯。

"砰！"如同催命符般的声音响起，烛龙的龙角在接触到孤峰的岩壁后，碎裂成了几块，同样一起碎裂的，还有他原本坚实的身体，他的龙鳞崩裂，身体弯曲，白色的脑浆和红色的血液洒在了半空中，就这么没了性命。但他的死亡并不是无谓的，陆清酒清楚地听到了山石崩塌的声音，白月狐护着的孤峰开始分崩离析，大块大块的黑石从山峰上坠落，孤峰也变得摇摇欲坠起来。

"让开吧，白月狐。"天空中浮起了一个冰蓝色的身影，他浑身散发着冰雪般的冷意，他说，"你的牺牲是没有意义的。"

白月狐没有回答，只是发出了一声愤怒的咆哮。

"让开。"说话的人是个陆清酒没有见过的男人，但是他冰蓝色的长发以及和玄玉有几分相似的模样，却让陆清酒明白了他的身份——这是融合之后的冬神，显然被污染的灵魂占了主导地位，之前陆清酒见过的玄玉彻底消失了。

白月狐恨恨地瞪着冬神，他的声音嘶哑，带着愤怒："滚！"

冬神神情冷漠，他说："祝融已经死了，谁都帮不了你。"

"不是因为你，祝融怎么会死。"白月狐说，"我不会听你的废话，不会让你们进来，滚吧！"又是一声龙啸，孤峰上的山石簌簌落下。他用自己的身体挡在了孤峰的裂痕之前，不肯后退一步。

冬神冷冷道："那便如你所愿吧。"他说完这话，天空中飘落的雪花更多了，白月狐的身体也被冻结得更加厉害，而最让人绝望的，是天上射出金色光芒的裂缝里，出现了许多只红色的眼睛。

这些眼睛贪婪地窥探着人界的一切，即便是隔着裂缝，陆清酒也能从他们的眼神里察觉出暴虐和杀戮的气息。

接着便开始有烛龙尝试破开裂缝，先是伸出了一只爪子，接着是头颅、身躯，但就在他们试图挤出来的时候，看起来已经奄奄一息的白月狐却反身飞到了天空中，趁着烛龙还没有过来，狠狠一口，硬生生将烛龙的脑袋咬掉了。

"嗷！！！"烛龙受痛，发出一声惨叫后便断了气息，白月狐粗重地喘息着，看得出他已经筋疲力尽，无力再维持下去了。

冬神并不介意，手挥了一下，裂缝那头的烛龙便开始继续往外挤。

这次直接来了两只，白月狐怒道："你做梦！"

冬神却淡淡地笑了起来，他说："你是不是忘了什么？"

白月狐一愣。

冬神道："还有一条呢。"他的话音刚落下，身边便出现了一个火红的身影，那身影分明就是刚才给陆清酒递来火把的姥爷，姥爷一头红发，显然是处于被污染的状态，陆清酒和白月狐都没反应过来，便看到他身形一闪，变回了龙形，朝着原本就摇摇欲坠的孤峰，狠狠地撞了过去。

"姥爷！！！"陆清酒发出惊恐的叫声，但一切都已经太晚了。

敖闰这一撞，已然是拼尽了全力，他虽然已经没有了龙角，可是庞大的龙身和巨大的力度，瞬间就将已经破裂的孤峰撞得更加破碎不堪。

一声巨响后，眼前的孤峰开始缓缓地倾斜，发出了震天撼地的响声，上面的山石不断崩塌，坠落进无尽的深渊之中。和孤峰一起坠落的，还有带着满足笑意的敖闰，他像是完成了一个心愿似的，追着乱石，一起坠落到看不见底的深渊之中。

随着孤峰的断裂，陆清酒面前的金色裂缝也开始扩大，原本只能容纳一条烛龙通行的裂缝，变成了他们随意通行的通道，即便是白月狐想要阻止，也是有心无力。红色的烛龙们像是一道道火焰，朝着人界不断地冲了过来，而他们却好像对白月狐没什么兴趣似的，并未攻击他，而是开始围绕着冬神游弋，仿若翩翩起舞的蝶。

黑暗的天空开始一块块龟裂，金色的光芒从裂缝不断向外延展，最终蔓延到了整个天空，陆清酒头顶黑色的夜，一点点被金色的光芒侵占。

陆清酒看向白月狐，白月狐也看向陆清酒，两人四目相对，都在对方的眼神之中看到了温柔的味道。白月狐开始朝着陆清酒飞来，他狼狈不堪，却还是想要用尽最后的力气和陆清酒见上一面。

陆清酒也露出期待之色，但就在白月狐缓缓靠近陆清酒的时候，天空中掉下的碎片却重重地砸在了他的身上，这种东西平日里的白月狐一个甩身就能躲开，但今天的他却没有了这个力气，于是在陆清酒一声惨叫中，被碎片砸到的白月狐发出了一声低吟，便失去了意识，直直地掉进了深渊。

陆清酒就这样和他错开。

"不，不，不——"陆清酒惨叫了起来，他跪在悬崖的边缘，朝着白月狐伸出手，想要抓住他心爱的黑龙，可这一切都只是徒劳，白月狐就这样消失在了他的眼前，消失在被云海笼罩的深渊里。

"月狐，白月狐——"陆清酒叫着白月狐的名字，却已没有了回答。

冰蓝色的雪花开始从孤峰上面朝着周围蔓延，落在陆清酒的头上和肩上，但他并未感到寒冷，所有的注意力都放在了面前深不见底的深渊里。

天空中的裂缝已经完全蔓延到了目光所及之处，裂缝之后，有无数双五彩斑斓的眼眸在窥探着这个世界，这些眼眸之中有贪婪、残暴，还有好奇和疑惑，那是一个世界对另一个世界的好奇，它们开始试图将自己的身体从裂缝中挤出，将裂缝变得更大。

两界要融合了吗？

陆清酒呆呆地想着，白月狐还是失败了？那他呢，他该怎么办？难道他只能坐在这里，像只无助的羔羊那般等待着一切发生？

不，他一定能做点什么。

陆清酒正这么想着，忽地感觉自己怀中抱着的木盒出现了一种玄妙的变化，他低头一看，发现木盒上的文字锁竟然浮现出了一层淡淡的红色薄雾。陆清酒马上想起了白月狐曾经说过的话——这木盒的文字锁是特别的，必须要在特定的时间输入特定的文字才能够打开。比如只有在陆清酒生日的当天，文字锁上才会出现陆清酒三个字的选项，而现在，这文字锁似乎暗藏玄机。

"答案，答案是什么……"陆清酒翻动文字锁，却一无所获，此时的文字锁备选答案太多了，他甚至翻了五十多个都没有翻到底，天空马上就要崩塌了，他根本没有时间一个个去猜答案。

"冷静一点，冷静一点。"陆清酒不断地在心中安慰自己，他开始努力回想所有的信息，想要从中找出文字锁的答案，文字锁的密码只能是三个字，所以答案也是三个字，那么到底是什么呢？

"白月狐？陆清酒？不对不对……"陆清酒想起玄玉之前特意找到自己时说过的一句话："已经有人把答案给你了，你是唯一一个可以拯救这一切的人。"

陆清酒想，什么叫作已经有人给过他答案了？答案是什么呢？他实在是急得厉害，为了让自己冷静，手指的指甲被硬生生地啃掉了一半，他看向即将碎裂的天空，又看向深不见底的深渊，忽地想到了什么。

陆清酒想到了老树曾经给他算过的卦象。

"山穷之地固有水尽时，柳暗之村难留花明日，不入水中，周全难免，山水难复。"一字一顿地将曾经完全不明白的卦象读了出来，当陆清酒念到后三句的时候，浑身忽地哆嗦了一下，再次重复，"不入水中，周全难免，山水难复——"老树曾经说过，如果说前两句是陆清酒的处境，那后三句，就是破解之法。

"不入水中，周全难免，山水难复。"陆清酒念着念着，却忽地笑了，他此时终于明白了玄玉话语中的含义，的确已经有人将答案告诉了他，还告诉得如此明显，只是他自己没有明白。

"不——周——山。"缓缓地将这三个字输入了文字锁，陆清酒浑身紧绷，接着，便听到了一声悦耳的轻响。

"吧嗒。"文字锁开了。

陆清酒看到了里面的东西，那是一片白色的碎片，散发着温润的光芒，他伸手将那碎片拿了起来，感觉这光芒缓缓地蔓延到了自己的全身。

和头顶上射下的刺目的金色光芒不同，他身上的光芒，充满了包容和温和的气息，仿佛是悲天悯人的神佛。

陆清酒也被这种气息感染，感觉自己的身体变得越来越轻，好似脱离了肉体的束缚。

而远处原本正在静待成果的冬神，却注意到了这边的动静，他在看清楚了陆清酒身上的变化后，脸色大变，道："把他给我拦下来！"

身侧的烛龙闻声而动，铺天盖地地朝着陆清酒冲了过来，只是他们还没靠近陆清酒身边，便被白色的光罩拦住，这罩子并不坚硬，反而十分柔软，烛龙陷在其中，却好似陷入了泥潭里，根本动弹不得，而烛龙们自然也没能成功阻止陆清酒。

冬神本来一直很淡然的表情开始变得凝重，他试图拦住陆清酒，可却根本不能近身，直到此时，面对真正强大的力量，他才意识到，自己和上古神明的差距。

不过是一片碎片而已，他却连靠近都做不到。

白色的光芒开始缓缓地上升，朝着天空的方向飞去，陆清酒被包裹其中，看着自己离地面越来越遥远。虽然周围围绕着愤怒的烛龙，但他的心情却格外平静，好似一汪沉静的湖，连风也无法吹起波澜。

他不知道要去哪儿，但知道自己要去的是该去的地方，这是一种难以言说的玄妙感觉，陆清酒第一次品尝到灵魂如此平静的感觉。他在上升，不断地上升，直到到达天穹的顶端，和云彩比肩。

当到达了天空的极点时，陆清酒身上的光芒开始朝着周围蔓延，所到之处，金光皆被白色的光芒覆盖，天空再次恢复了纯粹的黑。而企图从金光之后冲到人类世界的非人类们，在接触到白光后，身形都开始渐渐消散，化作了这个世界的一抹尘埃。

陆清酒看到了连绵不绝的山川，看到了一望无际的海洋，翠绿的春，火红的夏，金色的秋，银白的冬，他感到自己的身体出现了奇妙的变化，所有的杂念都消失了，所有的意识好像和世界都融合在了一起，他不再感到痛苦，也不会再悲伤。

就这样结束了吗？陆清酒茫然地想着，他已经感觉不到自己的身体了，仿佛此时只有自己的灵魂还存在，摆脱了肉体这个沉重的束缚。

在天地面前，一切欲念都变得那样渺小，陆清酒听到有人在呼唤自己，他闭上了眼睛，就在他即将完全沉浸在这种祥和的气氛中时，内心深处却忽地冒出了一个名字——白月狐。

白月狐？陆清酒想起了自己心爱的假狐狸精，他的心中猛地一疼，不由自主地落下了一滴泪，但很快，这种痛苦便被平和的情绪抚平，他闭上眼睛，陷入了永久的安眠。

接下来的事，陆清酒便什么都不知道了。

在那头猛兽扑上来的时候，尹寻以为自己会死，他手上的折叠刀甚至没办法破开那猛兽的身体，但他还是鼓起最后的勇气，死死地抱住了猛兽的前爪，让它不能绕开自己去追陆清酒。

那猛兽面对阻拦自己的小虫自然没有什么怜惜，张口就对着尹寻咬了下来。尹寻惊恐地闭上眼，随即感觉到自己的头和身体分离开来，唯一值得庆幸的事就是尹寻的痛感并不明显，而且即便被咬下了脑袋，也可以利用山神的能力看到周围的情况。

自己大概是要死了吧，躺在地上被咬了第二口的时候尹寻在心里默默地想着。寻常人面对死亡，通常都会感到恐惧愤怒，但奇怪的是，尹寻此时的心情却格外平静，平静得甚至可以分神思考陆清酒有没有爬到山顶见到白月狐，有没有完成他最后的心愿。

猛兽低下头，又撕咬了一口，尹寻浑身一颤，感觉自己的身体似乎只剩下两条腿了，他虽然可以重生，可却从未尝试过被完全吃掉的感觉，也不知道彻底被吃完了之后能不能像之前那样恢复身体。

但就在这时，面前的猛兽本来对着尹寻龇着白森森的牙、低头撕咬的动作却忽地顿住，尹寻见状莫名有些担忧，心里正想着难道这野兽吃腻了自己的口味，想搞点什么新鲜的花样，就看见猛兽缓缓地后退了一步，离开了他的身体。

接着，猛兽的脸上出现了一些微妙的表情。

尹寻起初还以为是自己看错了，毕竟它只是一头野兽，脸上还能有神采变化？可他很快就发现他的确没有看错，猛兽的模样变得有些扭曲，它低低地咆哮了一声，用前爪挠了挠地面，看上去像是觉得不太舒服。

下一刻，猛兽就转身扑进了道旁的丛林，将尹寻抛在了身后。

尹寻见状心中一喜，随后有些奇怪，心想：难道是这猛兽大发慈悲，突然对自己生了怜悯之心？结果却听到了林子里传来了微妙的响动，这响动他很熟悉，每次他吃了自己做的饭，和陆清酒抢厕所的时候，都能听到。

尹寻："……"他没想到，自己的药效这么强，猛兽这么庞大的身躯也受不了。

都说物竞天择，适者生存，尹寻这辈子也没有想过，自己这孱弱的肉体，居然还能以这样的方式抵御其他物种的伤害。

猛兽在林子里拉了好一会儿的肚子，尹寻本来想跑的，可惜他只剩下两条腿了，站起来都非常困难，好不容易挣扎着爬了起来，却看见猛兽已经解决了问题，缓缓地走到了尹寻的面前。

尹寻已经不存在的眼角滑落了一滴泪水，心想：自己应该马上就会被吃完了吧。可谁知道，野兽那张狰狞恐怖的脸上竟然流露出对尹寻残破的身躯的嫌弃之色，随后毫不犹豫地转身，头也不回地走了。

"等等，等等啊——"尹寻用自己的精神大喊，"大哥，你就这么走了？不吃完啊？"

那猛兽回头，竟然说了话："不吃。"

尹寻："真不吃啊？"

猛兽道："啊，要吃你自己吃去，别想骗我再吃了。"它才刚来到人类的世界，异界的非人类都说人类鲜嫩柔软，是最好吃的食物，它看到了人自然也想要尝尝，可是两口下去，差点没把自己给拉死，最后它甚至以为自己的肠子都要出来了。这可恶的人类还想骗自己继续吃，这要是继续吃，它不得当场死在这里啊？可见人类都不是什么好东西，也不是什么好食物！刚想到这儿，它的肚子就又是一阵咕噜，被迫再次躲进了旁边的草丛。

躺在地上的尹寻，此时才意识到自己惨遭嫌弃了，眼前这只凶猛的野兽，就这样无情地弃他而去，只留下了他残破的身躯。

"呜呜呜。"尹寻委屈地哭了起来，"大家都好嫌弃我啊。"

猛兽走了，山林之间再次只剩下了尹寻一个人，他不由得开始胡思乱想起来，想着想着，却发现天空中出现了异样。只见原本黑暗的天穹，竟然裂开了一道道金色的缝隙，缝隙那头蹿出了无数刺目的红光，那些红光乍看像是火焰，但仔细观察后就会发现那竟是一条条火红的烛龙。

尹寻见状心中立马紧张起来，甚至忘记了自己身体此时凄惨的状况，他努力了好一会儿，才艰难地从地上爬起来，踉踉跄跄地往前走，想要爬到山顶上去看看到底发生了什么。

如果这会儿有人在山上，看见尹寻的模样一定会被吓到，因为没了身体的尹寻此时就剩下了两条腿，正在一前一后很不协调地往前跑着，时不时跌倒，还得花大量时间爬起来，这情形在黑夜里看着格外可怖。

尹寻努力了好久，才爬到半山腰。天空再次出现了变化，他听到了龙族凄厉的龙吟，看到一道白色的光芒升到了黑暗的夜空里。那光芒如同明亮的太阳，却没有太阳那般刺眼，反而无比柔和，带着包容万物的气息。

尹寻茫然地看着那一团光，不明白发生了什么。

光芒逐渐上升，到达了穹顶，接着蔓延开来，白光所到之处，金色的光芒全都开始退散，天空就这样恢复了之前的模样。

尹寻心中突然有了种不好的预感，他的预感向来没有缘由却分外准确，他再次艰难地从地上爬起，朝着山顶走去。

当白色光芒消散以后，黑色的夜空再次出现在了尹寻的头顶上，这夜空中布满星辰，还有一轮明亮的月，和往日别无二致。周围是寂静的，没有人声，没有虫鸣，甚至没有风。

尹寻只能听到自己的脚步声，他开始变得有些慌张，用精神力不住地叫着陆清酒的名字。

自然不会有人回应他。

不知道过了多久，尹寻终于到达了山顶，但是山顶上的景色却让他感到恐惧，之前笼罩在山间的雾气消散了，他站在山顶之上便能够借着月色将周遭的景物一览无余。他看到了深渊，和深渊之中已经碎裂了一半的山峰。

然而最让他感到害怕的，是山顶上并没有陆清酒的踪迹，这山顶并不大，也躲不了什么人，上山下山只有一条路，陆清酒如果半途回来，一定会遇到他，只是从头到尾，他都没有看见陆清酒的身影。

他的好友……不见了。

淅淅沥沥的小雨簌簌落下，随后天边泛起了久违的晨光。这是今年的第一场春雨，陆清酒却没有等到。

簌簌的雨声里，悬崖边上传来了碎石的响动，尹寻捕捉到这声音后心中一喜，连忙朝着悬崖边跑去，精神力欢快地叫着陆清酒的名字。可当他到了悬崖边上时，看到的却不是陆清酒，而是狼狈到了极点的白月狐。

白月狐浑身上下都是伤，连眼睛都被鲜血糊上了，他用手抓着石壁，一点点地爬到了山顶上。当他刚爬上山顶，在看到山顶上两条光秃秃的大腿时，整个人的表情凝滞了几秒。

尹寻有点尴尬，但这也不能怪他，毕竟他连屁股都被吃了，就只剩下了膝盖稍微往上的部位，这总不能要求他还穿着裤子吧？没屁股怎么穿裤子？

白月狐沉默了好一会儿，沙哑着嗓子道："尹寻？"

尹寻弯了弯膝盖，示意白月狐猜对了。

白月狐："你直接用精神力说话，我能听到。"

尹寻连忙开口，说："白月狐，你怎么样？你看到陆清酒了吗？他跑到山顶上来找你了。"

白月狐闭了闭眼，神色之间露出浓郁的疲惫，他道："我知道。"

尹寻："他人呢？"

白月狐说："他不该来的。"

尹寻的眼睛微微瞪大，他有种可怕的猜想，但很快，他就将这种猜想压抑住了，因为如果陆清酒真的出了事，白月狐不会这么淡定。

果不其然，白月狐伸出了手，他的手心血肉模糊，但是手心里那枚散发着微光的水滴状晶体却吸引了尹寻的目光。

"肉身没了。"白月狐说，"但好在灵魂还在。"

尹寻松了口气，他是非人类，他也知道，肉体没了不是什么大事，但如果灵魂消散，那就糟糕了。既然陆清酒的精神力还在，那就说明还有复生的机会。只是到底发生了什么，让陆清酒失去了肉体？

尹寻到底没有问出这个问题，白月狐也没有要回答的意思，他似乎有些累了，说自己要休息一会儿，便躺在地上睡了过去，那颗代表陆清酒灵魂的晶石，被他放在了胸口的位置。

尹寻也在白月狐的身边躺下了，淅淅沥沥的小雨落在了他的身上，他虽然困，但却睡不着，于是便静静地感受着周围的气息。他惊奇地发现异世界的气息消散了，水府村本就是两界之间的入口，之前他一直能感觉到一些异世界的气息，只是此时这种界限变得不再明显，好像两界最后的通道也被封死了。

尹寻有些惊奇，他不由得想到，这种变化，难道和陆清酒有什么关系？只是还未等他想明白，心头便涌起一阵睡意，他盯着灰暗的天空，沉沉地睡了过去。

白月狐在山顶上睡了足足一个月才勉强恢复精神，但或许是因为没有摄入食物，他身上的伤口并未有太多好转的迹象。离开山顶的那天，睡醒的白月狐直接把尹寻的两条腿提了起来，说："你怎么就只剩腿了？"

尹寻把他在山下遇到的事解释了一遍，白月狐听完后，陷入了沉默，也不知道是该同情尹寻，还是同情吃了尹寻的那只猛兽。

两人顺着山路下山。此时水府村冰雪消融，再临盛春，道路两旁茂密的草丛中开满了鲜艳的野花。白月狐和尹寻到了家中。

一个月没回来，家里却并没有变得乱七八糟，小花、小黑负责起了喂食家禽和打扫卫生的工作，倒也做得有条有理。只是当他们看见白月狐提着两条人腿回来的时候被吓得不轻，第一个反应就是白月狐是不是把人类加入了自己的食谱。

白月狐累得不得了，也懒得和小花、小黑解释，从浴室里拖了一个盆子出来，在里面加满水后便把尹寻的腿给放了进去，依照尹寻以前的恢复速度，他想要变成一个完整的人，至少得过三个月。

白月狐又睡了一觉，之后便出去了，出去的时候带上了陆清酒的灵魂，尹寻还来不及问他去哪儿，他便已经彻底消失了。

尹寻被留在了家里，小花、小黑则担负起了每天给他加水的工作。

"这到底是个啥东西啊？"小花听不见尹寻的精神力，白月狐也没有和它解释，于是每天看着这两条腿一副愁容满面的模样，"这是在泡发食物还是怎么？"

身为妹妹的小黑自然也不知道，听着哥哥的问话，露出一脸茫然之色。

不过好在尹寻的身体还是长得蛮快的，小花很快就发现这两条腿在不停地变长，而当尹寻的屁股长出来之后，他终于变成了需要被和谐的东西。

"小黑，以后浇水的工作就交给我了。"小花教育自己的妹妹，"你还没嫁人呢，不能随便看其他男人的屁股。"

小黑啃着家里的玉米棒子，完全不明白哥哥在说什么，它只是一只小猪猪，什么男人、女人的，对它而言都太早了。

小花一边给尹寻换水，一边唾弃，说白月狐怎会带回来如此淫乱之物。

尹寻："……"你一天到晚都在看什么呢？！

白月狐出去之后就一直都没有回来，甚至直到尹寻的身体彻底恢复，都没有看见他的影子。

经过三个月的努力，在水里都要泡脱皮了的尹寻终于长出了脑袋，小花给尹寻换了个大浴缸，把他泡在了里头，正在踮着脚尖给尹寻加水呢，就看见尹寻的脑袋从浴缸里支了出来，把它吓了一跳。

"尹寻你什么时候回来的？"小花因为比浴缸矮了一截，加上对身体的嫌弃，除了加水之外根本懒得看，所以虽然知道那东西是在变多，但却不知道它变成了尹寻。

"我不是一直在家里吗？"尹寻伸手摸了摸自己皱巴巴的皮肤，都是被水泡的。

小花瞪圆了小眼睛："你就是那两条腿啊？"

尹寻点头。

小花："……对不起，朋友，我不是故意嫌弃你的。"

尹寻伸手在它脑袋上摸了一把，说："没关系，我一点也没有听见你嫌弃我的腿短屁股白，真的是一点都没有。"

小花："……"

在小花尴尬的眼神下，尹寻裹上浴巾出去了，他已经在浴缸里面躺了三个月，自然也想知道此时外面的情况。也不知道白月狐到底去了哪儿，陆清酒的情况怎么样了。

尹寻随便在家里找了点吃的，填饱肚子之后便掏出了手机，翻阅了一下上面的号码，给白月狐打了过去。只是让他失落的是，白月狐的手机却在关机状态，显然是联系不上他了。不过虽然联系不上白月狐，但应该可以问问其他人。尹寻思来想去，拨通了一个号码。

"喂。"电话那头传来了少昊的声音。

"喂，是少昊吗？"尹寻道，"你知不知道白月狐那边什么情况啊？"

少昊道："你想知道？"

尹寻"嗯"了一声。

少昊道："可以啊，我过来接你，我们面谈吧。"

尹寻同意了。

少昊虽然曾经想吃他，但经过这次事件，尹寻表示自己已经无所畏惧了，想吃就吃吧，自己三个月后又是一条好汉，而且鬼知道吃了那么多的自己要拉多久的肚子。

少昊的效率很高，下午的时候就开车来把尹寻接出去了，两人到了餐厅，他先给尹寻点了一顿大餐，笑眯眯地看着他狼吞虎咽："饿着了吧？"

尹寻道："嗯……有一点。"没有了陆清酒，小花、小黑上不了灶台，只能做些最简单的食物，他这几天都是啃玉米棒子过来的。

尹寻一边吃一边含糊地问："白月狐到底怎么了，一直都没有回家？"

少昊说："你不知道陆清酒出事了？"

尹寻："知道啊。"

少昊奇道："那白月狐反常不是很正常的事吗？你也不要太伤心，人类都是会转世的，白月狐估计是去找陆清酒的转世了。"

尹寻一愣，随即明白了，少昊似乎并不知道陆清酒的灵魂还在，而白月狐似乎也没有把这件事告诉除了他之外的其他人，他犹豫片刻，还是没有把这件事说出来，而是轻轻地点了点头，示意自己知道了。

少昊继续说着一些别的事，比如水府村现在已经安全了，两界入口被彻底封闭，这是两界最后融合的机会，显然烛龙们并没有抓住。虽然还有一些裂缝可以让异界的非人类进来，但它们都不会是什么强大的妖怪了。

"那白月狐岂不是回不去了？"尹寻突然想到了这茬儿。

"他不一样。"少昊喝了一口酒，懒散道，"烛龙虽然多，但是应龙的数量却已经非常少了，甚至大部分人都以为他们的种族已经灭绝了。"

的确，在见到敖闰和白月狐之前，尹寻传承的记忆里，说的是应龙一族近乎灭绝。

尹寻和少昊交流了很多信息，最后又被少昊送回了家里。

"你现在可以离开水府村了，有没有想过去哪儿转转？"少昊问尹寻。

尹寻说自己还得想想。

少昊点点头，没有再多问什么，转身走了。

尹寻回家后，摸出了自己唯一办过的一张银行卡，这还是陆清酒帮他办的，平日里几乎没怎么用过，陆清酒每个月好像都在往里面打钱，虽然不知道到底有多少……

尹寻拿着卡去了镇子上，笨手笨脚地把卡插进了ATM机，再输入密码，当看到显示屏上的六位数字后，他的眼睛一下子就湿了，之前压抑在心里的情感全都瞬间爆发了出来，他用头抵着屏幕，低低地抽泣着，含糊地小声念着陆清酒的名字，问他什么时候才能回来。

　　自然不会有人回答他的问题，他多么希望此时有人能伸出手，轻轻地拍拍他的肩膀，然后他一回头，就看见陆清酒站在自己的身后。

　　尹寻哭了好一会儿，才擦干泪水，将卡取了出来。

　　他回家后，便开始准备行李，小花、小黑问他要去哪儿，他说自己打算到处去走走，看看其他地方没有见过的风景。

　　"那你什么时候回来呢？"小花有些担心地问。

　　"如果白月狐回来了，你就联系我，我马上赶回来。"尹寻摸着它的脑袋说，"我不想再待在这里了。"待在这里，他每天都会想起陆清酒，有时候还会想起白月狐，虽然知道自己一直被白月狐当成储备粮，但那的确是尹寻生命中最美好的一段日子。他忘不掉，也不想忘掉。

　　但只要待在这里，他就会不停地想起这件事，院中的一草一木、一砖一石，都在诉说着当时的美好，和此时的冷清和凄凉形成鲜明的对比。

　　尹寻去镇子上买了电话和电话卡，把这个手机留给小花和小黑，告诉它们有什么事处理不好，就给自己打电话，自己会尽快赶回来。

　　小花、小黑见尹寻去意已决，便没有再劝，答应他如果白月狐回来了，会在第一时间通知他。

　　尹寻拖着行李，上了镇上的火车，当火车发动，缓缓行驶出市里，翻越山林后，他终于看到了有生以来没看到过的、这个世界上水府村之外的风景。

　　那里春光正好，整齐的麦子被微风吹拂，荡出绿色的波纹，有燕子停在电线上，还有扛着农具的老农，缓步走在田间。

　　尹寻嗅到了花香，听到耳畔那温柔的风声。整个世界都是温柔的，暖暖的阳光洒在他的脸颊上，让人昏昏欲睡。

　　一切都刚刚好，除了自己的身边少了一个叫陆清酒的朋友。

　　不过没有关系，无论多久他都愿意等待，他灵魂中的荒草已经重新焕发出了生机，孤坟之上也开满了美丽的花。乌鸦还在枝头停着，叫着陆清酒的名字，但声音不再哀愁，而是带着期望和渴盼。

　　尹寻已经迫不及待地想要在再次见到陆清酒的时候，对着他说出那一句"欢迎回来"。想到这里，他脸上的愁容稍减，终是露出一个浅淡的笑容。

第十七章

陆清酒

当年共工、祝融相斗，共工怒触不周山，女娲采五彩石以身补天，此后妖界、人界相隔，再不复从前灵气充裕之象。女娲死前剖其腹取其肠，广撒于天地之间，是为女娲血族遗脉，在《山海经》中，被记为女娲之肠。

女娲之肠共十人，镇守两界结界之处，同人族繁衍生息，延续后代，有结界渐渐融合，其后人便血脉淡去，融入凡世，也有结界破裂，其后人便用女娲留下的碎片以身补天。

陆清酒不但有龙族的血统，还是女娲之肠的后人，他生来便该守在水府村之中，履行血脉中的职责。

只可惜现如今灵力稀薄，已是末法时代，女娲之肠一族，几乎全然消失，只留下陆清酒这一脉。陆清酒也并不知晓自己的身份，甚至不明白为什么当初姥姥坚持要让自己离开水府村，可自己却死活不肯踏出一步，现在想来，恐怕她早就知道了真相，且并未选择将之告诉陆清酒。陆清酒虽不知晓其事，却阴错阳差地完成了本族应有的使命，虽然身死，好在灵魂被白月狐保护了下来，只消等待着复活。

水府村的确无水，只因其主人为共工水神，才因此得名。而应龙一族，也是承了女娲的嘱托，每一代都会派出一名族人，协助女娲之肠守护水府村。

这一代的应龙，便是白月狐。

在事情结束，最后的通道被封死后，白月狐带着陆清酒的灵魂去了很多地方。想要将一个人复活，需要许多珍贵的药材和奇异之物，即便是白月狐，也得花费些力气。

　　但他并不抱怨，相反，在做这些事的时候，白月狐反而心怀喜悦，一想到在不久的将来会和陆清酒再次相聚，他的眼神中便会不由自主地流露出喜悦。

　　如果陆清酒只是一个普通人，他的灵魂本该彻底消散的。

　　然而他体内的四分之一龙族血脉，却给了他活下来的生机。龙族血脉最为霸道，这种血脉让陆清酒的灵魂之力比常人强大了许多，不至于瞬间消散。白月狐在得到了陆清酒的灵魂后，便匆匆赶往异界，寻找到了养魂之物。

　　那是一朵看起来平凡无奇的小花，只有白月狐的手掌大小，他小心翼翼地将陆清酒的灵魂结晶放了里面，看着灵魂结晶发出微弱的光芒后便被小花的花瓣包裹了起来，白月狐满意地笑了笑。

　　这只是个开始而已，接下来要做的事还有很多，首先就是要给陆清酒重塑肉身。

　　这花朵虽然可以养魂，但当陆清酒的灵魂变得强大后，花朵就没办法承载了，得换个身体。

　　而制作身体的材料自然是千奇百怪，白月狐想过要不要用太岁给陆清酒塑造肉身，最后还是放弃了。原因无他，尹寻就是个惨痛的例子，太岁的肉身太过孱弱，几乎没有什么力量，而且最最重要的是，这样的肉身制作的食物，极有可能导致吃食物的人拉肚子，虽然白月狐自己是没什么问题，但他可舍不得陆清酒整天往厕所里跑，所以纠结之下，他还是没有选择太岁，而是找了其他的材料。

　　最终，白月狐选择了一种特殊的藕给陆清酒制造身体。给他藕的这种大妖介绍说，这种藕的质量非常好，当年哪吒就是用这种藕重塑了身体，不但强度很好，而且可以重生，重点是还很好吃。

　　打动白月狐的是最后一句话，他看了看藕，又看了看自己手里小花中的灵魂，就这么决定了。

　　定好肉身之后，便是漫长的打磨和温养灵魂的过程，整个过程花了大概三年的时间，这个过程已经非常快了，毕竟白月狐迫不及待地想要见到陆清酒。

　　和陆清酒同时诞生的，还有死去的三个神明。

　　本来按照一般的情况，四季神死去之后，没个十几年是复活不了的，但大约是三个四季神同时死亡这种情况非常特殊，这才过了三年，白月狐就又看到了祝融的身影。

　　那是个炎热的夏天，白月狐带着还在昏睡的陆清酒回到了人类世界。

　　此时复活陆清酒之事已经万事俱备，只差选个吉利的时间，把陆清酒的灵魂注入肉身了。

他们的家依旧是离开前的样子，但白月狐却没有看见尹寻，照顾家的是小花和小黑两只当康，院子里鸡的数量已经多到了令人害怕的地步，连带着后院的牛棚里都多了一头可爱的小牛犊，只是白月狐没想明白，怎么会突然多一只小牛犊出来。

当然，这事儿也不是很重要，所以白月狐并未多做纠结，他回来之后将家里好好地修整了一下，打扫了平日里小花和小黑照顾不到的地方，又杀了二十几只鸡，放在冰箱里冻着，想着来年入冬的时候，就能用来给陆清酒炖鸡汤了。

在整理屋子的时候，白月狐却听到屋外传来了小孩子嬉笑打闹的声音，他推门一看，却看到了三个粉嫩嫩、胖嘟嘟的小娃娃。三个小娃娃都生得十分可爱，脸蛋鼓起来像柔软的包子，但他们的发色和瞳色却告诉白月狐，他们并不是普通人。

"祝融？"白月狐朝着那个红发红瞳的小孩儿叫了一声。

那小孩儿扭头看向白月狐，满目茫然，显然并未恢复记忆，白月狐忽地起了坏心思，走到小孩儿身边，伸手就掐住了小孩儿肥嘟嘟的小脸蛋，他道："你在这里乱跑什么呢？"

"我……吃……痛。"变成小娃娃的祝融完全没有了身为夏神的强硬和冷淡，被白月狐掐得眼泪汪汪，差点直接哭出来。

白月狐露出微笑，让祝融带着小朋友们离这里远一点，然后露出了一口白森森的尖牙，说："不然，就把你们吃了。"

祝融哇哇大哭，连带着秋神蓐收、春神句芒都哭成一团，然而白月狐却丝毫不为所动，揪着三个包子丢到了一边，开心地晃着自己的耳朵回家去了。

小花和小黑全程围观了白月狐这种脚踢幼儿园的幼稚举动，但并不敢发表任何看法，只是委婉地询问白月狐晚上是想吃玉米棒子还是红薯。家里就只剩下这两种食物了，好在它们两个也不怎么挑。

白月狐听闻问话，却是想到了自己的菜地，他去看了之后，发现里面已经长满了杂草，心里念着等陆清酒复活后，一定要把自己的菜地收拾出来。

现在万事俱备，再等些日子陆清酒就能回来了，想到这里，白月狐连带着回家的步子都轻盈了一些。

在外面晃荡了三年的尹寻，得知白月狐回家后，马不停蹄地买了回去的机票，连夜赶回了水府村。

当他拖着行李气喘吁吁地推开家门，看见了坐在客厅里的白月狐，却没有看见那个熟悉的身影时，忍不住道："月狐，酒儿呢？"

白月狐听到他的脚步声，却是头也不抬地回了一句："还需要等等。"

尹寻道："还需要等多久？"

白月狐："快了。"

既然白月狐说要等，那便等着吧，毕竟尹寻也没什么别的法子。这些年他终于离开了曾经被当作牢笼将他囚禁起来的水府村，去了许多他从未去过的地方，只是去的地方越多，他反而越思念这里。思念这一方庭院，思念在家中忙碌的友人。

尹寻把家里所有的地方都整理了一遍，将该洗的被褥和衣物全都洗了，他想让陆清酒看到一个干净的家，让他有种从未离开的感觉。

日子就这么一天天地过去了，就在尹寻觉得自己快要等不及的时候，白月狐在某个月光温柔的夜晚，小心翼翼地端出了一盆小花。

那花并无任何特别之处，从外形上来看，只是路边最最普通的野花，五枚花瓣微微合拢，让人看不清楚里面的花蕊。

尹寻愣了一下，正欲问白月狐要做什么，却见白月狐竖起食指，做了一个嘘声的手势。

尹寻见状赶紧闭上了嘴，将目光停留在了那一盆小花之上。大约是心境的变化，他竟一改之前的想法，觉得眼前这看似平凡的小花带着异样的魅力，让他不能移开目光片刻。

白月狐把花端到了月光之下，温柔的光洒在花朵之上，花瓣开始溢出点点荧光，朝着空中飘散，接着它好似吸足了力量，在两人的注视下，就这样缓缓地盛开了。

花瓣打开后，露出柔软的花蕊，还有躺在花蕊上正在熟睡的小人。

小人蜷缩成了一团，还没有尹寻的小指头大，但即便如此，尹寻还是看清楚了他的模样——陆清酒！没错，在花蕊里躺着的，就是他的好友陆清酒。

"清酒！！"尹寻忍不住叫出了陆清酒的名字。

陆清酒听到外面的声音，睫毛微微颤动了一下，白月狐却是伸出手指，轻轻地抚摸了一下陆清酒的脑袋，又唤了一声："清酒。"

陆清酒被触碰后，这才茫然地睁开了眼，他缓缓地从花蕊里坐了起来，伸手揉着眼睛，看向周围："啊！"

大约是还没有彻底恢复神志，陆清酒并未认出白月狐和尹寻，反而被身边瞪着的两双大眼睛给吓到了，抱住花蕊想要躲进去。白月狐轻轻地抓住了他，道："别怕。"

"你们……是谁啊？"小小的陆清酒怯生生地发问，他此时的面容也十分稚嫩，声音软软的，带着些颤抖，如同刚出生的幼鸟。

白月狐说："我们是你的朋友，别害怕，我会守护你。"

陆清酒被吓得目瞪口呆，在他的眼中，白月狐大得像怪兽一样，一个手指头就能捻死自己，小小的陆清酒被白月狐的话给吓到了，他那刚重生的脑子里完全无法理解如此小只的自己到底是怎么认识白月狐的，但他有点害怕，不敢提问，于是委委屈屈地"嗯"了一声，抱着小花蕊垂着脑袋，看起来委屈又可怜。

尹寻看得心都化了，他也想摸摸陆清酒，但在白月狐的威视下还是没敢，毕竟白月狐吃他可不拉肚子，而且也就是一口下去的事。

"你别吓着他了。"尹寻说，"酒儿怎么这么小，什么时候才能长大啊？"

白月狐说："还得过一两个月，灵魂化形之后温养一段时间，等神志恢复了，就能进入我给他做好的肉身了。"

"还有肉身？"尹寻本以为陆清酒会就这么长大，结果白月狐却说起了肉身的事，他忙道，"你不会是用肉灵芝给他做的身体吧？"

白月狐嫌弃地看了尹寻一眼："当然不是。"

尹寻默默地擦干了自己眼角的一滴泪。

陆清酒复活了，虽然复活的方式有点新奇，但到底是在慢慢恢复。从这天开始，这盆小花成了他们家的重点保护对象，谁都不能随便碰，靠近都得打申请的那种。

陆清酒懵懵懂懂，并不明白周围发生了什么，他只是觉得自己好像睡了一个漫长的觉，醒来后脑子里面一片混乱，既没有记忆，也无法思考，对于周围的一切事物，都本能地感到恐惧，毕竟他实在是太小了，别人走路一不注意，就能把他给一脚踩死。

白月狐感觉到了陆清酒的心情，所以几乎整天都在陪着他，给他介绍家里的东西，什么小花、小黑，院子里的鸡和兔子，门口刚回来的小狐狸苏恩，后院的钦原和女鬼，还有牛棚里面的牛牛。

相处时间长了，陆清酒也察觉到白月狐的确对他没有什么恶意。

而白月狐隔个两三天，就会去异界取陆清酒需要进食的食物，陆清酒现在吃的全是些温养神魂的东西，那些东西不能离开异界太久，所以白月狐只得次次去异界取回来。

这时候尹寻就担任了家长的角色，守在花盆旁边一动也不动。

陆清酒抱着一颗玉米粒在啃，啃两口看尹寻一眼，啃两口看尹寻一眼。

这小模样惹得尹寻忍不住笑了起来，在他的印象里，陆清酒是淡定沉稳的那一个，哪里见过他这么幼稚的样子，他此时终于明白了陆清酒看着他犯傻时的感情，那简直是如山一般磅礴的父爱啊！

"怎么了，酒儿？"尹寻问他。

"那个男人呢？"陆清酒放下了手里的玉米粒。

"哪个？"尹寻故意逗他。

陆清酒说："就……就是长得特别好看的那个。"

尹寻说："白月狐？"

陆清酒低低地"嗯"了一声。尹寻见状哈哈大笑，要不是陆清酒太小了，他真想掐住他的脸颊狠狠揪一下。

"他去给你找吃的了。"尹寻解释说，"你不用太着急，一会儿就能回来。"

陆清酒轻轻应声。

尹寻想了想，问道："你有没有想起什么关于以前的记忆？"

陆清酒稍作犹豫，点点头又摇摇头，说自己的确想起了一些事，只是记忆非常混乱，不能把这些事情连在一起，就好比记忆碎成了碎片，完全无法连接成章，也就不能理解其中的含义。

"那你看到了什么？"尹寻问。

"好多东西。"陆清酒说，"看到了一只瘦瘦的贵宾犬，不过咱们家不是没有狗吗？"

尹寻闻言，看向了家里蹲在门口晒太阳的狐狸崽子，陷入了沉默。

陆清酒吃了个玉米粒，很快就饱了，揉着自己的小肚皮趴在花蕊上又睡了过去。大概是因为他的身体小，所以循环得特别快，几乎是吃了就饱，饱了就睡，睡醒了继续起来吃，因为处于灵魂状态，所以也不用解决生理问题，可以说是非常方便了。

白月狐回来时，陆清酒已经睡着，尹寻坐在旁边饶有兴趣地看着陆清酒睡觉。

"睡了？"白月狐问道。

"嗯，睡了。"尹寻说，"刚才还问你去哪儿了呢。"

白月狐把手里的东西放下，让尹寻去忙自己的，他来守着就行。尹寻也没有和白月狐争，他现在也算是彻底看明白了他们两人之间不可分割的感情，如果没有白月狐的努力，陆清酒是不可能这么快复活的。

陆清酒睡醒后，起床便看见了白月狐，哼哼唧唧地说自己饿了，白月狐便递给他早就准备好的食物。

陆清酒一边吃一边问白月狐去哪儿了，说自己都好久没有看到他了。

"我去给你找吃的了。"白月狐说，"那我下次等你睡觉的时候再出去。"

陆清酒小声地说："好。"大概是心智如同幼儿，他完全没有察觉自己变得娇气了，被白月狐和尹寻捧在手心里头哄着的小清酒，有什么不开心的地方都会说出来，完全不像成年后的他喜欢考虑那么多。

晚上睡觉，他都要睡在白月狐的身侧，保证自己一觉醒来就能看见白月狐的脸庞。

反正他说他是自己的守护者，那要守着自己也是正常的事吧，陆清酒如此理直气壮地告诉自己，想到这里，内心再次腾起了一股力量，自己一定要好好的，努力吃饭，争取早点长大！

日子就这么一天一天地过去了，家里的小陆清酒的神魂也在渐渐痊愈，他回忆起了很多关于自己的旧事，起初是和尹寻小时候玩乐的回忆，接着是离开水府村到外面上学的事，直到最后，他终于记起了白月狐。

"哇，是你啊。"那天早晨陆清酒早早地起床了，他坐在花瓣上，激动得手舞足蹈，"我记起来了，你是不是吃了我好多小笼包的那个……"

白月狐面色微沉，不是很想承认自己当时饿死鬼般的模样。

陆清酒却很高兴，说自己都记起来了，他记得当时的白月狐可好看了，吃个包子都吃出了山珍海味的意境。

"那你为什么要守护我呀？"陆清酒羞涩地发问，"是不是当时吃了我的包子，就看上我的人啦？"

白月狐道："是。"他当时就看出了陆清酒守护者的身份，知道是自己的饭票来了。

陆清酒并不知情，抱着花蕊又开始傻乐，说："好高兴自己有了武力值这么高的房客，姥姥一定也会很高兴的。"

尹寻听见这话，表情十分微妙，他不由自主地想起了某次在电脑里看到的画面，再次对陆清酒露出了同情之色。他当初到底为什么会和陆清酒一起怜惜白月狐呢，明明最该被怜惜的那个人，是陆清酒自己啊……

白月狐也没拆穿陆清酒，只是让他好好吃东西，吃多点才能快快长大，他说这话时温柔的微笑给了陆清酒莫大的鼓励。

就这么温养了足足三个月的时间，确定陆清酒的灵魂已经非常稳定，可以和身体融合了，白月狐才取出了给陆清酒塑造的肉身，打算将陆清酒彻底复活。

尹寻对此表示有些奇怪，说陆清酒不是还没有完全恢复记忆嘛，怎么就能融合了。

此时的陆清酒只记得他们相处的前段日子，那些更有趣的经历甚至还没有记起。

白月狐很冷静地表示："没关系，等到肉身恢复了，再刺激一下就能全都想起来了。"

尹寻茫然："刺激？怎么刺激？"

白月狐不答，只是冲着陆清酒微微一笑。

尹寻看见这笑容浑身一颤，瞬间有了不好的记忆，他想起了某个早晨，陆清酒瘸着腿阴沉着脸色从卧室里走出来的模样。

尹寻瞅了眼还不知道怎么回事的陆清酒，在心里默默地替他祈祷了几句。

很多年后，陆清酒依旧会想起那个白月狐将他注入肉身的下午。当时的他虽然又恢复起了一些记忆，但却无法将这些记忆碎片串联在一起，就这样懵懵懂懂地被白月狐骗进了肉身之中。

而当陆清酒从肉身里醒来，见周围的景物都小了一圈，特别是面前这个对他温柔地笑着的漂亮人儿后。

"月狐？"陆清酒茫然地叫着他的名字。

白月狐伸出手拍了拍陆清酒的肩膀，随后给了他一个大大的拥抱。尹寻站在旁边，眼中含着泪水，终于对陆清酒说出了那一句他准备了好久的话："欢迎回来。"

三年时间，家里居然没有太大的变化，就是后院里的蜂蜜满了也没有人取，前院的鸡和兔子都快要成灾了。厨房没有人用，却还是干干净净的没多少灰尘，想来是平日里一直有人打扫。最让陆清酒感动的是，冰箱里竟然堆满了各种食物，看得出尹寻和白月狐早就在为他的回归做准备。

陆清酒从冰箱里拿了不少东西，做了一顿丰盛的早餐。什么八宝粥、烤蛋饼、凉面、藕盒，总之能现做的他都做了，等到食物上桌时已经快到上午十点了，白月狐和尹寻乖乖地拿着筷子和碗，在桌子面前等着。

陆清酒把食物一盘盘地端到了桌子上，直到最后的食物上桌，大家才一起动筷。

尝到许久未曾尝过的食物，尹寻的眼睛又有些湿润，但他还是伸手擦掉了，装作不经意地和陆清酒说起了这几年发生的事。

说陆清酒消失后朱淼淼很着急，自己去看望了她，还走遍了国内大部分的地方，看到了很多从前没有见过的景色。陆清酒一边吃东西，一边细细地听着，感觉自己的确是错过了很多，不过现在还好，他回来了。

白月狐则全程都很安静，这三年间他一直和陆清酒待在一起，所以也没什么要说的。

陆清酒听完后，对着两人道了声："辛苦了。"

尹寻最后还是没忍住，抽泣了起来，白月狐则牵住了陆清酒的手，并且都在对方眼神里，看到了温柔的神色。

陆清酒没有太多这三年间的记忆，但他知道白月狐将他复活，一定花费了很多力气。

既然如此，就好好地过接下来的生活吧。

于是陆清酒开始让生活步入正轨。首先他给朱淼淼打了个电话，通知她自己没事了。在电话里，朱淼淼一边哭一边骂，骂陆清酒没良心，这才回来，骂着骂着又笑了，说等陆清酒的干儿子出生，她就带着他一起回来。陆清酒这才得知朱淼淼去年结婚，今年已经怀上了，惊喜之余，让朱淼淼好好养胎，自己找时间过去看她，这才将她安抚下来。

解决了朱淼淼的事后，陆清酒又打开了自家的淘宝店，差点没被旺旺上面的信息吓死。他从来没有见过这么多信息，密密麻麻的，看得脑袋都要炸了，随便点开两个，全是顾客悲伤的哭泣，说："老板啊，我就指望着你家生发水起效果娶媳妇呢，你怎么就不开店了，你再不开店，我就当场撞死在你面前啊。"

陆清酒："……"太可怕了。

这样的信息不胜枚举，陆清酒想了想，还是没急着上物品，而是先去了趟后院，看看那口生发井的情况。生发井上面的光圈还在，他喊了半天，才喊出了女鬼小姐，女鬼小姐见到陆清酒，连声问好，问他身体状况如何，看来她也知道了陆清酒身死的消息。

"我没事了，你现在怎么样？"陆清酒道，"信徒够多吗？我明天给你供香烛啊。"

"没事没事，挺好的。"女鬼小姐说，"就是你要是有空了，就继续把生发水卖着吧，这几年你停业我的信仰也淡了不少……"

陆清酒说："行吧。"

两人就此达成一致，陆清酒决定过几天店铺就再次开业。

三年时间，对于龙族这种长寿物种而言只是转瞬之间，但对于人类，却并不是短暂的分别。陆清酒到了镇上，打听了一下消息，才知道胡恕和庞子琪都升职了，目前在市里面做警察。

"感觉自己周围的变化好大啊。"陆清酒买菜籽的时候感叹。

卖种子的老板说："可不是嘛，镇里都要通高铁了，你这三年是去了哪儿啊，好久都没看见你人了。"

陆清酒笑着说："到处去走了走，最后发现还是家里好，就回来了。"

"是啊。"种子店的老板感叹，"还是家里好，这城里人都开始往郊区跑了……都说咱们这儿的空气和水养人。"

陆清酒笑着说："是。"

自从那次结界融合过后，尹寻就再也不用守着那些被污染的灵魂了，而最神奇的地方是，水府村的村民们居然没有消失，反而像是活人那样继续生活着。陆清酒问白月狐为什么会这样，白月狐说他们也算是非人类的一种，但自己并不知道自己是非人类。

虽然陆清酒有点担心，但见其他人也没有发现村民们的异样，便想着就这么算了，能过一天是一天吧，出事的时候再说。

小花心心念念的李小鱼终于考上了他心爱的初中，据说是市里面最好的一所初中，李小鱼还是以年级前十的成绩进去的。小花感动得涕泪满面，说自己的努力终于有了结果，它第一次看到李小鱼这么争气的孩子，自己一定要督促李小鱼更加勤奋，争取考上好的高中。

因为市里面的初中离这儿挺远，李小鱼只有周末才会回来，这时候小花便会开着小货车把李小鱼接回家里，虽然每次陆清酒都挺担心小花会不会被交警抓到。

"没事儿，无证驾驶最多拘留几天，出来我又是一条好汉。"小花说。

陆清酒对小花这种思想表示了批评，说："重点是无证驾驶吗？你难道都没有意识到自己是一头猪……"

小花："……是时候化形了。"接下来的日子里，它开始纠结到底要怎么做才能快点变成人。

日子恢复了平静，白月狐把他心心念念的地重新开垦了一遍，种上了许多他喜欢吃的水果和蔬菜。他们家里前几年种下的果树已经长大了，有苹果，有梨，还有桃子和李子，总之是应有尽有，种在院子的两边和小道周围，树木成荫，等到秋天时，便会挂满各式各样的果子。

很快到了盛夏，陆清酒想起了死去的祝融和另外两个四季神，道："对了，我都忘记了，祝融他们复活了吗？"

听到祝融的名字，白月狐的表情微妙了起来。

陆清酒还以为是祝融没有复活，白月狐才这个模样，正欲宽慰两句，却见白月狐点点头："活了。"

陆清酒："活了？怎么没看见？"

白月狐："……你想看？"

陆清酒一脸茫然，没明白白月狐这微妙的语气和表情是什么意思，直到第二天，白月狐从门外拎进来三个哭得上气不接下气的小娃娃时，陆清酒都傻了。

"你去哪儿偷来的小朋友啊？"陆清酒惊恐道，"人家家长发现了怎么办？"

白月狐提着小娃娃们的后衣领，说："没事，他们没有家长。"

陆清酒仔细一看，才发现这几个娃娃显然不是人类，因为没有人类的家长会把孩子的头发染得五颜六色，还给他们戴颜色奇怪的美瞳。

陆清酒仔细一看，才发现这几个娃娃的样子有点眼熟，他马上想到了什么，不可思议道："他们是四季神？"

白月狐点点头，把娃娃们甩到了陆清酒的面前。

三个白团子似的娃娃哭着抱成了一团，看着白月狐的眼神就像在看一个大魔王。

陆清酒的表情扭曲了一下："……怎么，变成这个样子了？"

白月狐道："没事，明年就好了。"他解释说，四季神死了之后会变回幼儿的模样，不过问题不大，只要经过几年的四季洗礼，就能恢复成之前的模样了。

陆清酒说："那他们的记忆还在吗？"

白月狐："在啊，除非像冬神那样出现了意外。"

陆清酒："不是，我是说他们这会儿的记忆还在吗？"

白月狐道："在。"

陆清酒："那岂不是都记得你是怎么欺负他们的了？"

白月狐冷静地说："记得又怎样，不服来打我啊。"

陆清酒："……"你其实也才三岁吧？！

院子里小娃娃的哭声简直让人头疼欲裂，陆清酒开始后悔自己想要看四季神的这个要求了，白月狐本来想把他们三个拎起来再给扔出去，陆清酒看着他们可怜巴巴的模样，实在是没忍心，拿了棒棒糖一个人嘴里塞了一支，才勉强哄好了。

看着他们胖乎乎、白嫩嫩的脸颊鼓起来含着棒棒糖的模样，陆清酒还是没忍住，伸手掐了一下他们的脸颊。

祝融是胆子最大的一个，还小声地说了声"谢谢"，秋神蓐收被掐得有点蒙，满脸茫然，句芒则最羞涩，被掐了一下后就躲到祝融身后去了。

陆清酒说："太可爱了。"

白月狐有点不满："你小时候比他们可爱多了。"

陆清酒："真的？"

白月狐："当然是真的。"

陆清酒："就是我抓周没有抓到你的时候？"

白月狐："……"

陆清酒见白月狐的表情不对，马上安慰他说自己开玩笑呢，狐狸精哪有咱们黑龙好看，咱们黑龙鳞片闪闪发亮的，比那狐狸精好看多了。

白月狐："摸尾巴吗？"

陆清酒："……摸。"

白月狐："啧。"

陆清酒尴尬地笑了两声，但手还是伸到白月狐屁股后头那毛茸茸的尾巴上去了，这都快三年没有摸到这么柔软的尾巴了，他真的是好想念啊。

水府村的牌位不用守了，尹寻也可以到处乱窜了。陆清酒去市里给他买了一辆车，供尹寻到处转悠。买车的时候白月狐问用不用自己给他弄一辆回来，被尹寻无情地拒绝了。

上次带回来的是蛣蝓，鬼知道下次带回来的是什么东西，尹寻可没有陆清酒那么一颗强大的心脏。

再说陆清酒，自从换了身体后，陆清酒的身体素质好了许多，平日里几乎不会感冒伤风，偶尔伤到了皮肤，也会很快愈合。只是这不是让陆清酒觉得最开心的，让他觉得最开心的是每到想吃藕的时候，他只要走到厨房撸起袖子，随便砍一截下来就行。被砍下来的部分马上就会变成藕的模样，还很新鲜，带着露珠，还散发着清香。而他感觉不到任何疼痛，断肢也会很快复原。

这种用来做身体的藕和市面上卖的藕不大一样，半生的时候是脆生生、甜滋滋的，煮熟之后则变得绵软甘甜，连熬出来的骨头汤都带着股清香的甜味，非常好吃。

陆清酒用一部分凉拌，一部分炖猪骨，一部分还可以夹着肉馅裹上面粉下锅炸成藕盒，总之怎么弄都很好吃。

当然，吃着藕的尹寻表示要不是这藕是陆清酒身上切下来的，可能就更香了，陆清酒闻言幽幽道："从我身上下来的，不该更好吃吗？来，多吃点。"

尹寻："……"

之前陆清酒给了四季神们一人一个棒棒糖，因此他们给陆清酒发了好人卡，惦记上了他家，但又害怕白月狐，所以每天，四季神都是趁着白月狐早晨出去下地的时候，踮起脚尖敲敲门，瞪着圆溜溜的眼睛瞅着陆清酒，小声地问："陆哥哥，有没有糖吃啊？"

陆清酒被他们这么一问，心都软成了一片，从家里摸出糖果给他们的口袋里面全都塞满了，再在每个人的脸蛋上掐一下，带着无比慈祥的笑容，看着他们消失在门口。

尹寻拿着扫帚站在后面，表情复杂地问陆清酒："为何你可以如此轻易地接受他们，就没什么心理阴影吗？"

陆清酒觉得尹寻说的话很是莫名其妙："什么心理阴影？"

尹寻无奈道："你就没有想过，万一以后他们恢复了记忆，想起自己天天到咱们家里来讨糖吃……那岂不是很恐怖？"他一想起祝融那硬汉的长相和严肃的表情就不由得打哆嗦。

陆清酒倒是没觉得哪里有问题，很坦然地说："这有什么，那我以后就是他们的长辈了，可是看着他们长大的。"

尹寻："……"他竟无法反驳。

日子就这么一天天地过着，一切都回到了正轨，恢复了往日的平静。

丰收的秋季一过，便又是雪白的冬季，因为那一年的经历，让陆清酒对这个季节微微有些担忧。他如同往年那般，在自家地窖里面囤了好多好吃的，同时也备齐了所有的生活用品，等待着严寒的冬天降临。

但让他没有想到的是，今年的冬天并不寒冷，和前几年比起来，可以说是温和了许多。

第一场雪落下后，气温开始缓慢地下降，直到第二场雪，水府村才封了路。

陆清酒换了个身体后，发现自己完全不再畏惧寒冷了，他甚至可以像尹寻那样穿着单衣在雪地里面打滚，虽然会感到有点凉，但是完全不会感冒生病。于是现在的冬天反而变得有趣了起来。

直挺挺地倒进柔软的雪堆里，在上面留下第一个人形的痕迹，抓起雪团塞进朋友的衣领，一家人加上两只猪，笑得像一群几岁的孩子。

玩够了，洗个热水澡，穿上厚厚的毛衣，就可以躲进温暖的被窝了，如果闲得无聊，还可以拿出毛衣针，努力织毛衣。

今年陆清酒的目标非常远大，他打算给白月狐织一件黑色的毛衣，再织一条围巾，虽然版型不好看，但这可是真正的羊毛，很保暖的。想到这里，陆清酒忍不住笑了起来。

白月狐这会儿去地里挖红薯了，尹寻还没有过来，他听到窗户上传来了咚的一声，以为是谁家调皮的孩子在用雪团砸自家窗户，于是陆清酒披了件衣服，走到床边，推开了窗户，却没有看见小孩儿的身影。

今年水府村的冬天很热闹，村民们没有再消失，而是像正常人类那样继续生活着，小花、小黑在村子里挺有小孩儿缘，不少孩子都会跑到他家来找两只小猪玩。

陆清酒正在四处观察，却听到头顶上传来了一声轻笑，他抬头，竟看到冬神坐在他家的苹果树梢上，低着头正笑意盈盈地看着自己。

"玄冥？"陆清酒吓了一跳，"你怎么在这儿？"

"我为什么不能在这儿。"玄冥说，"好久不见啊，陆清酒。"

"好久不见。"陆清酒说。

在那场战斗里，冬神给他的感觉是冰冷且无情的，但奇怪的是，他从眼前这个冬神的表情里，竟看出了玄玉的那种温润的感觉，他弯着眼角，对陆清酒笑着说："最近怎么样？"

陆清酒迟疑道："还不错，你是玄冥，还是玄玉……？"

冬神说："我是谁并不重要，你只要知道我是冬神就好。"

陆清酒道："那你有什么事吗？"

冬神抬手将一个东西扔到了窗边，他说："这是你姥爷留给你的。"

陆清酒接过东西一看，才发现是一副耳套。

"他说他很爱你，但是他也没办法，因为他最爱的人是你的姥姥。"冬神温声道，"只有两界融合，他才有复活你姥姥的机会，所以……你也不要太怪他了。"

陆清酒握紧了耳套："我不怪他。"

冬神笑着："那就好，我走了。"

陆清酒道："等等。"

冬神说："嗯？"

陆清酒道："你没有什么其他的事想和我说吗？"

冬神道："其他的事？"他歪歪头，"没有了，其实知道得多了，真的不是什么好事啊，况且，谁没有几个秘密呢。"

陆清酒愣住，随即便看见冬神化蝶而去，和以往不同，他化作的蝶晶莹剔透，呈现出美丽的蔚蓝色，乘着风便消失在了雪幕之中。

陆清酒听到自己身后响起的推门声，大概是白月狐回来了，这一刻，他竟觉得冬神说得很对——谁没有几个秘密呢？但这些秘密无论是否解开，都无关紧要了，至少现在的他，是幸福的。

他有温暖的屋子，美味的食物，还有好友相伴，陆清酒抬手关了窗户，将耳套小心地放进了抽屉和姥姥的日记锁在了一起，仿佛是将一段历史尘封。

白月狐走到陆清酒的身后，陆清酒笑着对他说："欢迎回来。"

他回来了，并且，再也不会离开。

番外（一）

冬　神

冬天是个单调的季节。

雪一落下，所有的颜色都被换成了纯粹的白，抬眸望去，天地之间，一片茫茫。

古时的人们最害怕的季节便是冬。

因为渐冷的冬代表着寂静和死亡，没有植物，没有动物，万物都陷入了沉睡之中，只有寒冷和饥饿。

与生机勃勃的春日、火热活泼的夏日、收获颇丰的秋日不同，冬天，是被畏惧和敬畏的季节。

冬神一直都知道这些，也平静地接受了一切。

"你说他们为什么会怕你。"调皮的春神捧着下巴看着自己笑容温和的好友，"明明你的脾气，是我们里面最好的。"

冬神笑着说："可能是因为大家怕冷吧。"

春神道："那为什么不怕夏天呢，祝融明明才是脾气最糟糕的那个。"

冬神不语，抬眸望去，此时正值冰消雪融之际，人界一片繁华。人们脱下了厚重的冬装，从温暖的屋子里出来，开始耕种、繁衍，再次恢复了勃勃生机。

没有理会春神的叫喊，冬神起身离开了，他的背影显出几分落寞，春神见状只能轻叹。

两界分隔后，人界的灵气日益淡去，非人类的踪迹也越来越少。

不过虽然如此，当初两界分隔时留下的裂缝，依旧是个巨大的问题。当年的裂缝足足有十条，守护裂缝的是应龙一族和女娲后人，后来裂缝渐渐融合，剩下的通道也越来越少，只剩下了最后一条。

也正因为如此，这一条通道，成了两界关注的焦点，这是烛龙最后的机会。

烛龙也是龙族，只是他们和应龙不同，掌管的是阴间之事。烛龙喜欢吃的是欲望浓烈之物，最喜欢的要吞进肚子，最不喜欢的也要吞进肚子，和应龙倒是有几分相似。但应龙和他们最大的不同，便是会控制自己的欲望，就好像敖闰和他的恋人，明明喜欢得恨不得放在心尖上疼着，却还是舍不得吃掉。这要是换了烛龙，恐怕早就连骨头渣都没了。

冬神不喜欢热闹，他更喜欢一个人独处，倒是和寂静的冬日有几分相似。

他的好友们大约是害怕他寂寞，倒是经常来陪着他说话，日子便这么一天天地过去了。

四季神受女娲之托，也要维护两界的通道，现如今守护者的血脉越发淡薄，烛龙虎视眈眈，着实是件让人头疼的事。

好在那时依旧有些希望，四季神并未太过担忧，而威胁龙族的却是名为"污染"的病症，所以冬神便寻了个空隙，进入异界，想要查探出污染于龙族而言到底是什么。

在异界里，应龙一族已经快要灭绝了，他们挑选伴侣格外挑剔，所以繁育情况非常糟糕。烛龙则和他们正好相反，挑选伴侣的要求只有一个：活的。也因此数量繁多，但虽然数量上去了，质量却是下来了，烛龙的龙脉越发淡薄，甚至开始流失。

冬神就曾经见过敖闰轻轻松松干掉五条烛龙的画面。

异界很大，比人界大了百倍不止，他在这强者如云的世界里，也只是一个弱小的四季神罢了，所以行事格外小心。只是越探查他就越觉得疑惑，他发现烛龙和应龙从某种程度上来说并没有什么区别，如果一定要说，就是烛龙无法控制自己的欲望。

想吃就吃，想生气就生气，想杀戮就杀戮，不会去考虑一丝一毫的后果，他们就像刚出生的稚子，身上只有本性中最纯粹的一部分。道德和感情都无法约束他们，只有强大的力量才能使得他们臣服。

在烛龙的身上，冬神隐约间明白了污染的本质——不受控制的本能。

这让他想到了人界。

人界非常吸引烛龙，自从两界分隔之后，他们就一直想要从通道过来，甚至不惜组织起了几次强大的攻势，搞得人界的神明们焦头烂额。冬神起初一直不明白他们为什么如此迷恋人界，后来他终于弄懂了，是欲望在吸引着烛龙们。

和单纯以力量为尊的非人类不同，人类更加孱弱，也更加复杂，他们的聚集地非常靠近，并且数量众多，可每个人类身上的欲望却是惊人的。这些欲望有好有坏，却全都是烛龙心爱的食物。

人类还毫无还手之力，他们手中的武器在烛龙坚硬的护甲面前，简直就像是塑料玩具。

所以烛龙们迫切地想要进入人界，而现在，他们最后的机会就摆在面前。水府村是最后的一条通道，如果再次消失，那就意味着两界从此没有了任何融合的机会，这让烛龙们变得焦躁不安，隐隐策划着什么。

冬神感觉到了平静水波下汹涌的暗流。

但这并不是最糟糕的，最糟糕的是他在异界拜访了树族长辈后得到的一个卦象。

树族有着非常特殊的传承方式，便是族内之辈会共享所有得到的记忆和知识。其他的种族获得的记忆和传承都有可能丢失，但树族却不会，这也使得树族凡是上了年龄的长辈，通常都充满了智慧，这是集一族之力的结果。而树族最厉害的地方，却不是他们的记忆，而是算卦。

树族很少算卦，但每卦必准。

冬神找到的那棵树，便是树族的族长，它主动提出，为冬神最为担忧的事算上一卦。

"卦象不太好啊。"老树说话的声音很慢也很沉稳，有些像年迈的老人，"不……准确地说是非常糟糕。"

冬神坐在枝头，微微蹙眉："何解？"

老树道："他们的血脉就要断绝了。"

冬神愣住。

老树说："最多最多再延续两代……这已经是最好的结果。"

如果是其他人说出这番话来，冬神一定会发出质疑，但说这话的是老树。

"有什么破解之法吗？"长久的沉默后，冬神只能如此问道。

"无解，无解……"老树的话让冬神的心冷了下去，它说，"玄冥，这事……无解啊。"

冬神跳下了树干，围着老树转圈，他蹙起眉头，许久都未曾说话。

老树见状只能安慰他，说天地之间自有缘法，有些事情，不是强求就能得到的。况且非人界和人界融合或许不是坏事呢，或许是人类的机遇呢。

"机遇？"冬神道，"人类的肉身现在已经那么孱弱了，如果两界真的相融，他们就是精怪嘴里的一道菜而已。"人类是很有韧性的种族，老树说得的确有道理，他们有可能会从中发现生机，但发现生机的前提是陷入不可挽回的死局，冬神都不敢去想，到时候到底要死多少人。

老树叹息，的确没有什么办法了，从卦象上来看，守护者会彻底消失，至于怎么消失，卦象就没有那么具体了。

冬神沉默良久，忽地抬头，摸了摸老树："那你就帮我再算另外一卦吧。"

老树道："你还想算什么？"

冬神从嘴里吐出一句话。

老树闻言脸色大变："你……"

冬神道："我只是想知道，还有没有破解之法。"

老树叹息，接着便为冬神又算了一卦，只是这一卦下去，它身上繁茂的枝叶却开始迅速枯黄，直到蔓延了整个树冠。冬神见状连忙叫老树停下，但老树直到算完，才再次出声。

"有法子呢。"它说，"窥探天机，真是要了我的老命了，这次的卦象很简单，就四个字。"

冬神道："哪四个字？"

老树道："破而后立。"

冬神愣住："破而后立，什么意思？难道意思是两界必须融合？"

老树也不明白。

冬神思考许久，却是忽地想到了什么，他震惊道："我突然想起来，曾经也有通道被打碎过……"

老树疑惑道："嗯？"

冬神说："通道被烛龙打碎了，但是两界却没有融合。"

老树道："怎么会？"

冬神说："是因为当时那个守护者将打碎的部分修补了，之后，通道也消失了……"他笑了起来，"的确是破而后立啊。"

老树闻言却有些茫然："你是想……"

冬神用脸颊蹭了蹭老树，说："老伙计，我可能要离开很长一段时间了，你不要想我，等我把这一切事处理完了，就回来找你聊天。"

老树说："去吧去吧。"

人族的几十年光景于它而言不过是白驹过隙而已，睡一觉或许冬神便已经处理好了事能回来陪着它聊天了。

冬神回到了人界，此时他已经知道自己需要做些什么了。他找到了敖闰的爱人，将他们一族血脉将会断绝的事告诉了她。

只是冬神说得比较含蓄，并且表示，只有离开这里，才有可能阻止意外发生。

"这是真的？他们真的会出事？"芳如慧神情焦虑，她和冬神已经相识数年，知道这个神明虽然掌管着严冬，却是脾气最好的一个，也不会拿这种事来开玩笑，"那要怎么办？"

"在怀孕之前离开这里。"冬神说，"只有这么做，才能保下你的孩子。"

芳如慧信了冬神的话，她开始试图向敖闰表达自己想要离开水府村的想法。那时的敖闰和芳如慧正值热恋之际，两人如胶似漆，芳如慧隐约感觉到了什么，自然不会愿意自己和敖闰的孩子出现任何意外。

这只是个开始而已，之后芳如慧的家中出现了一些意外，更加坚定了她想要离开的想法。但她没有意识到，每当自己说要走的时候，敖闰的脾气就会变得暴躁，甚至有些无法控制自己。这种暴躁越演越烈，直到敖闰确定自己被污染了。

那是个天气晴朗的下午，芳如慧躺在院子里，她听到了熟悉的脚步声，睁开眼睛后，却看到了一张和敖闰平日里表情完全不同的脸，她的恋人的黑发变成了红色，眼睛之中仿佛有一团火焰在燃烧。

"你就那么想要离开我吗？"咧开嘴笑的恋人嘴里是阴森森的白牙，他道，"我把你吃了，是不是你就不会想走了？"

芳如慧被吓傻了，她很了解敖闰，也知道此时的他不是在开玩笑。

"为什么一直想要离开我呢？"敖闰说，"就永远地待在这里不好吗？"

芳如慧还没来得及回答，屋外便响起了破空之声，是冬神赶到了，一番战斗后，将敖闰赶走了。

好在此时的敖闰还勉强有些神志，没有和冬神缠斗，而是选择了离开。

"他怎么啦？"芳如慧呆呆地发问。

"他被污染了。"冬神说，"你的状态也有些不对，我帮你寻了个医生……"

芳如慧这才知道自己怀孕了。

那时的她虽然知晓"污染"二字，却并不知道原来被污染的龙是这副模样。她从头到尾都没有明白敖闰为什么会被污染，所有人都很茫然，唯有冬神知晓其中缘由。

原来和人类相恋的龙族真的会容易被污染，冬神坐在枝头思考着，他看着树下在草地里奔跑追逐的人类，忽地明白了他们为什么会不喜欢冬天。雪是柔软的，冻结在一起，却会变成坚硬的冰，就像掌控冬日的神明，他应该如四季神般怜悯世人，可脑子里在得知自己造成的悲剧后，却并无悲悯，甚至开始谋划下一步该做的事。

这样的神，活该不被人喜欢。

冬神笑了起来。

敖闰出事后，冬神便消失了，其他的四季神无论如何也找不到他，但知道他还活着，便松了口气。

芳如慧如愿诞下一女，只是她在女儿长大一些之后，便强硬地将她送出了水府村，不愿让她再待在这里。

和冬神一起消失的，还有敖闰，他曾经回来过一次，在芳如慧生产的那一天。

那天空中乌云密布，芳如慧听到半空中传来的兽吼，她虚弱地抱着孩子，以为敖闰是回来看望自己的，可没有想到，迎来的却是他无情的攻击。若不是四季神一直在旁边守着，恐怕她和孩子都会进了敖闰的肚子。

至此，芳如慧彻底对敖闰死了心。

虽然如此，日子还是要过的，小孩儿一天天长大，从未见过自己的父亲。芳如慧也习惯了这样的日子，她隐约间明白了敖闰会变成这样的原因，是因为她一直想要离开水府村。

而敖闰身为房客，却是不能走的。于是他便觉得芳如慧是想离开自己，如此一天天，一年年，怨气渐渐积累，最终爆发。

芳如慧在想明白之后，起初觉得很可笑，她没有想到龙族是如此脆弱的生物，他们竟如此难以控制自己的欲望。后来却只感到痛苦，因为她不能去思考，和她在一起的时候，敖闰要使出多么大的自制力，才没有对她表现出那种强烈到让人恐惧的欲望。

但好在她明白了，从此便再也没有踏出水府村一步。

芳如慧依旧记着冬神的话，当然有时候也会对此产生一些怀疑，但冬神并没有要害她的理由。而这一预言，直到孩子渐渐长大，甚至结婚生子，孙子出生，芳如慧才将之抛到了脑后。可是她却没有想到，预言竟然实现了。

那是个晴朗的夏天，芳如慧的女儿回到水府村来看望她，女儿虽然一直想要将母亲接出这个偏僻的山村，但却总是遭到母亲的拒绝，因此只能无奈地选择每年都回来探望母亲。

芳如慧几天前就接到了电话，得知女儿今天要回来，她很高兴，如往常那般准备好了丰盛的食物，等待着他们回来。

但最后，她只听到了一声山崩地裂的巨响，却是什么都没有等到。

女儿死了，死在了自己爱人的口中，她的爱人将他们的爱情结晶吞进了肚子里。

祝融在说这些事的时候，一直非常谨慎地选择着措辞，同时还在观察芳如慧脸上的表情，似乎是害怕将她刺激得太过分，芳如慧却从头到尾都很平静，最后说了一句："我知道了，谢谢你。"

"你……不要太难过。"祝融说。

芳如慧笑了笑，撩起耳畔一捋发丝："嗯，我不难过。"

祝融哑然。

可是说着不难过，芳如慧的身体却开始迅速地虚弱，从这件事发生到女儿去世，也不过是短短两年时间而已。

她的孙子陆清酒为了帮她主持葬礼，回到了水府村，他并不知道，在葬礼进行的时候，还有一个人在暗中看着他。

"你还走吗？"好友尹寻小心翼翼地发问。

"嗯，我得把学上完。"陆清酒说，"之后就不知道了……"

"哦。"尹寻努力安慰着自己的好友，"那你一定要加油啊，要保重身体，不然姥姥知道会伤心的。"

陆清酒闻言露出疲惫的笑容。不知道为什么，姥姥始终不肯离开水府村，即便是重病时，也不愿意到其他地方去治疗，当时父母出了意外，他本来想回到这里陪着姥姥，可却被姥姥以学业为理由强硬地拒绝了。

"你至少得把大学上完啊。"姥姥摸着孙儿的发丝，语气里满是慈爱，"跟着我这么个老骨头在小山村里待着算怎么回事，那岂不是辜负了你母亲和父亲对你的期望？"

被姥姥这么一说，陆清酒只能说等自己上完了大学，就回来陪着姥姥，不离开水府村也没有关系，咱们一辈子都在这儿过。

姥姥闻言却是笑着，她说："外面不好吗，回来做什么，你有出息，姥姥就开心啦，至于出不出去……那不重要。"

陆清酒闻言，心里想的却是自己一定要回来。后来他大学毕业，想要回来，可姥姥死活不同意，陆清酒本来想磨一磨让姥姥离开水府村，可却没想到还没有磨出一个结果，姥姥就已经走了。

没有陪伴着老人离开，是陆清酒这辈子最后悔的事，这种后悔一直延续到他回到水府村。

冬神静静地等待着这一切的发生，他看着敖闰被污染，芳如慧的女儿惨死，芳如慧病逝，陆清酒回到水府村。这像是一个奇怪的轮回，他对身旁的人说："当初我要是不这么做，是不是这一切就不会发生了？"

身旁的小孩儿似乎并不明白他的话的意思，神色间带着些懵懂，冬神……不，准确地说是玄玉，笑了起来："好吧，你现在还不明白，不过没关系，你很快就会懂的。"

不知从何时开始，冬神也被污染了。他甚至都没有意识到自己是什么时候被污染，为什么被污染，他是个感情淡薄的神明，唯有对人类强烈的喜爱，驱使着他做了这一切。

难道是这种感情太过热烈，才导致自己的灵魂被污染？玄玉想不明白，便干脆不想了。

好在他很快就找到了解决污染的办法，他将自己的灵魂一分为二，让被欲望控制的那一部分作为真正的冬神存在，而自己则剥离了力量，保存了记忆。

只要两界融合，人类就会更加依赖他，他可以保护人类，让他们不再害怕自己——至于到时候不幸被杀死不能复活这种事，从来就不在冬神的考虑范围内。

毫不意外，被欲望彻底占领的灵魂，做出了玄玉预料之内的事，他离开了玄玉身边，选择了和烛龙合作。

玄玉没有了力量，身体开始变得虚弱，只有在最寒冷的时候才会出现。他却觉得有些可笑，原来不光是龙族，连神明都充满了欲望，这种欲望就是污染的源泉，哪怕只是一小点的不甘心，在被无限地放大后，都会充满毁灭的力量。

好在一切都在按照玄玉的计划进行，陆清酒还是回来了，如同命运安排那般，回到了水府村。

而此时的玄玉也明白了老树卦象中的含义。

"啊，真是有趣啊。"玄玉走在风雪中，享受着寒冷的雪花扑打在脸颊上的感觉，他嘴角是温柔又慈悲的笑意，"陆清酒，你最后会怎么选呢。"

他从来都是个宽容的人，不会强迫人做出选择，陆清酒可以选择拯救这个世界，也可以选择和白月狐离开，当然，陆清酒最后的选择也决定着人类的命运。

天边似有金光闪动，更有红龙窥探其中，玄玉站在雪地之中，看见一片蓝色的冰蝶翩翩起舞，朝着自己涌动而来。

他闭上了眼，嘴角的笑却更加灿烂了。

番外（二）
敖　月

陆清酒的母亲也是在三月出生的。

那时正值盛春，万物复苏，连空气中都充满着生机。老宅里先传出的是女人痛苦的呻吟，接着便是孩子的号啕大哭。

白月狐站在门外面安静地等着，来接生的产婆以为他是孩子的丈夫，喜气洋洋地从门里走出来，对着白月狐招了招手，道了句："先生好运气！是个有福相的！快来看看吧！"

白月狐闻言稍作犹豫，还是走了进去，看到了产婆怀里抱着的小团子。刚出生的人类幼儿并不可爱，整张脸都是红彤彤、皱巴巴的，简直像是刚出生的小猴子，白月狐蹙起眉头，伸出一根手指轻轻地戳了一下小团子的脸颊，随后像是被烫到似的赶紧收了回来。

"要抱一抱吗？"产婆见惯了父亲们手足无措的模样，对于白月狐的这种反应，倒是没觉得奇怪，她问着话，却是将手里的小娃娃递给了白月狐，白月狐正想拒绝，却听见产婆出声催促，说孩子的妈还没有处理好，让白月狐先帮忙抱着小团子。

白月狐闻言，只能无奈地接了过来。这一接，他整个人都僵住了，他从来没有想过人类的幼崽会这么柔软，像是一摊随时可能化掉的水，他根本不敢用力，甚至害怕自己一动，就会伤到这个小东西。

白月狐的眼睛微微瞪大，看着渐渐安静下来的小团子，心想：这就是人类的幼崽吗，他还是第一次见到呢……

那边产婆处理好芳如慧，整理好床铺，帮她盖上被子后，白月狐才抱着小团子到了芳如慧的身边，注意到芳如慧眼神中的渴望。

"这……这是你的孩子。"白月狐把小娃娃递给了芳如慧。

芳如慧接了过来，满目慈爱，她道："谢谢你。"

"不用。"白月狐后退了一步。

芳如慧道："她的父亲……"她的话说了一半，便将剩下的咽了回去，没有再提。

白月狐知晓芳如慧心中所想，但事实上，他却明白，这件事，还是不要让敖闰知道的好。

龙族和人族很难血脉相通，特别是在人类是女性的情况下，因为龙族的血脉太过霸道，人类想要怀上龙族的孩子，并不是件容易的事，这对于她们的身体而言是很沉重的负担，好在芳如慧是女娲后人，所以虽然虚弱了一些，但到底没有出现什么太大的意外。

而此时孩子顺利出生，倒也算是一桩好事。

白月狐站得远远的，并不敢靠得太近。他来到水府村的时间还很短，和芳如慧的关系并不算太亲密，他也知道之前发生了什么，所以此时见到这个小团子，心里却是复杂的。

芳如慧作为母亲，已经接受了孩子的存在，她的眼神里，是白月狐从未见过的温柔和坚强，似乎已经做出了某种决定。白月狐转身出了门，站在门口看着院子里繁茂的树木，觉得人类真是一种神奇的动物，明明身体那样孱弱，不堪一击，可是精神却比许多非人类还要坚韧。

之后很长的一段日子，白月狐都没有太好地融入这个家庭。

大约是因为敖闰的事，芳如慧在对待龙族的时候有了嫌隙。她没再像之前那样掏心窝子地对龙族好，和白月狐的相处也格外客套。白月狐倒是挺无所谓的，他本来就没有和人类相处过，自然也不知道正常的相处模式是什么样，他见芳如慧似乎不太愿意让他靠近，便只在芳如慧需要的时候搭上一把手，处理掉家中的重活儿，其他时候，很少参与芳如慧和她女儿的互动。

小团子一点点地长大，成了亭亭玉立的姑娘，差不多到了开始懂事的时候，芳如慧找白月狐谈了一次。

这次谈话的大意，便是希望白月狐不要出现在自己女儿面前，她打算等到女儿再大一点，就把她送出水府村，让她和亲戚生活在一起，彻底脱离这里的生活。

一般情况下，守护者是不能离开水府村的，只是面对芳如慧如此坚定的表情，白月狐没有说出反对的话，而是点头表示了同意，此后，他再也没有出现在小孩儿面前。

面对白月狐的理解和包容，芳如慧心里似乎有些愧疚，她知道自己把对敖闰的怨气转移到了白月狐的身上，可是一想到自己刚怀孕，敖闰便消失了，还有她生产那天，敖闰后来突如其来的攻击，她就无法抑制内心的悲伤和愤怒。当然，那时候的芳如慧，并不能完全理解什么叫作污染，也不明白敖闰用了多大的自制力，才没有再出现在她的眼前。

事实上在孩子出生的那一天，白月狐最开始见到敖闰时，敖闰还是正常的模样，他一开始刻意隐藏自己，但不知道为什么，像是受到了什么刺激，突然爆发，竟然开始攻击老宅，幸好四季神都在周围，及时拦下了他，不然恐怕会酿成惨剧。

而白月狐守在芳如慧身边，默然无语，看芳如慧的模样……似乎非常难过。

除了不能出现在芳如慧孩子的面前之外，白月狐倒是觉得水府村是个不错的地方，他白天在山上睡觉，大约到了傍晚的时候，芳如慧就会给他送饭过来。

饭的内容有时候很丰富，有时候很简单，总之全看白天她们吃了什么。

"等到孩子送出去了，你就回来住吧。"芳如慧有一天对白月狐这么说，"这些年来，辛苦你啦。"

白月狐摇摇头，示意没有关系。

芳如慧却是叹了口气，她道了声抱歉，说自己不该把敖闰的事算在白月狐的身上，毕竟白月狐只是一个无辜的新房客。

白月狐不是很能理解芳如慧的这种愧疚，他并没有觉得自己受到了多么过分的对待，毕竟芳如慧只是他接触的第一个人类。

后来芳如慧就如她所说的那般，将自己的女儿送出了水府村，并且告诫她不准再回来。白月狐也终于能从山上下来，住进了屋子里。

两个人的生活略微有些枯燥，芳如慧很少和白月狐交流，她陷入了一种略微有些自闭的状态里，种田，养鸡，不怎么说话。

对人类没什么了解的白月狐并不觉得他和芳如慧的相处有什么问题，他只是觉得芳如慧身上的生气并不浓郁，似乎不太想活了的样子。

"你不高兴吗？"白月狐问她。

"高兴？"芳如慧说，"我为什么要高兴呢？"

白月狐道："食物不能让你高兴？"

芳如慧笑道："也可以吧，只是……没有那么高兴。"她其实也很想像对待敖闰那样一视同仁地对待白月狐，只是一朝被蛇咬，十年怕井绳，无论怎么努力，她都没办法做到。

无奈之下，内心反而对白月狐充满了愧疚。白月狐和敖闰几乎是全然不同的性子，他对人界一无所知，既不会作法，也不喜欢说话，大部分的时间都是坐在院子里闭着眼睛休憩，看起来十分慵懒。

而敖闰却十分热爱生活，甚至他的厨艺比自己的还要好。

芳如慧没明白，为什么都是龙，却差别那么大。

白月狐和芳如慧过了很长一段死气沉沉的生活，两人之间的距离完全没有要拉近的意思。白月狐也没觉得这样有多糟糕，毕竟他从未见过所谓的好。没有了对比，他倒也不觉得难过。

这样的情况一直持续到了陆清酒的降生。

陆清酒是在水府村外出生的，本来芳如慧完全没有将他带回水府村教养的打算，但或许是因为身体里有守护者的血脉，所以陆清酒出生后很长一段时间里，身体状况都非常不好，很容易生病，体质非常孱弱。因为这事儿，芳如慧和她的女儿被搞得焦头烂额，白月狐想了想，对芳如慧道了句："我觉得你最好把他接回来养。"

"为什么？"芳如慧疑惑。

"因为这是他的职责，或许是水府村在召唤他。"白月狐道，"当然，等到他长大了，也可以把他重新送出去……"

芳如慧想了想，还是不太愿意，但陆清酒的身体状况却是每况愈下，无奈之下，她只好尝试了白月狐的说法，将陆清酒接回了水府村。却没想到白月狐说的是真的，回到水府村后，陆清酒的身体状况就开始好转，变得充满生气。

而芳如慧也只能先将陆清酒养一段时间，再将他送出去。

和自己文静的母亲不一样，小时候的陆清酒却是十分活泼，对什么都很好奇。

抓周的时候，芳如慧给陆清酒准备了一桌子的东西，白月狐也来了兴趣，将自己变回原形，趴在陆清酒身边，眼巴巴地看着小娃娃。昨天芳如慧给他解释了抓周的含义，所以虽然是在开玩笑，可白月狐的内心深处，却隐约渴望着陆清酒对他伸出手……

陆清酒被芳如慧养得白白嫩嫩的，脸蛋就像刚蒸出来的白包子，他瞪着一双黑葡萄般的眼睛在桌子上茫然地扫了一圈，却是有些不明白自己要做什么。

"酒儿，快去拿你喜欢的。"姥姥在旁边温柔地催促着，陆清酒的目光在桌子上转了一圈，最后落在了白月狐的身上。

白月狐的心里有点激动，但还是故作镇定，他变回了小龙的样子，看起来一定是威严又帅气，陆清酒定然会喜欢的。

陆清酒凝视了白月狐片刻，随即，眼睛微微瞪大，嘴巴也张开了——发出了一声尖锐的哭叫："哇……姥……怕……"

白月狐："……"

芳如慧："……"

他们两人都愣了片刻，芳如慧随即明白了什么，忍不住笑了起来，白月狐则马上离开了桌子飞到了屋梁上，气呼呼地瞪着下面的白团子："这怎么就开始哭了？这团子也太过分了！"

芳如慧连忙把陆清酒抱起来安慰了几句，好在陆清酒的性子好，并不是个闹腾的娃娃，很快就安静了下来，抱着芳如慧塞在他怀里的最喜欢的狐狸玩具，迷迷糊糊地睡了过去。

"没事没事，是孩子太小了。"芳如慧大约是怕白月狐伤心，安慰完了自家的外孙，又开始安慰自家可爱的房客，"等他大一点就会喜欢你的。"

白月狐没说话，他看着陆清酒怀里的狐狸玩具有些闷闷不乐，他身上唯一有毛毛的地方就是头顶上的一双耳朵，想到这里，他不由得抖了抖耳尖。

接下来的一段时间，白月狐都没有再让陆清酒看见自己的原形，他也明白了，陆清酒似乎不太喜欢他这种光秃秃滑溜溜的生物，更喜欢毛茸茸的狐狸精。

芳如慧的安慰完全起不到效果。

眼看着陆清酒越来越大，白月狐主动提出重新住回山上，不再和陆清酒继续接触。

芳如慧听到白月狐的这个要求时愣了一下，想要说些什么，却听见白月狐道："既然他是要离开水府村的，那便不要让他接触另外一个世界了吧。"

芳如慧叹息，良久后才吐出一句："也是。"

白月狐走了，再也没有和陆清酒见面，只是偶然在某个深夜，他还是会回来看看那个越来越大的小白团子，在看见他怀里的狐狸娃娃后，又有些愤愤不平，于是某一天，他悄咪咪地把陆清酒的狐狸娃娃给偷走了。

丢了自己最喜欢的狐狸娃娃，陆清酒第二天就哭了鼻子，白月狐有点心虚，但瞅着自己手上毛茸茸白乎乎的狐狸娃娃又来了气，却是哼了一声，不愿意还给陆清酒。

那天晚上，芳如慧来给白月狐送饭的时候，忍着笑意说是陆清酒太小了，等到他再大一点，就不会抱着娃娃睡觉了，还说白月狐的原形其实也是很好看的，就是小孩子可能不大喜欢，让白月狐千万别把这事儿放在心上。

白月狐完全将芳如慧的话当作了敷衍和安慰，他觉得自己看穿了陆清酒的灵魂，这个幼稚的小孩儿，就是个可恶的绒毛控。

经过这些年的相处，再加上陆清酒的回归，芳如慧对白月狐倒是越来越好，甚至有把他当作家人的趋势。白月狐虽然隐约感觉到了其中的变化，但并未意识到这到底意味着什么。

陆清酒在水府村待了好几年，直到上小学的时候，才被父母重新接了出去。此时的他已经完全不记得自己幼时的经历了，也不记得自己曾经被一条黑色的小龙惹得哭了鼻子，只是隐约记得自己好像丢过一个最喜欢的狐狸布娃娃。

陆清酒走后，整个家再次沉寂了下来，白月狐虽然可以回去住了，可却莫名地生出了一种家中空荡荡的感觉。这样的感觉很可笑，因为千百年来他都是独自一人，却也从未感觉到寂寞。

人类果然是一种感染力很强的生物，他们的喜怒哀乐很容易便会传染到周遭生物的身上。

白月狐只能压抑住这种奇怪的感觉。

陆清酒走后，芳如慧也开始渐渐显露出老态，白月狐眼睁睁地看着芳如慧老去，从乌发漆黑的姑娘，到两鬓斑白的妇人，不过几十年的光景，对于人类而言，却已经是沧海桑田。芳如慧老了，老了便意味着生病和死亡。

白月狐以为一切都会如他想象中的那样发展，但一个突如其来的意外，却将平静的一切彻底打破了。

在某个平常的夏日，突然出现的敖闰竟将芳如慧的女儿和女婿，也就是陆清酒的母亲和父亲，给一口吞下了。

这件事完全超出了白月狐的预料，他不明白，敖闰为什么会做出这样的事。按理说被污染的龙族，吃掉的定然是自己的心爱之物，要吃也是先吃芳如慧，怎么会吃掉他们的女儿?

事实上龙族对于后代的感情非常淡薄，甚至能够干出管生不管养的事来，反正龙族血脉足够强悍，即便是没有成年龙族照料，也很少有其他生物能够欺负到他们头上来。

虽然愕然，可事情还是发生了，白月狐怀疑其中有什么误会，可芳如慧却已经接受了这个残酷的事实。

她强掩悲痛，在陆清酒面前表现得非常冷静，但是白月狐知道，她可能撑不了太久了。

陆清酒也从小小的白团子长成了成年人，白月狐对他的感觉是陌生的，因为每年他最多回来一两趟，住不了多久便会离开。他似乎和水府村并没有什么缘分，乃至于芳如慧去世时，他都没来得及赶回来。

白月狐看着陆清酒处理好了芳如慧的后事，狼狈地离开了这里，他站在道边，盯着陆清酒的背影。

白月狐以为这是他最后一次看见陆清酒。毕竟水府村没有了芳如慧，便也没了最后让陆清酒挂念的人和事，他可以离开这里，并且永远不再回来。

接下来的几年时间里，白月狐都是独自一人度过，他大部分时间都是住在山上，偶尔会去镇上寻找一些食物。

这样的生活对于人类来说或许是很糟糕的，毕竟食不果腹，但对白月狐来说，其实也不算太难熬。唯一让他觉得苦恼的，就是那无孔不入的饥饿感，他很想吃一顿热乎乎的饱饭，可芳如慧没了，老宅也废旧了下来，他只是一个没有了守护者的房客。

又过了几年，某一天，白月狐如同往常那般趁着夜色离开水府村，打算去镇子上时，却在半山腰上嗅到了一股熟悉的气息，在空中飞行的他突然停下了脚步，停在了水府村通向镇上的小路中间。

一辆出租车开了过来，却在照亮他时突然停住了，白月狐缓缓地走到了车子旁边，看到了坐在车中的人。那是一张熟悉的脸庞，带着些茫然，他问他："先生，这么晚了，这地方又这么偏，你有什么事情吗?"

白月狐听到这句问话，却忽地笑了起来，他微笑着说："没事，我晚上睡不着，出来找点东西吃。"

陆清酒闻言觉得眼前的人有些奇怪，但又不好多说什么，只是随口叮嘱让他注意安全。白月狐不语，伸手在出租车的门上轻轻拍了一下，随后便离开了。

他离开后，并没有像计划的那样去镇子上觅食，而是回到了水府村。

陆清酒回来了，他为什么要回来？芳如慧不是已经去世了吗？难道是回来上坟的？可是现在也不是芳如慧的忌日，更不是什么特殊的日子……

白月狐坐在屋顶上思考着，或者，陆清酒是想回到这里生活，可是为什么呢？外面的世界不是更有趣吗？陆清酒突然回到这里，难道是为了什么事？他想着想着，却又忽地高兴了起来，毕竟如果陆清酒回来了，这里便再次有了守护者，他也不用自己觅食了。不过陆清酒对那些事情似乎一点也不知道，而且还很讨厌他的龙身的原形……

白月狐蹙起眉头，略微有些苦恼，但他很快就想到了一个十分完美的解决办法——屋子里放着的《聊斋志异》给了他灵感。

人类不是都最喜欢毛茸茸的狐狸精吗，如果他是狐狸精，那陆清酒一定会很快地接纳他吧。白月狐越想越觉得有道理，于是便愉快地决定了自己的身份……一只可怜、无助又弱小的狐狸精，为了更加贴合身份，还给自己取了个名字——白月狐。

既然要当狐狸精，那就得当得明显一点，最好名字里面就暴露出来，白月狐想，这样一来，再加上之前从苏焰那里赢来的狐狸尾巴，陆清酒根本没有理由会怀疑自己！

想到这里，白月狐露出了一个满意的笑容，就在此时，风里突然传来奇怪的气息，白月狐嗅到了这种气味，知道是自己的食物上钩了。

而睡在屋子里的陆清酒并不知道自己的房顶上到底有什么，他躺在老屋里，迷迷糊糊地听到头顶上传来了瓦片震动的声音。他有些疑惑地睁开眼，接着便看见有什么东西将瓦片揭起，一双红色的眼睛从那头露了出来，那双眼睛显然不属于人类，眼球里面甚至还有独属于爬行动物的瞬膜滑过。

陆清酒露出惊恐的表情，他不知道，这正是自己和白月狐之间的故事的开端。

坐在那头的白月狐舔了舔嘴唇，等待着即将进入口中的美味佳肴，只是不知道这美味佳肴到底指的是被骗过来的壁虎精，还是躺在床上什么都不知道的陆清酒……

番外（三）
此　生

　　今天一大早，陆清酒就早早地起了床，开始准备起了午饭的食材。牛肉和羊肉都是昨天已经买好的，他还招呼着白月狐去地里多摘些新鲜的瓜果蔬菜。

　　尹寻过来看见这情况好奇地问陆清酒今天是不是有什么喜事，陆清酒低着头一边剁肉一边说："中午的时候朱淼淼一家子要过来。"

　　听到陆清酒的话，尹寻高兴地叫了起来："哦哦，她把她家的小娃娃也带过来了是吧？"

　　陆清酒"嗯"了一声。

　　虽然很想念这位老友，但陆清酒刚复活不久时身体还很虚弱，不能长途跋涉，两人见面的事就这么耽搁下来。现在孩子终于满了一岁了，朱淼淼就想着把孩子带过来让陆清酒这个干爹见上一面。

　　最好的朋友要来玩，自然要用最丰盛的食物款待。

　　尹寻也有些年没有见朱淼淼了，有些想念那个大大咧咧的姑娘，便也开始帮着陆清酒准备起了食材。

　　一晃到了中午，陆清酒见时间差不多了，便放下手里的事开着小货车去镇上接人去了。

　　呜呜呜叫的火车驶入了车站，川流不息的人群中，陆清酒一眼就看到了站在人群里的朱淼淼，还有她身边抱着孩子的高大男人。

"清酒，清酒！！"朱淼淼也很快发现了陆清酒，大声地呼唤着陆清酒的名字。

两人很快便穿过人流会合在一起，朱淼淼已为人母，除了身形稍微丰腴一些之外，几乎没有什么变化，看得出她的日子过得应该不错。

"淼淼！"陆清酒笑了起来。

朱淼淼的老公跟在后面，他的个子比陆清酒还高，长相不算俊美，但棱角分明，很有男人味，看起来不太爱说话，朱淼淼蹦跶的时候就在旁边垂眸看着她，两人间那种甜蜜的气氛不用言语也能一眼看出。

陆清酒自然也注意到了男人怀里那个粉嫩白净正在咿呀学语的小娃娃，他笑道："走吧，车在外面，我们慢慢说。"

仨大人一孩子上了车，在车上说起了旧事。

陆清酒问了朱淼淼这几年的情况，朱淼淼都一一说了，说她怎么遇到的老公，怎么生了孩子，怎么担心陆清酒。但大概是因为有不知情的老公在场，她也没敢多问陆清酒这三年来发生的事，毕竟不是谁都能接受鬼神之事的。

大家高兴地回到了家中，陆清酒刚停好车和朱淼淼一起往家里走，还没进门，便听到院子里传来一片孩子的哭声，这哭声还不止一个，咿咿呀呀的，简直像是到了幼儿园门口似的。

陆清酒马上就明白了怎么回事，倒是朱淼淼露出了愕然之色，她先一步进了院子，看见三个白白胖胖的娃娃正坐在地上，一人怀里抱着一根黄色的玉米，白月狐正面无表情地将他们拎起来，打算把他们扫地出门。

朱淼淼见到此景瞪圆了眼："清酒，哪里来的三个孩子？难道是……"

陆清酒："路边捡的。"

那三个团子趁着朱淼淼打岔的工夫，赶紧从白月狐的手里挣脱了下来，屁颠屁颠地跑到了陆清酒身边，抓住他的裤腿扬起小脸，委屈巴巴地吐出一个"饿"字。

朱淼淼愣道："他们的头发怎么是五颜六色的？难道是……"她说到这里便停下了，显然已经明白这几个小孩儿可能不是正常的人类。

"嗯。"陆清酒含糊地说了句，"是祝融他们的……孩子。"

朱淼淼虽然没见过秋神和春神，但夏神祝融还是见过的，她现在本来就是个母亲，见到孩子自然是母爱顿生，看着眼泪汪汪的三个软团子，便温柔地弯下腰抱起一个，捏捏他们的小脸蛋，道："都是小孩儿，不要对他们那么凶嘛。"

白月狐站在旁边阴沉着脸色，似乎想要说什么，但见到陆清酒和朱淼淼那一脸慈爱的模样，最终还是把话给咽了回去，转身走了。

这边朱淼淼已经和三个小娃娃打得火热，陆清酒逗了一会儿朱淼淼的孩子后，便继续去厨房做饭了，不一会儿一桌丰盛的午餐就摆在了众人面前。

虽然几个人都饿了，但还是等着朱淼淼给孩子喂完食物后才一起上了桌，在桌子旁聊了起来。

尹寻和朱淼淼两人都话多，气氛很快变得火热起来，倒是朱淼淼的老公虽然看着冷硬，反而是个细心的，一直在旁边抱着孩子给三个四季神喂吃的，一时间家里的气氛倒是十分和谐。

白月狐对四季神从来不假辞色，特别是最近，连院子都不让他们几个进了，陆清酒以为他是不喜欢小孩儿，也没多想什么。

酒足饭饱后，大家都在院子里晒太阳，三月份的太阳是最舒服的，晒在身上并不灼热，反而暖烘烘的，时有凉风从脸颊上吹拂而过，让人忍不住生出几分倦意。

院子里的桃花和樱花都开了，粉色的花瓣在地上薄薄地铺了一层，宛如柔软的绒毯。

陆清酒和朱淼淼聊着天，朱淼淼的老公低声说了句他先去哄孩子睡觉，就把四个娃娃一起领到了屋子里睡午觉去了。

陆清酒笑道："眼光不错啊。"他也看出男人很爱朱淼淼，也很爱孩子，是个不错的人。

朱淼淼笑眯眯地说："这不是运气好嘛，你呢，最近怎么样？"

陆清酒把他的近况简单地说了一下，表示自己也过得不错，让朱淼淼无须担心。

两位旧友已分隔四年，此时再次相聚，自然是感慨万千，有许多话题想要好好聊聊。

但就在这样和煦的气氛里，屋子里却传来了一声凄厉的惨叫，那惨叫声一听就是朱淼淼老公发出来的，其凄惨程度，让人怀疑他是不是目睹了什么极为恐怖的画面。

在睡觉的尹寻和白月狐也都被这惨叫声惊醒了，尹寻一脸惊恐，白月狐却好似猜到发生了什么。

"出什么事啦？"几个人面面相觑，都是不明所以。

陆清酒道："我去看看。"

三人起身进屋，去了卧室，却看见卧室的门大开着，朱淼淼的老公抱着孩子连滚带爬地从卧室里冲出来，大喊道："孩……孩子……不见了！"

陆清酒凑过去一看，却和一张熟悉的脸打了个照面，那张脸上还带着些许茫然，但分明就是自己的熟人——夏神祝融。

只见他浑身赤裸地躺在床上，身上盖着条被子，被子里面还塞着两个一脸睡意的大男人，正是消失许久不曾见过的春神句芒和秋神蓐收。

"我刚把孩子哄睡着，就觉得哪里不太对。"朱淼淼老公满头冷汗，"结果一醒过来，发现自己身边躺着三个没穿衣服的男人，孩……孩子也不见了！"

陆清酒和尹寻都明白了是怎么回事，两人表情扭曲地强忍住了笑意，赶紧安抚朱淼淼的老公。

朱淼淼也隐约察觉到了什么，脸上浮现出一丝微妙的表情。

朱淼淼老公见状，惊恐地抓住了老婆的手，道："淼淼，我跟他们是清白的！"

朱淼淼："我……我信你。"

朱淼淼老公："……那你笑什么？"

朱淼淼："没什么，我就是有点忍不住。"

她话音落下，几个人都哈哈大笑起来，搞得朱淼淼的老公满脸茫然，实在想不明白，明明刚才还在的小娃娃，怎么一转眼就变成了三个彪形大汉。

白月狐这会儿也进来了，看见屋子里那三个面露尴尬的四季神，冷冷道："就说得早点丢出去。"

陆清酒笑道："你知道他们要变回来了？"

白月狐："算算时间是差不多了。"

陆清酒："哈哈哈哈，好吧，先给他们找几套衣服吧。"

陆清酒先让朱淼淼好好哄哄她惊吓过度的老公，然后又给四季神们一人找了件衣服穿。

祝融穿衣服时一脸严肃，蓐收尴尬地笑着，春神则满脸通红，简直像是一只快要被煮熟的虾。他们现在身体长大了，神志和记忆也跟着恢复，自然记起了自己是怎么死皮赖脸地在陆清酒家里要食物，再被白月狐给欺负的。

三人尴尬地迅速离开，看起来很长一段时间都不会来做客了。

再说那边朱淼淼安慰好了自己的老公，带着他和孩子回到了屋子里，男人反复确定孩子不是不见了之后才松了口气，摸了摸自己小宝贝的脸颊，感觉心中安稳了许多。

陆清酒慈祥地看着他们，觉得自己像是个年纪很大看透了一切的长辈。谁知白月狐却在他身后轻轻扯了扯他的衣袖，问了句："你想要结婚生个孩子吗？"

陆清酒讶然回头，看见了白月狐的表情，他心里明白了什么，笑着摇摇头："不了。"

白月狐："真不想要？"

陆清酒道："这一辈子，有你陪着我就够了。"他说完莞尔一笑，指着站在旁边啃玉米棒子的尹寻道，"实在不行，不还有这个儿子凑合嘛。"

尹寻龇牙咧嘴："陆清酒你又占我便宜！"

陆清酒哈哈大笑，心中却明白，这一生，有三两知己，已是足矣。

图书在版编目（CIP）数据

不离：大结局 / 西子绪著 . — 南昌 : 百花洲文艺
出版社 , 2020.1（2020.9 重印）
ISBN 978-7-5500-3474-7

Ⅰ . ①不⋯ Ⅱ . ①西⋯ Ⅲ . ①长篇小说－中国－当代
Ⅳ . ① I247.5

中国版本图书馆 CIP 数据核字（2019）第 259186 号

不离：大结局
BU LI : DA JIEJU

西子绪 著

出 品 人	李国靖
特约监制	夏 童
责任编辑	刘 云 李 瑶
特约策划	夏 童 张 丝
特约编辑	张 丝 茶小贩
营销编辑	卜 宇
封面设计	A BOOK STUDIO 蜀泰 Design 461084
版式设计	赵梦菲
内文插图	BenYo
出版发行	百花洲文艺出版社
社 址	南昌市红谷滩世贸路 898 号博能中心 Ⅰ 期 A 座 20 楼
邮 编	330038
经 销	全国新华书店
印 刷	三河市兴博印务有限公司
开 本	710mm×980mm 1/16
印 张	18.5
字 数	335 千字
版 次	2020 年 1 月第 1 版
印 次	2020 年 9 月第 2 次印刷
书 号	ISBN 978-7-5500-3474-7
定 价	45.00 元

赣版权登字：05-2019-327
发行电话 0791-86895108　　　　　　网 址 http://www.bhzwy.com
图书若有印装错误，影响阅读，可向承印厂联系调换。